DIE BEFREIUNG VON ALLYE

Die Mountain Mercenaries, Buch 1

SUSAN STOKER

Die Hochzeit von Emily
Die Rettung von Kassie
Die Rettung von Bryn
Die Rettung von Casey
Die Rettung von Wendy
Die Rettung von Sadie
Die Rettung von Mary
Die Rettung von Macie

SEALs of Protection:
Schutz für Caroline
Schutz für Alabama
Schutz für Fiona
Die Hochzeit von Caroline
Schutz für Summer
Schutz für Cheyenne
Schutz für Jessyka
Schutz für Julie
Schutz für Melody
Schutz für die Zukunft
Schutz für Kiera
Schutz für Alabamas Kinder
Schutz für Dakota

Die SEALs von Hawaii:
Die Suche nach Elodie (April 2021)
Die Suche nach Lexie
Die Suche nach Kenna
Die Suche nach Monica
Die Suche nach Carly
Die Suche nach Ashlyn
Die Suche nach Jodelle

KAPITEL EINS

»Also sehen wir uns am vereinbarten Treffpunkt wieder, richtig?«, fragte Black.

»Auf jeden Fall«, erklärte Gray seinem Freund und Partner, während er sich fertig machte, um über die Seite des Glasfaserbootes in den Pazifik zu gleiten. Für ihn stellte es kein großes Problem dar, die zwei Kilometer zu seinem Zielort zu schwimmen, da er früher ein Navy SEAL gewesen war.

Rex, ihr Kontaktmann, hatte die Nachricht erhalten, dass heute Abend ein Austausch stattfinden würde. Ihre Aufgabe war es, eine Geldübergabe abzufangen, bei der es sich um die Bezahlung für eine Sexsklavin handelte. Zu Grays Teil der Mission gehörte es, zu dem Boot zu schwimmen, das darauf wartete, das Geld in Empfang zu nehmen, und die Personen an Bord zu überwältigen, während Black das Boot abfangen sollte, das das Geld ablieferte. Die Leute auf beiden Booten würden verhört werden, um mehr Informationen darüber zu erhalten, wie der große Sexhändlerring funktionierte, wer die Hauptakteure waren und wie man sie ausfindig machen konnte.

Gray hatte keine Ahnung, wie Rex an diese Informationen gekommen war. Er wusste nur, dass der Mann sich selten irrte.

Ihr Kontaktmann selbst war für die Männer der Mountain Mercenaries ein Rätsel. Niemand hatte ihn je kennengelernt. Rex war ihr Chef und einer der klügsten Männer, die sie je gekannt hatten, aber er kommunizierte nur per Telefon und benutzte eine Vorrichtung, um auch seine Stimme zu verändern. Er war verschlossen und leicht paranoid, aber niemand, der für ihn arbeitete, konnte leugnen, dass er seine Arbeit mit Leidenschaft verfolgte. Und Gray vertraute Rex einfach deshalb, weil er ihn oder das Team noch nie im Stich gelassen hatte. Seine Informationen waren fast immer hundertprozentig korrekt, und in ihrem Metier war das buchstäblich eine Frage von Leben und Tod. Er leitete Informationen an das Team weiter und die Männer sorgten dafür, dass ein weiteres Arschloch bekam, was ihm zustand.

Gray hatte kein Problem damit, Menschen zu töten, die es für richtig hielten, Frauen und Kinder zu entführen und sie zum Sex mit demjenigen zu zwingen, der bereit war, für dieses Privileg zu bezahlen. Er wollte gern den Rest seines Lebens damit verbringen, dafür zu kämpfen, diese Arschlöcher vom Angesicht der Erde zu tilgen.

Der heutige Einsatz war sehr kurzfristig angekündigt worden. Daher waren nur er und Black an der Mission beteiligt, da nur er und Black verfügbar waren. Der Rest der Jungs – Meat, Arrow, Ball und Ro – war damit beschäftigt, sich auf seinen eigenen Einsatz in Mexiko vorzubereiten.

Rex hatte sie darüber informiert, dass eine Frau namens Allye Martin kürzlich von der Inhaberin des Tanztheaters von San Francisco als vermisst gemeldet worden war. Sie war eine der Tänzerinnen und nicht zu den Proben erschienen. Da in dieser Gegend in letzter Zeit viele junge Frauen verschwunden waren, verfolgte Rex die Entwicklung in der Stadt. Sein Netzwerk von Informanten hatte seine Aufgabe erfüllt und in Erfahrung gebracht, dass der Name der vermissten Tänzerin im Zusammenhang mit dem berüchtigten Gage Nightingale gefallen war.

Nightingale war der Anführer einer Untergrundgruppe, die Frauen auf der ganzen Welt kaufte und verkaufte. Wenn jemand die richtigen Verbindungen hatte, brauchte er nur Nightingale zu kontaktieren, ihn wissen zu lassen, wen er wollte, und voilà! Die Frau würde der Person auf einem Silbertablett geliefert werden. Es war nicht billig, aber Arschlöcher, die mächtig genug waren, sich jede beliebige Frau gegen ihren Willen entführen zu lassen, scherten sich selten um den Preis.

Hoffentlich würden sie durch die Unterbrechung des Geldflusses vom Käufer zum Lieferanten genügend Informationen erhalten, um den Betrieb ein für alle Mal einstellen zu können ... und natürlich herausfinden, wo die Frau festgehalten wurde. Gray war bereit, die Informationen vom Kapitän mit allen erforderlichen Mitteln zu erhalten – oder ihn zu töten, wenn er versuchte, dem Käufer der Frau eine Nachricht zukommen zu lassen oder Nightingale zu warnen, dass die Operation in Gefahr war.

Sie hatten Koordinaten erhalten, an denen das Abholboot warten sollte, um das Geld für die Tänzerin entgegenzunehmen. Nachdem Black das andere Boot verlassen hatte, wollten sie sich an einem anderen, vorher vereinbarten Treffpunkt wiedersehen.

Gray nickte Black zu und ließ sich ins Wasser gleiten. Es war spät und er konnte die Lichter von San Francisco in der

Ferne sehen, wusste aber, dass sie kilometerweit entfernt waren.

Als er auf die Koordinaten zuschwamm, dachte Gray kurz über die Tage nach, an denen er so was für sein Land getan hatte. Er hatte das Wasser schon immer geliebt. Seine Mutter erzählte immer, dass er von seinem allerersten Bad an, als er erst zwei Tage alt war, schon immer sehr gerne gebadet hätte. Er war in seinem Schwimmteam der Highschool gewesen und hatte ein Schwimmstipendium für die Marineakademie erhalten. Es war fast unvermeidbar, dass er ein Navy SEAL geworden war. Aber nachdem sie gefälschte Informationen erhalten hatten und sein gesamtes Team getötet worden war, war er abgestumpft. Er hatte seine Wut über den Verlust seines Teams an allem und jedem um ihn herum ausgelassen.

Gott sei Dank hatte Rex ihm den Job bei den Mountain Mercenaries angeboten. Gray hatte keine Ahnung, wie der Mann ihn aufgespürt hatte, und ehrlich gesagt war ihm das auch egal. Ihm gefiel, was er tat, und er hatte ehrlich das Gefühl, etwas in der Welt zu bewegen. Es würde immer diejenigen geben, die andere ausnutzten, aber vielleicht, nur vielleicht, machten er und der Rest der Gruppe tatsächlich einen Unterschied.

Der leicht wellige Ozean machte ihm nichts aus, als er weiter durch das Wasser glitt. Er nahm sich die Zeit, den Plan noch einmal im Kopf durchzugehen. Er dachte darüber nach, was er den Kurier fragen wollte und welche Informationen Rex über Gage Nightingale brauchte, damit sie seine riesige Organisation ein für alle Mal beenden konnten. Es war riskant, das Boot zum Treffpunkt zu fahren, weil es wahrscheinlich nicht registriert war, und Gray wollte auf keinen Fall von der Küstenwache gefasst und befragt werden. Ball war früher bei der Küstenwache gewesen, aber da er nicht hier war, konnte Gray sich nicht darauf verlassen, dass er die Dinge notfalls glattbügeln würde. Aber er würde sich später um jeden Ärger kümmern, wenn es dazu kommen sollte.

Als er beim Schwimmen den Kopf hob, sah Gray den Umriss des großen Fischerbootes vor sich im Wasser schaukeln. Er lächelte – er war gut vorangekommen. Er wechselte vom Kraulen zum Brustschwimmen, sodass seine Bewegungen vom Schiff aus nicht zu sehen waren, sollte jemand das dunkle Wasser beobachten. Er glitt so mühelos und unauffällig durch die Wellen wie ein Aal.

Als er am Boot ankam, griff Gray nach unten und schlüpfte aus seinen Schwimmflossen, die schnell unter die Wasseroberfläche sanken.

Das Boot war größer, als er erwartet hatte. Es war schwarz-weiß und an den Seiten war ziemlich viel Rost zu sehen. Es war auch heruntergekommen und wurde nicht so gepflegt wie jemand, der seinen Lebensunterhalt mit dem Fischen verdiente, es sicher tun würde. Gray nutzte die Kraft seines Oberkörpers und zog sich weit genug hoch, um über die Seite zu sehen und die Situation zu erkunden. Das Steuerhaus befand sich auf der Vorderseite des Schiffes und es gab eine Tür, die unter Deck führte. An der Rückseite des Bootes hingen hier und da Netze und mindestens ein Dutzend Angelruten. Verschiedene Kisten und Bottiche waren ebenfalls auf dem Deck verstreut.

Als er niemanden sah, zog Gray sich lautlos über das Heck des Bootes und landete geräuschlos auf dem vollen Hinterdeck. Er versteckte sich hinter einer Kiste, dann hinter einem Fass und machte sich auf den Weg zur Tür zum Unterdeck des Schiffes. Er wollte nicht, dass jemand hinter ihm auftauchte, während er den Kapitän verhörte. Es sollte nur ein Mann auf dem Schiff sein, aber Gray ging lieber auf Nummer sicher.

Gray trug einen schwarzen Trockenanzug, der mit mehreren strategisch platzierten Taschen für Dinge wie Messer, Ausweise für die Behörden für den Fall, dass sie sich einmischten, und andere wichtige Dinge ausgestattet war. Der Trockenanzug war für das Schwimmen im Pazifik unerlässlich. Das Wasser war viel zu kalt für einen einfachen Nassanzug. Nassanzüge ermöglichten einen leichten Wasserfluss in und aus dem Material, während ein Trockenanzug das Wasser fernhielt. Gray hatte nicht vor, längere Zeit im Wasser zu sein, aber er wäre ein schlechter SEAL, wenn er sich nicht auf alle Eventualitäten vorbereitete.

Nachdem er den kleinen Holzkeil herausgezogen hatte, den er genau zu diesem Zweck bei sich trug, schob Gray ihn unter den engen unteren Spalt der Tür. Wenn jemand versuchte, sie von der anderen Seite zu öffnen, würde er es nicht schaffen, ohne viel Lärm zu machen – und so würde Gray auf die Anwesenheit anderer Personen auf dem Schiff aufmerksam gemacht werden.

Schließlich richtete er seine Aufmerksamkeit auf das Steuerhaus. In dem kleinen Raum befand sich ein Mann, der auf ein tragbares GPS-Gerät schaute und nicht bemerkte, dass sich noch jemand auf dem Schiff befand. Gray lächelte darüber, wie einfach das Ganze sein würde.

Ohne ein Geräusch zu machen, ging er zu dem Mann hinüber und hatte ihn im Schwitzkasten, bevor der Mann überhaupt wusste, dass jemand hinter ihm stand.

»Hallo«, begrüßte Gray den Mann lässig, als wären sie alte Freunde.

Der Mann begann sofort, sich zu wehren, allerdings

ohne Erfolg, denn er befand sich vollständig in Grays Kontrolle.

»Ich erkläre dir jetzt, wie es weitergeht«, bemerkte Gray mit leiser, sachlicher Stimme. »Du wirst all meine Fragen beantworten. Wenn du lügst, werde ich es wissen, und dann verlierst du einen Finger. Wenn du noch mal lügst, schneide ich dir noch einen ab. Und damit machen wir so lange weiter, bis deine Hände nichts weiter sind als nutzlose Anhängsel. Wenn du mich dann *immer noch* belügst, fangen wir bei deinen Zehen an, verstanden?«

»Fick dich«, zischte der Mann verächtlich. »Dir sage ich gar nichts.«

Blitzschnell hatte Gray sein Messer aus der Scheide gezogen und fasste den Mann an der Hand. Ohne Gnade oder Trara zog er die rasiermesserscharfe Klinge über den Daumenansatz des Mannes.

Der Finger fiel mit einem dumpfen Schlag auf die Holzbretter zu ihren Füßen.

Der Mann hielt sich sofort seine blutende Hand an die Brust und begann zu schreien.

Gray lächelte und ließ ihn los, wohl wissend, dass er im Moment keine Gefahr für ihn darstellen würde, nicht zu einem Zeitpunkt, an dem er sich mehr Sorgen um den Schmerz in seiner Hand machte.

»Hier ist meine erste Frage: Woher bekommst du die Informationen, wo du dich für die Geldübergabe einzufinden hast?«

»Du hast mir den Daumen abgeschnitten, du Arschloch!«, rief der Mann und sah nicht zu Gray. »Verdammte Scheiße, das tut weh!«

»Soll ich dir noch einen Finger abschneiden? Beantworte die Frage«, erklärte Gray harsch und beugte sich mit verschränkten Armen über den blutenden Kriminellen.

»Ich bekomme eine SMS«, sagte der Mann schnell.

»Von wem?«

»Das weiß ich nicht. Es ist eine unbekannte Nummer. Mir werden Koordinaten gegeben. Ich fahre mit dem Boot dorthin, wo ich hingeschickt werde, hole das Geld oder die Ware und dann fahre ich dorthin, wo ich es hinbringen soll.«

Gray knurrte praktisch, als der Mann dieses schreckliche Wort benutzte. »Frauen sind doch keine *Ware*«, erklärte er wütend.

Der Mann zuckte mit den Achseln. »Ich brauche das Geld. Ich stelle keine Fragen und Ende gut, alles gut.«

Oh, dieser Mann ging Gray wirklich auf die Nerven. Er beugte sich vor und ergriff die andere Hand des Mannes.

Innerhalb von Sekunden lag sein anderer Daumen auf dem Deck neben dem ersten.

Der Mann fing wieder an zu schreien, aber Gray ignorierte ihn. Er führte die Messerspitze unter die Kehle des Mannes und sagte: »Ende gut, alles gut? Erzähl das den Kindern, deren Mütter verschwinden. Erzähl das den Frauen, die Tag für Tag vergewaltigt werden. Erzähl das den Familien, die nie einen Abschluss finden, wenn ihre Lieben verschwinden. Frauen sind kein Eigentum. Und es gibt Konsequenzen für Arschlöcher wie dich, die denken, sie können wegsehen und so tun, als würden sie kein Geld nehmen, damit Frauen für den Rest ihres Lebens erniedrigt und missbraucht werden können. Wie bist du ins Kuriergeschäft eingestiegen?«

Diesmal antwortete der Mann, ohne zu zögern, als wüsste er genau, dass Gray kurz davor stand, ihm die Kehle durchzuschneiden. »Durch einen Kumpel. Ich tue so, als sei ich ein Fischer, und so denkt sich niemand etwas dabei, wenn ich zu merkwürdigen Zeiten mit dem Boot rausfahre.«

»Und wie heißt dein Kumpel?«, fragte Gray und drückte dem Mann das Messer ein wenig fester an den Hals.

»Fick dich!«

Gray öffnete den Mund, um etwas zu sagen – als es unter ihren Füßen eine Explosion gab. Sie brachte das Boot ins Wanken und er musste eine Hand ausstrecken, um das Gleichgewicht zu halten.

Gray sah ungläubig den verängstigten Kapitän an. »Es ist noch jemand an Bord? Wer?«

»Ich weiß nicht, wie er heißt! Er begleitet die Ware, äh ... ich meine die Frau. Der Käufer wollte sicherstellen, dass ihr während der Übergabe nichts passiert.«

»Verdammt«, fluchte Gray in dem Wissen, dass die Mission gerade über alle Maßen ruiniert worden war. Es hätte niemand sonst an Bord des kleinen Bootes sein dürfen. Und nicht nur das, wenn die Tänzerin eine Begleitperson hatte, musste jemand sehr daran interessiert sein, sie in die Finger zu bekommen.

Das Boot taumelte dann und begann, leicht nach unten zu kippen.

Da Gray wusste, dass er nicht viel Zeit hatte, schlitzte er dem Mann gnadenlos die Kehle von einem Ohr zum anderen auf und vergewisserte sich, dass er in seine Halsvene schnitt. Er drehte dem Mann den Rücken zu und verließ das Ruderhaus, noch bevor der Kapitän auf das Deck gefallen war.

Gray spürte bereits die leichte Neigung des Bootes und kehrte zu der Tür zurück, die er zuvor blockiert hatte und die nach unten zu den Kajüten führte. Er entfernte den Keil und sprang die Treppe hinunter, vorbei an einer Tür, die wahrscheinlich zu einem Schlafzimmer führte, und ging direkt in den Maschinenraum, wo die Explosion stattgefunden haben musste. Er warf die Tür auf – und hatte kaum Zeit, dem großen Rohr auszuweichen, das direkt in seinen Kopf geknallt wäre, wenn er sich nicht geduckt hätte.

Ohne nachzudenken, hob Gray ein Bein und trat nach dem Mann, der versucht hatte, ihn zu töten. Er sah älter aus als der sechsunddreißigjährige Gray, aber er war immer noch tödlich. Der andere Mann schlug noch einmal zu, doch Gray konnte ihm leicht ausweichen. Wasser wirbelte um ihre Füße und wurde mit jeder Sekunde tiefer. Der Mann hatte das Boot offensichtlich sabotiert und es sank unglaublich schnell.

»Wenn du nicht sterben willst, sag mir, warum die Tänzerin so wichtig ist«, befahl Gray, während er mit dem Messer ausholte und dem Mann den Oberschenkel aufschlitzte, als er ihm zu nahe kam.

»Fick dich«, lautete die Antwort des Mannes.

»Wir haben keine Zeit für diesen Scheiß«, knurrte Gray. »Wer hat das Mädchen gekauft?«

»Dir sage ich gar nichts«, entgegnete der andere Mann und warf Gray einen Schraubenschlüssel an den Kopf.

Er duckte sich und griff den Mann an, als er versuchte, an ihm vorbei durch die Tür des Maschinenraums zu schlüpfen.

Sie kämpften einen Moment lang, aber Gray gewann schnell die Oberhand. Er legte dem anderen Mann die Hände um den Hals. Das Wasser reichte dem Mann ans Kinn und seine Augen waren riesig in seinem Gesicht, als er trotzig zu Gray hinaufstarrte.

»Wer will das Mädchen?«, fragte Gray erneut.

»Wenn du mich ohnehin tötest, spielt es ja wohl kaum eine Rolle. Er bekommt das Mädchen so oder so. Er bekommt immer, was er will.«

Frustriert drückte Gray den Kopf des anderen Mannes

einen Moment lang unter Wasser, dann zog er ihn wieder hoch. »Wo wolltest du sie hinbringen?«

Daraufhin grinste der Mann. Ein bösartiges Lächeln, bei dem sich Gray die Nackenhaare aufstellten. »Es spielt keine Rolle, wo oder wer. Er will sie haben. *Und zwar unbedingt.* Selbst wenn es dir gelingt, sie von diesem Boot herunterzuschaffen, wird er sie sich holen. Und du kannst ihn nicht aufhalten.«

Gray blinzelte. Was zum Teufel?

Daraufhin neigte sich das Boot und die beiden Männer schlitterten über das Deck auf den Motor zu. Da Gray klar war, dass er weder Zeit noch weitere Optionen hatte, zog Gray den Mann an sich ran.

»Ich werde ihn nicht nur aufhalten, ich werde ihn auch töten«, schwor er.

Der andere Mann öffnete den Mund, um zu antworten, aber Gray gab ihm keine Gelegenheit dazu. Er zog ihn nach oben und drehte ihn in seinen Armen, als wäre er ein fünfjähriges Kind. Innerhalb von Sekunden hatte er ihm das Genick gebrochen. Ihn zu ertränken hätte zu lange gedauert. Zeit, die er nicht hatte, wenn man bedachte, wie schnell das Wasser stieg.

Gray warf die Leiche beiseite und ging zur Tür. Er hatte sich Zeit lassen und den Mann foltern wollen, indem er die Drohung des Ertrinkens als einen sehr realen Motivator benutzte, aber mit seinen Worten hatte der Mann sein Schicksal besiegelt.

Selbst wenn es dir gelingt, sie von diesem Boot herunterzuschaffen ...

Es sollte niemand außer dem Kapitän auf dem Boot sein.

Es war nicht vorgesehen, dass es eine Begleitperson gab.

Und die Tänzerin sollte ganz sicher nicht auf dem

verdammten Boot sein. Das sollte eine Geldübergabe sein, keine Übergabe der Gefangenen.

Gray watete durch das nun knietiefe Wasser und ging durch die Tür des Maschinenraums zurück in Richtung des einzigen anderen Ortes, an dem jemand sein konnte.

Er öffnete die andere Tür im Flur – und starrte ungläubig auf das, was er dort erblickte.

KAPITEL ZWEI

Allye Martin zerrte verzweifelt an den Handschellen an ihrem Handgelenk. Die Explosion hatte sie zu Tode erschreckt, aber das Wasser, das unter der Tür ihres Gefängnisses hindurchsickerte, erschreckte sie noch mehr. Und sie hatte nicht erwartet, dass sie noch mehr Angst haben könnte als während der letzten achtundvierzig Stunden.

Aber nichts war erschreckender, als zu wissen, dass der Tod unmittelbar bevorstand. Von der Straße entführt zu werden war schlimm. Als sie sich bewusst geworden war, dass jemand es speziell auf sie abgesehen hatte, war das nicht ihr bester Moment gewesen. Zu sehen, wie das Wasser um das Bett, auf dem sie saß, immer höher stieg, und zu wissen, dass es keine Möglichkeit gab, sich zu befreien, den Raum zu verlassen und eine Chance zu haben, ums Überleben zu kämpfen, war entsetzlich.

Ertrinken war ihrer Meinung nach nicht gerade eine schöne Art zu sterben. Eine Kugel in den Kopf – schön und schnell. Frontalzusammenstoß ... hoffentlich sofort tot. Erstochen? Nicht ideal, aber wenn das Messer sie richtig traf, wäre es vielleicht gar nicht so schlimm. Den Atem anhalten, bis sie ihn nicht mehr anhalten konnte, wohl wissend, dass sie, wenn sie instinktiv nach Luft schnappte, ihre Lunge mit Wasser füllen würde? Absolut entsetzlich.

Sie zerrte zum x-ten Mal an ihrem Handgelenk und hoffte wider Erwarten, dass entweder ihr Handgelenk auf magische Weise geschrumpft war und nun durch die Manschette passte oder dass sich das Metall irgendwie von dem Kopfteil lösen würde, an dem es befestigt war. Aber keines von beidem geschah.

Gerade als sie versuchte zu entscheiden, ob sie einen riesigen Schluck Wasser einatmen sollte, sobald es hoch genug war, um ihren Tod zu beschleunigen, oder ob sie irgendwie versuchen sollte, das Unvermeidliche hinauszuzögern, wurde die Tür zu ihrem Gefängnis aufgestoßen. Sie hatte keinen Zweifel daran, dass sie gegen das Holz dahinter geknallt wäre, hätte das Wasser ihre Bewegungen nicht verlangsamt.

Allye erwartete, entweder den Mann zu sehen, der sie mit Handschellen ans Bett gefesselt hatte, oder den schmuddeligen Fischer, der versucht hatte, so zu tun, als hörte er sie nicht um Hilfe schreien, als sie unter Deck geschleppt wurde.

Aber es war keiner der beiden Männer. Es war jemand, den sie noch nie zuvor gesehen hatte, und sie wusste, dass sie sich bestimmt daran erinnern würde, diesen Mann gesehen zu haben.

Er war riesig. Er war muskulös und groß. Tatsächlich konnte er wegen der niedrigen Decke nicht aufrecht im Raum stehen. Sie war nicht klein, aber Allye wusste ohne Zweifel, dass sie sich winzig fühlen würde, wenn sie neben diesem Ungetüm von einem Mann stand. Sein Kiefer war markant und seine Lippen waren in einer schmalen Linie zusammengepresst.

Er hatte kurzes, dunkles Haar und dunkle Augen. Augen, die in ihrer Intensität durchdringend waren. Er trug etwas, das einem Neoprenanzug ähnelte, außer dass es Taschen zu haben schien, die an manchen Stellen ausgebeult waren. Auf seinem Gesicht war eine Art schwarze Farbe oder etwas verschmiert, was es schwierig machte, seine Gesichtszüge in dem dunklen Raum wirklich zu erkennen.

Sie starrten sich eine Ewigkeit an, bevor Allye sich erinnerte, wo sie waren und was vor sich ging. Sie hatte keine Ahnung, ob er einer von den Guten oder den Bösen war, aber im Moment schien das kaum eine Rolle zu spielen. Nicht, wenn er sie da rausholen konnte. Sie hielt ihren Arm hoch und die Handschellen klirrten, als sie gegen das Kopfteil schrammten.

»Ich sitze hier fest.«

Kaum hatte sie die Worte ausgesprochen, fand sie sie ziemlich albern, doch *er* schien das nicht zu finden. Stattdessen griff er in eine kleine Tasche an seiner Hüfte und zog etwas daraus hervor, das sehr nach einem Schlüssel für Handschellen aussah.

Er watete durch das Wasser zum Bett und beugte sich über ihren Arm. Allye stellte fest, dass es sich tatsächlich um den Schlüssel zu den Handschellen handelte.

»Trägst du immer Handschellenschlüssel mit dir herum, wenn du zufällig durch den Ozean schwimmst?« Sie verzog bei ihrer eigenen Frage das Gesicht. Sie hatte die schlechte Angewohnheit, einfach zu sagen, was ihr gerade durch den Kopf ging, ob es nun passend war oder nicht.

»Ja.«

Sie blinzelte.

Ein einziges Wort. Er hatte nur ein einziges Wort gesagt, doch das reichte, und schon hatte sie sich in seine Stimme verliebt. Sie war leise und rau und sie wusste, dass sie ihm liebend gern den ganzen Tag zuhören würde, selbst wenn er aus dem Telefonbuch vorlas.

»Na dann ... ist ja gut. Da habe ich heute wohl Glück gehabt, dass du mich zufällig gefunden hast, wo ich gerade einen von diesen Schlüsseln brauche. Du weißt schon ... weil das Boot sinkt und so. Das Boot sinkt doch *wirklich*, oder?«

»Ja.«

»Okay. Äh ... ich will ja nicht nerven, aber du hast da draußen nicht zufällig einen wirklich furchterregenden Typen gesehen? Er ist etwas größer als ich, schwarze Haare, trägt eine Jeans und ein weißes, geknöpftes Hemd? Ich weiß, völlig unpassend für diesen Zeitpunkt und den Ort, aber genau das hatte er an.«

Als ihr Retter sie einfach nur ansah, sprach sie weiter: »Ich frage nur, weil, nun ja, ich glaube nicht, dass es ihm recht ist, dass ich gehe, und ich will ihm nicht über den Weg laufen. Und das werden wir, denn dieses Boot ist nicht so groß. Also wollte ich nur wissen, ob du ihn gesehen hast ...«

Ihre Stimme verklang und sie kam sich dumm vor, als der große Mann sie nur noch eine Sekunde lang anstarrte. Schließlich sagte er: »Du musst dir keine Sorgen darüber machen, dass wir ihm begegnen könnten.«

Sie seufzte erleichtert. Sie hatte sich schon gedacht, dass dieser Mann sich wahrscheinlich um das Arschloch gekümmert hatte, dem es großen Spaß gemacht hatte, genau zu beschreiben, was sie erwartete, trotzdem wollte sie sich davon überzeugen. »Klasse.«

»Komm, verschwinden wir von hier.«

Allye wusste immer noch nicht, ob sie gerade vom Regen in die Traufe kam oder nicht, und kletterte vom Bett. Sie zuckte zusammen, als ihre Füße im Wasser landeten. Sie trug keine Schuhe, sie waren ihr weggenommen worden, aber sie hatte immer noch ihre Jeans und ihr T-Shirt an, und das Wasser war eiskalt.

Der Mann drehte sich um und watete zur Tür, immer noch leicht gebückt, damit er sich nicht den Kopf an der niedrigen Decke anschlug, und Allye folgte ihm.

In letzter Sekunde drehte sie sich um und ging auf den kleinen Schreibtisch im Raum zu.

»Was zum Teufel? Jetzt komm schon, junge Dame! Du hast ja selbst gesagt, dass das Boot sinkt. Wir müssen von hier verschwinden«, sagte der Mann, der vielleicht ihr Retter, vielleicht aber auch ein Sexsklavenhändler war, ungeduldig zu ihr.

Ohne ein Wort zu sagen, steckte Allye die Sache ein, wegen der sie einen kleinen Umweg in Kauf genommen hatte, und drehte sich wieder zu dem Mann um. »Ich weiß. Ich komme schon.«

Als er sich wieder umdrehte in der Gewissheit, dass sie ihm diesmal wirklich folgte, schob Allye den USB-Stick, den sie von dem Laptop auf dem Schreibtisch mitgenommen hatte, in die Reißverschlusstasche ihres Hemdes. Ihr Entführer hatte ihn im Raum gelassen, als er kurz vor der Explosion plötzlich verschwunden war.

Allye war zufrieden, dass sie, selbst *falls* das Boot auf den Meeresgrund sinken würde, der Polizei immer noch etwas zeigen könnte, um zu beweisen, dass sie entführt worden war, und folgte dem Riesen aus dem Raum auf das Oberdeck.

Es schien, als hätte er sie gerade noch rechtzeitig erreicht, denn sobald sie oben ankamen, schwankte das Boot wieder. Der Mann streckte einen Arm aus, um Allye aus dem Weg zu stoßen, als verschiedene Gegenstände, die auf dem Deck verstreut gelegen hatten, auf sie zurollten.

Allye wurde hart genug gegen die Wand des Steuerhauses geschleudert, dass sie keuchen musste. Aber kaum war sie aufgeschlagen, war der Mann da und hielt ihren Arm fest, um ihr zu helfen, auf die Füße zu kommen. Er half ihr, die Kisten und Angelruten zu umsteuern, die nun überall verstreut lagen.

»Danke«, murmelte sie.

Er antwortete nicht, sondern hielt sie fest, während sie sich auf den Weg nach oben machten, und unterstützte sie auf ihrem Weg zum Heck des Bootes. Er hielt an, um etwas Schwarzes aus einer Kiste zu nehmen, die durch die Kraft der Bootsbewegung aufgeklappt worden war. Das Deck neigte sich nun ziemlich alarmierend à la *Titanic*, wobei das Licht aus dem Steuerhaus fast wie ein Stroboskop aussah, als das Boot kippte.

Allye blickte sich um in der Erwartung, ein weiteres Boot zu sehen, aber als sie nichts sah, platzte sie heraus: »Wo ist denn dein Boot?«

»Ich habe keins.«

Allye starrte ihn ungläubig an. Wenn er kein Boot hatte, wie um alles in der Welt sollten sie dann zurück in die Stadt kommen? Sie machte gerade den Mund auf, um ihn das zu fragen, als er am Achterdeck haltmachte, sich duckte und sie mit sich nach unten zog.

»Zieh deine Hose aus!«, befahl er harsch, ohne sie anzusehen. Stattdessen blickte er über die Wasseroberfläche. Wonach er Ausschau hielt, wusste Allye nicht. Sie konnte in der Dunkelheit, die um sie herum herrschte, nichts sehen und er hatte behauptet, kein Boot dabeizuhaben. Aber sie hatte ganz sicher nicht vor, ihre Jeans auszuziehen. Auf gar keinen Fall.

Kam nicht infrage.

»Ähm ... sollten wir nicht nach einem Rettungsboot Ausschau halten? Oder nach Rettungswesten?«

Diesmal drehte er sich zu ihr um und ließ den Blick über ihr Haar, ihr Gesicht und dann ihren Körper hinab wandern, bevor er ihr wieder in die Augen sah.

»Falls du es noch nicht bemerkt hast, kleines Kätzchen, wir sinken. Und selbst wenn das nicht der Fall wäre und wir mehr Zeit hätten, würden wir keins von beidem finden.«

Allye blinzelte. »Aber ... es ist gegen das Gesetz, keine Rettungsmittel an Bord zu haben.«

Er starrte sie erneut an und grinste dann.

Und es verschlug Allye den Atem. Mann oh Mann, wenn er lächelte, sah er plötzlich ganz anders aus. Fast freundlich. Aber nur fast.

»Ich denke, die Tatsache, dass der Besitzer des Bootes eine entführte Frau, die er jemandem als eine Art Sexsklavin ausliefern wollte, illegal transportierte, deutet darauf hin, dass es ihm nicht viel ausmachte, nicht die richtige Ausrüstung an Bord zu haben.«

»Auch wieder wahr«, murmelte sie und kam sich ein wenig dumm vor. Dann blickte sie sich um. »Wo stecken überhaupt dieser komische Kapitän und das andere Arschloch?«

»Du solltest jetzt wirklich die Jeans ausziehen«, erklärte der Mann neben ihr, ohne auf ihre Frage einzugehen. »Und du solltest das hier schnell anziehen. Wir sind höchstwahrscheinlich längere Zeit im Wasser und in der Sekunde, in der wir über Bord gehen, wirst du das Gefühl haben, du hättest einen Anker um die Hüften, wenn du deine Hose nicht ausziehst.«

»Aber das Wasser ist kalt«, protestierte Allye und hörte sich sogar in ihren eigenen Ohren albern an, als sie nach dem Knopf ihrer Hose griff. Sie erkannte, dass das schwarze

Ding, das er vom Deck geholt hatte und ihr nun entgegenhielt, ein Neoprenanzug war. Der Gedanke, ins Meer zu springen, erschreckte sie zu Tode.

Sie war eine gute Schwimmerin, obwohl sie auf keinen Fall lange durchhalten würde, nicht bei der Temperatur des Wassers. Aber das Boot sank immer schneller und schneller. Plötzlich schien es eine gute Idee zu sein, den Neoprenanzug anzuziehen. Auch wenn er das Wasser nicht von ihrer Haut fernhalten würde, würde er sie doch wärmer halten, als wenn sie nur ihr T-Shirt und ihren Slip trug.

Alles in allem war das Ausziehen ihrer Hose vor diesem Fremden die geringste ihrer Sorgen. Ihr einziger Gedanke war, den Neoprenanzug anzuziehen, bevor das Boot unter ihnen verschwand.

»Das Wasser ist wirklich kalt«, erklärte der Typ und Allye stellte fest, dass er auf ihre blöde Aussage von eben einging.

Sie wartete darauf, dass er weitersprach. Doch das tat er nicht. Sie hatte etwa eine Million Fragen und war sich nicht sicher, ob sie diesem Fremden vertrauen konnte. Er war plötzlich aus dem Nichts aufgetaucht. Mit einem Schlüssel für ihre Handschellen. Und die anderen beiden Männer hatte sie auch schon ziemlich lange nicht mehr gesehen. Hatte er sie getötet?

Natürlich hatte er das. Warum sonst versuchten sie nicht, sie aufzuhalten? Außer natürlich, dieser Mann gehörte ebenfalls zu dem Unternehmen, was auch immer genau es sein mochte. Vielleicht versuchte er, sie dazu zu bringen, ihn für einen der Guten zu halten, damit sie tat, was er sagte. Sie wäre dann auf jeden Fall leichter zu kontrollieren, das stand schon mal fest.

»Vielleicht ...«

»Hör auf, dir unnötige Sorgen zu machen«, befahl ihr

der Mann und unterbrach damit ihren Gedanken, bevor sie ihn zu Ende bringen konnte. Er drückte ihren Arm, um ihre Aufmerksamkeit auf sich zu lenken. »Ich bin keiner von denen. Ich bin auf deiner Seite. Ich bringe dich nach Hause. Vertrau mir.«

»Woher weißt du, was ich gedacht habe?«, fragte Allye, während sie sich das kalte Neopren des Tauchanzugs hoch und über die Arme streifte. Glücklicherweise saß der Anzug ziemlich eng. Wäre er zu groß, hätte er sie nicht warm gehalten. Plötzlich lasteten die Ereignisse der letzten achtundvierzig Stunden auf ihr wie ein Gewicht von zehn Tonnen und sie fühlte sich völlig erschöpft.

»Weil es genau das ist, was ich denken würde, wenn ich in deinen Schuhen stecken würde.«

»Ich habe übrigens keine an«, erklärte sie zusammenhanglos, hob eines ihrer Beine hoch und zeigte auf ihren bloßen Fuß.

Er antwortete nicht, aber sie glaubte zu sehen, wie ein Lächeln seine Mundwinkel umspielte, bevor er seine Reaktion kontrollierte und die Emotion aus seinem Gesicht entfernte.

Allye hörte Wasser um sich herum plätschern, wandte den Blick aber nicht von dem Mann ab. Sie schluckte schwer. »Sind wir wirklich im Begriff, von diesem Boot aus ins Meer zu springen, und das ohne Rettungsweste? Und was sollen wir deiner Meinung nach dann tun? Einfach an Land schwimmen?«

»Das ist doch ganz einfach«, erklärte der Mann lächelnd.

»Vielleicht sinkt das Boot ja doch nicht«, erklärte sie hoffnungsvoll.

»Oh, das Boot wird auf jeden Fall sinken«, erklärte ihr Retter im Brustton der Überzeugung.

Das Boot schwankte genau dann, als wollte es seine Worte beweisen, und kippte noch ein bisschen mehr nach oben, wodurch sie gezwungen waren, sich an der Seite festzuhalten. Das Meer war nun näher. Er hatte recht. Alle Hoffnungen, sich an dem schaukelnden Boot festhalten zu können, bis die Küstenwache oder ein anderer Fischer sie fand, waren dahin.

Allye schloss die Augen und holte tief Luft. Als sie sie öffnete, stand der Mann immer noch direkt neben ihr und sah sie so intensiv an, dass sie nervös wurde.

»Bist du bereit, Kätzchen?«

»Warum nennst du mich so?«

»Weil deine Augen zwei verschiedene Farben haben. Und ich hatte einmal eine Katze, bei der das auch so war. Du erinnerst mich an sie. Sie hatte große Augen und wirkte ganz unschuldig, aber gelegentlich hat sie mir gezeigt, dass man sich besser nicht mit ihr anlegen sollte, und dann hat sie mich mit ihren Krallen gekratzt.«

Allye verdrehte die Augen. »Na toll. Aber wahrscheinlich ist das besser, als wenn du behaupten würdest, ich sei vom Teufel besessen. Du kannst dir kaum vorstellen, wie viele Leute schon versucht haben, mich mit meinen verschiedenfarbigen Augen und der weißen Strähne in meinem Haar zu ›retten‹.«

Das Boot gab ein lautes Stöhnen von sich und ohne ein Wort zu sagen, drehte sich der Mann neben ihr um und legte seine Hände um ihre Taille. Bevor sie wusste, was er geplant hatte, flog sie durch die Luft und stürzte auf das aufgewühlte Meer zu.

Gray fühlte sich für den Bruchteil einer Sekunde schlecht, aber als er sah, wie die gesamte Frontpartie des Bootes verschwand, reagierte er einfach und wollte die Frau, die er »Kätzchen« genannt hatte, aus der Gefahrenzone bringen. Er wollte nicht auf dem Heck des Bootes sitzen, wenn es unterging.

Er wusste, dass er sich, selbst wenn er mit dem Boot nach unten gesaugt würde, leicht befreien und an die Oberfläche kommen könnte, aber das wäre für Allye wahrscheinlich nicht der Fall. Er zog es vor, sie ein für alle Mal vom Boot wegzubekommen, anstatt zu riskieren, dass sie in Gefahr geriet.

Er nahm sich eine kostbare Sekunde Zeit, um auf die Uhr zu schauen, und bemerkte, dass es kurz nach neun war. Gray tauchte vom Heck des Bootes ab, ohne abzuwarten, ob der Kopf der Frau zwischen den Wellen auftauchte. Er hoffte, dass Black früh erkannte, dass Gray es nicht bis zu ihrem Treffpunkt schaffen würde, sodass sie weniger Zeit im kalten Pazifik verbringen müssten. Er konnte es verkraften, aber bei Allye Martin war er sich nicht sicher.

Er dachte keine Sekunde an die beiden Männer, die zusammen mit dem Schiff für immer verschwinden würden. Ihre Grabstätte wäre der Grund des Ozeans, aber ihre Seelen waren mit Sicherheit bereits in die Hölle hinabgesaugt worden.

Gray begann sofort, dorthin zu schwimmen, wo Allye gelandet war, und wartete darauf, dass ihr Kopf auftauchte und sie ihm die Hölle heißmachte, weil er sie ohne Vorwarnung vom Boot geworfen hatte.

Mehrere Sekunden vergingen und mit jeder Sekunde wurde Gray nervöser. Scheiße, war sie verletzt worden, als sie im Wasser gelandet war? Er hatte sich nicht einmal die

Mühe gemacht zu fragen, ob sie schwimmen konnte. Er hatte einfach instinktiv gehandelt.

Gerade als er kurz davor war, unter die Oberfläche zu tauchen und blind zu suchen, sah er sie. Sie war etwa sechs Meter weiter von der Stelle entfernt, an der sie gelandet war. Er schwamm schnell auf sie zu und fragte sich, wie sie so schnell dorthin gekommen war.

Als er sie erreichte, machte er sich keine Gedanken darüber, Abstand zu halten. Er schwamm direkt auf sie zu und legte einen Arm um ihre Taille, zog sie an seine Seite und hielt sie beide problemlos über den Wellen.

»Bist du verletzt?«, fragte er brüsk.

Die Frau hob die Hand und schob sich ihr Haar aus dem Gesicht, wobei die weiße Strähne in ihren dunklen Locken besonders auffiel. Sie war wirklich außergewöhnlich ... und ausgesprochen interessant.

»Nein, aber es wäre schön gewesen, wenn du mich vorgewarnt hättest.«

Gray entspannte sich ein wenig. Er wollte unter allen Umständen vermeiden, dass sie sich mit ihm anlegte, denn das konnte er jetzt nicht gebrauchen. Er wusste, dass Black ihn suchen würde, wenn er nicht mit dem Boot am Treffpunkt auftauchte, aber es würde eine Weile dauern.

Er hoffte, dass Black in der Lage gewesen war, das andere Boot zu lokalisieren und abzufangen. Sie brauchten mehr Informationen. Wer auch immer in dem anderen Boot war, könnte die Person sein, die sie abgeliefert hatte. Gott allein wusste, dass er weder aus dem Besitzer des Fischerbootes noch aus dem Arschloch, das die überraschende Begleitperson der Dame gewesen war und sie zu demjenigen hätte bringen sollen, der sie gekauft hatte, etwas herausbekommen hätte.

Er hatte auch nicht gefunden, was er erwartet hatte, als

er die Kajüte auf dem kleinen Boot betreten hatte. Er hatte ein erschrockenes, verängstigtes und völlig verwirrtes Entführungsopfer erwartet. Stattdessen hatte er eine ruhige und ziemlich amüsante Frau vorgefunden, die bisher das Erforderliche getan hatte, um zu überleben. Und nicht nur das, sie war auch noch attraktiv.

Allye Martin war keine offensichtlich schöne Frau, aber sie war hübsch. Sie hatte eine süße Nase, die sich am Ende etwas nach oben wölbte, und obwohl er ihr offenes Lächeln noch nicht gesehen hatte, hatte er ein Grübchen auf einer ihrer Wangen entdeckt. Ihre Lippen waren voll und ihre markanten Wangenknochen machten ihr Gesicht interessant. Aber ihre Augen ...

Ihr rechtes Auge hatte eine dunkelblaue Farbe, wie eine stürmische See. Gray hatte das Gefühl, bei einem anderen Licht würde es die Farbe wechseln. Und das linke war haselnussbraun. Der Effekt war etwas verblüffend, schmälerte aber keineswegs ihre Schönheit. Ihre Augen standen weit auseinander und sie hatte extrem lange Wimpern. Ihre Wangen waren trotz des kalten Wassers gerötet und er konnte erkennen, dass sie bis zum Äußersten angespannt war.

Wenn ihr Haar trocken war, hatte es eine satte Kastanienfarbe, mit Ausnahme eines weißen Streifens, der etwa einen Zentimeter breit war und von der Oberseite der Kopfhaut bis zur rechten Kopfseite verlief. Er ging bis zu den Haarspitzen, die ihr bis über die Schultern reichten. Wie ihre Augen auch war die Strähne ungewöhnlich und auffallend. Und sie passte zu ihr. Gray wusste nicht, woher er das wusste, aber er wusste es.

Ihr Körper lag geschmeidig unter seiner Hand. Sie war muskulös und in Form, wie es jede professionelle Tänzerin wäre.

Die beiläufige Art und Weise, wie sie ihn nach einem Handschellenschlüssel gefragt hatte, hatte ihn amüsiert. Er hatte erwartet, dass sie hysterisch war. Dass sie zumindest weinte, aber sie schien sich sehr gut zu halten. Alles, was er bisher gesehen hatte, fand er attraktiv ... aber er war nicht hier, um ein Rendezvous zu vereinbaren. Nicht im Geringsten.

Von sich selbst angewidert schüttelte Gray innerlich den Kopf. Er musste sich darauf konzentrieren, sie so nahe wie möglich an den Treffpunkt zu bringen. Wenn es nötig gewesen wäre, hätte Gray es wahrscheinlich bis zum Ufer schaffen können, da er den Trockenanzug anhatte und an die eisigen Meerestemperaturen gewöhnt war, aber er bezweifelte sehr stark, dass das Kätzchen in seinen Armen es schaffen würde.

Er konzentrierte sich jetzt darauf, ihren Geist zu beschäftigen, damit sie nicht in Panik geriet.

»Entschuldige«, erklärte Gray, als er sich an ihre Beschwerde von vorhin erinnerte, dass sie das nächste Mal lieber vorgewarnt werden würde, bevor er sie durch die Luft wirbelte, als wäre sie ein kleines Kind und keine ausgewachsene Frau. »Ich hatte aus dem Augenwinkel gesehen, dass das Boot zu sinken begonnen hatte, und habe einfach instinktiv gehandelt.«

Sie seufzte und gleichzeitig klapperten ihre Zähne. »Ist schon okay.«

»Wie hast du es übrigens so schnell den ganzen Weg hierher geschafft?« Während sie Wasser traten, konnte er spüren, wie ihre Beine seine streiften. Plötzlich tauchten vor seinem geistigen Auge Bilder darüber auf, wie ihre Beine auf andere Art und Weise miteinander verwoben waren, doch er verdrängte sie schnell. Jetzt war sicher nicht der richtige Zeitpunkt und schon gar nicht der richtige Ort.

Sie zuckte mit den Achseln. »Noch bevor ich auf dem Wasser aufkam, wurde mir klar, was wahrscheinlich gerade passierte, und plötzlich hatte ich Bilder aus *Titanic* in meinem Kopf. Ich wollte nicht vom untergehenden Boot mit in die Tiefe gerissen werden, also bin ich mit angehaltenem Atem unter Wasser so weit geschwommen, wie ich konnte.«

»Das war schlau«, murmelte Gray.

Sie zog die Augenbrauen hoch.

»Was ist?«, fragte er.

»Ein Mann – und zwar ein richtig knallharter Kerl –, der zugibt, dass eine Frau etwas Schlaues getan hat?«

Er konnte nicht umhin zu grinsen. »Ich bin durchaus dazu in der Lage, dir zu sagen, wenn du etwas richtig gemacht hast«, verteidigte er sich.

Sie sah ihn zweifelnd an. »Aber ...«, begann sie.

»Aber ich bin auch durchaus dazu in der Lage, dir zu sagen, wenn du etwas Dummes getan hast. Und noch mal umzukehren, um Schmuck zu holen oder was auch immer du für so wichtig gehalten hast, dass du die Kajüte nicht ohne den Gegenstand verlassen wolltest, war einfach nur dumm. Wäre das Boot nämlich untergegangen, als wir noch in dem Raum waren, wären wir jetzt mit größter Wahrscheinlichkeit auf dem Weg zum Meeresgrund, zusammen mit den beiden Handlangern, die an Bord mit dir waren.«

Sie starrte ihn einen Moment lang an, dann seufzte sie und wandte den Kopf ab. »Es hat zwar nur drei Sekunden gedauert, aber du hast recht. Bitte entschuldige.«

Die Entschuldigung war der Situation angemessen, aber der Ton war es nicht. Sie klang enttäuscht. Von ihm. Und das ärgerte ihn.

Gray wusste, dass etwas nicht stimmte, aber andererseits stimmte im Moment vieles nicht. Er wollte von ihr verlangen, dass sie ihm sagte, was so verdammt wichtig war, dass sie bereit gewesen war, dafür zu sterben ... aber er tat es nicht. Sie hatten eine harte Tortur vor sich und er wollte sich weiterhin gut mit ihr stellen. Schließlich wollte er nicht, dass sie sich über ihn ärgerte und noch schwieriger wurde.

»Wie heißt du?«, fragte er, obwohl er es schon wusste. Es war überaus wichtig, dass er dafür sorgte, dass sie redete. Denn dann war ihr Geist beschäftigt und er hatte die Möglichkeit, sich von ihrer körperlichen Verfassung zu überzeugen.

»Allye. Ungefähr so wie die Straße mit den vielen Bäumen, nur mit einem *y* statt dem ersten *e*.«

Er lachte leise. »Das hört sich ja fast so an, als hättest du das schon ziemlich häufig erklären müssen.«

Sie lachte. »Allerdings.«

»Und dein Nachname?«

»Martin. Allye Martin. Und du?«

»Grayson Rogers.« Er hatte kein Problem damit, ihr seinen echten Namen zu sagen. Schließlich war es ja nicht so, als könnte sie ihn googeln und herausfinden, dass er bei den Mountain Mercenaries war. Wenn er nicht von Rex um die Welt geschickt wurde, um sich um schreckliche Menschen zu kümmern, die alles verdient hatten, was sie bekamen, war er Steuerberater. Und zwar ein verdammt guter.

»Schön, dich kennenzulernen, Grayson«, sagte Allye.

Gray konnte nicht anders, er musste lachen.

Sie kniff die Augen zu Schlitzen zusammen. »Was ist daran so lustig?«

»Du, Kätzchen. Hier sind wir, mitten im Ozean, ohne Boot, ohne Rettungsweste, und du benimmst dich, als wären wir bei einer Teegesellschaft im achtzehnten Jahrhundert oder so was.«

Sie stieß ihn an und er ließ sie los. Er musste sowieso herausfinden, wie gut sie schwimmen konnte, und das konnte er genauso gut jetzt gleich tun.

»Wäre es dir lieber, wenn ich schreie und weine? Ist es das? Möchtest du, dass ich mich wie ein hilfloses Opfer benehme? Ich war mein ganzes Leben lang noch kein Opfer und ich werde jetzt nicht damit anfangen. Und weinen tue ich auch nicht, das kannst du also auch vergessen.«

»Nie?«

»Was?«

»Weinst du nie?«

Sie zuckte mit den Achseln und sah ihn weiterhin böse an. »Nein, nie.«

»Warum nicht?«

Sie machte große Augen. »Können wir bitte nicht darüber reden?«

»Warum nicht?«, fragte er erneut.

»Verdammt, du hörst dich wie ein Zweijähriger an. Warum, warum, warum?«, beschwerte sie sich.

Er lachte leise. Verdammt, das machte ja sogar fast Spaß. »Es ist ja nicht so, als hätten wir gerade etwas anderes zu tun«, erklärte er. »Ich meine, jetzt, da wir ohnehin schon hier rumhängen, können wir einander genauso gut besser kennenlernen. Warum weinst du nie?«

Sie murmelte leise etwas, das er nicht ganz verstand, was sich aber ziemlich so anhörte wie »jemand bewahre mich vor den Machos«, dann drehte sie sich zu ihm um. »Weil es nichts bringt. Es sorgt nur dafür, dass die anderen sich unwohl fühlen und man selbst noch unglücklicher wird.«

»Also, ich fühle mich nicht unwohl, wenn jemand weint«, erklärte er ihr.

Sie verdrehte die Augen. »Natürlich nicht.«

»Weinen ist eine gute Methode, um Emotionen rauszulassen. Wenn ein Kind weint, heißt das, dass ihm etwas wehtut, ganz egal ob physisch oder psychisch.«

»Und wenn eine Frau weint?«, wollte Allye wissen.

»Dann muss ich mir überlegen, wen ich verprügeln oder töten soll.«

Gray hatte nicht über seine Worte nachgedacht, bis sie bereits aus seinem Mund geschlüpft waren. Dann zuckte er innerlich zusammen. Er hatte eigentlich nicht vorgehabt, sie daran zu erinnern, was für einem Schicksal sie gerade entgangen war. Er wusste, was sie ihn fragen würde, bevor sie überhaupt den Mund aufmachte.

»Du hast sie getötet, nicht wahr?«

Er musste gar nicht erst fragen, wen sie mit »sie« meinte. Er seufzte und beschloss, ihr die Wahrheit zu sagen, womit er hoffentlich weiter ihr Vertrauen gewann, also sagte er einfach nur: »Ja.«

»Gut.«

Ihre Antwort war kurz und prägnant und warf Gray ein bisschen aus der Bahn. Es war nicht so, dass er Reue für seine Taten empfand, aber es war lange her, dass ein Zivilist seine Taten so unverblümt gewürdigt hatte, wie Allye es tat.

Als er nichts sagte, wurde sie defensiv. »Ich meine, es ist ja nicht so, als wären sie Säulen der Gesellschaft von San Francisco oder so etwas. Ich flehte den einen Typen an, mir bei der Flucht zu helfen, aber er tat so, als wäre ich gar nicht da. Er wusste, dass ich nicht freiwillig auf dem Boot war, und es war ihm egal. Und der andere Kerl ...«

Gray sah, wie sie sichtlich erschauderte.

»Er war so eiskalt, dass er genauso gut der Bruder des Teufels hätte sein können.«

Gray beugte seine Arme und schwamm näher an Allye heran. Der Mond war hell am dunklen Himmel und gab genügend Licht, sodass er ihr Gesicht sehen konnte. Er berührte sie nicht, aber er war direkt vor ihr, sodass er ihren Gesichtsausdruck erkennen konnte, als er seine nächste Frage stellte. »Hat er dich vergewaltigt?«

Allye blinzelte bei seinen offenen Worten. »Nein«, erwiderte sie, ohne zu zögern. »Aber er erzählte mir mit Vergnügen alles über den Mann, der mich gekauft hatte, und wie ich ihn *Herr* nennen sollte und wie *er* jeden Zentimeter meines Körpers genießen würde ... nachdem er mich ›trainiert‹ hätte. Als ob. Ich bin doch kein verdammter Hund, der bei Fuß geht.«

»Weißt du, wer dich gekauft hat?« Gray hasste es, die Wörter auch nur auszusprechen. Es hörte sich so falsch an, zu sagen *gekauft hat*, als wäre sie tatsächlich eine Sklavin. Aber sie befanden sich wirklich nicht in der Situation, in der sie um den heißen Brei herumreden sollten oder konnten.

Allye schüttelte den Kopf. »Nein. Der Typ hat mir nie seinen Namen verraten. Aber er hat mir gesagt, dass mein neuer Herr mich nun schon eine ganze Weile lang beobachtet hätte und eine Obsession für mich hat ... Deswegen hat er auch jemanden mitgeschickt, um mich zu begleiten. Er wollte sicherstellen, dass seinem Eigentum nichts passiert.«

Gray war völlig verwirrt. Wenn die Person, die sie gekauft hatte, sie schon seit Längerem beobachtete, bedeutete das wahrscheinlich, dass der Typ in oder um San Francisco lebte oder arbeitete. Und wenn er in der gleichen Stadt lebte wie Allye ... warum dann all die Umwege? Warum hatte die Begleitperson sie nicht direkt zu ihm gebracht? Die Boote ergaben überhaupt keinen Sinn.

Er machte sich eine mentale Notiz, das Ganze mit Rex zu besprechen, und fragte: »Du bist also Tänzerin, richtig?«

Sie nickte. »Ja. Beim Tanztheater von San Francisco.«

»Ballett?«

Allye verdrehte die Augen. »Warum glauben alle, dass jeder Tänzer Ballett tanzt? Nein. Ich meine, ich *kann* Ballett tanzen, aber es ist nicht mein Ding. Ich mache so ziemlich jede andere Art von Tanz. Modern, Jazz, Ballsaal, sogar etwas Stepptanz. Ich war einmal drei Monate mit Janet Jackson auf Tournee. Das war viel schwieriger als die nächtlichen Auftritte, die ich mit dem Theater habe. Sie ist eine Perfektionistin und wenn wir während einer Aufführung etwas vermasselt haben, hat sie nicht gezögert, uns das mitzuteilen ... *und* wir mussten vor der nächsten Aufführung zwei Stunden zusätzlich üben.«

Eine Welle kam aus dem Nichts und schlug über ihren Köpfen zusammen. Gray schüttelte das Wasser ab, als hätte er Kiemen an beiden Seiten seines Halses, aber Allye hustete, als sie Salzwasser ausspuckte.

Hätte Gray sich in diesem Moment selbst in den Arsch treten können, hätte er es getan. Sie mussten sich in Sicherheit bringen, nicht Wasser treten und quatschen. Je mehr Salzwasser sie schluckte, desto schlechter würde es ihr gehen. Aber das war die geringste ihrer Sorgen. Sie würde an Unterkühlung sterben, lange bevor das Salz in ihrem Körper zu einem Problem wurde.

»Wann hast du das letzte Mal etwas gegessen oder getrunken?«, fragte er sie, kam wieder näher und ergriff ihren Oberarm mit der Hand.

»Ich bin mir nicht sicher. Aber es ist noch nicht sehr lange her. Das Arschloch hat mich dazu gezwungen, etwas zu essen und zu trinken, als wir an Bord gegangen sind. Er sagte, mein *Herr* wäre nicht besonders glücklich, wenn ich dehydriert und mit Übelkeit bei ihm ankäme.«

Gray war ungewöhnlich wütend, als er erneut hörte, was der Frau fast zugestoßen wäre, doch er schüttelte den

Gedanken ab. »Gut. Also pass auf. Versuche, möglichst kein Meerwasser zu schlucken.«

Sie nickte. »Ich bin doch keine Idiotin. Ich habe auch schon Filme und Serien gesehen, bei denen Leute tagelang im Meer umhergetrieben sind und den Verstand verloren haben, nachdem sie das ganze Salzwasser zu sich genommen hatten.«

»Wir werden hier nicht tagelang herumtreiben«, informierte Gray sie. Er fügte nicht hinzu, dass sie schon allein an Unterkühlung sterben würden, sollten sie stundenlang, geschweige denn tagelang im Ozean treiben. Wenn sie es jetzt nicht sofort zur Sprache brachte, dann würde er es auch nicht tun.

»Nun, ich sage es dir ja nur ungern, Grayson, aber die Lichter dort hinten sind viel weiter entfernt, als es aussieht. Ganz zu schweigen von der Tatsache, dass wir uns auch nicht gerade im örtlichen Schwimmbad befinden. Hier im Ozean gibt es Kreaturen mit Zähnen, vielen Zähnen.«

»Gray.«

»Was?«

»So heiße ich. Mein voller Name ist Grayson, aber alle nennen mich Gray.«

Sie starrte ihn eine Sekunde lang an, bevor sie erneut die Augen verdrehte. »Na gut. Von mir aus. Gray.«

»Du machst das ziemlich häufig«, erklärte er ihr.

»Was mache ich ziemlich häufig?«

»Deine Augen verdrehen.«

»Das liegt daran, dass du die ganze Zeit Sachen sagst, die so lächerlich sind, dass ich nicht anders kann«, erwiderte sie.

Ja, man konnte durchaus behaupten, dass er sie mochte. Er mochte ihren Kampfgeist. Er mochte, dass sie nicht ausflippte. Er mochte, dass sie sich nicht unterkriegen ließ und sogar frech zu ihm war, obwohl sie gerade etwas Schreckliches durchgemacht hatte. »Ich bin ein guter Schwimmer«, informierte er sie.

»Ich auch«, entgegnete sie sofort. »Aber das bedeutet noch längst nicht, dass ich eine Million Kilometer zur Küste schwimmen kann, bevor ich vor Kälte oder Durst sterbe oder von einem Hai gefressen werde.«

Gray nahm ihr Gesicht in beide Hände und hielt sie beide über Wasser, indem er ständig mit den Beinen paddelte. »Ich bringe dich nach Hause, Kätzchen. Denk an meine Worte.«

Diesmal verdrehte sie nicht die Augen. Sie blickte einfach mit ihren verschiedenfarbigen Augen in seine und nickte nur.

KAPITEL DREI

21:18 Uhr

»Erzähl mir, was passiert ist. Wie bist du auf dem Boot gelandet?«, fragte Gray, nachdem sie ein paar Minuten geschwommen waren. Er spürte bereits, dass Allye zitterte, jedes Mal, wenn er sie zufällig unter Wasser streifte. Die Tatsache, dass er sie dazu gebracht hatte, einen Nasstauchanzug anzuziehen, war immerhin etwas, aber es würde sie nicht am Leben halten, wenn Black sich nicht beeilte und sie endlich fand.

»V-viel kann ich dir nicht erzählen. Ich war auf dem Nachhauseweg und gerade aus der Straßenbahn ausgestiegen. An der S-Straße war wie immer alles voll mit Autos und als ich gerade an einem vorbeigehen wollte, öffnete sich die hintere Tür und jemand sprang heraus. Ich wurde geschnappt und auf den Rücksitz verfrachtet, bevor ich auch nur mehr tun konnte, als vor Ü-Überraschung kurz aufzukreischen. Sobald ich wieder bei mir war, begann ich zu schreien, aber da war die Tür auch schon zu und der Wagen hatte sich in B-Bewegung gesetzt und mir war irgendetwas injiziert worden.«

»Dir wurde etwas injiziert?«, hakte Gray nach und es gefiel ihm überhaupt nicht, dass sie schon vor Kälte stotterte. Er sollte sich erst in über einer Stunde mit Black treffen. Er war sich nicht ganz sicher, ob Allye noch so viel Zeit hatte.

Sie nickte. »Ja. Mir wurde eine Nadel direkt in den Oberschenkel gestochen. Es hat v-verdammt wehgetan. Als ich wieder aufwachte, wurde ich gerade auf das Boot getragen. Ich schrie und rief dem K-Kapitän zu, dass ich gerade entführt wurde und er mir helfen solle, aber wie du ja schon weißt, hat er mich ignoriert.«

Gray war ein wenig enttäuscht, dass sie nicht mehr wusste, aber es überraschte ihn nicht.

»Erzähl mir von deiner F-Familie«, bat Allye und es war offensichtlich, dass sie das Thema wechseln wollte.

»Ich habe einen Bruder, Jackson, er ist drei Jahre jünger als ich.«

»Lass mich raten, er verbringt sein Leben auch damit, Jungfrauen in N-Not zu helfen.«

»Er ist Grundschullehrer«, erklärte Gray ihr.

Sie war einen Moment lang still und begann dann zu kichern.

Das Geräusch hallte über das Wasser um sie herum und Gray konnte nicht umhin, ebenfalls zu lächeln. Er konnte sich nur allzu gut vorstellen, wie sie die Augen verdrehte.

»Im Ernst?«, fragte sie.

Sie schwammen nebeneinander her, und zwar so, dass sie beim Brustschwimmen den Kopf über den Wellen hielten, damit sie sich unterhalten konnten. Sie hatten eine Zeit lang gekrault, doch da es dunkel war, wollte Gray einschätzen, in welcher Verfassung sie war, indem er mit ihr sprach. Es war außerdem leichter, dafür zu sorgen, dass sie sich in der Dunkelheit nicht verloren, wenn sie so schwammen.

»Im Ernst«, bestätigte er. »Als wir klein waren, wollte er sein, was alle kleinen Jungs sein wollen – Feuerwehrmann, Polizist, Cowboy –, doch während seines letzten Jahres an der Highschool musste er einen Kurs belegen, der *Berufsausbildung* hieß. Dort durften sie alle möglichen Berufe ausprobieren und er erzählte mir, dass der Tag, an dem er als Freiwilliger in einer dritten Klasse ausgeholfen hatte, irgendetwas in ihm bewirkt hatte.«

»Das ist ja c-cool.«

»Ja, es ist *wirklich* cool. Er ist auch ein richtig guter Lehrer. Er hat schon viele verschiedene Auszeichnungen erhalten und die Kinder lieben ihn.«

»Ich wette, eure Eltern sind sehr stolz«, bemerkte Allye.

Gray hörte etwas aus ihrer Stimme heraus, das er nicht ganz einordnen konnte. »Ja, meine Mutter hat ihn schon immer am liebsten gemocht«, scherzte er. »Mein Vater ist schon vor Längerem gestorben, aber er wäre auch ausgesprochen stolz darauf gewesen, dass sein Sohn etwas tut, das er liebt, und dabei Einfluss auf das Leben von Kindern hat.«

Allye erwiderte daraufhin nichts.

»Und was ist mit dir?«

»Was soll mit mir sein?«, fragte sie.

»Was ist mit deiner Familie?«

»Ich habe keine.«

Gray blinzelte und versuchte in der Dunkelheit, ihr Gesicht zu erkennen. Doch es gelang ihm nicht. »Jeder hat doch eine Familie.«

»Nein, Gray, nicht jeder. Manche Leute sollen einfach keine M-Mutter haben, die sie liebt.«

»Blödsinn«, entgegnete Gray.

Er hörte, wie sie ein ersticktes Geräusch von sich gab, doch er ließ sich nicht ködern.

»Es ist mir egal, ob es eine Adoptivmutter, eine Pflegemutter oder eine echte Mutter ist, jedes Kind hat es verdient, von einer Mutter geliebt zu werden.«

»Wie ist es eigentlich dazu gekommen, dass du auf dem Boot g-gelandet bist, um mich aus meiner verzwickten Lage zu befreien?«, fragte Allye nach ein paar Minuten.

Gray hätte gern mehr über ihre Mutter erfahren. Er hätte gern gewusst, wem er in den Hintern treten musste, doch er ließ es zu, dass sie das Thema wechselte. »Das ist eine lange Geschichte«, warnte er sie.

Sie lachte verächtlich und erneut konnte er sich nur allzu gut vorstellen, wie sie die Augen verdrehte. »Es ist ja nun wirklich nicht so, als hätten wir m-momentan etwas Besseres zu tun«, erwiderte sie sarkastisch.

»Das stimmt. Na gut ... wo soll ich anfangen?«

»Wie wäre es mit dem Anfang?«

Gray grinste. Er mochte diese Frau. Er begann, die Tatsache zu bedauern, dass er sie verlassen würde, nachdem Black sie gefunden und sie das Ufer erreicht hatten. Es war lange her, dass eine Frau sein Interesse so gründlich geweckt hatte wie Allye.

»Richtig, am Anfang, also. Ich erhielt ein Schwimmstipendium für die Marineakademie und nach meinem Abschluss habe ich mich sofort für die SEALs beworben. Ich dachte, ich wüsste, was ich von der berüchtigten ›Hell Week‹ zu erwarten hätte, aber darauf kann man nicht vorbereitet sein.«

»Du warst bei den SEALs? Das erklärt einiges«, erklärte sie ohne einen Hauch von Sarkasmus. »Ich habe einen D-Dokumentarfilm über die Ausbildung gesehen, die du durchlaufen hast«, bemerkte Allye, während sie langsam weiterschwammen. »Das sah wirklich ziemlich heftig aus.«

»Es *war* auch ziemlich heftig«, bestätigte Gray. »Es war das Schlimmste, was ich in meinem ganzen Leben durchgemacht habe. In jeder einzelnen Sekunde hätte ich am liebsten gekotzt und aufgegeben.«

»Und warum hast du das nicht getan? Also, aufgegeben, meine ich«, fragte sie.

»Weil ich sauer auf die Ausbilder war. Ich wusste, dass sie alles taten, um uns dazu zu bringen aufzuhören – mich besonders, da ich Offizier war –, und das machte mich umso entschlossener, sie nicht gewinnen zu lassen.«

»Hmmm.«

Gray wusste, dass es für jeden, der die physische und psychische Folter nicht durchgemacht hatte, ein unmöglich zu verstehendes Konzept war. Und es *war* Folter gewesen. Aber es war auch das Beste gewesen, was ihm je passiert war. Er hatte das, was er von diesen knallharten Ausbildern gelernt hatte, mehrmals angewendet, und es hatte ihm mehr als einmal das Leben gerettet.

»Eines der Dinge, die wir im Training tun mussten, war ein Nachtschwimmen. Wir wussten alle, dass es kommen würde. Es war kein Geheimnis, dass dies eine der Aufgaben war, die wir zu erfüllen hatten. Wir hatten erst eine Stunde geschlafen, als wir aufgeweckt und in einen kleinen Raum getrieben wurden. Wir waren erschöpft von all den Qualen, die wir schon durchgemacht hatten, und die Ausbilder prahlten immer wieder damit, dass wir das Schwimmen nie schaffen würden. Dass es da draußen Haie gab, die darauf warteten, uns zu fressen. Sie machten uns so lange nervös, bis wir ausflippten, und zeigten uns dann einen Film über Haiangriffe.«

»Verdammt, was für S-Sadisten«, bemerkte Allye.

»Ja. Doch sie erreichten damit ihr Ziel – zwei Leute gaben auf, und genau das hatten sie sich erhofft.«

»Ich hätte gedacht, sie *möchten*, dass die Männer zu SEALs werden?«

»Das tun sie auch. Doch nur die stärksten Männer, sowohl physisch als auch mental.«

»Ich weiß nicht so recht, ob es eine gute Idee ist, genau jetzt über H-Haie zu reden«, bemerkte sie trocken.

Gray lachte leise. »Jedenfalls haben sie uns gesagt, dass wir den Haien einfach nur auf die Nase schlagen müssten, sollten wir während des Schwimmens tatsächlich einem begegnen.«

»Oh mein Gott, *das* haben sie euch geraten?«

»Ja. Und während des Schwimmens wurden wir durch diese Kelpbänke geschickt. Das Zeug streifte leicht gegen unsere Beine und machte uns total verrückt. Natürlich haben sie uns nicht gesagt, dass Haie das Zeug hassen und nicht darin schwimmen wollen, weil sie darin stecken bleiben. Aber drei weitere Männer hörten daraufhin mitten im Meer auf.«

»Ich gehe mal davon aus, dass niemand von einem H-Hai gefressen wurde«, sagte sie.

»Das stimmt. Und weißt du, was noch?«

»Ich wage es kaum zu fragen. Was noch?«

»Das Ganze war tatsächlich eine meiner besten Erfahrungen während der ganzen Hell Week.«

»Wirklich? Du bist verrückt.«

Er lachte erneut. »Außerdem schickten sie uns einzeln los, sodass wir uns nicht auf unsere Freunde verlassen konnten, um uns durch diesen Teil des Trainings zu helfen. Wir waren ganz auf uns allein gestellt. Tatsächlich war es ausgesprochen friedlich und langweilig. Und glaub mir, wenn etwas langweilig war, war das etwas Gutes.«

»Also hast du es geschafft und nicht aufgegeben«, hakte Allye nach, als er nicht weitersprach.

»Ja. Ich war eine Zeit lang bei den SEALs und nach einem Vorfall bekam ich einen Anruf von jemandem, der sich selbst Rex nannte.«

»Wie das lateinische Wort für *König*? Da scheint ja jemand sehr von sich überzeugt zu sein«, stellte Allye fest.

»Ja, nicht wahr? Das dachte ich mir anfangs auch. Aber er erzählte mir, dass er dabei war, eine Truppe auf die Beine zu stellen, die im ganzen Land und überall auf der Welt Einsätze ausführen würde, und zwar in dem Stil, wie ich sie als SEAL gemacht hatte, nur dass ich doppelt so viel Geld bekam und nicht für den Staat arbeitete.«

»Das hört sich z-ziemlich z-zwielichtig an.«

Gray entging nicht, dass ihre Zähne immer stärker zu klappern schienen. »Genau das habe ich mir auch gedacht. Aber nach meinem Dienst für mein Land war ich aus verschiedenen Gründen desillusioniert und er hatte mir erklärt, was das Team tun würde, und zwar so, dass es mich interessierte. Er wies mich an, für mein Vorstellungsgespräch in eine Billardhalle in Colorado Springs zu kommen. Der Rest ist Geschichte.«

»Hmmm«, machte sie. »Irgendwie bezweifle ich, dass es so einfach war.«

Das war es auch nicht gewesen, aber mehr würde Gray ihr nicht erzählen. Ihre Wege kreuzten sich nur kurz. Er konnte und wollte das Unternehmen, das Rex ins Leben gerufen hatte, nicht gefährden, obwohl er ihr ohnehin schon mehr erzählt hatte als jemals jemand anderem außerhalb ihrer Gruppe.

Als sie ziemlich lange schwieg, fragte Gray: »Hältst du einigermaßen durch?«

»Es geht mir gut«, antwortete sie sofort.

»Möchtest du das vielleicht noch mal probieren und diesmal ehrlich antworten?«

»Ich v-verdrehe d-die Augen«, erklärte sie ihm. »Nur damit du es w-weißt.«

»Das habe ich mir schon gedacht.«

»Ich bin e-erschöpft. Und ich habe Angst. Und mir ist kalt. Und ganz ehrlich kann ich mir nicht vorstellen, wie wir es den ganzen Weg zum Ufer schaffen sollen.«

»Wir müssen auch nicht ganz bis zum Ufer schwimmen«, erklärte Gray ihr und hoffte, dass sein Vertrauen in seinen Teamkameraden deutlich hörbar war, als er sagte: »Ein Freund wird uns holen. Wir müssen nur bis dahin durchhalten.« Er wusste, dass sie nicht die ganze Strecke schwimmen konnten. Aber das war nicht der Punkt. Es ging darum, in Bewegung zu bleiben. Das Schwimmen würde sie wärmer halten und die Aussicht auf Rettung würde ihr hoffentlich auch den dringend benötigten Mut geben.

21:29 Uhr

Gray sah auf die Uhr. Die Zeit verging extrem langsam und er wusste, dass jede Minute, die verging, eine Minute mehr war, die Allye nicht hatte. »Wie wäre es, wenn wir eine Runde Ausschlussfragen spielen?«, wollte er wissen, als sie eine Zeit lang nichts mehr gesagt hatte.

»W-was ist das?«

»Ich gebe dir zwei Dinge zur Auswahl und du sagst mir, welches dir lieber ist. Dann bist du dran. Wir wechseln uns ab.«

»Du versuchst, mich abzulenken«, riet sie.

»Genau«, gab Gray offen zu. »Pass auf, du schlägst dich

hervorragend. Ich bin wirklich erstaunt darüber, wie gut du dich hältst. Ich versuche nur, dich abzulenken, bis mein Freund auftaucht.«

Sie seufzte laut genug, sodass er es sogar über das Geräusch der Wellen hinweg hören konnte. »N-na gut.«

»Sehr schön. Strand oder Berge?«

»Okay, jetzt in diesem Augenblick würde ich mich für die B-Berge entscheiden«, scherzte sie.

»Daraus kann ich dir wirklich keinen Vorwurf machen«, stellte Gray fest. Und nach einer Weile sagte er: »Du bist dran.«

»Muss es eine Ausschlussfrage sein?«, fragte sie.

»Nein. Du kannst mich fragen, was immer du möchtest.«

»Wie oft h-hast du das hier schon gemacht?«

»Was meinst du mit *das hier*?«

»Eine Frau wie mich g-gerettet.«

»Kein einziges Mal. Es gab noch nie zuvor jemanden wie dich«, erwiderte Gray sofort.

Sie schüttelte den Kopf. Gray sah, wie ihre weiße Strähne sich vor- und zurückbewegte. »Nein, ich meine, wie oft warst d-du schon auf Einsätzen, bei denen du j-jemanden gerettet hast?«

»Ich weiß es nicht«, antwortete er ihr wahrheitsgemäß. »Ich habe nicht mitgezählt. Aber ich kann dir sagen, dass ich glücklicherweise mehr Einsätze gehabt habe, bei denen ich Frauen gerettet habe und nicht nur ihre Leichen bergen musste.« Er ließ einen Moment Zeit verstreichen und fügte dann hinzu: »Das Ganze war eigentlich nicht als Rettungseinsatz geplant. Du warst eine Überraschung.«

»Wirklich?«

»Wirklich. Unsere Informanten sagten uns, dass es einen Geldtransfer geben würde und dass die tatsächliche Lieferung des Pakets ... äh ... von *dir* ... erst später erfolgen würde.

Das Ziel war, so viel wie möglich über einen Mann herauszufinden, der einen riesigen Sexsklavenring an der Westküste organisiert hat. Ein Mann namens Gage Nightingale.«

»Aber stattdessen hast du mich gefunden«, sagte Allye nachdenklich.

»Stattdessen habe ich dich gefunden«, bestätigte er und fügte dann hinzu: »Gott sei Dank.«

Nach einer Weile sagte sie: »Du bist dran.«

»Wieso hast du dich dazu entschieden, Tänzerin zu werden?«

»Ich habe schon immer gern g-getanzt und als ich nach San Francisco gezogen bin, habe ich erst mal als Bedienung g-gearbeitet. Das war nicht gerade mein T-Traumjob. Also beschloss ich, in meiner F-Freizeit Tanzstunden zu nehmen. Der Lehrer empfahl mich der Dame, die das Tanztheater leitete, und ehe ich mich versah, wurde mir dort eine Stelle angeboten, die weit mehr einbrachte, als ich im Restaurant verdiente. Wie alt bist du?«

»Sechsunddreißig. Und du?«

»Neunundzwanzig. Wie groß bist du? Du hättest dir in meiner K-Kajüte auf dem B-Boot fast den Kopf angeschlagen.«

Er lachte. »Knapp zwei Meter.«

»Oh mein Gott. Du bist ja riesig.«

Er konnte nicht umhin, laut zu lachen. Es gefiel ihm wirklich, dass sie nicht lange um den heißen Brei herumredete. »So weit würde ich nun nicht gehen, aber ja, ich bin ziemlich groß. Und du?«

»Ich bin eins fünfundsiebzig. Persönlich finde ich, dass es eine perfekte Größe ist. Ich bin nicht so groß, dass ich die Leute überrage, wenn ich Stöckelschuhe trage, aber ich bin auch nicht so klein, dass alle ständig nach unten schauen müssen. Anwesende ausgeschlossen.« Er sah das Aufblitzen ihrer Zähne, als sie den Kopf drehte und ihn anlächelte.

Sie fuhren mit ihrem Spiel fort und stellten abwechselnd harmlose Fragen. Sie lernten einander kennen. Und schufen eine Art von Verbindung zueinander, die Gray in so kurzer Zeit nie für möglich gehalten hätte. Er wusste, dass es ein Ergebnis der Situation war, in der sie sich befanden, aber es fühlte sich trotzdem gut an.

Abgesehen von seiner Mutter und seinem Bruder hatte er sich noch nie so schnell einem anderen Menschen so nahe gefühlt wie Allye. Nicht einmal den Männern, mit denen er zusammenarbeitete, was ihm Unbehagen bereitete ... aber nicht genug, um aufzuhören, Fragen zu beantworten oder zu stellen.

Aber schließlich begannen ihre Fragen weniger zu werden. Die Zeit zwischen den einzelnen Fragen wurde immer länger.

21:44 Uhr

»Alles okay?«, fragte Gray, nachdem er erneut auf die Uhr geblickt hatte.

Er hörte, wie sie tief durchatmete, dann streckte sie die Hand aus und streifte erst gegen seinen Rücken, bevor sie sich an seinem Oberarm festhielt. Er hatte aufgehört zu schwimmen und trat nun Wasser. Er war äußerst besorgt.

»Ich bin müde«, sagte sie leise. »Und mir ist k-kalt. Ich g-glaube nicht, dass ich es s-schaffen werde.«

»Blödsinn«, erklärte Gray sofort. »Natürlich wirst du es schaffen.«

»Ich fühle mich, als würde ich schon seit Stunden an

einem T-Tanzmarathon teilnehmen. Ich habe Krämpfe in den Muskeln und mir ist v-verdammt kalt. Ich fühle mich, als hätte ich Watte im Mund, und außerdem ist mir ein bisschen schlecht.«

Gray gefiel nichts davon, aber er weigerte sich, sie zu verhätscheln. Wenn er es täte, würde sie es *wirklich* nicht schaffen. Aber er konnte sie auch nicht so behandeln, als wäre sie eine Kandidatin für die SEAL-Ausbildung. Er fände es besser, wenn sie weiterschwämme, um ihr Blut in Bewegung zu halten, aber er wollte sie auch nicht überanstrengen. Es war ein empfindliches Gleichgewicht und er hatte das Gefühl, dass er die falsche Entscheidung traf, wenn es um sie ging, egal was er tat.

»Halt dich an mir fest«, erklärte er ihr nach einer Weile, nahm ihre Hand in seine und führte sie seinen Körper hinunter zu einer der Taschen an seiner Hüfte. Er bedeutete ihr, sich dort festzuhalten. »Du kannst dich auf den Rücken legen und ich ziehe dich.«

»Das ist nicht f-fair«, protestierte sie. »Außerdem bist du bestimmt auch müde und dir ist k-kalt.«

»Ich werde dich nicht im Stich lassen«, erklärte er ihr. »Vertrau mir. Ich kenne mich. Es geht mir gut. Wahrscheinlich bin ich so sowieso schneller, als wenn du nur neben mir schwimmst.«

»Das stimmt w-wahrscheinlich«, murmelte sie.

»Wenn du dich entspannst, kannst du wahrscheinlich sogar dösen, während ich schwimme«, erklärte er ihr.

»Aber dann kann ich mich nicht f-festhalten.«

»Ich lasse nicht zu, dass du abdriftest, Kätzchen. Das schwöre ich dir.«

»Okay. Aber ... so bin ich normalerweise nicht. Bei den Proben bin ich immer die Letzte, die geht.«

Aus irgendeinem Grund wusste er, dass sie nicht log. Sie

hatte sich fantastisch geschlagen. Er war beeindruckt. »Das weiß ich doch. Es ist völlig in Ordnung, um Hilfe zu bitten.«

»Bis jetzt hat mich jeder, den ich um Hilfe g-gebeten habe, im Stich gelassen«, sagte sie in so neutralem Ton, dass er instinktiv wusste, dass sie nicht übertrieb.

»Also, wenn wir erst aufgegabelt worden sind, kannst du das nicht mehr behaupten. Und jetzt leg dich auf den Rücken, Kätzchen«, befahl er ihr. Er legte ihr eine Hand an die Hüfte, um ihr zu helfen. Er kam näher zu ihr und stellte sicher, dass sie sich gut an seinem Trockenanzug festhielt. »Bereit?«

»J-ja, klar. Ich leg mich dann einfach hier hin und schlafe ein bisschen.«

Er lächelte. »Du verdrehst schon wieder die Augen, nicht wahr?«

»Ja. M-Mach schon. Bring uns nach Hause.«

Nach Hause. Er mochte den Klang des Wortes aus ihrem Mund, aber er erwiderte nichts. Er machte sich einfach wieder auf den Weg zu den Koordinaten des vereinbarten Treffpunkts. Es dauerte einen Moment, bis er einen Schwimmstil fand, der ihren Griff nicht störte und ihm maximale Effizienz ermöglichte.

Er fiel in einen ruhigen Rhythmus und interessanterweise war er überhaupt nicht müde. Es hatte etwas mit der hundertprozentigen Verantwortung für die Frau an seiner Seite zu tun, dass er plötzlich neue Kraft schöpfte. Er hasste es, dass sie von allen, die sie kannte, im Stich gelassen worden war. Er schwor, dass er nicht nur ein weiterer in einer langen Reihe dieser Menschen sein würde.

Selbst wenn er nur für diesen kurzen Moment in ihrem Leben war, war es ihm wichtig, dass sie wusste, dass er zuverlässig und vertrauenswürdig war und dass er ihr den Rücken frei hielt.

Eine Sekunde lang wünschte er sich, dass er für den Rest ihres Lebens für sie da sein könnte, aber er schob den Gedanken beiseite. Es war nicht möglich und sie gehörte ihm nicht. Es konnte nicht sein.

Aber fürs Erste, hier mitten im Ozean, könnten sie genauso gut die einzigen Menschen auf dem Planeten sein. *Hier* gehörte sie ihm. Er würde gegen jeden Hai kämpfen, der es wagte aufzutauchen, und er würde jeden Sexhändler töten, der sich zeigte. Er würde sich zwischen sie und das Böse in der Welt stellen, um sie zu beschützen.

KAPITEL VIER

21:58 Uhr

Allye lag auf dem Rücken und ließ sich von Gray ziehen. Sie hatte keine Ahnung, wie lange sie schon im Wasser waren, aber es fühlte sich wie Stunden an. Mitten auf dem Ozean im Dunkeln zu sein war schrecklich.

Sie hatte einen Arm über dem Kopf und mit den Fingern klammerte sie sich an eine der Taschen von Grays Trockenanzug-Ding. Er schwamm meist auf der Seite und benutzte eine Art modifizierten Seitenzug, um sie durch das Wasser zu befördern.

Sie wollte nicht schwach sein und sich von ihm ziehen lassen, aber sie war erschöpft, durstig und fror. Sie hatte gewusst, dass sie nicht mehr lange durchhalten würde, wenn sie versuchte, alleine zu schwimmen. Eine Zeit lang hatte sie vor Kälte gezittert, aber jetzt hatte sich ihr Zittern verlangsamt, und selbst sie wusste, dass das nicht das beste Zeichen war. Ihr Spiel mit den Fragen hatte jedoch eine ganze Weile ihren Geist beschäftigt. Sie hatte viel über ihren Retter gelernt und alles, was sie gehört hatte, gefiel ihr.

Außerdem schien er wirklich überhaupt nicht müde zu sein. Er *klang* nicht müde und atmete nicht einmal schwer. Sie hätte ihn für eine Art falschen Menschen gehalten, für eine Prototyp-Maschine oder so etwas, abgesehen von den kleinen Grunzlauten, die ihm ab und zu aus dem Mund entwichen, als er Kraft aufbrachte, um sie durch das Wasser zu bewegen. Aus irgendeinem Grund hatte sie ihm geglaubt, als er vorhin geschworen hatte, dass er sie nach Hause bringen würde. Das war dumm. Sie war entführt und in ein Boot geworfen worden, und man hatte ihr alles darüber erzählt, wie ihr neues Leben in einem goldenen Käfig aussehen würde, in dem sie unter dem Vorwand, »verehrt« zu werden, eingesperrt würde. Man hatte sie darüber informiert, dass sie »weiter tanzen« dürfte, dass ihr neuer Herr die Art und Weise, wie sie tanzte, liebte und seinen eigenen Veranstaltungsort nur für sie geschaffen hatte. Allein der Gedanke daran brachte sie zum Kotzen. Es gab keine Möglichkeit, dass sie jemals vor jemandem auftreten würde, der sie entführt hatte. Sie wollte keine Zirkusnummer werden. Auf gar keinen Fall.

Dann, gerade als sie dachte, sie würde ertrinken, war auf wundersame Weise Gray aufgetaucht und hatte sie in den großen, bösen Ozean geworfen. Aber er hatte sie nicht verlassen. Nein, er war bei jedem Schritt – äh ... Schwimmschlag – des Weges an ihrer Seite.

»Erzähl mir noch mehr von dir«, bat Gray.

Sie vernahm seine Worte nur gedämpft, da ihre Ohren unter Wasser waren, trotzdem hörte Allye sie. Sie hob den Kopf, um ihn anzusehen, während er weiter durch das Wasser pflügte. »W-was w-willst du denn wissen? Ich dachte, wir hätten vorhin schon alles b-besprochen.«

»Alles, was du mir sagen möchtest«, lautete seine Antwort.

Allye seufzte. Normalerweise hasste sie persönliche Fragen und gab entweder schwachsinnige Antworten und log komplett oder gab nur Bruchstücke ihrer Vergangenheit preis. Aber aus irgendeinem Grund hatte sie das Gefühl, sie wäre es Gray schuldig, ehrlich zu ihm zu sein. Sie fühlte eine Verbindung zu ihm. Sie wusste, es lag an ihrer Situation und daran, dass er sie gerettet hatte, aber es war dennoch eine Verbindung.

Abgesehen davon ... worüber sollten sie sonst noch reden? Es war stockdunkel und sie langweilte sich. Wenn *sie* sich langweilte, musste *er* es auch tun. Sie erinnerte sich, dass er sagte, wie langweilig sein Nachtschwimmen während seiner Ausbildung zum SEAL gewesen wäre. Sie wollte nicht, dass er sich langweilte. Sie wollte, dass er wachsam und bereit war, jeden Hai zu verscheuchen, der aus dem Nichts auftauchen könnte, um sie zu fressen. Vielleicht hatte er gefragt, weil er müde wurde und eine Ablenkung brauchte.

Sie mussten über etwas reden. Es könnte genauso gut ihr beschissenes Leben sein.

Es ihm zu verheimlichen erschien ihr jetzt, wo sie sich so schnell und einfach miteinander verbunden hatten, albern.

»G-glaubst du an K-Karma?«, fragte sie, bevor sie anfing, ihm ihre Lebensgeschichte zu erzählen.

»Auf jeden Fall«, erklärte Gray voller Überzeugung.

»Das d-dachte ich auch«, entgegnete Allye und wandte den Kopf, um wieder den dunklen Himmel anzusehen. »Ich m-meine, ich dachte immer, dass mein Leben sich verbessern würde, wenn ich ein g-guter Mensch bin und gute T-Taten vollbringe.« Sie schnaubte und achtete dabei darauf, kein Salzwasser einzuatmen. »Aber das ist alles B-Blödsinn.«

»Erzähl es mir«, befahl Gray.

Allye machte die Augen zu. »Ich kam als Kind einer Frau zur Welt, die keine K-Kinder wollte. Aber sie dachte, dass sie den M-Mann, den sie liebte, für immer halten könnte, w-wenn sie ihm ein Baby gebar. Sie hat mir erzählt, er h-habe sie noch in der Woche verlassen, in der sie mich aus dem Krankenhaus nach Hause gebracht hat. Und sie machte natürlich mich dafür verantwortlich. Ich w-weinte die ganze Zeit über und war zu anspruchsvoll.«

»Was für eine blöde Schlampe«, unterbrach Gray sie.

Allye hob erneut den Kopf und sah ihn überrascht an. Er hörte sich wirklich ausgesprochen verärgert an ... und dabei hatte sie noch nicht mal angefangen, ihm ihre Geschichte zu erzählen.

Er bemerkte, dass sie ihn ansah, und erklärte: »Du warst ein Baby. Babys weinen nun mal und brauchen Aufmerksamkeit.«

»Das stimmt. Ich nehme an, sie hat die Sache n-nicht durchdacht«, war das Einzige, was Allye dazu einfiel. »Wie auch immer, also ja, ein K-Kind zu bekommen endete nicht so, wie sie es sich erhofft hatte. Sie hat es k-kaum ertragen, mich um sich zu haben. Als ich vier Jahre alt war, fing ich mit der Schule an, einfach weil sie mich nicht mehr um sich und die Kinderbetreuung nicht mehr bezahlen wollte. Es war viel zu f-früh; ich war das dümmste Kind in meiner K-Klasse.«

»Sag so was nicht«, entgegnete Gray, hörte kurz auf zu schwimmen und drückte ihren Arm.

Allye zuckte mit den Achseln. »Aber es stimmt. Ich wurde die ganze Zeit g-gehänselt, weil ich kleiner war als alle anderen. Aber das lag vor allem daran, dass meine M-Mutter nie gutes Essen für mich gekauft hat.«

»Gutes Essen?«

»Ja. Du weißt schon, das nahrhafte Zeug. Oh, es gab immer Scheiße wie Oreos und Chips und Hot Dogs, aber nie frisches Obst und Gemüse. Ich wusste nicht wirklich, dass ich diese Art von Nahrung hätte zu mir nehmen sollen, bis ich älter wurde.«

»Deine ganze Geschichte gefällt mir jetzt schon nicht, aber ich habe so das Gefühl, dass ich das, was als Nächstes kommt, *erst recht* nicht mögen werde, stimmt's?«, fragte Gray und fing wieder an zu schwimmen.

Allye lachte leise und völlig humorlos. »Ich kenne dich nicht gut genug, um das zu b-beurteilen, aber ich kann dir versichern, dass *ich* die Geschichte g-garantiert nicht mag.«

»Verdammt noch mal. Erzähl weiter.«

Sie verdrehte die Augen, obwohl sie wusste, dass er sie nicht sehen konnte. »Du hast mich gebeten, z-zu erzählen«, rief sie ihm ins Gedächtnis. »Ich kann genauso gut den Mund halten und wir können einfach schweigend weiterschwimmen, wenn dir das l-lieber ist.«

»Nein. Sprich weiter, Kätzchen.«

Sie fing wirklich an, Gray zu mögen. Er war bodenständig und hatte sie bisher nicht verarscht. Und dann war da noch diese ganze »Rettung aus einem sinkenden Schiff und vor dem Leben als Sexsklavin eines Freaks, der ›Herr‹ genannt werden wollte«-Sache. Sie tolerierte auch seinen Spitznamen für sie, obwohl sie sich sogar geweigert hatte, sich von ihren früheren Freunden Kosenamen geben zu lassen.

»Also, jedenfalls ging das Leben eine Zeit lang so weiter. Ich wurde um halb s-sieben aus dem Haus geworfen, um zur Bushaltestelle zu gehen und dort auf den Bus zu warten, der erst um Viertel vor acht kam. Und so um vier kam ich nach Hause. Das Haus war i-immer leer. Meine Mom war außer Haus und tat, was auch immer es war, das sie tat. Sie kam immer so gegen acht Uhr abends nach Hause und schickte mich in mein Z-Zimmer.«

»Hat sie dich misshandelt?«, wollte Gray wissen.

Allye hasste die Frage. Und weil sie erschöpft, durstig, unterkühlt und verängstigt war, wich sie der Frage ausnahmsweise einmal nicht aus. »Wenn du meinst, ob sie mich geschlagen hat, dann nein. Aber wenn du b-bedenkst, dass sie mich Chips zum Frühstück essen ließ, nie im Haus war, wenn ich dort war, und m-mich nicht ein einziges Mal in den Arm genommen oder mir g-gesagt hat, dass sie mich liebt, dann ja, dann hat sie mich jeden einzelnen Tag meines Lebens *misshandelt*.«

»Verdammt, das tut mir leid, Kätzchen. Du hast recht, das ist *auf jeden Fall* Misshandlung. Meine Frage war völlig unangebracht.«

Verdammt, jetzt musste *sie* sich entschuldigen. Sie zwang sich dazu, sich im Wasser aufzurichten, und verschluckte sich an einer Welle, die genau in diesem Moment über ihrem Kopf zusammenbrach. Gray war sofort bei ihr, legte einen Arm um sie und hielt sie aufrecht, während sie hustete.

Nachdem sie wieder zu Atem gekommen war, sah sie Gray fest in die Augen. Sie waren einander jetzt so nahe, dass sie sie im hellen Licht des Mondes genau sehen konnte. »Nein, es tut mir leid. Das war unangebracht. Technisch gesehen w-wurde ich nicht misshandelt. Meine Mutter hat mich mit N-Nahrung und Unterkunft versorgt. Sie schickte mich zur Schule. Aber sie hat mir nie, nicht ein einziges Mal, bei m-meinen Hausaufgaben geholfen. Ich musste abends, wenn sie nach Hause kam, das ganze Haus putzen, sonst wäre die Hölle los gewesen. Die meiste Zeit b-behandelte sie mich wie eine Hausangestellte und nicht wie ihr Kind. Ich kann mich nicht daran erinnern, dass sie m-mich umarmt hat, wenn ich Angst hatte oder verärgert war, und sie hat mir nie vorgelesen oder irgendetwas anderes getan, was ein richtiges Elternteil für sein Kind tut.«

»Für mich hört sich das nach Missbrauch an«, wiederholte Gray trocken.

»Ja, also ... der Staat schien das nicht so zu sehen. Ich habe einmal bei der Behörde angerufen«, gab Allye zum allerersten Mal in ihrem Leben zu.

»Und wen hast du angerufen?«

»Das Jugendamt. Ich m-meldete meine Mutter wegen Missbrauchs. Ein Beamter kam zu uns nach Hause und ermittelte. Aber es war alles Blödsinn. Er sah das ordentliche Haus, das saubere Kind ohne blaue Flecke. Er rief bei mir in der Schule an und obwohl ich intellektuell hinter den anderen Kindern in meiner Klasse zurücklag, meldeten die Lehrer kein v-verdächtiges V-Verhalten. Er befragte meine Mutter und anscheinend streute sie ihm genauso leicht Sand in die Augen, wie sie alle anderen aust-trickste. Der Fall wurde abgeschlossen.«

Gray zog die Mundwinkel nach unten und murmelte: »Mein Gott.«

»Ja. Meine Mutter war s-sauer und versuchte monatelang herauszufinden, wer sie angezeigt hatte. Ich habe nie zugegeben, dass ich es w-war. Aber dann wurde mir klar, wie sinnlos es wäre, es noch einmal zu tun. Irgendwann hatte sie es v-vergessen. Ich wünschte mir wirklich, dass ich damals in eine Pflegefamilie a-aufgenommen worden wäre und nicht erst später.«

»Was ist passiert?«

»Können wir weiterschwimmen? Wenn du nicht zu m-müde bist ... meine ich natürlich.«

Gray sah sie lange an. »Ich bin nicht zu müde, Kätzchen. Es ist leichter, darüber zu reden, wenn ich dich nicht ansehe, nicht wahr?«

Überrascht, dass er sie durchschaut hatte, nickte Allye einfach.

Ohne ein Wort zu sagen, brachte er ihre Hand zurück in die Tasche, an der sie sich zuvor festgehalten hatte, und forderte sie auf, sich wieder hinzulegen. Das tat sie auch und sie fühlte, wie seine kräftigen Beine sich wieder in Bewegung setzten.

»Vielleicht hätte ich, als ich s-sechs war, die Chance gehabt, adoptiert zu werden. Aber mit neun Jahren gab es keine Möglichkeit mehr. Ich war zu alt. Niemand wollte ein seltsames Kind, das bestenfalls eine durchschnittliche Schülerin war und lieber in seinem Zimmer saß und las, als Kontakte zu knüpfen.«

Allye seufzte und erzählte ihm von dem schmerzlichsten Tag ihres Lebens. »Es war ein Samstag und Mom wollte w-wie üblich nicht, dass ich im Haus herumlungere, also brachte sie mich ins örtliche Einkaufszentrum. Das tat sie s-ständig. Sie setzte mich morgens ab und holte mich am späten Nachmittag wieder ab. Ich habe keine Ahnung, was sie tat, w-während ich in der Schule oder im Einkaufszentrum war, aber ich vermute, dass sie Männer für Geld gevögelt hat. Jedenfalls kam sie an diesem Tag nicht, um mich abzuholen.«

»Meinst du das ernst?«, fragte Gray.

»Ja. Ich ging zur üblichen Zeit dorthin, wo sie mich gewöhnlich abholte, doch sie t-tauchte nicht auf. Ich blieb bis acht Uhr abends dort, als einer der S-Sicherheitsbeamten mich entdeckte und mich zwang, mit ihm nach drinnen zu gehen. Ich gab ihm die Nummer meiner Mutter, aber sie nahm nicht ab. Die Polizisten kamen und fuhren mich nach Hause. Ich versuchte, ihnen zu danken und sie w-wegzuschicken, aber ich schätze, sie fühlten sich nicht wohl dabei, eine Neunjährige, die nicht von ihrer Mutter abgeholt worden war, zu v-verlassen, ohne wenigstens mit einem Erwachsenen gesprochen zu haben. Ich ließ sie ins Haus ... und da wusste ich zum ersten Mal, dass Karma eine große f-fette Lüge ist.«

»Was ist denn passiert?«

»Das Haus war leer. Meine Mutter hatte es komplett ausgeräumt. W-wahrscheinlich war sie mit dem Umzugswagen einfach bis an die Tür gefahren und hatte alles hineingestellt. Sogar alle meine S-Sachen waren verschwunden. Alle meine Kleider, mein Bett, einfach alles war weg.«

»Wohin ist sie abgehauen?«, fragte Gray.

»Ich habe nicht die g-geringste Ahnung.«

Gray hörte erneut auf zu schwimmen. »Soll das etwa heißen, du hast seitdem nicht mehr mit ihr gesprochen?«

Allye richtete sich nicht auf, sondern blieb einfach weiter auf dem Rücken neben ihm liegen. »Kein einziges Mal. Ich habe sie nie wiedergesehen. Ich *w-wollte* sie auch nie wiedersehen.«

»Verdammte Schlampe«, fluchte Gray erneut, bevor er wieder zu schwimmen anfing.

»Ja. Also kam ich zu einer P-Pflegefamilie. Aber als Zwölfjährige ist das nicht gerade lustig. Genauso wenig wie als Teenager. Ich habe keine wirklich schrecklichen Erfahrungen gemacht. Ich meine, ich wurde nicht g-geschlagen oder so etwas, aber ich hatte nie das Gefühl, wirklich dazuzugehören. Die Heime, in denen ich lebte, waren in Ordnung, denke ich, aber meine Pflegeeltern waren immer beschäftigt und ich hatte nie das Gefühl, dass sie wirklich Eltern waren ... falls das Sinn macht.«

»Ja, das tut es.«

»Jedenfalls war ich optimistisch, als ich zum ersten Mal in eine P-Pflegefamilie kam. Ich dachte, wenn ich supernett wäre und immer das täte, was die L-Leute mir sagten, dann hätte ich Glück und würde adoptiert werden. Karma, weißt du. So viel Glück hatte ich allerdings nicht. Es schien, je mehr ich versuchte, Gutes zu tun, desto weniger Glück hatte ich. In einem der Heime gab es diese K-Katze. Ich liebte sie. Sie war schon u-uralt, aber superanhänglich. Sie schlief gern mit mir unter der Decke. Ich schlief mehr als einmal ein, während sie schnurrend auf meiner Brust lag. Eines Tages sah ich auf dem Heimweg von der Schule eine s-streunende Katze, die in einem Gully miaute. Ich schaute nach und sah, dass zwei Kätzchen dort unten festsaßen. Ich war klein genug, sodass ich mich hineinzwängen konnte. Ich r-rettete diese Kätzchen und brachte sie mit ihrer Mutter wieder zusammen. Ich war so stolz auf diese gute Tat, die ich vollbracht hatte, aber als ich nach Hause kam, fand ich heraus, dass mein Pflegevater aus Versehen die Katze überfahren hatte, die ich so sehr geliebt hatte.«

Sie schnaufte. »So viel also zum Thema K-Karma *an jenem Tag*«, sagte sie, unfähig, ihre Bitterkeit zu verbergen. »Und so geht es schon mein ganzes Leben lang. Ich tue etwas Gutes und muss dann fast augenblicklich feststellen, dass mir etwas Schlimmes w-widerfährt.«

»Gib mir noch ein Beispiel«, bat Gray sie.

»F-findest du n-nicht, die Sache mit den Katzen reicht?«

»Nein.«

Sie wusste, dass Gray nicht einfach nur gemein war, sondern ihr einfach nicht glaubte. »Okay, v-von mir aus. Eine der anderen Tänzerinnen bei der A-Arbeit brauchte eine Bleibe, weil ihr Freund sie verprügelte. Ich ließ sie bei mir wohnen, weil ich dachte, es sei das Beste, was ich tun konnte. Nun, ihr F-Freund fand heraus, wo sie wohnte, und begann, sie auch bei mir zu belästigen. Es wurde so schlimm, dass mein Vermieter mich rauswarf, weil ich die anderen Bewohner st-störte.«

»Was? Mein Gott. Und was ist mit deiner Freundin passiert? Hat ihr Freund sie erwischt?«

»Nein. Kurz bevor ich aus m-meiner Wohnung geworfen wurde, ist sie ausgezogen und nach Hause nach South Carolina zurückgekehrt.«

»Also hast du sie vor ihrem gewalttätigen Freund gerettet, als du sie bei dir hast wohnen lassen«, folgerte Gray.

»Nein.«

»Doch, Kätzchen, das hast du.«

»Wie auch immer. Okay, wie wär's damit? Eine andere T-Tänzerin wollte eines Abends in diesen neuen Klub gehen. Es war ihr G-Geburtstag und sie hatte sich darauf gefreut, dorthin zu gehen, aber ihre Freundin hatte sie im Stich gelassen. Also bat sie mich mitzugehen. Das tat ich und es stellte sich heraus, dass der K-Klub kein Tanzklub war, nicht im herkömmlichen Sinne. Ich dachte, wir würden hingehen und uns ein paar Drinks genehmigen und die ganze Nacht tanzen, aber stattdessen war es ein BDSM-Klub. Sie hatte das mal ausprobieren wollen und wollte nicht alleine hingehen. Also musste ich den Abend damit verbringen, meiner Freundin zuzusehen, wie sie nackt und an ein Kreuz gefesselt war, während ein Mann in Lederhosen es ihr besorgte. Und nicht nur das, ich musste den ganzen Abend über Männer abwehren, die *mich* auch ständig fesseln wollten. Es war peinlich und unangenehm und ganz und gar nicht mein D-Ding.«

»Ich verstehe, dass das ein Schock sein kann«, entgegnete Gray.

Allye hätte schwören können, dass sie ein Lachen in seiner Stimme hörte. Sie hob den Kopf und starrte ihn wütend an.

Er lächelte und seine weißen Zähne sahen im Licht des Mondes unglaublich hell aus. »Was sonst noch?«

»Es sind nicht nur einzelne Vorfälle, Gray«, erklärte Allye niedergeschlagen. »Es geht um alles. Ich meine, sieh mich doch jetzt an. Ich wurde *g-gekidnappt*, um Himmels willen. Und dann, anstatt verkauft oder e-ermordet zu werden, habe ich das Pech, auf einem Boot gewesen zu sein, das das widerliche Arschloch in die Luft g-gejagt hat! Jetzt befinde ich mich mitten auf dem verdammten Ozean. Das Karma hasst mich.«

»Ich würde sagen, dass du ein richtiger Glückspilz bist«, erklärte Gray gelassen.

Allye richtete sich erneut auf. »Hast du gerade behauptet, ich sei ein G-Glückspilz?« Es zogen Wolken über den Himmel und als sie sich aufrichtete, bemerkte sie, dass sie den Mond verdeckt und jeden Rest von Licht weggenommen hatten. Sie hatte auch Gray losgelassen und jetzt konnte sie ihn in ihrer Nähe weder sehen noch hören.

»Gray? Verdammt ... Gray? W-wo bist du?« Ihre Worte waren panisch und Allye fühlte, wie ihre Herzfrequenz von dem sanften Rhythmus, den sie hatte, als Gray sie durch das Wasser schleppte, zu einem hysterischen Stakkato anstieg.

»Ich bin hier, Kätzchen«, sagte er in ihr Ohr.

Allye entspannte sich sofort, als sie seine Stimme hörte und fühlte, wie er seinen Arm um ihre Taille gleiten ließ. Sie grub ihre Fingernägel in seinen Oberschenkel und fühlte, wie sich die Muskeln dort anspannten, während er seine Beine bewegte, um sie über Wasser zu halten.

»Lass mich nicht alleine«, platzte sie heraus. »Bitte lass mich hier draußen nicht alleine.«

»Ich lasse dich nicht im Stich, versprochen«, erklärte er ihr und schien von ihrem Ausbruch nicht im Geringsten verstört oder verärgert zu sein.

Er legte eine seiner großen Hände auf ihr Brustbein und drückte sie sanft auf ihren Rücken. »Ich bin bei dir und ich werde dich nach Hause bringen. Das schwöre ich dir.«

Allye versuchte, sich zu entspannen, fand das aber fast unmöglich. Sie war schon immer gern geschwommen, aber jetzt wollte sie nichts sehnlicher, als wieder an Land zu sein. Sie nahm die andere Hand hoch und hielt sich mit beiden an ihm fest, als er wieder durch das Wasser zu pflügen begann, vermutlich in Richtung Land.

Er fing an zu sprechen, als hätte sie nicht gerade am Rande eines Nervenzusammenbruchs gestanden. »So wie ich es sehe, Allye Martin, bist du der größte Glückspilz, den ich je in meinem Leben getroffen habe, und das Karma funktioniert für dich ganz gut.«

Er hielt inne, als wartete er darauf, dass sie ihm widersprach, aber Allye hatte einfach nicht mehr die Kraft dazu. Sie konnte nur noch daran denken, was alles schiefgehen konnte. Dass Haie auftauchten oder dass Gray aus Versehen anfing, in die falsche Richtung zu schwimmen, oder dass der Mann, der sie kaufen wollte, ungeduldig wurde, weil sie nicht geliefert wurde, und selbst nach ihr suchte.

»Nehmen wir doch einfach den heutigen Tag als Beispiel, okay?«, sagte er. »Ich könnte bei dir anfangen, als du klein warst, aber ich würde lieber über Dinge sprechen, die ich aus erster Hand weiß.«

»Von mir aus«, murmelte Allye.

»Ja, du wurdest entführt, was scheiße ist. Aber du wurdest nicht misshandelt. Du wurdest nicht verprügelt.

Dir wurde Nahrung und Wasser gegeben. Beides hilft dir jetzt, ob du es nun zugeben willst oder nicht. Wir sind nur von einer Geldübergabe ausgegangen, doch dann warst du zufällig auf dem Boot, auf dem ich aufgetaucht bin. Du hättest nicht dort sein sollen, aber du warst da. Dann, anstatt dass du mit dem Boot auf den Grund gesunken bist, hatte ich zufällig einen Handschellenschlüssel bei mir und ich konnte dich befreien. Und jetzt bist du frei von deinen Entführern und auf dem Weg nach Hause. Das klingt, als würde das Karma für dich wirklich gut funktionieren, Kätzchen. Denn ich sage dir, die meisten Frauen, die entführt werden und im Sexgewerbe verschwinden, haben nicht so viel Glück. Sie werden nie gefunden und verbringen den Rest ihres Lebens damit, vergewaltigt, benutzt und missbraucht zu werden, bevor sie einen höchstwahrscheinlich würdelosen Tod sterben und irgendwo in einem nicht gekennzeichneten Grab beerdigt werden.«

Allye wusste, dass er recht hatte, aber es war wirklich schwer, die positive Seite zu sehen, wenn sie durch die Wellen mitten auf dem Ozean gezogen wurde.

»Lass es mich so ausdrücken«, sprach Gray weiter, »in den Vereinigten Staaten verschwinden pro Jahr schätzungsweise neunzigtausend Menschen. Ungefähr vierzigtausend davon sind weiblich. Vermutlich warst du höchstens eine Stunde davon entfernt, eine von diesen vierzigtausend Frauen zu werden. Ich würde sagen, was für gute Dinge du auch immer in deinem Leben tust ... tu sie weiterhin. Das Karma ist definitiv auf deiner Seite. Es könnte eine Weile dauern, bis es sich zeigt, aber das Karma ist definitiv da.«

Zum ersten Mal, seit sie klein war, fühlte Allye, wie ihr die Tränen in die Augen traten.

Ihr ganzes Leben lang hatte sie sich wie der unglücklichste Mensch der Welt gefühlt. Aber mit nur wenigen

Sätzen hatte ein Fremder sie dazu gebracht, ihr ganzes Leben anders zu sehen. Nein, nicht ein Fremder. Gray. Und ehrlich gesagt, er hatte recht. Ja, ihr war Scheiße passiert, aber wem war noch nie etwas Schreckliches zugestoßen? Und die Tatsache, dass sie nicht in einem Käfig angekettet war und ihren »Herrn« anflehte, sie etwas essen zu lassen, war ein Beweis dafür, dass das Karma sie vielleicht, nur vielleicht, doch nicht verlassen hatte.

»D-danke«, sagte sie leise, nicht mal sicher, ob Gray sie überhaupt hören konnte.

Doch er hatte sie gehört. »Gern geschehen.«

Allye fühlte, wie er seine Hand auf sie legte und ihre Schulter drückte, bevor er wieder auf ihr Ziel zusteuerte.

Sie hatte keine Ahnung, ob sie die Nacht überleben würde – überhaupt eine weitere Stunde überleben würde –, aber sie war dankbarer, als sie jemals in Worte fassen konnte, dass sie nicht alleine war. Dass Gray bei ihr war. Wäre sie irgendwie alleine aus dem Boot entkommen, hätte sie die Nacht auf keinen Fall überlebt. Das wusste sie ohne Zweifel.

Bei dem Gedanken festigte sich der Griff ihrer Finger an seiner Tasche und als könnte er ihre Gedanken lesen, sagte Gray: »Ich bin bei dir, Kätzchen. Entspann dich einfach. Schlaf ein bisschen, wenn du kannst. Ich werde dich nicht loslassen.«

Bevor sie in einen tranceähnlichen Zustand fiel, dachte sie sich nur noch, dass sie sich wünschte, er meinte seine Worte für mehr als nur das Hier und Jetzt.

KAPITEL FÜNF

22:28 Uhr

Gray war für eine gefühlte Ewigkeit geschwommen. Seine Arme waren müde, aber er weigerte sich, auch nur daran zu denken, dass er erschöpft war. Als er das Unterwasser-Sprengtraining für SEALs absolviert hatte, hatte er sich so gefühlt und gelernt, dass er seinen Körper noch stundenlang fordern konnte, wenn er dachte, dass er schon am Ende war.

Er sah zu der Frau neben ihm hinüber. Allye. Ein einzigartiger Name für eine einzigartige Frau. Sie war leicht eingenickt und während er es genoss, sich mit ihr zu unterhalten – und er wollte, dass sie wach blieb, damit er ihren körperlichen Zustand beurteilen konnte –, wollte er auch, dass sie so viel wie möglich von dieser ganzen Tortur verschlief. Sie war verängstigt, und zwar vollkommen zu Recht, aber sie hatte sich sehr gut gehalten.

Wenn er an ihre Erziehung zurückdachte, wollte Gray mehr als alles andere, dass Meat ihre Mutter ausfindig machte, damit er ihr einen Besuch abstatten und ihr unmissverständlich sagen konnte, was für ein Stück Scheiße sie war. Er kannte Allye nicht allzu gut, aber das Wort *belastbar* kam ihm in den Sinn.

Sie hatte überlebt, wozu die meisten Menschen nicht in der Lage gewesen wären. Es war fast lächerlich, dass sie nicht an Karma glaubte. Sie war der Inbegriff dafür, dass Karma seine Magie ausübte. Sie war gesund und offensichtlich voller Leben, trotz allem, was ihre Mutter ihr in ihren prägenden Jahren angetan hatte.

Mit dem Blick auf die in der Ferne blinkenden Lichter gerichtet sah Gray noch einmal auf seine Uhr. Das GPS im Inneren des Geräts verriet ihm, dass er sich dem Gebiet näherte, in dem er und Black sich treffen sollten. Und es war keine Minute zu früh. Allye hatte vor einer Weile aufgehört zu zittern, was ein schlechtes Zeichen war.

Als Gray wieder in die Richtung zu schwimmen begann, in der er sich mit Black treffen sollte, sah er schließlich, wonach er Ausschau gehalten hatte – ein Boot in der Ferne, das sich in einem scheinbar rasterförmigen Muster langsam über das Wasser bewegte. Er war sich nicht sicher, ob es Black war; es könnte irgendein Fischer sein oder die Person, die Allye gekauft hatte, die sie abholen wollte, aber er bezweifelte es. Männer wie die Mistkerle, die Frauen kauften und verkauften, machten ihre Drecksarbeit nie selbst. Sie engagierten fast immer jemand anderen, um das zu erledigen. Und obwohl das Boot, das auf ihn zukam, mit bösen Jungs gefüllt sein könnte, glaubte er das nicht.

Er schüttelte Allye sanft. »Wach auf, Kätzchen. Die Rettung naht.«

Als hätte er in einem stockdunklen Raum ein Oberlicht angeknipst, richtete sie sich auf und ertränkte sich dabei fast selbst. Nachdem sie sich orientiert hatte, fragte sie: »Was? Wirklich?«

Gray unterdrückte das Lachen, das plötzlich in ihm aufstieg. Er hatte eine Hand unter ihrem Ellbogen, was ihr zusätzlichen Auftrieb gab, als sie wieder voll zu Sinnen kam. »Ja, wirklich. Kannst du kurz Wasser treten?«

»Natürlich«, erwiderte sie. Sie löste sich von ihm, behielt ihre Hand aber immer noch an der Tasche, an der sie sich festgehalten hatte, als er sie durch die Wellen gezogen hatte. Es war nicht ganz so dunkel wie zuvor, der Mond schien wieder einmal hell, aber sie wollte offensichtlich nicht das Risiko eingehen, dass sie davontrieb und ihn verlor. Als hätte er das zugelassen.

Er wartete kurz, um sicherzugehen, dass sie nicht unter den Wellen versank, und als sie in Ordnung schien, griff er schnell in eine der vielen Taschen seines Spezialanzugs und holte das kleine Leuchtfeuer heraus, das er dort verstaut hatte. Obwohl er nicht geplant hatte, dass etwas schiefgehen könnte, waren er und seine Teamkollegen immer auf den schlimmsten Fall vorbereitet. Und mitten auf dem Ozean verschollen zu sein war definitiv eines dieser Szenarien.

Black kannte das allgemeine Gebiet, in dem er nach ihm suchen musste, hatte die Koordinaten, an denen sie sich treffen sollten, aber in der Dunkelheit hätte er nicht den Hauch einer Chance, sie zu finden. Nicht ohne den Peilsender. Mit einem Daumendruck schaltete Gray das kleine elektronische Gerät ein. Es würde ein Signal direkt an das kleine Gerät senden, das Black vermutlich in der Hand hielt. Er hatte es zuvor nicht eingeschaltet, weil es leider eine sehr kurze Batterielaufzeit hatte.

Gray hielt den kleinen, flachen, schwarzen Kasten aus dem Wasser, um seine Genauigkeit zu verbessern, und schaute Allye an.

Sie betrachtete ihn und das Leuchtfeuer neugierig. Er wartete, aber sie fragte nicht. Das gefiel und missfiel ihm an ihr. Ihm wäre es lieber, sie würde ihn direkt ansprechen, wenn sie Fragen hatte, aber sie hatte offensichtlich gelernt, den Kopf unten zu halten und ihre Fragen für sich zu behalten.

»Das ist ein Peilsender. Ich bin mir ziemlich sicher, dass das da drüben auf dem Boot mein Kollege ist.«

Allye wandte blitzschnell den Kopf und er hätte fast gelacht, wenn er nicht so müde gewesen wäre. Sie sah ihn an. »Wirklich?«

»Wirklich.«

»Du meinst, wir müssen nicht den ganzen Weg zum Boot schwimmen?«

»Wenn das wirklich Black ist, dann nein. Wenn es eine unbekannte Person ist, die eine Spritztour macht, oder jemand, der nach dir und den Männern sucht, mit denen du zusammen warst, dann müssen wir allerdings weiterschwimmen, denn derjenige wird garantiert an uns vorbeifahren, ohne uns zu sehen.«

Nach seinen Worten sah sie nervös aus, die Freude wich aus ihren ungewöhnlichen Augen, als hätte er ihr Weihnachten, Thanksgiving und ihren Geburtstag auf einen Schlag weggenommen. »Solltest du das Ding denn dann hochhalten? Nur für den Fall, dass es nicht dein Freund ist?«

Gray bemerkte, dass sie nicht mehr stotterte, weil ihr Körper aufgehört hatte, heftig zu zittern, und trat sich selbst, weil er ihre Begeisterung getötet hatte. Also beruhigte er sie schnell: »Es ist ein Prototyp, und nur mein Team und ich sind in der Lage, sein Signal zu empfangen. Es sendet kein Licht aus oder so etwas. Wenn das nicht Black ist, wird das Boot an uns vorbeifahren. Niemand würde uns hier draußen finden, solange er nicht sehr viel Glück hat oder dem Signal aus dieser kleinen Kiste folgt.«

»Sag das nicht«, murmelte sie. »Das Karma erlaubt sich gern mal einen Spaß mit mir.«

Er lachte leise. »Haben wir nicht schon darüber gesprochen? Mit dir und dem Karma ist alles in Ordnung, Kätzchen.«

»Ich glaube, ich war in einem Schockzustand, als wir vorhin darüber sprachen. Ich bin mir nicht sicher, ob ich bereit bin, dir jetzt schon zu glauben.«

Gray zog sie näher heran und schlang wieder einen Arm um ihre Taille, wobei er seine Beine benutzte, um sie über Wasser zu halten. Ihr Körper fühlte sich selbst durch den Nassanzug kalt an und ihre Lippen waren nicht mehr so blau umrandet wie zuvor – jetzt waren sie fast vollständig bläulich-violett. Sie musste unbedingt aus dem Wasser raus und sich aufwärmen. Und zwar sofort. Aber sie beklagte sich nicht. Sie tat einfach alles, was er von ihr verlangte, mit nur wenigen Fragen. Das gefiel ihm.

Er mochte Allye. Und zwar sehr. Er wusste, dass nichts bei der Sache herauskommen konnte, da er in Colorado Springs und sie in San Francisco lebte. Aber es war lange her, dass eine Frau sein Interesse geweckt hatte, so wie sie es tat.

Gray betrachtete das Boot und erkannte genau die Sekunde, in der Black das Signal bemerkte. Das Schiff machte eine offensichtliche Wende, änderte den Kurs und steuerte direkt auf sie zu. Er drehte sich zu Allye um und schenkte ihr ein Lächeln.

»Im Pazifischen Ozean gibt es siebenhundert Millionen Kubikkilometer Wasser. Wenn das Karma es auf dich abgesehen hätte, wie du behauptest, dann würde das Boot jetzt auf keinen Fall direkt auf uns zusteuern.

Niemand würde uns hier draußen finden ... vor allem nicht im Dunkeln. Kopf hoch, Kätzchen. Wir werden gleich gerettet.«

Sie drehte sich erneut um und sah zum Boot. »Sehr gut«, scherzte sie. »Meine Finger und Zehen sehen aus wie Rosinen und ich bezweifle, dass sie jemals wieder normal werden.«

Gray konnte das Lächeln nicht unterdrücken, das ihm entwischte. Sie hörte nie auf, ihn zu überraschen.

Sie warteten ohne ein weiteres Wort, als das Licht vom Boot näher und näher kam.

Schließlich hörte Gray, wie Black seinen Namen rief.

»Na endlich! Das wird aber höchste Zeit!«, rief Gray ihm zu.

Er hörte seinen Freund lachen, als er den Motor abstellte und das Boot abbremste. Es trieb auf sie zu, und Gray manövrierte sich selbst und Allye, sodass er sich an einem der Seile an der Seite des Schlauchbootes festhalten konnte, sobald es nahe genug kam.

»Wo hast du das Ding denn her?«, fragte er Black. Das hier war nicht das schicke Fiberglasboot, auf dem sie sich vorher befunden hatten.

»Das ist eine lange Geschichte. Verdammt, Gray. Das ist wieder typisch für dich, selbst mitten im Meer ein Mädchen aufzureißen.«

»Wie wär's, wenn du aufhörst zu quatschen und mir stattdessen hilfst, sie an Bord zu schaffen?«, fragte Gray trocken. Er hatte nicht vor, Allye seinem Freund vorzustellen, während sie im Meer trieben.

»Verdammt, ja, tut mir leid.«

Gray wandte sich an Allye. »Bereit, nach Hause zurückzukehren?«

»Oh ja«, lautete ihre ehrliche Antwort.

»Greif nach Blacks Hand. Ich drücke von hier unten und er zieht dich hoch.«

Black griff nach unten, wartete nicht darauf, dass sie nach oben griff, und packte sie stattdessen unter den Armen. Er begann, sie an Bord des großen, aufblasbaren Bootes zu ziehen. Gray tat, was er versprochen hatte, legte eine Hand auf ihren Hintern und drückte sie nach oben, während Black zog, und innerhalb von Sekunden war sie über die Seite verschwunden.

Sie machte *umpf*, als sie auf den Boden des Bootes schlug, aber als sie nicht vor Schmerzen schrie oder anderweitig protestierte, entspannte er sich ein wenig. Sie müsste immer noch von Sanitätern untersucht werden, aber hoffentlich hatte ihr das Schwimmen keinen lang anhaltenden Schaden zugefügt.

Black kehrte eine Sekunde später zurück, sein Gesicht erschien über der Seite des Bootes und er streckte eine Hand aus. Gray nutzte die Hilfe seines Freundes und die Kraft seines eigenen Oberkörpers, um sich ohne großes Getöse an Bord zu hieven, wie er es schon so oft getan hatte.

Er suchte sofort nach Allye. Mit den Lichtern vom Boot aus konnte er sie jetzt klarer erkennen. Sie kauerte mit angezogenen Knien an der Seite. Ihr Gesicht war leicht blau vom kalten Wasser, aber sie schenkte ihm ein schwaches Lächeln.

Gray ignorierte seinen eigenen frierenden Körper und drehte sich um, um Black um eine Decke zu bitten, aber sein Freund war bereits da und reichte ihm einen Stapel davon. Gray kroch hinüber, wo Allye zusammengekauert saß. Er versuchte, nicht auf ihre langen Beine zu schauen, aber er war auch nur ein Mensch. Sie war gut gebaut, ihre Oberschenkel dick und muskulös, angemessen für eine Tänzerin, nahm er an. Er konnte ihre Wadenmuskeln deutlich sehen, sogar durch den Neoprenanzug hindurch. Er hatte den Gedanken, dass sie in einem Paar Absatzschuhe erstaunlich aussehen würde.

Er hielt ihr eine Decke hin. »So blöd es auch ist, du musst aus dem nassen Anzug raus.«

»Aber ich friere so.«

»Ich weiß, Kätzchen, aber in dem Ding frierst du nur noch mehr. Zieh es aus und ich werde dich in diese schönen, warmen Decken einwickeln.«

Sie verdrehte bei dem schmeichelnden Tonfall seiner Stimme die Augen, tat aber, was er verlangte. Sie kämpfte mit dem Reißverschluss, aber gerade als Gray ihr anbieten wollte, ihr dabei zu helfen, gelang es ihr, ihn herunterzuziehen. Sie zappelte und wand sich, als sie versuchte, den nassen Anzug auszuziehen.

Gray gab Black die Decken zurück und kniete sich neben sie. Er zog am Ärmel des Neoprenanzugs, als sie ihren Arm herauszog. Er half ihr mit dem anderen Ärmel und sagte dann: »Lehn dich zurück. Ich ziehe an den Beinen.«

Ohne Fragen zu stellen, tat sie, wie geheißen, doch kaum war sie dabei, sich den Stoff über die Beine zu schieben, scherzte sie: »Hätte ich gewusst, dass mich heute ein süßer Typ mitten in der Nacht darum bittet, meine Hose auszuziehen, hätte ich mich auf jeden Fall rasiert.«

Black musste sich das Lachen verkneifen und Gray konnte nicht umhin zu husten, als sie das sagte.

»Glaub mir eins, Kätzchen, jedem Typen, der es bis zu diesem Punkt schafft, ist es völlig egal, ob du ein paar Haare an den Beinen hast oder nicht.«

Sofort warf er den Neoprenanzug zur Seite und streckte die Hand wieder zu Black aus. Sein Freund und Partner legte ihm die Decken in die Hände, Gray breitete eine aus und deckte Allyes Beine zu. Er legte eine weitere um ihre Schultern, als sie sich wieder aufrichtete, und sie ergriff sie sofort mit ihrer rechten Hand und hielt sie fest.

Gray drehte sich so, sodass er neben Allye saß. Er wollte seinen Arm um sie legen und sie an sich ziehen, aber jetzt, da sie nicht im Meer waren und die unmittelbare Gefahr des Ertrinkens, Erfrierens oder von einem Hai gefressen zu werden vorüber war, fühlte er sich unbehaglich.

»Allye Martin, das ist mein Freund Lowell Lockard. Auch bekannt als Black.«

Sie wechselte die Hand, mit der sie die Decke festhielt, und gab ihm die rechte Hand. »Schön, dich kennenzulernen, Lowell«, sagte sie.

Black sah ihn einen Moment lang mit fast bis zum Haaransatz hochgezogenen Augenbrauen an, griff aber nach Allyes Hand und schüttelte sie. »Bitte nenn mich Black. Ich weiß nicht einmal mehr, wer Lowell ist. Und das Vergnügen ist ganz meinerseits«, entgegnete er leise. Dann führte er ihre Hand an seinen Mund und küsste ihren Handrücken. Gray war extrem irritiert von der Geste. »Hör mit dem Blödsinn auf, Black«, knurrte er.

Sein Freund wandte sich an ihn. »Hey, sie ist immerhin diejenige, die so getan hat, als befänden wir uns auf einem formellen Anlass. Wer bin ich, sie darauf hinzuweisen, dass wir auf die richtigen Umgangsformen verzichten können, da wir mitten im Meer treiben.«

Allye kicherte, zog aber ihre Hand aus Blacks Griff und steckte sie unter die Decke, die sie fest um ihren Körper hielt.

Gray war im Begriff, seinem Freund etwas zu sagen, was er wahrscheinlich bereuen würde, als er das Gewicht von Allye an seiner Schulter spürte. Sie hatte sich zunächst aufrecht gehalten, als er sich hingesetzt hatte, aber jetzt lehnte sie sich an ihn. Es war subtil und er wusste, dass sie ihm nicht ihr ganzes Gewicht aufbürdete, aber selbst dieses leichte Anzeichen, dass sie in seiner Nähe sein wollte, dass sie sich immer noch auf ihn verließ, milderte seine Wut auf seinen Freund. Es war nicht Black, an den sie sich lehnte. Sondern *er*.

Und ohne es verhindern zu können, kam der Höhlenmensch in Gray an die Oberfläche. Er war derjenige gewesen, der sie gerettet hatte. Er war derjenige, der sie im Meer am Leben gehalten hatte. Er war derjenige, an dem sie sich festhielt, als er sie durch die Wellen zog. Was man findet, darf man behalten, oder nicht?

Gray verdrängte die Gedanken. Allye war kein Ding. Sie war ein menschliches Wesen. Eine Frau, die ihr eigenes Leben hatte. Er konnte sie nicht behalten. *Verdammt.*

»Hast du mit Rex gesprochen?«, fragte Gray Black, wobei er durchaus wusste, dass seine Stimme etwas rauer und verärgerter war, als für die Situation angebracht war, doch er konnte einfach nicht anders.

»Ich habe ihm gesagt, dass du nicht am verabredeten Treffpunkt warst und dass ich losfahren und dich suchen würde«, erwiderte Black knapp.

Gray nickte. Dann wandte er sich an Allye. »Wir sollten näher an das Steuer heranrücken. Wie du siehst, gibt es bei diesem Ding kein Steuerhaus, aber Black wird langsam ans Ufer zurückfahren, um die Windstärke zu reduzieren.«

Allye nickte.

Gray stand auf. Seine Beine zitterten, aber er ignorierte sie. Er streckte Allye die Hand entgegen. Er wusste, dass er Black gestatten sollte, ihr aufzuhelfen, aber er konnte es nicht über sich bringen. Er musste sich um sie kümmern, zumindest bis sie das Ufer erreichten, und dann musste er sie gehen lassen.

Sie blickte auf und selbst in dem gedämpften Licht konnte er ihre beiden verschiedenfarbigen Augen sehen. Sie befreite einen Arm aus ihrem Kokon aus Decken und streckte ihn ihm entgegen. Sie zitterte, aber sie blickte nicht von ihm weg, als er ihre Hand in seine nahm und sie nach oben zog. Sie fiel mit einem Stöhnen gegen ihn und Gray wäre auf den Boden des Bootes gefallen, wenn Black ihm nicht eine Hand auf den Rücken gelegt hätte, um ihn zu stützen.

»Alles in Ordnung?«, fragte sein Freund.

Gray nickte. »Es ist nichts, was man nicht mit einem kleinen Schläfchen, etwas zu essen und ein bisschen Wasser in Ordnung bringen könnte.«

»Mit dem Schläfchen kann ich dir nicht helfen, aber Wasser habe ich dabei und auch ein paar Proteinriegel, die euch vorläufig erst mal helfen könnten.«

»Hast du gehört, Kätzchen?«, fragte Gray Allye. »Black hat uns ein Festmahl mitgebracht.«

Sie lachte leise an seine Brust gelehnt und sah zu ihm hoch. »Ihr Jungs wisst wirklich, wie man ein Mädchen verwöhnt. Aber in Zukunft würde ich dir Schokolade empfehlen. Mit Schokolade liegt man nie falsch.«

Black lachte erneut, aber Gray wurde traurig. Dies war keine Verabredung und er würde Allye nie für einen Abend in der Stadt zurechtgemacht zu sehen bekommen. Aber er konnte es sich in seinem Kopf vorstellen. Sie würde wunderschön aussehen, daran hatte er keinen Zweifel. »Komm schon«, sagte er, schroffer als er eigentlich wollte, wobei ihn die Enttäuschung immer noch hart traf. So hatte er noch nie für jemanden empfunden, den er in der Vergangenheit gerettet hatte. Allye hatte einfach etwas an sich, das jeden einzelnen seiner Beschützerinstinkte auf den Plan rief.

Er beugte sich vor und hob die Decke auf, die beim Aufstehen heruntergefallen war, und führte sie dann näher an die Vorderseite des kleinen Bootes. Er half ihr auf den Boden des Bootes und setzte sich dann an ihre Seite, ein Bein an das ihre gelegt, das andere so gebeugt, dass er so nahe wie möglich bei Allye war. Er trug immer noch den feuchten Trockenanzug, aber sie würde trotzdem noch von seiner Körperwärme profitieren. Sie protestierte nicht gegen seine Nähe, sondern legte ihm sogar noch einmal ihr Gewicht entgegen, als sie sich gegen ihn lehnte und sich entspannte. Black half dabei, weitere Decken um die beiden zu wickeln und sie darin einzuhüllen.

Ein leichtes Stöhnen kam aus Allyes Mund und Gray musste lächeln. Er fühlte, wie ihr Körper zu zittern begann, und erlaubte sich einen kleinen Seufzer der Erleichterung. Das Zittern war gut. Es bedeutete, dass ihr Körper gegen die Kälte ankämpfte und daran arbeitete, sich wieder aufzuwärmen.

Er griff nach oben und nahm zwei Flaschen Wasser und zwei Proteinriegel von Black entgegen.

Er hielt ihr eine der Flaschen hin. »Nimm kleine Schlucke. Ich weiß, dass du Durst hast, doch wenn du jetzt alles auf einmal trinkst, kommt es alles wieder hoch, und dann bist du in schlechterer Verfassung, als du es jetzt bist. Ganz zu schweigen davon, dass es dir peinlich sein wird, dass du dich vor unseren Augen übergeben hast.« Er drückte ihren Arm, als er das sagte, um sie wissen zu lassen, dass er einen Scherz gemacht hatte.

Wie er erwartet hatte, verdrehte sie die Augen, während sie die Hand nach der Flasche ausstreckte. Sie nippte am Wasser, wie er es ihr vorgeschlagen hatte. Als er sich sicher war, dass sie nichts tun würde, was sie bereuen würde, wie zum Beispiel die ganze Flasche zu trinken, reichte er ihr einen der Proteinriegel. »Die Dinger schmecken zwar schrecklich, aber wenn du einen runterbekommst, selbst wenn es nur ein paar Bissen sind, fühlst du dich gleich viel besser. Das verspreche ich dir. Dein Körper braucht die Kalorien und das Protein, um gegen die Kälte und die Dehydrierung anzukämpfen. Und erneut, nimm kleine Bissen.«

Sie nickte und knabberte zaghaft an der Ecke ihres Proteinriegels, als wäre sie tatsächlich das Kätzchen, wie er sie immer nannte.

»Ich beginne jetzt mit der Rückfahrt«, erklärte Black. »Ich werde so langsam fahren wie möglich, aber es wird trotzdem ziemlich windig werden.«

Gray nickte seinem Freund zu und wandte die Aufmerksamkeit wieder Allye zu.

Sie konzentrierte sich weiterhin auf den Proteinriegel und hielt sich daran fest, weil ihr ganzer Körper zitterte, sogar ihre Hände. Gray war beeindruckt. Nicht ein einziges Mal hatte sie darüber gejammert, was mit ihr geschehen war, außer als sie erklärte, warum sie dachte, das Karma hätte sie im Stich gelassen. Sie hatte sich nicht unaufhörlich über die Kälte beschwert, als sie im Wasser waren. Sie nörgelte nicht über alles, was er gesagt oder getan hatte, seit sie ihn zum ersten Mal gesehen hatte. Gray meinte, das wäre eine Folge ihrer Erziehung und dass sie versuchte, so zurückhaltend wie möglich zu sein, aber dennoch. Er wünschte sich tatsächlich, dass sie sich über etwas beschweren würde, einfach so, damit er alles in seiner Macht Stehende tun könnte, um es für sie besser zu machen.

Gray schüttelte den Kopf und schimpfte wieder einmal mit sich selbst. Es war nicht seine Aufgabe, sich um sie zu kümmern, und in etwa zwanzig Minuten oder so würde sie ein für alle Mal aus seinem Leben verschwunden sein.

»Ich muss schon sagen«, bemerkte Black, nachdem er das Boot gewendet hatte und sie jetzt wieder in Richtung Land unterwegs waren. Sie fuhren jetzt viel langsamer, als Black es auf der Herfahrt getan hatte, das stand schon mal fest. »Deine Augen sind ausgesprochen ungewöhnlich, Allye. Und ich nehme mal an, dass die weiße Strähne in deinem Haar nicht von einer Tönung kommt.«

Allye lachte leise. Gray liebte das Geräusch. Es war nicht zu laut und steckte voller Humor.

Humor. Sie war entführt worden, hatte sich einer schrecklichen Zukunft gegenübergesehen, und doch saß sie jetzt hier auf dem Boden eines Bootes in Decken gewickelt da und lachte.

»Du hast recht«, erklärte sie Black. »Ich habe eine sogenannte Heterochromie Iridum, eine seltene Erkrankung, bei der ein Auge weniger Pigment hat als das andere. Das hat etwas mit meinen Genen zu tun.« Sie zuckte mit den Achseln. »Ich denke eigentlich nicht viel darüber nach.«

»Und was ist mit deinen Haaren?«, fragte Black. »Hat das auch etwas damit zu tun?«

»Ich weiß nicht«, erklärte Allye ihm. »Meine Mutter interessierte sich überhaupt nicht dafür. Sicherlich nicht genug, um mich zu einem Arzt zu bringen, um sicherzugehen, dass mir tatsächlich nichts fehlte. Soweit ich das beurteilen kann, ist es ein einfacher Fall, dass ich kein Melanin oder keine Farbe in den Haarfollikeln in diesem Teil meines Kopfes habe. Es hängt wahrscheinlich irgendwie mit meinen Augen zusammen, aber ich habe keine Ahnung wie.«

»Es ist einzigartig«, bemerkte Gray, bevor Black etwas erwidern konnte.

»Ja, und einzigartig zu sein ist ganz schön blöd, besonders während der Jugend«, erwiderte Allye. »Eine Zeit lang habe ich versucht, die Strähne zu färben, allerdings mit schrecklichen Resultaten. Ich habe es einfach nie geschafft, dass sie die gleiche Farbe hat wie der Rest meines Haares, also hatte ich plötzlich immer diesen dunkelbraunen Streifen in meinem Haar, der einfach nur merkwürdig aussah. Und wenn mein Haar dann wieder wuchs, hatte ich ein Büschel weißer Haare direkt auf meinem Kopf. Irgendwann habe ich dann festgestellt, dass sich die Mühe nicht lohnt, und einfach damit aufgehört.«

Grays Hand bewegte sich, als hätte sie einen eigenen Willen. Er strich ihr das immer noch feuchte Haar aus der Stirn und berührte dabei ihre weiße Strähne vom Scheitel bis zu den Haarspitzen. »Es gefällt mir.«

»Danke«, flüsterte sie.

Sie sahen einander lange in die Augen und die Verbindung zwischen ihnen beiden schien mit jeder Sekunde, die verging, stärker zu werden.

Als das Boot über eine besonders große Welle fuhr, fluchte Black. Er versuchte, nach dem Handy zu greifen, das auf der Konsole vor ihm gelegen hatte, doch es flog durch die Luft, bevor er es greifen konnte.

Es landete genau in Allyes Schoß und sie erschrak.

»Immer mit der Ruhe, Kätzchen«, murmelte Gray. »Es ist doch nur ein Handy.«

Und kaum hatte er diese Worte ausgesprochen, begann das Handy in ihrem Schoß zu vibrieren, weil ein Anruf hereinkam.

»Verdammt«, sagte sie leise und erschrak erneut. »Das war so merkwürdig.«

Gray lachte leise und streckte ihr die Hand hin. Er hätte am liebsten einfach ihre Hand genommen, doch sie hatte sie in ihrem Schoß am Oberschenkelansatz liegen und es fühlte sich unpassend an. »Gibst du es mir?«

Allye nahm das kleine schwarze Handy und betrachtete die Nummer auf dem Bildschirm kurz, bevor sie es ihm gab. »Vielleicht ist das der Typ vom Pizzadienst, der nur anruft, um uns wissen zu lassen, dass die riesige Pizza, die Black bestellt hat, bei unserer Ankunft schon am Ufer wartet.«

Gray lächelte und schüttelte den Kopf. Er wusste, dass es wahrscheinlich Rex war. Er hatte eigentlich vorgehabt, ihn anzurufen, sobald er Allye ihr Wasser und ihren Proteinriegel gegeben hatte, doch dann war er von Blacks Bemerkung über ihre Genetik abgelenkt worden.

»Gray«, sagte er, nachdem er auf den grünen Knopf am Telefon gedrückt hatte.

»Alles in Ordnung?«, wollte Rex wissen.

Gray war nicht überrascht, dass sein Kontaktmann ihn nicht begrüßte. Er erzählte dem Mann sofort alles, was sich an Bord des anderen Bootes ereignet hatte und was sowohl der Kapitän als auch die Eskorte gesagt hatten, wobei er die Einzelheiten ihres Todes vorerst ausließ. Dann informierte er ihn über Allye. »Und die betreffende Frau war schon an Bord.«

»Tatsächlich?«, fragte Rex und Gray hörte, wie am anderen Ende der Leitung Papier raschelte. »Das hätte sie eigentlich nicht sein sollen.«

Er sah zu Allye hinüber, die ihn so anstarrte, als wüsste sie genau, was Rex sagte, indem sie einfach nur Gray anblickte, dann antwortete er: »Ja, ich weiß. Aber jetzt ist sie in Sicherheit. Sie sitzt genau neben mir.«

»Und was weiß sie?«

»Nichts. Zumindest nichts, was uns zu dem führen kann, der sie gekauft hat.« Es gefiel Gray ganz und gar nicht, es so auszudrücken, besonders als er sah, wie Allye die Nase rümpfte, aber so war es eben. »Sie wurde auf dem Nachhauseweg direkt von der Straße entführt. Sie wurde unter Drogen gesetzt und ist erst aufgewacht, als sie auf das Boot getragen wurde. Und dort wurde sie von einer Begleitperson bewacht.«

»Verdammt«, erklärte Rex. »Frauen zu verkaufen ist ohnehin schon schlimm. Aber Begleitpersonen mitzuschicken, die versuchen, sie zu töten, falls während der Übergabe etwas schiefgeht, ist einfach nur sadistisch. Wir müssen der Schlange den Kopf abschlagen, um diese Scheiße zu stoppen.«

»Nightingale«, riet Gray.

»Genau. Wenn wir diesen verdammten Hurensohn töten, unterbinden wir damit wenigstens eine Zeit lang den Verkauf der Frauen. Natürlich wird dann einfach irgendwer weitermachen, wo er aufgehört hat. Verdammt. Und wie geht es dem Paket?«

Dass Rex sie als Paket bezeichnete, gefiel Gray ganz und gar nicht, doch er verkniff sich die Bemerkung, die ihm auf der Zunge lag, und sagte stattdessen einfach: »Ihr ist kalt und sie hat Hunger und Durst, aber sonst geht es ihr den Umständen entsprechend gut.« Er fing Allyes Blick auf und sie lächelte ihn zaghaft an.

»Wurde sie vergewaltigt?«

»Nein.« Gray wollte mehr sagen. Er wollte Rex erklären, dass die Begleitperson da war, um zu verhindern, dass sie von den Männern, die sie zu ihrem neuen Herrn brachten, missbraucht wurde, aber andererseits wollte er das Licht, das er in diesem Moment in Allyes Augen sah, auch nicht zum Verlöschen bringen.

»Reden wir später«, erklärte Rex, dem offensichtlich klar war, was los war. Es war einer der Gründe, warum ihr Kontaktmann so gut in seinem Job war. Seine Intuition ging viel weiter, als nur eine gute Nase dafür zu haben, Menschenhändler und Vergewaltiger aufzuspüren.

»Das machen wir«, bestätigte Gray. Dann fügte er hinzu: »Wahrscheinlich befindet sie sich immer noch in Gefahr.« Nachdem er gehört hatte, was der Mann auf dem Boot über den Käufer gesagt hatte und wie sehr er sie haben wollte, wusste Gray, dass sie nicht in ihr normales Leben zurückkehren konnte, als wäre nichts passiert.

»Sorge dafür, dass sie das weiß, und sage ihr auch, dass sie zur Polizei gehen und dort Anzeige erstatten soll. Sie braucht ein Sicherheitssystem und falls sie Familie außerhalb des Staates hat, ist es vielleicht keine schlechte Idee, sie eine Zeit lang zu besuchen«, erklärte Rex.

Sie hatte *keinerlei* Familie. Weder außerhalb des Staates noch sonst irgendwo. Das wusste Gray. Und er hatte auch keine Ahnung, was die Polizei mit einem mutmaßlichen Entführungsopfer anfangen sollte, das immer noch das Gefühl hatte, in Gefahr zu schweben, aber nicht wusste, wer sie bedrohte. Es war eine unmögliche Situation.

»Gray? Bist du noch da?«, wollte Rex wissen.

»Ich bin noch da.«

»Setzt sie ab und dann beweg deinen Hintern sofort hierher. Die anderen sind von ihrem Einsatz zurück – der übrigens erfolgreich verlaufen ist – und ich werde mich an die Arbeit machen und so viel wie möglich über Nightingale herausfinden. Ich werde all meine Verbindungen spielen lassen und dann wollen wir doch mal sehen, ob ich ihn nicht ausfindig machen kann. Es ist durchaus möglich, dass du und die anderen früher oder später mobilisiert werdet, um dieses Arschloch ein für alle Mal unschädlich zu machen.«

»Ja, klar«, erklärte Gray Rex, wobei seine Gedanken rasten, während er darüber nachdachte, was die beste Lösung für Allye wäre.

Wie immer verabschiedete Rex sich nicht, sondern legte einfach auf. Gray gab Black das Handy zurück.

»Was hat er gesagt?«

Gray wusste, dass er nicht neben Allye sitzen bleiben konnte, wenn er sie darüber informierte, dass sie sie absetzen würden und sie danach auf sich allein gestellt wäre.

Das war wirklich nicht gut. Vielleicht war das darauf zurückzuführen, dass sie eine ausgesprochen intensive Zeit im Meer verbracht hatten, aber vielleicht lag es auch einfach nur an ihr. Was es auch sein mochte, Gray war nicht dazu bereit, Allye zu verlassen. Er wollte sie zurück nach Colorado Springs bringen und persönlich dafür sorgen, dass sie in Sicherheit war. Doch das ging nicht.

Er stand langsam auf. Er spürte ihren Blick auf sich, weigerte sich aber, zu ihr hinabzuschauen. Er kontrollierte die verschiedenen Instrumente auf dem kleinen Armaturenbrett und sah dann über das Boot hinweg.

»Gray?«, fragte Allye hinter ihm.

Gray drehte sich um, stützte sich auf das Boot und schaute zu Allye hinunter. Ihr Haar trocknete und wehte im Wind. Er sah, dass es so lockig war, wie er es in Erinnerung hatte, als er sie zum ersten Mal auf dem Fischerboot gesehen hatte. Die weiße Strähne war fast in den Locken versteckt, aber sie lugte immer noch hier und da in der Brise hervor. Mit ihren braunen und blauen Augen blickte sie ihn voller Sorge an.

Er versuchte, Worte zu finden, die ihr klarmachten, dass sie wachsam bleiben müsste, sie aber nicht zu Tode erschreckten. »Du weißt, dass der Mann, der dich gekauft hat, nicht auf dem Boot war.«

»Ja.«

»Also ist er immer noch dort draußen.«

Allye nickte. »Und wenn er einmal jemanden bezahlt hat, mich zu entführen, könnte er es noch mal machen«, folgerte sie daraufhin richtig. Für jemanden, der sich für nicht besonders intelligent hielt, hatte sie einiges auf dem Kasten.

»Genau.«

»Das habe ich mir schon gedacht. Ich habe mir überlegt, dass ich in Zukunft darauf bestehen werde, dass einer der männlichen Tänzer mich zur Arbeit und wieder nach Hause begleitet, und dass ich die Polizei anrufe, wenn ich nach Hause komme. Was sollte ich denn sonst noch tun?«

Gray seufzte erleichtert. Er wusste nicht, was er von ihr erwartet hatte, als er erklärte, dass der Mann, der sie für sich allein haben wollte, immer noch da draußen wäre. Aber diese ruhige Akzeptanz war erfreulich.

Ein Teil von ihm wünschte sich beinahe, sie hätte ihn angefleht, sie mitzunehmen, um sie in Sicherheit zu bringen, aber er wusste, dass das nie geschehen würde. Allye war unabhängig und schien nicht der Typ zu sein, jemanden um etwas zu bitten.

Sie sprachen kurz darüber, worauf sie aufpassen und was sie den Polizisten sagen sollte.

»Also, ihr Jungs wollt doch sicher nicht, dass ich über euch rede, nehme ich an, richtig?«

»Warum fragst du das?«, wollte Black wissen und mischte sich zum ersten Mal in das Gespräch ein.

»Nun ja, ihr habt mich in dunkelster Nacht gerettet, Gray hat zwei Menschen getötet und er hat mir immer noch nicht gesagt, was genau ihr macht. Es ist also nicht sonderlich verwunderlich, dass ihr nicht unbedingt wollt, dass ich der Polizei von euch erzähle.«

»Ich besitze einen Schießstand in Colorado Springs«, erklärte Black ihr. »Und Gray hier ist Steuerberater.«

Allye starrte die beiden eine Sekunde lang an und begann dann zu kichern. »Ja, klar. Nie im Leben.«

Black hob seine Hand hoch. »Pfadfinderehrenwort.«

»Du warst doch überhaupt nie ein Pfadfinder«, protestierte Allye noch immer lachend.

»Das stimmt, trotzdem lüge ich nicht. Sag es ihr.« Black stieß Gray mit dem Ellbogen an.

Er zuckte mit den Achseln. »Was er sagt, entspricht der Wahrheit. Wenn ich nicht gerade Jungfrauen in Not rette, bin ich Steuerberater und habe mein eigenes Unternehmen in Colorado Springs.«

Allye hörte auf zu lachen und starrte ihn an. »Aber ... Steuerberater sind doch so Strebertypen mit Brille und definitiv nicht so groß und muskulös wie *du*.«

Diesmal war es an Gray, leise zu lachen. »Ich glaube, du hast ein ziemlich vorurteilsbehaftetes Bild, was Steuerberater angeht, Kätzchen. Ich weiß nämlich nicht, was Größe und Körperbau mit der Fähigkeit zu tun haben sollen, Zahlen zu addieren.«

»Es ist nur ... du warst im Begriff, ungefähr eine Million Kilometer zurück zum Ufer zu schwimmen ... *und dabei hast du mich auch noch gezogen.* Das kann ich mir bei einem Steuerberater einfach nicht vorstellen. Ganz und gar nicht.«

»Aber du weißt doch auch, dass ich bei der Marine war«, erklärte Gray, obwohl er gar nicht wusste, warum er ihr alles so genau erklärte, aber er wollte einfach, dass sie Bescheid wusste. »Und dass ich bei den SEALs war. Genau wie Black, auch wenn wir nie zusammengearbeitet haben, als wir noch aktiv waren. Nachdem ich den aktiven Dienst verlassen habe, kümmere ich mich jetzt um die Buchhaltung verschiedener Firmen in Colorado. Es ist keine große Sache.«

»Keine große Sache?«, fragte Allye ungläubig. »Und ob

das eine große Sache ist! Und eins muss ich sagen ... hätte es an meiner Highschool mehr Jungs gegeben, die aussehen wie ihr und sich für Mathe interessieren, hätte ich vielleicht eine neue Begeisterung für Algebra entwickelt. Ich hätte vielleicht sogar weniger den Unterricht geschwänzt.«

Gray und Black lachten leise.

»Alles in allem bin ich ziemlich froh, dass ihr Jungs so was wie Supersoldaten seid.«

»Seeleute«, korrigierte Black sie.

»Wie bitte?«

»Seeleute, nicht Soldaten«, wiederholte er. »Man darf einen SEAL niemals als Soldaten bezeichnen.«

»Oh, *das* tut mir aber leid«, neckte sie. »Super-SEALs ... Ist das besser?«

»Sehr viel besser«, entgegnete Black grinsend.

»Wenn du wieder zu Hause bist, musst du ausgesprochen vorsichtig sein«, sagte Gray und steuerte die Unterhaltung so auf das eigentliche Thema zurück.

»Das werde ich«, erklärte sie ihm.

»Ich will auf keinen Fall hören, dass du erneut verschwunden bist. Ich wäre wahnsinnig enttäuscht, wenn ich dich ein zweites Mal retten müsste.«

Sie verdrehte die Augen und Grays Mundwinkel zuckten amüsiert. Sie sah einfach süß aus, wenn sie das tat, obwohl er das natürlich niemals zugeben würde.

»Das wirst du nicht müssen«, erklärte sie. »Ich denke, wenn derjenige mich tatsächlich wieder in die Finger bekommt, hat er seine Lektion gelernt und wird beim nächsten Mal nicht mehr so nachlässig sein. Dann gehöre ich zu den neunzigtausend Vermissten, von denen du mir vorhin erzählt hast.«

Sie machte Witze, das war Gray schon klar, trotzdem gefielen ihm ihre Worte nicht. Ganz und gar nicht.

Er ging vor ihr in die Hocke, seine Knie protestierten zwar dagegen, aber er ignorierte seine Schmerzen, als er seine Ellbogen auf die Knie legte und sich zu ihr lehnte. »Wenn du auch nur andeutungsweise das Gefühl hast, dass irgendetwas nicht stimmt, handle sofort. Geh aufs Polizeirevier oder lass einen Freund kommen – vorzugsweise einen großen, männlichen Freund –, der dann bei dir bleibt. Vielleicht ist es sogar eine gute Idee, dir einen Hund anzuschaffen. Einen großen Hund, der laut bellt. Und das ist kein Witz, Allye. Der Mann, der beschlossen hat, dass er dich besitzen will, hat mit an Sicherheit grenzender Wahrscheinlichkeit Geld, und zwar ausgesprochen viel, wenn man die Tatsache bedenkt, dass er sogar eine Begleitperson für dich angeheuert hat. Und wenn es hart auf hart kommt, rufst du mich an.«

Bei seinen letzten Worten machte sie große Augen.

Gray trat sich geistig in den Hintern. Er hatte nicht vorgehabt, ihr das anzubieten, doch nun, da er es getan hatte, tat es ihm nicht gerade leid. Ihm war nicht ganz klar, was er aus Hunderten von Kilometern Entfernung ausrichten sollte, aber er fühlte sich besser bei dem Gedanken, dass er dazu in der Lage wäre, Verbindung zu ihr zu halten.

»Ich bin mir nicht sicher, dass es irgendetwas gibt, das du von Colorado aus tun kannst, um mir zu helfen, wenn ich in Schwierigkeiten gerate«, sagte sie und sprach damit seine eigenen Gedanken laut aus.

»Immerhin kann ich dir Ratschläge geben. Du kannst deine Gedanken mit mir besprechen«, erklärte er ihr und ging nicht so weit, ihr zu sagen, dass er alles stehen und liegen lassen würde, nur um zu ihr zu gelangen, auch wenn das der Fall war.

Daraufhin schenkte sie ihm ein trauriges Lächeln. »Ich

bin mir sicher, dass ich klarkomme«, erklärte sie und wischte seine Bedenken beiseite. »Ich meine, ich bin schon ausgesprochen lange alleine. Seit dem Moment, in dem ich geboren bin, wenn man es genau nimmt. Ich kann damit umgehen. Außerdem würde ich wetten, dass er sich jetzt zurückzieht, weil sein kleiner Plan nicht funktioniert hat.«

Das hoffte Gray zwar auch, allerdings war er nicht so sehr wie sie davon überzeugt.

»Moment mal«, sagte Black über seinem Kopf.

Gray stand auf und sah über das Schlauchboot hinweg. Der dunkle Strand, dem sie sich näherten, schien bis auf einen einzelnen Mann verlassen zu sein.

»Ich hatte mich schon gefragt, woher du dieses Boot bekommen hast«, bemerkte Gray.

»Ja, das ist eine ziemlich lange Geschichte. Nichts verlief nach Plan. Ich habe das andere zwar gefunden, doch der Kapitän hatte anscheinend nicht vor, mich auch nur in seine Nähe zu lassen. Er benutzte eine Halbautomatik, um das Fiberglasboot völlig zu zerschießen. Zu meinem verdammten Glück hatte er dann keine Munition mehr. Ich ging an Bord seines Bootes und wollte es benutzen, um mich mit dir zu treffen, aber das Arschloch hatte den Motor beschädigt, bevor ich dort ankam. Er legte mir seine Pläne oder für wen er arbeitete nicht offen, ganz gleich, welche Art von Anreiz ich ihm gab. Als er nach dem Funkgerät griff, um Verstärkung anzufordern, schoss ich auf seine Hand, aber er sprang tatsächlich auf meine Kugel *zu*, anstatt von ihr weg.« Black zuckte mit den Achseln. »Ich habe dir ja gleich gesagt, dass er ein Idiot ist. Es ist mir gelungen, sein Scheißboot wieder an Land zu bringen, aber es war nicht seetüchtig genug, um noch mal umzudrehen und dich am Treffpunkt abzuholen. Also habe ich Rex angerufen und er hat mich hierhergeschickt und dieser Typ«, Black zeigte zu dem Mann an der Küste, »hatte dieses Schlauchboot, mit vollem Tank und bereit loszulegen. Also haben wir getauscht. Er ist mit dem Fiberglasboot irgendwohin gefahren und hat sich versteckt, und ich bin mit diesem Boot zurückgekommen, um nach euch zu suchen.«

»Rex macht mir wirklich manchmal Angst«, bemerkte Gray.

»Ja.«

»Aber er heißt doch nicht wirklich Rex, oder?«, fragte Allye, die plötzlich neben ihm aufgetaucht war.

Gray erschreckte sich und hätte fast lautlos gelacht. Es war lange her, seit es jemandem gelungen war, sich so nahe an ihn heranzustellen, wie es Allye jetzt gelungen war, ohne dass er es bemerkt hätte. Sie stand genau neben ihm ... und es war ihm nicht aufgefallen, bis sie zu sprechen begonnen hatte.

»Zumindest nennen wir ihn so«, erklärte Black ihr. »Und da er unser Chef ist, nennen wir ihn genau so, wie er es will.«

»Ich bin jetzt aber echt verwirrt. Gray hat behauptet, Rex hätte ihn angeheuert, und du behauptest, er wäre euer Chef, aber du hast doch auch behauptet, dass Gray Steuerberater ist und du deinen eigenen Schießstand besitzt ...«

Gray machte sich eine geistige Notiz, dass Allye anscheinend so gut wie nichts entging. »Erinnerst du dich, als ich dir von einem Anruf erzählt habe, bei dem ich zu einem Vorstellungsgespräch in die Billardhalle kommen sollte?« Als sie nickte, sprach er weiter: »Also ja, bei solchen Sachen ist Rex unser Chef.« Und dabei nickte er mit dem Kinn in ihre Richtung und ihre derzeitige missliche Lage.

»Ahhh«, sagte sie und dehnte das Wort.

Gray war sowohl erfreut als auch irritiert, dass sie nichts anderes fragte. Zum ersten Mal überhaupt wollte er jemandem alles erzählen, was er tat. Alles über die Mountain Mercenaries und einige der Dinge, die er gesehen und getan hatte. Aber Black steuerte das Boot den Sandstrand hinauf und der mysteriöse Mann, der auf sie gewartet hatte, griff nach der Gummiseite und hielt das Boot ruhig.

Gray bedeutete Allye, als Erste von Bord zu gehen, und er tat sein Bestes, um ihr nicht auf den Hintern zu schauen, während sie an die Seite des Bootes schlurfte. Sie hatte immer noch eine Decke eng um die Taille gewickelt, aber das hielt ihn nicht davon ab zu bewundern, was für einen schönen Hintern sie hatte. Er hatte ihn aus nächster Nähe gesehen, als er ihr auf das Boot half.

Black sprang schnell heraus und hielt eine Hand hoch, um ihr über die Seite zu helfen. Gray nahm widerwillig seine Hand von ihrer Taille, obwohl er nichts weiter wollte, als sie an sich zu ziehen und nie wieder loszulassen.

Allein dieser Gedanke genügte, dass er seine Hände von ihrem Körper sinken ließ, als wäre sie plötzlich elektrisch geladen. Was zum Teufel hatte er sich dabei gedacht? Sie war nur eine weitere Mission, das war's. Oder nicht?

Ohne seine Gedanken zu analysieren, sprang Gray aus dem Boot und stellte sich neben Allye. Bevor er etwas Dummes sagen oder tun konnte – zum Beispiel sie nach Colorado einzuladen –, sprach der Mann, der am Strand auf sie zuging.

»Im Haus habe ich ein paar trockene Decken, die ihr benutzen könnt. Rex hat mich angerufen. Wenn ich es richtig verstanden habe, kommt sie aus der Stadt, richtig?«

Allye nickte.

»Ich bringe dich in die Stadt, wenn du bereit bist.« Sein Ton machte deutlich, dass er keinen Widerspruch zu seinen Plänen dulden würde, und Allye verstand das offensichtlich, denn sie nickte einfach nur.

Als Black mit dem Mann zur Seite trat und in einem leisen Ton mit ihm sprach, drehte Allye sich zu Gray um.

»Jetzt kommt wohl der Teil, an dem ich mich bedanke und verabschiede.«

Er starrte sie an. Ihr Größenunterschied war jetzt offensichtlicher als im Meer. Er überragte sie, aber aus irgendeinem Grund ärgerte ihn das nicht wie sonst. Gray mochte normalerweise große Frauen. Sie wirkten auf ihn weniger … kindlich. Aber wenn er mit seiner Körpergröße von zwei Metern auf Allye hinunterblickte, konnte er nur daran denken, sie in die Arme zu nehmen und in Sicherheit zu bringen. Ihre Größe spielte keine Rolle. Ihre Hartnäckigkeit und ihr Starrsinn machten den Mangel an Zentimetern mehr als wett.

»Anscheinend schon«, erklärte er ihr. »Erinnere dich an das, was ich gesagt habe. Bleib wachsam.«

»Das werde ich«, versprach sie ihm.

Gray machte den Mund auf, um noch mehr zu sagen, war sich aber nicht sicher, was, und da tauchte Black plötzlich neben ihm auf. »Wir müssen los.«

Gray drehte sich um und betrachtete seinen Teamkollegen. »Warum? Was ist los?«

»Die Nachbarn unseres Freundes beginnen, sich für uns zu interessieren, und er ist nicht allzu glücklich darüber. Ich bin mir nicht sicher, was für einen Gefallen Rex eingefordert hat, aber ich vermute, dass dieser Typ uns in Zukunft nicht mehr helfen wird.«

Gray ließ den Blick von Black zu dem anderen Mann wandern. Er sah sie böse an, die Arme vor der Brust verschränkt. Ungeduld drang praktisch aus jeder seiner Poren.

»Ich kann Allye doch nicht einfach so allein lassen«, protestierte Gray.

Doch bevor Black etwas erwidern konnte, spürte Gray ihre Hand auf seinem Arm. »Ich komme schon klar. Geh nur. Was auch immer es ist, dass du mit diesem Rex besprechen musst, ist wichtiger, als sich um mich zu kümmern.«

»Also, *das* war ja wirklich das Dümmste, was du heute gesagt hast«, rügte Gray sie.

Und als hätte er es erraten können, verdrehte sie erneut die Augen. »Wie dem auch sei. Dieser Mann wird mir nicht wehtun. Und ich habe so das Gefühl, dass euer Rex sehr viel Macht und viele Kontakte hat. Ich bin ich mir sicher, dass Rex es irgendwie erfahren wird, sollte ich nicht bei der Arbeit auftauchen, und dann wird er nicht ruhen, bis er den Kerl gefunden hat.«

»Warte mal kurz, okay Black?«, bat Gray.

»Aber nur eine Minute«, warnte sein Freund. »Länger kann ich ihn nicht mehr hinhalten.«

Ohne auf die Worte seines Freundes zu reagieren, wandte Gray sich wieder an Allye. Er wusste nicht, was er sagen sollte. Nichts schien ihm passend. Er hatte sich am Ende eines Einsatzes noch nie so frustriert gefühlt, wie er es in dieser Sekunde tat.

Sie hatten dies schon früher getan, eine Frau oder eine Gruppe von Frauen in einen sicheren Unterschlupf gebracht und sie dort zurückgelassen, damit die Mountain Mercenaries ihren Einsatz geheim halten konnten ... aber diesmal schien es einfach falsch zu sein.

Allye legte ihre Hand auf Grays Oberkörper und stellte sich auf die Zehenspitzen, wobei sie den Kopf hob.

Instinktiv legte Gray seine Hand auf ihre Hüfte, um sie zu stützen, und senkte den Kopf, damit sie ihn erreichen konnte.

Sie strich mit ihren Lippen über seine Wange, schlang dann ihre Arme um ihn, so gut sie konnte, und hielt immer noch die Decken fest. »Vielen Dank, dass ich dir nicht egal war«, sagte sie mit leiser, intensiver Stimme. »Ich weiß, dass du nicht auf dem Boot warst, um mich zu retten, aber danke, dass du mich dort nicht zurückgelassen hast.«

»Gib gut auf dich acht«, entgegnete Gray rau.

»Das werde ich. Das tue ich immer«, entgegnete sie leichthin.

Gray machte den Mund auf, um ihr zu sagen, dass er mal nach ihr sehen würde. Dass sie ihm auch in Zukunft nicht egal sein würde, doch erneut wurde er von Black unterbrochen.

»Die Zeit ist um. Wir müssen uns beeilen.«

Allye drückte sich ein wenig von ihm ab und machte einen Schritt zurück. »Es hat mich gefreut, dich kennenzulernen, Black. Sei vorsichtig dort draußen. Die Welt ist ein gefährlicher Ort.«

»Das bin ich. Und das Gleiche gilt für dich«, entgegnete Black, während er einen Schritt von ihr weg machte.

Gray folgte seinem Freund und ging ein paar Schritte rückwärts, bevor er sich umdrehte. Wohin er und Black gingen, wusste er nicht, aber er stapfte trotzdem hinter ihm her. Als er es nicht mehr aushielt, drehte er sich um und blickte dorthin zurück, wo er Allye zurückgelassen hatte.

Sie und der Mann waren verschwunden. Der einzige Beweis dafür, dass sie überhaupt dort gewesen waren, war das schwarze Schlauchboot, das immer noch auf dem Sand lag, und Fußabdrücke, die zu einem Haus an einer Klippe führten.

KAPITEL SECHS

Allye öffnete mit dem versteckten Schlüssel, den sie an der Ecke des Gebäudes vergraben hatte, ihre Wohnung. Während ihrer Zeit in der Pflegefamilie hatte sie gelernt, immer darauf zu achten, dass sie einen Weg in ihre Wohnung fand. Zu oft hatten andere Pflegekinder sie ausgesperrt, weil sie das für lustig hielten.

Sie drehte sich um und lehnte sich gegen die Tür, nachdem sie den Riegel und den Türknauf abgeschlossen und die Kette angebracht hatte, dann seufzte sie. Es schien ein ganzes Leben her zu sein, dass sie hier gewesen war, aber in Wirklichkeit waren es nur etwa achtundvierzig Stunden gewesen. Sie fühlte sich, als hätte sie eine Million Dinge zu tun, und doch wollte sie nur ein langes Bad nehmen und acht Stunden ununterbrochen schlafen.

Der Mann am Strand hatte nicht viel zu ihr gesagt, nachdem sich ihre Wege von Gray und Black getrennt hatten. Sie war mit ihm ins Haus gegangen und hatte die trockenen Decken dankbar angenommen. Sie war nicht gerade passend gekleidet, aber da es im Grunde noch mitten in der Nacht war, hatte sie gehofft, sich in ihre

Wohnung schleichen zu können, ohne dass jemand sie sah. Der Mann hatte ihr sogar ein Paar alte Flipflops geschenkt, das er, wie er sagte, eines Abends am Strand gefunden hatte. Die Schuhe waren groß, aber besser als nichts.

Der Mann hatte nach ihrer Adresse gefragt und sie nach Hause gefahren. Er hatte vor ihrer Wohnung angehalten und sie war ausgestiegen. Dann, ohne ein Wort zu sagen, war der Mann weggefahren. Es war etwas merkwürdig gewesen, aber da er ihr geholfen hatte, machte sie sich nicht die Mühe, Small Talk zu machen.

Allye hatte sich für den Fall der Fälle das Kennzeichen des zweitürigen weißen Toyotas gemerkt, aus dem sie ausgestiegen war, aber es schien, als wäre der Mann genauso darauf bedacht, sie loszuwerden, wie sie es kaum erwarten konnte, nach Hause und zurück in ihr normales Leben zu gelangen.

Sie musste die Polizei rufen und ihre versuchte Entführung anzeigen, aber sie musste auch warten, bis sie klarer denken konnte. Sie wollte auf keinen Fall etwas über Gray und seinen Freund Black ausplaudern. Sie würde sich eine Geschichte darüber ausdenken, wie sie ihrem Entführer entkommen war und keine Ahnung hatte, wohin er nach ihrer Flucht verschwunden war. Sie würde sagen, sie wäre ans Ufer geschwommen, nicht die sechs Kilometer, die es gewesen sein mochten, sondern vielleicht eher ein Kilometer.

Bei dem Gedanken an die Polizei und ihre Tortur erinnerte sie sich zum ersten Mal an den USB-Stick in ihrer Tasche.

Seit ihrer Flucht aus der kleinen Kajüte auf dem sinkenden Boot waren die Dinge so intensiv gewesen, dass sie ihn ganz vergessen hatte. Sie zog ihr feuchtes Hemd aus und holte das kleine elektronische Ding hervor, das sie vor einer gefühlten Ewigkeit vom Boot mitgenommen hatte.

Sie erinnerte sich daran, wie sich ihr Begleiter auf dem Boot durch eine Excel-Tabelle auf dem Laptop geklickt hatte, während er von all den Sklaven murmelte, die er ausbilden, eskortieren oder transportieren musste. Sie war überrascht gewesen, dass er über solche Dinge vor ihr sprach, aber andererseits war er davon ausgegangen, dass sie von demjenigen, der sie gekauft hatte, abgeholt werden würde – bis etwas schiefgelaufen war, und dann war der Mann bereit gewesen, sie zu töten.

Sie hatte vermutet, dass die Datentabelle auf dem kleinen Laufwerk gespeichert war. Ihr Plan war gewesen, sie Gray zu geben, wenn er sich als vertrauenswürdig erweisen würde, aber sie hatte es einfach vergessen.

Tatsächlich hatten sie nicht einmal Telefonnummern ausgetauscht. Gray hatte gesagt, sie könnte ihn anrufen, wenn etwas geschah, aber weil er so plötzlich gehen musste, hatten beide vergessen, die Kontaktinformationen auszutauschen. Sie konnte ihn wahrscheinlich über Google oder so finden, aber ihre gemeinsame Zeit schien bereits wie eine Art Traum. Sie würde sich seltsam fühlen, wenn sie ihn aus heiterem Himmel anrief, obwohl er gesagt hatte, sie könnte es.

Allye ging direkt zu ihrem Computer und rief eine Internet-Suchmaschine auf. Sie hatte keine Ahnung, ob der USB-Stick überhaupt noch funktionieren würde, nachdem er so lange dem Meerwasser ausgesetzt gewesen war.

Was sie las, gab ihr Hoffnung. Sie ging in ihr Badezimmer und holte die Flasche Isopropylalkohol aus dem Schrank. Die Leute in den Online-Foren sagten, es würde helfen, die Komponenten des Flash-Laufwerks zu trocknen. Als das erledigt war, ging sie in die Küche und öffnete eine

Packung Reis. Sie dachte, es könnte nicht schaden, schüttete eine kleine Menge in eine Schüssel, legte den USB-Stick in die Mitte und deckte ihn dann mit noch mehr Reis zu.

Da sie wusste, dass sie in diesem Moment alles getan hatte, was sie konnte, ließ sie die Schultern hängen und konzentrierte sich wieder auf Gray.

Das war wieder typisch für sie, sich zu einem Mann hingezogen zu fühlen, den sie niemals haben konnte. Er lebte nicht nur in einem anderen Staat, sondern sie hatte ihn auch nur kennengelernt, weil er sich auf einer supergeheimen Mission befand, um einen Sexhändlerring zur Strecke zu bringen, und er war offensichtlich eine Nummer zu groß für sie. Sie hatte kaum die Highschool abgeschlossen und er war ein ehemaliger Navy SEAL, ein Steuerberater und eine Art knallharter Typ aus dem wahren Leben.

Ja, selbst wenn sie am selben Ort gewohnt hätten, hätte sie nicht mithalten können.

Sie seufzte und rieb sich müde die Augen. Zeit für eine Dusche und etwas Schlaf. Dann würde sie mit ihrem Leben weitermachen.

Am nächsten Morgen war Allye bereit, die Dinge wieder in den Griff zu bekommen. Es schien unwirklich, dass sie erst gestern Abend mitten auf dem Meer getrieben war und sich gefragt hatte, ob sie noch einen weiteren Tag erleben würde.

Sie hatte die Besitzerin des Tanztheaters am Abend zuvor angerufen, bevor sie eingeschlafen war, und sie wissen lassen, dass sie gesund und wohlauf war und heute kommen würde. Robin McNeely war eine Mittfünfzigerin und immer noch eine der besten Tänzerinnen, die Allye je gesehen hatte. Sie tanzte nicht mehr viel, aber sie kam zu jeder Probe. Wenn jemand Schwierigkeiten mit einer Choreografie hatte, kam sie auf die Bühne und machte es vor.

Es war Robin gewesen, die die Polizei gerufen hatte, als Allye verschwunden war. Die Polizei hatte mit den Informationen nicht viel anfangen können, da sie erwachsen war. Anscheinend liefen Erwachsene die ganze Zeit davon, ohne jemandem zu sagen, wohin sie gingen, und tauchten schließlich nach ein paar Tagen oder Wochen wieder auf.

Allye hatte keine Ahnung, wie Gray oder Rex in ihr Verschwinden verwickelt worden waren, aber sie dankte ihren Glückssternen dafür. Wenn sie nicht gewesen wären, würde sie sich jetzt sicher wünschen, tot zu sein.

Bevor sie ins Theater fuhr, fischte Allye den USB-Stick aus der Schüssel mit Reis, in die sie ihn gesteckt hatte. Er fühlte sich trocken an, aber sie wusste nicht viel über Elektronik. Mit angehaltenem Atem stellte sie ihren Laptop auf die Küchentheke und steckte das Gerät in den entsprechenden Schlitz.

Erstaunlicherweise erschien das Symbol auf dem Desktop und ließ sie wissen, dass ein neues Laufwerk erkannt worden war. Nicht ganz sicher, was sie finden würde, klickte Allye darauf, um es zu öffnen.

Eine Excel-Tabelle öffnete sich, aber anstatt ihren Inhalt anzuzeigen, wie sie gehofft hatte, erschien ein Passwortfeld.

»Verdammt«, murmelte sie und starrte es an. Sie wusste nicht das Geringste über das Hacken von Excel-Tabellen. Sie war kaum in der Lage, ihren eigenen Laptop zum Laufen zu bringen.

Eine Sekunde lang hatte sie sich vorgestellt, den USB-Stick der Polizei zu übergeben und in den Nachrichten zu sehen, dass sie Hunderte von vermissten Mädchen ausfindig machen konnten, weil sie ein Risiko eingegangen war und ihn sich geschnappt hatte, bevor das Boot gesunken war.

»Wirklich zu dumm«, murmelte sie vor sich hin und zog das Laufwerk aus ihrem Computer heraus. Sie hielt es für einen langen Moment in ihrer Hand, rang mit sich selbst und versuchte zu entscheiden, was sie tun sollte. Sie hätte es Gray geben sollen, bevor er gegangen war, aber sie hatte es vergessen. Genauso wie sie vergessen hatte, ihn nach seiner Telefonnummer zu fragen. Kopfschüttelnd öffnete sie ihre Ramschschublade und warf das kleine Gerät zu all dem anderen Mist, den sie über die Jahre angesammelt hatte.

Sie würde sich später damit befassen. Sie hatte eine Menge zu tun, und das neue Mädchen in der Tanztruppe hatte wahrscheinlich alles in ihrer Macht Stehende getan, um Allye während ihrer kurzen Abwesenheit die Hauptrolle wegzunehmen. Jessie war eine Nervensäge, seit sie eingestellt worden war, und Allye weigerte sich, ihr alle guten Tanzrollen zu überlassen. Sie hatte zu hart gearbeitet, um dahin zu gelangen, wo sie war.

Mit dem Entschluss, heute mit dem Taxi zur Arbeit zu fahren anstatt wie sonst üblich mit der Straßenbahn, rief Allye einen der Tänzer an, der in der Nähe wohnte. Da sie anbot zu bezahlen, stimmte er gern zu, ein Taxi zu nehmen und sie abzuholen. Allye schnappte sich ihre Tasche mit ihren Tanzsachen und machte sich auf den Weg, wobei sie sich vergewisserte, dass ihre Tür verschlossen war.

<hr />

»Verdammt!«, rief Gray am nächsten Morgen.

Er war in dem Privatflugzeug, das er und Black nach Colorado Springs zurückgebracht hatte, zusammengeklappt, und das lange Schwimmen hatte ihn überwältigt. Dann hatte er mit dem Rest des Teams ein paar Stunden damit verbracht, die Mission und die Ereignisse zu besprechen. Er hatte zugehört, wie die anderen ihre eigene Mission besprachen, und war schließlich erst spät zu seinem Haus zurückgekehrt.

Er war sofort eingeschlafen und frisch und munter aufgewacht. Gray hatte sich bei Rex gemeldet und war froh, dass er immer noch so fit war wie früher während seiner Zeit bei der Marine.

Sein plötzlicher Ausbruch – kurz gefolgt von einer Erleuchtung – kam während ihres Gesprächs.

»Was ist?«, fragte Rex.

»Ich habe Allye gar nicht meine Nummer gegeben«, erklärte Gray seinem Kontaktmann. »Und dabei habe ich ihr doch gesagt, sie könne mich anrufen, wenn sie das Gefühl hat, in Gefahr zu schweben.«

»Und warum? Selbst wenn das der Fall sein sollte, kannst du nichts daran ändern«, bemerkte Rex.

Gray ärgerte sich darüber, dass sein Freund und Kontaktmann sich so begriffsstutzig zeigte. »Das weiß ich doch selbst, aber immerhin hätte sie dann jemanden, mit dem sie darüber reden könnte. Jemanden, der vielleicht dazu in der Lage wäre, ihr zu helfen, sollte sie erneut verschwinden.«

Er hörte, wie Rex seufzte, und wusste, dass ihm nicht gefallen würde, was sein Chef ihm als Nächstes sagen würde.

»Tatsache ist doch, dass wir von jetzt an keinerlei Kontrolle mehr darüber haben, was mit ihr passiert. Wir haben so gut wie keine Informationen über Nightingale. Es ist fast so, als hätte er alles abgebrochen und den Laden dicht gemacht. Keiner meiner üblichen Informanten weiß über irgendwelche Aktivitäten seinerseits Bescheid und es gibt keinerlei Hinweise auf Verbindungen zwischen ihm und irgendwelchen kürzlich vermissten Frauen. Irgendetwas an diesem letzten Einsatz scheint ihn aus dem Gleichgewicht gebracht zu haben.«

»Was willst du damit sagen? Dass du glaubst, Allye ist in Sicherheit? Dass sie sich nicht länger in Gefahr befindet?«, wollte Gray wissen.

»Das habe ich nicht behauptet. Ich will damit nur sagen, dass wir nicht wissen, wo der verdammte Hurensohn steckt. Er ist ein Geist. Und ohne weitere Informationen kann ich ihn nicht verfolgen. Ich dachte, er würde hinter einer weiteren Entführung aus der letzten Zeit stecken, doch ohne Augenzeugen und weitere Informationen kann ich mir dessen nicht hundertprozentig sicher sein.«

»Willst du damit etwa behaupten, dass wir Augenzeugenberichte benutzen können, um weitere Informationen über Nightingale zu erhalten, für den Fall, dass Allye *tatsächlich* erneut entführt werden sollte? Hoffst du etwa, dass sie erneut entführt wird?«

Rex sagte so lange nichts, dass Gray nicht wusste, ob er überhaupt noch antworten würde. Als er es dann tat, war seine Stimme leise und präzise, und ganz offensichtlich war er extrem wütend.

»Ich tue jetzt einfach mal so, als hätte ich das überhört«, erklärte Rex in neutralem Ton. »Du weißt sehr wohl, dass ich es nicht so gemeint habe. Ich würde es niemandem wünschen – egal ob Mann, Frau oder Kind –, von diesem Arschloch entführt zu werden. Der Kerl hat nicht ein Fünkchen Mitgefühl in seinem ganzen Körper. Er tut, was er will, und zwar mit jedem, und wird nicht zulassen, dass sich ihm jemand in den Weg stellt. Ich will damit nur sagen, dass wir nicht gerade viel ausrichten können, falls er beschließt zu beenden, was er angefangen hatte, um sie für den reichen Kerl zu entführen, der sie haben will. Jetzt liegt es an Allye, für ihre eigene Sicherheit zu sorgen, bis er einen Fehler macht und wir dazu in der Lage sind, dieses verdammte Arschloch zu töten.«

Das gefiel Gray ganz und gar nicht. »Und was, wenn sie *tatsächlich* erneut entführt wird?«

»Dann werden wir alles dafür tun, sie zu finden und nach Hause zu bringen«, entgegnete Rex.

Das war nicht unbedingt das, was Gray hören wollte, doch mehr konnte er nicht erwarten. Ohne dass er irgendeinen Anspruch auf sie erhob, war Allye letztlich nur eine weitere Frau. Und er hatte keinen Anlass zu glauben, dass sie auf persönlicher Ebene etwas mit ihm zu tun haben wollte. Oh, er hatte das Gefühl, dass sie sich zu ihm hingezogen fühlte und dass sie sicher nichts dagegen hätte, ein oder zwei Nächte in seinem Bett zu verbringen, doch Rex konnte nur seinen Schutz auf sie ausdehnen, wenn sie offiziell zu einem seiner Söldner gehörte.

Ihr Kontaktmann hatte zu Beginn ihrer Zusammenarbeit mit ihm sehr deutlich gemacht, dass es ihnen freistand, eine Frau zu finden und eine Beziehung mit ihr einzugehen, aber sie durften ihr nur dann sagen, womit sie wirklich ihren Lebensunterhalt verdienten, wenn es sich um eine dauerhafte Beziehung handelte. Gray hatte Allye bereits mehr erzählt, als er hätte sagen sollen, aber die ganze Zeit, die sie zusammen mitten auf dem Meer zugebracht hatten, hatte seine Zunge auf untypische Weise gelockert.

Rex hatte mehr als einmal gesagt, dass er alles tun würde, was nötig wäre, um ihre Frauen und Kinder zu beschützen, sollte sich einer seiner Söldner in einer festen Beziehung befinden.

Sie hatten erst kürzlich einen ihrer Teamkollegen durch

eine Beziehung verloren. Er hatte die Gruppe verlassen, weil er nicht nur die Liebe seines Lebens gefunden hatte, sondern weil er eine ganze Familie bekommen hatte, von der er bis zum Tod seiner Mutter nichts gewusst hatte.

Ryder Sinclair lebte jetzt in Castle Rock, Colorado und hatte eine eigene Frau, drei Halbbrüder, zwei kleine Neffen und zahllose andere Freunde und Familienmitglieder. Er arbeitete jetzt für Ace Security und Gray sprach immer noch dauernd mit ihm, aber es war nicht dasselbe. Er war kein offizielles Mitglied der Mountain Mercenaries mehr. Gray wusste, dass Ryder glücklich war, aber er vermisste ihn immer noch.

Er hatte gedacht, Ryder wäre verrückt, weil er die aufregenden Missionen der Mountain Mercenaries für eine Frau aufgegeben hatte, aber jetzt hatte er Zweifel.

Und *das* war seine Erleuchtung. Allye hatte etwas an sich, das sich unter die von ihm aufgestellten Schilde geschlichen hatte und das er nicht abschütteln konnte. Wenn es da draußen eine Frau gäbe, für die er die Mountain Mercenaries aufgeben würde, dann wäre das Allye. Davon war Gray überzeugt.

Der Gedanke hätte ihn erschrecken müssen, aber stattdessen fühlte es sich einfach richtig an. Die Zeit, die sie zusammen im Meer verbracht hatten, hatte ihm die Fassade genommen, die er normalerweise bei anderen Menschen zeigte, und er vermutete, dass das Gleiche bei ihr passiert war. Er hatte die echte Allye kennengelernt ... und er mochte sie verdammt gern.

Gray wollte Rex fragen, ob er ihre Telefonnummer für ihn ermitteln könnte, aber er unterließ es. Er wusste, dass Meat sie wahrscheinlich auch leicht in Erfahrung bringen könnte, aber er entschied schließlich, dass es besser war, nicht mit ihr zu sprechen. Gray hatte das Gefühl, er würde herausfinden, dass es schmerzhafter wäre, mit ihr zu reden, aber nicht mit ihr zusammen zu sein, als die Trennung eiskalt durchzuziehen.

Er erinnerte sich daran, wie sie sich auf dem Fischerboot an ihn gewandt und in einem völlig ernsten Tonfall festgestellt hatte, dass es illegal wäre, keine Auftriebskörper auf dem Boot zu haben. Und wie sie die ganze Zeit die Augen verdrehte. Sie hatte sich weder beschwert noch war sie hysterisch geworden, wie es viele Frauen in der gleichen Situation getan hätten. Aber das bedeutete nicht, dass sie keine Angst gehabt hatte. Sie hatte seine Tasche so fest umklammert, dass er ihre Angst und Unsicherheit laut und deutlich mitbekommen hatte. Sie hatte sich festgehalten, als hinge ihr Leben davon ab. Und so war es ja auch gewesen.

Gray hatte über die Jahre Hunderte von Leben gerettet, aber keines davon war ihm so nahe gegangen wie Allyes.

Das Schweigen am Handy dauerte viel zu lange, aber Gray wusste, dass es Rex egal war. Er würde für immer am anderen Ende der Leitung bleiben, wenn er es für nötig hielt.

»Falls du irgendwelche Neuigkeiten von ihr hast, sagst du mir dann Bescheid?«, bat Gray schließlich. »Wenn sie zum Beispiel erneut zur Zielperson wird?«

»Ja, das kann ich machen«, versicherte Rex ihm.

Mehr konnte Gray momentan nicht von ihm erwarten, und das wusste er auch. »Danke. Ich weiß es wirklich zu schätzen. Ich muss jetzt auflegen. Ich muss noch eine Gewinn- und Verlustrechnung für einen meiner Mandanten erstellen. Sie war gestern fällig, aber ich werde mir etwas einfallen lassen, warum ich sie erst so spät erledigen konnte.«

»Du bist einer von den Guten«, erklärte Rex mit leiser Stimme. »Du hast dort draußen großartige Arbeit geleistet.

Du hast so viele Informationen wie möglich bekommen und dabei noch ein Leben gerettet. Ich bin stolz darauf, dich in meinem Team zu haben.« Und damit beendete Rex das Gespräch.

Gray konnte nur den Kopf schütteln. Rex war exzentrisch, das war klar. Soweit er wusste, hatte niemand im Team den schwer fassbaren Mann je getroffen. Er schien immer zu wissen, was sie gerade taten und wann, aber er verriet nie, wie er an seine Informationen kam.

Er und die anderen waren vor einigen Jahren rekrutiert worden. Gray erinnerte sich daran, als wäre es gestern gewesen. Er war gerade dabei gewesen, aus der Marine auszusteigen, und hatte den Anruf von Rex wegen eines Jobs erhalten. Er hatte ihm nicht viel erzählt, nur dass das Vorstellungsgespräch in einer heruntergekommenen Billardhalle in Colorado Springs namens *The Pit* stattfinden sollte.

Als er angekommen war, waren Meat, Arrow, Ball, Black, Ryder und Ro ebenfalls dort zu ihren angeblichen Vorstellungsgesprächen gewesen. Sie hatten sich unterhalten, während sie auf Rex warteten, und drei Stunden später – als sie total betrunken beschlossen, den Job und Rex zu vergessen – hatten sie einen Anruf erhalten, in dem ihnen mitgeteilt wurde, dass sie den Job bekommen hatten.

Anscheinend war es ein Test gewesen. Ein Test, um zu sehen, ob die sieben miteinander auskommen würden. Und sie kamen miteinander aus. Sehr gut sogar. Gray wusste, dass die anderen Männer alle ihre eigenen Gründe hatten, sich den Mountain Mercenaries anzuschließen, aber sie sprachen nie darüber, außer dass sie froh waren, dass ihre einzigartigen Fähigkeiten genutzt wurden, um die Welt von Menschen zu befreien, die niemals frei herumlaufen dürften, und um Frauen und Kinder aus allen möglichen Lebenslagen zu retten.

Als Gray die für die Erstellung der Gewinn- und Verlustrechnung seines Mandanten benötigte Datenbank abrief, versuchte er, die couragierte und doch verletzliche Frau, die er gerade gerettet hatte, aus seinem Gedächtnis zu verdrängen. Sie waren einfach nicht füreinander bestimmt.

Eineinhalb Wochen später warf Allye ihre Wohnungstür hinter sich ins Schloss – und zwar fest.

Die Woche hatte ziemlich gut begonnen. Alle bei der Arbeit waren überglücklich, sie zu sehen, besonders nachdem sie gehört hatten, was sie durchgemacht hatte. Zumindest die bloßen Tatsachen. Allye hatte die meisten Details ausgelassen. Sie hatte die Polizei angerufen und einen Bericht über ihre Entführung eingereicht, obwohl auch dieser Bericht viele Einzelheiten nicht enthielt. Sie sagte der Polizei, sie wäre besorgt, dass derjenige, der sie entführt hatte, es noch einmal versuchen würde, aber ohne jede Beschreibung oder Information über ihn hatten sie nicht viele Anhaltspunkte. Sie hatten ihr einfach den gleichen Rat gegeben wie Gray. Was nicht gerade beruhigend war.

Im Verlauf der restlichen Woche war sie ziemlich schnell wieder in ihre normale Routine zurückgefallen. Sie stand früh auf und frühstückte. Sie schaute sich die Nachrichten an, ob es Hinweise auf eine Geschichte über ihre Entführung oder die Auflösung eines Sexsklavenrings gab, aber das war vergeblich. Dann machte sie sich auf den Weg ins Theater zu den Proben.

Heute war der Tag, an dem die Fotografin Programmfotos für die bevorstehende Show machen sollte. Robin bestand darauf, dass jede Tänzerin und jeder Tänzer für jede Vorstellung neue Bilder bekam. Sie wollte nicht, dass sich das Publikum mit den Programmen langweilte, zumal die Tänzer oft die gleichen waren, nur von einer Rolle zur anderen verschoben.

In einem Monat hatten sie vielleicht eine Modern-Dance-Routine, im nächsten war es vielleicht Jazz. Robin war stolz auf die Qualität ihrer Shows und ihrer Tänzer. Sie scheute keine Kosten bei den Programmen und produzierte sie auf hochwertigen Hochglanzseiten, von denen sie hoffte, dass die Zuschauer sie als Andenken behalten würden.

Als die jetzige Fotografin zum ersten Mal kam, um die Darsteller zu fotografieren, war sie überrascht, Allyes verschiedenfarbige Augen zu sehen, und tat ihr Bestes, um sie in den Portraitfotos zur Geltung zu bringen. Allye hatte ehrlich gesagt genug davon, hatte aber gelernt, sich nicht zu beklagen. Sie wusste, dass sie mit ihren Augen und der weißen Strähne in ihrem Haar eine Kuriosität war, und die Fotografen liebten es, beide Merkmale hervorzuheben.

Nachdem die heutigen Fotos gemacht worden waren, bei denen sie wieder einmal die Aufmerksamkeit der Fotografin erregt hatte, ging es mit dem Nachmittag bergab. Jessie, die Jugendliche, die die Hauptrolle in der Show haben wollte, diese aber nicht bekam, weil Allye wiederaufgetaucht war, war mürrisch und unkooperativ gewesen und schmollte sogar, sodass Robin eingreifen und sie für den Rest des Tages nach Hause schicken musste.

Nach der Probe hatte Allye angehalten, um ein Ersatzhandy zu besorgen, da ihres bei der Entführung abhandengekommen war. Das Telefon kostete viel mehr, als sie erwartet hatte, aber Allye bezahlte es, weil sie sich nicht sicher war, ob sie eine Wahl hatte.

Auf dem Heimweg kam sie sich ... paranoid vor. Als würde ihr jemand folgen. Aber jedes Mal, wenn sie sich nach hinten umschaute, war niemand da.

Das Gefühl hielt den ganzen Heimweg über an. Allye wich sogar von ihrem gewohnten Weg ab und es dauerte zwanzig Minuten länger, um zu ihrem Wohngebäude zu gelangen.

Die Haare in ihrem Nacken stellten sich gerade auf, als Allye dankbar die Tür zuschlug und alle Schlösser schloss, um sich im Inneren ihrer Wohnung zu sichern. Sie ließ ihre Tasche direkt vor der Eingangstür fallen und machte sich auf den Weg zur Couch, wo sie zusammenbrach.

Es waren zwei äußerst seltsame Wochen gewesen, die sie nie wieder erleben wollte. Sie war von der Normalität zu extremem Entsetzen übergegangen und war völlig überfordert gewesen und dann wieder zur Normalität zurückgekehrt. Jetzt war sie paranoid. Es war fast unwirklich.

Wie lange sie dort saß, wusste Allye nicht. Sie wusste nur, dass sie sich immer noch nicht sicher fühlte, obwohl sie fest in ihrer Wohnung eingesperrt war. Es konnte doch nicht so schwer sein, ihre Tür aufzubrechen. Und wenn das geschah, könnte sie überwältigt werden, genau wie von dem Verbrecher, der sie von der Straße gerissen hatte. Kein einziger Mensch war eingeschritten, um ihr zu helfen, und sie wusste, dass es hier in ihrem Wohngebäude genauso sein würde. Sie kannte ihre Nachbarn nicht und wie die meisten Menschen, die in der Stadt wohnten, neigte sie dazu, die verschiedenen Rufe und seltsamen Geräusche zu ignorieren, die aus den Wohnungen um sie herum kamen.

Zitternd umarmte Allye sich selbst. Was hätte sie tun sollen? Sie hatte einen Job, zu dem sie jeden Tag gehen musste. Ein Leben. Aber Gray hatte recht: Der Mann, der ursprünglich für sie bezahlt hatte, war immer noch da draußen und wartete seine Zeit ab, bis er jemanden anheuern konnte, der sie erneut entführte. War er da draußen und beobachtete sie in genau diesem Augenblick?

Allye schluckte schwer und schüttelte den Kopf. Sie würde lieber sterben, als das noch einmal durchzumachen. Sie hatte sich zu Tode gefürchtet und keine Hoffnung gehabt, dass jemand sie retten würde.

Sie dachte an den Moment im Boot zurück, nachdem Black sie gerettet hatte, als Grays Chef, dieser Rex, ihn angerufen hatte.

Allye schloss die Augen und konzentrierte sich. Sie beugte sich mit noch geschlossenen Augen vor und griff nach dem Papierblock, von dem sie wusste, dass er vor ihr auf dem Couchtisch lag. Sie suchte nach einem Stift und schrieb schnell die Zahlen auf, die sie in ihrem Kopf sah.

Blinzelnd öffnete sie die Augen und starrte auf den Notizblock. Sie nickte. Ja, es war die Nummer, von der Rex angerufen hatte.

Allye stand auf und begann hin und her zu gehen. Sie hätte lieber nicht in Erwägung gezogen, das zu tun, was sie zu tun gedachte. Aber sie musste es tun. Sie wusste, dass das Arschloch, das sie haben wollte, immer noch da draußen war. Auch wenn sie sich vielleicht nur einbildete, dass ihr jemand folgte und sie beobachtete.

Und es gab immer noch Frauen, die noch nicht gerettet worden waren.

Mit jedem Tag, der verging, verhöhnte der USB-Stick, mit dem sie entkommen war, sie mehr und mehr. Was, wenn sie die nötigen Informationen hatte, um jemand anderen zu retten? Um die gesamte schreckliche Operation zu zerschlagen? Was, wenn sie die Macht hätte, die Arschlöcher davon abzuhalten, Frauen und Kinder zu missbrauchen ... und sie unternahm nichts? Wozu würde sie das machen? Zu einer Art Komplizin?

Allye umarmte sich noch fester, als sie immer nervöser auf und ab ging. Sie musste den USB-Stick jemandem geben, der das Passwort herausfinden und dabei helfen konnte, die gesamte Operation auffliegen zu lassen. Den Bootskapitän und den Mann, der sie zu ihrem neuen Besitzer eskortieren sollte, zu töten, war eine Sache, aber der Mann, der sie tatsächlich entführt hatte, war auch noch da draußen. Es mussten noch viel mehr Leute involviert sein, viele Leute, die diesem Nightingale geholfen hatten, Frauen zu entführen und zu transportieren. Aber nicht einer von ihnen hatte ihr geholfen, und sie alle hatten die Gelegenheit dazu gehabt. Der Entführer, der Kapitän des Bootes, der Begleittyp ... Wer wusste schon, wie viele andere wussten, was vor sich ging? Sie alle mussten zu Fall gebracht werden, und es war möglich, dass sie das Beweisstück hatte, das genau dazu beitragen konnte.

Sie ging langsam in die Küche, öffnete die Schublade und starrte mit Hass im Herzen auf den harmlosen schwarzen USB-Stick. Dann schloss sie die Schublade, holte tief Luft und ging zurück in den anderen Raum.

Allye nahm ihr nagelneues Handy in die Hand und wählte die Nummer, die sie nur einmal gesehen, aber auswendig gelernt hatte.

»Wer spricht da? Woher haben Sie diese Nummer?«

Die Stimme hörte sich an, als wäre sie irgendwie verändert worden, aber momentan war Allye das völlig egal. Der Mann hörte sich nicht im Geringsten erfreut an und am liebsten hätte Allye sofort aufgelegt, doch sie zwang sich dazu zu sagen: »Ich heiße Allye Martin. Ich würde gern mit Rex sprechen.«

»Wie sind Sie an diese Nummer gekommen?«

»Spricht dort Rex?«, hakte sie nach. Allye wollte auf keinen Fall jemand anderem erzählen, was sich in ihrem Besitz befand.

»Ja. Ich bin dran. Und jetzt sagen Sie mir bitte, wie Sie an diese Nummer gekommen sind.«

»Ich habe sie auf dem Bildschirm gesehen, als Sie letzte Woche Gray angerufen haben. Ich bin die Frau, die er vom Boot des Sexsklavenhändlers gerettet hat.« Am anderen Ende der Leitung herrschte lange Schweigen, bis Allye schließlich fragte: »Sind Sie noch dran?«

»Ja, das bin ich. Sie haben meine Nummer also ein einziges Mal gesehen, und das ist schon über eine Woche her, und trotzdem erinnern Sie sich noch daran?«

»Ja. Namen und Gesichter kann ich mir nicht so gut merken, aber Zahlen fallen mir leicht.«

»Hmmm. Interessant. Was ist denn los?«

»Also, eigentlich ist nichts los, aber ich habe vielleicht etwas, das Sie benötigen könnten.«

»Und das wäre?«

»Ja, also ... als ich auf dem Boot war, saß der Mann, der mich begleitete, um mich bei dem abzugeben, der mich gekauft hatte, bei mir im Schlafzimmer, nachdem er mich mit Handschellen ans Bett gefesselt hatte ...« Allye machte eine Pause, als sie sich an all die schlimmen Dinge erinnerte, die er gesagt hatte.

»Und?«, fragte Rex ungeduldig.

Allye verdrehte die Augen, sprach aber weiter. »Er las aus einem Dokument auf dem Laptop. Ab und zu machte er eine Pause, murmelte den Namen einer Frau und erzählte mir dann in allen Einzelheiten, was mit ihr geschehen war. Es war fast so, als würde er eine Liste auf dem Bildschirm durchsuchen und die schlimmsten Fälle herauspicken, um mich zu quälen.«

»Und ... wollen Sie etwa behaupten, Sie hätten den Laptop, den er benutzt hat?«

»Natürlich nicht. Den hätte ich ja wohl kaum mit mir durchs ganze Meer schleppen können. Allerdings habe ich den USB-Stick, den er in den Computer gesteckt hat, als er in mein Zimmer kam.«

Rex war einen weiteren Moment lang still, bevor er fragte: »Wollen Sie sich über mich lustig machen?«

»Nein. Ich habe ihn wirklich. Ich wollte ihn eigentlich Gray geben, habe es dann aber vergessen. Außerdem dachte ich, dass er wahrscheinlich sowieso nicht mehr funktioniert, doch als ich nach Hause gekommen bin, habe ich im Internet nachgeschaut, wie man ihn am besten trocknen kann, und habe dann all das gemacht, was die Leute vorgeschlagen haben, und als ich ihn in den Computer gesteckt habe, hat er funktioniert.«

»Oh mein Gott. Und was befand sich darauf?«, wollte Rex wissen und hörte sich jetzt sogar noch ungeduldiger an.

»Das ist es ja eben – ich weiß es nicht. Der USB-Stick ist passwortgeschützt und ich habe keine Ahnung, wie ich an die Dateien gelangen soll.«

»Weiß sonst noch jemand, dass Sie im Besitz des USB-Sticks sind?«

Allye zuckte mit den Achseln und dachte gar nicht daran, dass Rex sie nicht sehen konnte. »Ich habe keine Ahnung. Ich meine, wahrscheinlich nicht. Ich wüsste nicht wie. Ich habe es niemandem erzählt. Aber ...« Sie sprach nicht weiter.

»Aber was?«

»Es ist wahrscheinlich Blödsinn.«

»Aber *was*?«, fragte Rex erneut, diesmal jedoch mit mehr Nachdruck.

»In letzter Zeit habe ich das Gefühl, dass ich verfolgt

werde. Es ist verrückt. Ich meine, es ist wahrscheinlich nur, weil ich nach dem, was passiert ist, paranoid bin. Aber Gray sagte mir, ich solle vorsichtig sein und Ausschau halten. Jedenfalls ... ich dachte nur, dass vielleicht etwas auf dem Stick ist, das zu demjenigen führen könnte, der mich entführt hat, und vielleicht auch zu einigen der anderen Frauen, die verschwunden sind. Und wenn ich ihn nicht jemandem gebe und ich wieder geschnappt werde, werden diese anderen Frauen nie eine Chance haben, gerettet zu werden.«

Allye hörte, wie im Hintergrund jemand auf einer Tastatur herumhämmerte, und wartete darauf, dass Rex etwas sagte. Es dauerte eine Weile, doch schließlich sagte er: »Ich habe Ihnen gerade ein Flugticket nach Colorado Springs gebucht. Der Flug geht in etwa zweieinhalb Stunden.«

»Was? Warum?«

»Wie sonst sollen Sie mir denn den USB-Stick bringen?«, fragte Rex.

»Also, ich dachte, ich könnte ihn einfach schicken.«

»Sind Sie verrückt?«, fragte er und hörte sich wirklich aufgebracht an. »Was, wenn er in der Post verloren geht? Sind Sie bereit, das zu riskieren?«

Allye seufzte. Verdammt, da hatte er natürlich recht. »Warum können *Sie* nicht einfach herkommen?«, fragte sie. »Ich habe einen Job. Viel zu tun.«

»Es ist Freitag. Falls Sie möchten, können Sie Sonntagabend wieder zurück sein.«

Was meinte er mit, *falls* sie zurückkommen möchte?

Doch er gab ihr nicht die Gelegenheit zu fragen.

»Gehen Sie packen. Nur Handgepäck. Ich werde jemanden anrufen, der Sie abholt. Verlassen Sie Ihre Wohnung nicht, bis ich zurückrufe und Ihnen sage, dass der

Fahrer da ist. Sprechen Sie mit niemandem. Tun Sie nichts weiter, als direkt zum Flughafen und zu Ihrem Flugsteig zu gehen. Ich würde das Privatflugzeug schicken, aber es ist zurzeit wegen eines verdammten platten Reifens außer Betrieb. Sie müssen mit einem Linienflug nach Denver fliegen und dann nehmen Sie den letzten Flug nach Colorado Springs. Verpassen Sie ihn nicht.«

Allye verdrehte die Augen. Sie war schließlich kein Baby. Sie wusste, wie man mit dem Flugzeug reiste. »Sonst noch was?«, fragte sie amüsiert.

»Ja. Ich werde dafür sorgen, dass jemand Sie am Flughafen von Colorado Springs abholt. Der Fahrer bringt Sie dann zum Broadmoor. Dort übernachten Sie und dann holt Sie derselbe Fahrer am Samstagnachmittag ab und bringt Sie zu mir, verstanden?«

»Das Broadmoor? Ist das nicht ein ausgesprochen teures Hotel? Warum nicht einfach ein Motel 6?«

»Lassen Sie mich derjenige sein, der sich Sorgen um den Preis macht, Allye. Sorgen Sie nur dafür, dass dem USB-Stick nichts zustößt, und bewegen Sie Ihren Hintern zum Flughafen. Wenn Ihnen irgendetwas merkwürdig oder ungewöhnlich vorkommt, fliehen Sie und rufen mich an, sobald Sie können. Ich werde Sie auf die ein oder andere Weise auf jeden Fall hierherschaffen.«

Allye seufzte. Sie hätte wahrscheinlich dankbar sein sollen, weil Rex sich Gedanken um sie machte, aber sie wusste eben auch, dass er sich nicht wirklich um *sie* sorgte. Er wollte nur den USB-Stick.

»Verstanden?«, blaffte er.

»Ja, Sir«, erwiderte Allye automatisch. »Verstanden.«

»Sorgen Sie dafür, dass Sie in Sicherheit sind«, befahl Rex. »Und ich weiß, dass Sie das denken, deshalb muss ich es sagen: *Sie* sind wichtiger als das, was auf dem Laufwerk ist, das Sie da haben. Ich mag es nicht, dass Sie da draußen ganz allein und ohne Schutz sind, besonders jetzt, wo Sie das Gefühl haben, beobachtet zu werden. Halten Sie Ihre Augen offen. Wir sprechen uns bald wieder.«

Und damit legte er auf.

Ein warmes Gefühl stieg in Allyes Brust empor, als sie den Anruf beendete. Sie kannte diesen Rex-Typen nicht, aber wenn Gray ihm vertraute, würde sie es auch tun.

Rex hatte nichts über Gray gesagt, aber der Gedanke, dass sie in die gleiche Stadt fahren würde, in der er lebte, wollte ihr nicht aus dem Kopf gehen. Vielleicht könnte sie Rex fragen, ob er Gray anrufen und sie wenigstens Hallo sagen lassen würde.

Sie stand einen Augenblick in der Mitte ihres Wohnzimmers und versuchte, sich vorzustellen, wie ein Wiedersehen mit Gray verlaufen würde, bevor sie sich schüttelte und auf die Uhr schaute. Sie musste sich in Bewegung setzen. Sie musste ein Flugzeug erwischen.

***

Gage Nightingale legte den Hörer auf und zeigte sich zufrieden, dass sein besonderes zukünftiges Haustier sicher und gesund zu Hause angekommen war. Er kratzte sich abwesend an seinen schwarzen, struppigen Haaren, als er seinen Stuhl vom Schreibtisch schob und sich zurücklehnte. Er legte seine Hände auf seinen hervorstehenden Bauch und überlegte, was mit der Übergabe seines Eigentums in der vergangenen Woche wohl geschehen war. Offensichtlich war etwas furchtbar schiefgelaufen. Er konnte den Mann, den er für die Begleitung seiner Neuerwerbung großzügig bezahlt hatte, nicht erreichen, um herauszufinden, wie er es vermasselt hatte.

Irgendwie war sie ihm entkommen.

Aber das spielte keine Rolle. Irgendwann würde sie ihm gehören.

Allyson Mystic. Er erinnerte sich noch an das erste Mal, an dem er sie gesehen hatte. Er war eines Abends in ein neues Theater gegangen, in dem er noch nie zuvor gewesen war. Sobald er das Programm sah, war er fasziniert. Das Foto von ihr erregte seine Aufmerksamkeit und ließ ihn nicht mehr los. Noch nie hatte ihn ein einfaches Foto so verliebt gemacht.

Ihre Augen forderten ihn heraus. Ein blaues und ein braunes. Das, zusammen mit der weißen Strähne in ihrem Haar, weckte in ihm den Wunsch zurückzukehren. Um mehr von ihr zu sehen.

Dann hatte er sie *außerhalb* des Theaters gesehen. Er hatte sie sofort erkannt. Sie war mit einer anderen Tänzerin zusammen gewesen, aber die andere Frau hatte ihn nicht im Geringsten interessiert. Nur Allyson. Er hatte sie an dem Abend beobachtet. Er sah, wie sie alle anderen Männer abblitzen ließ, als wollte sie sich nur für ihn aufsparen. Er war fasziniert und bezaubert.

Am Ende des Abends hatte er bereits begonnen zu planen, wie er sie sich zu eigen machen konnte.

Er war ein Sammler des Ungewöhnlichen. In dem speziell angelegten Gelände auf seinem vierzig Hektar großen Grundstück außerhalb von San Francisco hatte er vom Aussterben bedrohte Tiere, Dinosaurierfossilien, Relikte aus dem Nahen Osten ... und einige ganz besondere Erwerbungen.

Er hatte eine Frau, deren Körper bei ihrem Erwerb zu fünfundsiebzig Prozent tätowiert gewesen war. Er arbeitete momentan auf die hundert Prozent zu.

Er besaß auch eine Liliputanerin, eineiige Zwillinge und

erst letzten Monat hatte er eine Albino-Frau gefunden und erworben. Jedes Haar auf ihrem Körper hatte eine wunderschöne weiße Farbe.

Nightingale bewahrte seine Schätze in speziellen Räumen hinter einer Geheimtür auf, damit sie nicht zufällig von einem der vielen Mitarbeiter und Besucher, die er auf seinem Grundstück empfing, entdeckt würden. Er besuchte sie, wenn er sich amüsieren wollte. Oh, er sorgte dafür, dass sie wussten, dass er in jeder Hinsicht, in jeder Form und Gestalt ihr Herr war, aber Sex war nicht alles, was er von ihnen wollte. Er fand es sehr amüsant, wie sie um Nahrung und Wasser bettelten, wenn er vorbeikam und gegen das schalldichte Glas klopfte.

Und natürlich hielt er sie nackt, wie wilde Tiere nun mal sein sollten.

Aber Mystic war ausschließlich für den persönlichen Gebrauch bestimmt. Sie war sein Glücksbringer. Seit dem Abend, an dem er sie tanzen gesehen hatte, hatte er nichts als Glück gehabt. Seine Aktien hatten ihm seit jenem Abend mehr Geld eingebracht als im gesamten Vorjahr. Er konnte die beiden seltenen und vom Aussterben bedrohten Vögel kaufen, auf die er ein Auge geworfen hatte.

Und, das Wichtigste, seine Libido war wieder da.

Eine Zeit lang hatte er Angst gehabt, dass er ihn nie wieder hochkriegen würde, aber mit einem Blick auf die Augen seiner Mystic im Programm hatte er einen Steifen bekommen. Genau dort auf seinem Platz im Theater. Sein Schwanz hatte sich aufgerichtet und war während ihrer gesamten Vorstellung hart geblieben.

Ja, Mystic würde sein Liebling sein. Sein ganz besonderes Haustier. Sie würde die Gabe seines Spermas erhalten und sie würde ihre genetisch schönen Augen und Haare an seine Nachkommen weitergeben. Sie würde jedem seiner

Befehle gehorchen und mit der Zeit all seine Vorlieben und Abneigungen lernen. Und nicht nur das, sie würde für ihn tanzen. *Nur* für ihn. Er baute eine besondere Bühne, eine Bühne, die seine Mystic dafür bestrafen würde, dass sie es gewagt hatte, sich beim ersten Mal aus seinem Griff zu befreien, und auf der er ihr jederzeit bei ihren Auftritten zusehen konnte, wann immer er wollte.

Ja, er würde für den Rest seines Lebens Glück haben, wenn sie in einem Käfig an seinem Bett säße.

Aber zuerst musste er sie fangen. Sie war so gerissen wie jedes wilde Tier, es war seine Zeit und Mühe wert, sie einzufangen.

Der Mann, den er angeheuert hatte, um auf sie aufzupassen, hatte berichtet, dass sie ihren Zeitplan seit ihrer Rückkehr nach Hause wieder aufgenommen hatte. Sein Haustier sollte wirklich lernen, ihre Wege zur und von der Arbeit ein wenig mehr zu ändern. Aber wenn sie das täte, hätte er nicht mehr so viele Chancen, sie in die Falle zu locken.

»Bald, mein kleiner Liebling«, murmelte Nightingale und rieb sich mit der Hand den Schritt. »Bald.«

KAPITEL SIEBEN

Allye stand vor dem heruntergekommenen Gebäude und starrte es ungläubig an. Hier sollte sie den schwer fassbaren Rex treffen? Sie drehte sich um und fragte den Fahrer, ob er sich sicher wäre, dass er die Adresse richtig verstanden hätte, aber sie sah nur noch die Rücklichter des Wagens, als er auf die Straße abbog, bevor er ganz verschwand.

Sie seufzte und drehte sich zu dem Gebäude um.

Sie hatte es gerade so zum Flughafen geschafft. Der Flug nach Denver war ereignislos und glücklicherweise pünktlich gewesen, denn sie hatte nur zwanzig Minuten Zeit, um ihr Flugzeug nach Colorado Springs zu erreichen. Als sie ankam, war es schon spät geworden, und der kleine Flughafen war fast menschenleer, als sie gelandet war.

Ein Mann hatte mit ihrem Namen auf einem Schild auf sie gewartet und sie zum Hotel Broadmoor gebracht. Es war so schön, wie sie gehört hatte, aber da sie erschöpft war, hatte sie nicht wirklich viel Zeit gehabt, es zu genießen. Sie hatte ausgeschlafen und war durch das Klingeln des Telefons auf dem Nachttisch neben sich geweckt worden.

Es war der Concierge, der ihr mitteilte, dass das Mittagessen gleich hochgebracht würde und dass ihr Fahrer gegen fünfzehn Uhr auf sie warten würde.

Und nun war sie hier. Sie stand vor einer heruntergekommenen Kneipe namens *The Pit*.

Seufzend zog Allye ihren Rucksack weiter die Schulter hinauf und streckte die Hand nach dem Türgriff aus. Sie blinzelte ein paarmal, als sie drinnen war, und versuchte, ihren Augen Zeit zu geben, sich anzupassen. Das Innere war überraschend ... schön. Besonders im Vergleich zum Äußeren. Zu ihrer Rechten befand sich eine große Holztheke, die fast die gesamte Wand einnahm. Der Rest des Raumes war mit Tischen und Stühlen ausgestattet, auf der linken Seite befanden sich eine kleine Tanzfläche und eine Jukebox.

Im hinteren Teil des Raumes befand sich eine große Tür über ein paar Stufen und Allye konnte Billardtische in einem Raum hinter dem offenen Eingang sehen. Es war früh, es waren also nicht viele Leute da, aber immerhin waren es einige wenige.

Sie ging zur Bar hinüber, nicht sicher, ob einer der Leute Rex war oder nicht, aber sie ging davon aus, dass er sie ansprechen würde. Sie stellte ihren Rucksack zu ihren Füßen auf den Boden und kletterte auf einen hohen Barhocker.

Sie legte ihre Ellbogen auf die hölzerne Theke vor sich und wartete.

Innerhalb weniger Augenblicke tauchte ein großer, ziemlich unheimlich aussehender Mann aus einem Zimmer hinter der Bar auf. Er wischte sich gerade die Hände an einem Geschirrtuch ab und als er durch die Tür kam, durchbohrte er sie mit seinem Blick.

Er war mindestens einen halben Kopf größer als Allye und sein dunkles Haar war dicht am Kopf gestutzt. Ein ziemlich schütterer Bart bedeckte den größten Teil seines

Gesichts, graue Haare durchzogen ihn großzügig. Sie konnte sehen, wie sich eine Narbe in seinen Nacken schlängelte und im Ausschnitt des blauen T-Shirts, das er trug, verschwand. Sein Teint war dunkel und er hatte schwarze Tätowierungen, die beide Arme bedeckten. Allye wusste, wenn sie diesem Mann auf den Straßen von San Francisco begegnet wäre, hätte sie alles darangesetzt, ihm auszuweichen.

»Hey«, sagte er mit tiefer Stimme und einem ausgeprägten Südstaatenakzent.

»Hi«, erwiderte Allye.

»Möchtest du etwas trinken?«

»Nur ein Glas Wasser, bitte.«

Der Barkeeper sah sie einen Moment lang an, dann legte er das Tuch, mit dem er die Bar geputzt hatte, ab und streckte eine riesige Hand aus. »Dave. Ich bin hier der Barkeeper.«

Allye streckte zögernd die Hand aus und schüttelte seine. »Allye. Wie die Straße mit den Bäumen, aber das mit *y* statt dem vorletzten *e*.«

Er lachte und schüttelte ihr die Hand, drückte sie nicht übermäßig stark und ließ sie nach einer angemessenen Zeit wieder los. »Ich habe dich hier noch nie gesehen. Bist du neu oder nur auf der Durchreise?«

»Ich bin mit jemandem verabredet«, erklärte sie dem Barkeeper, entspannte sich und verwickelte ihn in ein höfliches Gespräch. Er hatte keinerlei beängstigende Ausstrahlung und das leichte Lächeln auf seinem Gesicht sorgte dafür, dass sie ihre Deckung noch mehr sinken ließ.

Dave griff unter den Tresen und holte eine Flasche Wasser heraus. Er hielt sie hoch und fragte: »Soll ich sie für dich aufmachen?«

Allye zog die Augenbrauen nach unten. »Eine Flasche

Wasser?«, fragte sie. »Leitungswasser ist in Ordnung. Ich habe nicht viel Geld.«

»In meiner Kneipe bekommt eine Dame nie ein Glas Wasser, es sei denn, sie wünscht es ausdrücklich. Es ist schwieriger, an einer verschlossenen Flasche herumzupfuschen als mit einem Glas. Und Wasser ist in meiner Bar immer kostenlos.«

»Oh, das ist logisch«, bemerkte Allye. »Vielen Dank.«

»Also ... soll ich die Flasche für dich aufmachen oder möchtest du es selber tun?«

»Du kannst sie öffnen.«

Dave öffnete die Flasche, stellte sie auf eine Serviette und schob sie vor Allye. »Wenn du sonst noch etwas haben möchtest, ruf mich einfach. Ich bleibe in der Nähe.«

»Vielen Dank.«

»Gern geschehen.«

Allye nahm einen Schluck vom Wasser und sah zu, wie Dave sich umdrehte und begann, den oberen Teil der Theke weiter von ihr entfernt zu putzen. Sie drehte sich um und betrachtete den Laden. In der hinteren Ecke saßen ein Mann und eine Frau an einem Tisch, und aus dem hinteren Raum kamen die Geräusche von aufeinanderprallenden Billardkugeln.

Nach etwa zwanzig Minuten begann sie, unruhig zu werden. Niemand war auf sie zugekommen und hatte sie gefragt, ob sie Allye wäre, und der USB-Stick in ihrer Tasche schien immer schwerer zu werden, je länger sie wartete. Was wäre, wenn jemand herausgefunden hatte, dass sie die Informationen besaß und sie an Rex weitergeben wollte? Was, wenn er auf dem Weg zur Kneipe verletzt worden war?

Allye wusste, dass sie nicht mehr einfach nur dasitzen konnte, und drehte sich wieder zum Barkeeper um. »Hey, Dave?«

»Ja, Schätzchen?«, fragte er und kam zu ihr.

»Kann ich meinen Rucksack hierlassen, während ich mich umsehe?«

»Natürlich. Hat die Person, mit der du verabredet bist, sich noch nicht blicken lassen?«

Sie schüttelte den Kopf.

»Hast du ihn oder sie angerufen?«

»Ihn, und ja, ich habe es vor ungefähr zehn Minuten probiert, aber er hat nicht abgenommen.«

»Das nervt.«

»Ja.«

Dave streckte die Hand aus. »Gib mir deinen Rucksack. Ich verstaue ihn hinter der Theke, damit sich niemand daran zu schaffen macht. Obwohl sich das in *meiner* Kneipe niemand trauen würde.«

Sie lachte leise und verdrehte die Augen. Also, *das* glaubte sie ihm. »Aber du verschüttest nichts darauf, oder?«, neckte sie ihn.

Dave verengte die Augen zu Schlitzen. »Mir ist schon klar, dass du mich noch nicht kennst, junge Dame, aber ich bin der beste Barkeeper der ganzen Stadt. Ich verschütte nichts. Niemals.«

Allye lachte. Er hörte sich so beleidigt an, dass sie nicht anders konnte. Sie hob entschuldigend die Hände. »Entschuldige! Das wusste ich nicht.«

Dave lächelte sie an. »Jetzt weißt du es. Her mit dem Ding«, befahl er und wackelte fordernd mit den Fingern.

Allye nahm ihren Rucksack und reichte ihn Dave über die Theke hinweg. Er nahm ihn an und versteckte ihn irgendwo hinter dem Tresen. »Geh nur und sieh dich um. Und eins solltest du wissen: Hier im *The Pit* bist du in Sicherheit. Ich weiß, dass es ziemlich rau aussieht, aber ich verbürge mich für jeden Mann und jede Frau hier drin. Es sind alles gute Menschen.«

»Danke«, erklärte Allye und sah plötzlich erleichtert aus, obwohl sie gar nicht bemerkt hatte, wie verspannt sie überhaupt gewesen war. Sie hüpfte vom Barhocker und drehte sich um, um ins Hinterzimmer zu gehen.

»Allye?«, rief Dave ihr nach.

Sie drehte sich um. »Ja?«

»Coole Augen.«

Sie lächelte. Die Leute schwärmten oft von ihren Augen, manchmal so sehr, dass es ihr peinlich war. Sie hatten Fragen über die Strähne in ihrem Haar gestellt und wollten wissen, ob sie Kontaktlinsen trug. Manchmal gingen sie weiter und weiter, und es wurde extrem peinlich. Daves einfaches Kompliment hingegen war freundlich und nicht im Geringsten aufdringlich.

»Danke.«

Dave nickte ihr zu und sie lächelte wieder, drehte sich dann um und wanderte durch den Raum. Vielleicht hatte sie zu viel Zeit in San Francisco verbracht, aber das Nicken des Alphamännchens bewirkte etwas in ihr. Sie hatte es vorher nicht wirklich bemerkt, aber in dem Moment, in dem sie gesehen hatte, wie Gray seinem Kumpel Black das gleiche Nicken entgegengebracht hatte, hatte sie beschlossen, dass es ihr gefiel. Und zwar sehr.

Allye schlenderte zur Jukebox hinüber und sah sich die Liederauswahl an. Es war eine bunte Mischung aus Pop, Country und Rock'n'Roll. Das Paar in der Ecke schaute nicht einmal auf, als sie vorbeiging. Sie begab sich in das Hinterzimmer, neugierig, wie eine Billardhalle aussehen könnte. Sie blieb in der Tür stehen und sah sich um.

Es war ein riesiger Raum mit etwa einem Dutzend Billardtischen, die so aufgestellt waren, dass keiner der

Spieler sich Sorgen machen musste, jemanden zu berühren, während er spielte. Zwei der Tische waren besetzt und den Gesichtern der Spieler nach zu urteilen waren die Spiele intensiv.

Es gab ein paar kleine runde Tische, die zufällig im Raum verteilt waren. Einige waren niedrig, sodass die Leute sitzen, trinken und plaudern konnten, und andere waren Stehtische, sodass die Billardspieler ihre Getränke während des Spiels darauf abstellen konnten. Über jedem Billardtisch hingen Lampen, die den Raum in ein gedämpftes Licht tauchten, aber es waren keine Deckenlampen eingeschaltet.

Allye drehte sich nach rechts und warf einen Blick auf die Männer, die an dem einzigen quadratischen Tisch im Raum saßen – und erstarrte.

Ihre Atmung wurde schneller und ihr Kampf-oder-Flucht-Instinkt kam in Gang. Die Männer schenkten ihr keine Aufmerksamkeit und hatten sie noch nicht gesehen.

Allye ging einen Schritt rückwärts auf die Tür zu, durch die sie gerade eingetreten war. Aber es war zu spät.

»Was zum Teufel?«

Es war Black, der das ausrief. Der Mann, den sie vor mehr als einer Woche auf einem Einsatz kennengelernt hatte, der alles andere als offiziell gewesen war.

Fünf weitere Köpfe drehten sich zu ihr um und blickten in ihre Richtung. Und Allye konnte nichts anderes tun, als sie anzustarren. Es war, als könnte sie ein Ansteigen des Testosteronspiegels im Raum buchstäblich spüren.

Alle sechs Männer am Tisch waren groß. Und gut aussehend. Und sie starrten sie an, als hätten sie noch nie zuvor eine Frau gesehen.

Aber es waren die Augen von Grayson Rogers, von denen sie den Blick nicht abwenden konnte.

Ohne ein Wort zu sagen, stand er auf, eine flüssige

Bewegung, die so anmutig war wie die einer jeden Tänzerin in ihrer Truppe, und kam auf sie zu.

»Kätzchen, was zum Teufel machst du hier? Wie hast du mich gefunden?«

Der Klang ihres Spitznamens auf seinen Lippen war Musik in ihren Ohren, doch die zweite Frage klang eher etwas anklagend und ganz und gar nicht wie »Mann, was bin ich froh, dich wiederzusehen«.

»Ich ... ich wusste nicht mal, dass du hier bist«, stammelte sie. »Ich habe dich nicht gesucht.«

Er sah verwirrt aus.

»Ich habe Rex angerufen und er hat sich hier mit mir verabredet. Aber bis jetzt ist er noch nicht aufgetaucht. Ich saß dort draußen«, sie zeigte zur Tür, »und habe mich mit Dave, dem Barkeeper, unterhalten, doch dann wurde mir das Warten zu langweilig. Ich wusste nicht, dass du hier bist«, wiederholte sie.

»Der verdammte Rex«, murmelte Gray leise und streckte die Hand aus. »Wie dem auch sei, ich bin jedenfalls froh, dich wiederzusehen. Geht es dir gut?«

Allye gefiel dieser sanftere Gray. Sie nickte und legte ihre Hand in seine. Kaum berührte sie seine Handfläche, schloss er seine Finger um ihre Hand. Die Wärme seines Körpers schien in sie einzudringen. Ihr war nicht mal bewusst gewesen, dass sie fror, bis sie gespürt hatte, wie warm seine Haut war. »Alles in Ordnung«, sagte sie leise.

»Dir ist niemand gefolgt?«, wollte Gray wissen.

Allye zuckte mit den Achseln. »Das glaube ich nicht. Ich fühle mich in letzter Zeit unbehaglich, aber das ist wahrscheinlich nur eine Folge dessen, was mir davor passiert ist.«

Gray runzelte die Stirn und verstärkte ihren Griff. »Vielleicht, vielleicht auch nicht. Komm, ich stelle dir meine Freunde vor.«

Er drehte sich um und wollte sie quer durch den Raum zu dem Tisch voller übertrieben männlicher Männer schleppen, aber sie hielt ihn auf.

»Ich weiß nicht, ob das so eine gute Idee ist.«

Er zog die Augenbrauen hoch. »Warum nicht?«

»Weil ... nun ja ... nach dem, was passiert ist, hättest du nicht dort sein dürfen ... Ich bin eine Art reale, konkrete Erinnerung daran, dass das, was ›nicht passiert ist‹ ... passiert ist.«

Er starrte sie einen Augenblick lang an, dann grinste er und schüttelte den Kopf. »Komm schon, Kätzchen, ich stelle dir meine Freunde und Teamkollegen vor.«

Sie ließ sich von ihm an den Tisch führen. Wenn er sich keine Sorgen machte, dass sie seine Freunde kennenlernte, dann sollte sie es auch nicht tun.

Er blieb am Tisch stehen und schlang einen Arm um ihre Taille. Ihre Hüften waren aneinandergepresst und sie fühlte jeden Finger, als er ihren Hüftknochen packte.

»Leute, ich möchte euch Allye Martin vorstellen. Allye, das sind die Jungs. Meat, Arrow, Ball und Ro. Black kennst du ja schon.«

»Hi«, sagte sie ein wenig unbeholfen. »Schön, euch alle kennenzulernen.«

Alle Männer erwiderten ihre Begrüßung und sie konnte nicht umhin, sich unter ihren Blicken etwas unwohl zu fühlen. Der Mann, den Gray Meat genannt hatte, stand auf, holte einen Stuhl vom Nebentisch und stellte ihn neben den anderen leeren Stuhl. Sie setzte sich hin, als Gray darauf wies. Sie lehnte sich jedoch nicht zurück, sondern saß stattdessen völlig aufrecht und fragte sich, was in aller Welt hier los war.

»Du bist also die Frau, die Gray letzte Woche gerettet hat, was?«, fragte Arrow.

Allye schluckte und nickte dann ein wenig.

»Was ich dir jetzt sagen werde, Kätzchen, ist nicht allgemein bekannt. Aber nach allem, was du durchgemacht hast, und angesichts der Tatsache, dass du dich hier mit Rex treffen solltest und er dir offensichtlich vertraut, ist es mir ein Leichtes, es dir mitzuteilen. Diese Männer und ich sind alle Teil einer Gruppe namens Mountain Mercenaries«, erklärte Gray ruhig. »Rex ist sozusagen unser Anführer. Er setzt sich mit uns in Verbindung, wenn er Rettungseinsätze für uns hat, bei denen es meist um Frauen und Kinder geht, die missbraucht oder entführt wurden. Und bevor du fragst: Wir sind hoch qualifiziert. Wir alle sind zum größten Teil ehemalige Militärangehörige, zumeist aus verschiedenen Zweigen, und wir haben eine umfassende Ausbildung absolviert.«

Allye starrte ihn eine Sekunde lang an, dann richtete sich ihr Blick auf den Rest der Männer am Tisch. Sie war überrascht, dass er so viel erklärt hatte, aber sie hatte keine Schwierigkeiten zu glauben, dass diese Männer die Fähigkeiten und die erforderliche Stärke hatten, um Rettungseinsätze durchzuführen.

Dann fiel ihr etwas auf, das Gray gesagt hatte.

»Mercenaries – also Söldner?«

Er nickte.

Allye war verwirrt. »Ihr habt einen Namen? Kann ich euch online suchen? Euch anheuern?«

»Nein.«

»Warum habt ihr dann überhaupt einen Namen?«

Allye meinte, dass der Mann, der antwortete, Ball hieß. »Weil Rex zu Recht entschieden hat, dass wir an Bekanntheit gewinnen würden, wenn wir mit einem Namen in

Verbindung gebracht werden könnten. Er wollte, dass die Verbrecher Angst davor haben, dass die Mountain Mercenaries hinter ihnen her sind. Und es hat geklappt. Vor nicht allzu langer Zeit gab es eine Situation, in der ein Verbrecher in Chicago verzweifelt versuchte, Rex und seine Mountain Mercenaries aus seinen Geschäften herauszuhalten. Verzweifelt genug, um seinen eigenen Sohn zu töten, als er ihn nicht mehr kontrollieren konnte.«

Allye war sich nicht sicher, ob sie die Details der Geschichte wirklich hören wollte. Aber sie war immer noch ein wenig verwirrt. »Aber Söldner sind Auftragskiller. Sie tun für Geld alles, was von ihnen verlangt wird, und kümmern sich nicht um richtig oder falsch, gut oder böse. Ihnen geht es nur um das Geld. Seid ihr nicht eher so etwas wie Ordnungshüter oder so? Ihr umgeht das Gesetz, um das zu tun, was richtig und gut ist?«

Gray starrte sie an, doch die anderen Männer am Tisch lachten leise.

Schließlich grinste auch Gray. »Ich wusste ja, dass du zu schlau bist«, erklärte er. »Du hast recht, aber als Rex unsere kleine Gruppe gründete, fand er, dass *Mountain Mercenaries* härter klang als *Ordnungshüter*.«

Allye verdrehte die Augen. »Ja und *Vengeful Veterans, rachsüchtige Veteranen,* klingt einfach nicht so gut, oder?«

Und damit brachen die anderen Männer in Gelächter aus.

Allye wusste nicht genau, ob sie sie *auslachten* oder *mit ihr* lachten, bis Gray sich genug unter Kontrolle hatte, um zu sagen: »Ich kann es kaum erwarten, das Rex zu erzählen. *Vengeful Veterans.* Fantastisch.« Dann wurde er wieder ernst. »Was wir tun, ist technisch gesehen gegen das Gesetz. Die meisten Polizeidienststellen würden es missbilligen, wenn wir uns in eine beliebige Situation begeben und das Gesetz selbst in die Hand nehmen, wie wir es tun. Aber in den meisten Fällen ist Zeit ein entscheidender Faktor. Wir können nicht gerade darauf warten, dass die Polizei die Fakten erhält, entscheidet, ob sie die Bedrohung für realistisch hält, und dann etwas unternimmt.«

Allye nickte. »Wenn ihr das in meinem Fall getan hättet, wäre ich schon lange verschwunden.«

»Genau«, erklärte Gray ihr und legte seine Hand auf ihre.

»Und es ist ja nicht so, als wären wir ständig unterwegs, um die Welt zu retten«, meldete sich Ro zu Wort. »Wir alle haben einen festen Beruf. Na ja … mehr oder weniger fest. Wir gestalten unsere Arbeitszeiten selbst, sodass wir jederzeit kurzfristig gehen können, wenn wir es müssen.«

»Und was macht ihr alle so?«, fragte Allye und betrachtete die Männer kritisch. »Mal abgesehen davon, dass ihr Leute wie mich rettet. Das heißt, wenn ich das überhaupt fragen darf. Gray hat mir gesagt, dass er Steuerberater ist, aber es fällt mir immer noch schwer, das zu glauben.«

»Ich mache Möbel«, erklärte Meat.

»Von Anfang an?«, fragte Allye.

»Jupp.«

»Und er hat eine ellenlange Warteliste voll mit Leuten, die wollen, dass er ihnen Esstische und Gartenmöbel macht«, fügte Arrow hinzu. »Ich bin Elektriker. Ich werde normalerweise von Leuten angeheuert, die ihre Häuser verkaufen und alles neu machen lassen.«

»Und ich bin Webdesigner«, bemerkte Ball.

»Und ich bin Mechaniker«, erklärte Ro mit einem sexy britischen Akzent, obwohl er nur vier Worte gesagt hatte.

»Und du weißt schon, dass ich einen Schießstand habe«, sagte Black. »Hast du schon mal eine Waffe abgefeuert, Allye?«

Sie schüttelte den Kopf. »Nein. Und bevor du es mir anbietest, es macht mir auch gar nichts aus.«

Der Mann sah sie einen Moment lang an, bevor er mit den Achseln zuckte. »Falls du deine Meinung änderst, sag mir einfach Bescheid.«

Sie nickte, biss sich auf die Lippe und wandte sich dann wieder an Gray. »Äh ... also ... kommt Rex auch? Hat er mich deswegen hergeschickt?«

»Wir kennen Rex nicht«, erklärte Gray ihr.

»Was? Wie ist das denn möglich?«

Er zuckte mit den Achseln. »So ist es eben einfach. Er leitet die Einsätze aus dem Hintergrund. Er besorgt alle Informationen und schickt uns dorthin, wo wir hinmüssen.«

»Aber ... er hat gesagt, er würde sich hier mit mir treffen. Ich habe den ...« Sie brach mitten im Satz ab.

»Du hast was?«, fragte Gray, als sie nicht weitersprach. Er verengte die Augen zu Schlitzen und sah sie an.

Allye überlegte lange, was sie ihm sagen sollte. Es war nicht so, dass sie ihm nicht vertraute. Sie hätte ihm den USB-Stick sowieso schon vor seiner Abreise aus Kalifornien gegeben, aber Rex schien wirklich daran interessiert zu sein, und sie wollte den Mann nicht wütend machen. Nicht nach all dem Geld, das er ausgegeben hatte, um sie nach Colorado Springs zu holen.

»Kätzchen, was ist denn los? Du hast uns gar nicht gesagt, warum du hier bist, abgesehen davon, dass du wegen Rex hier bist. Wie hast du *The Pit* gefunden? Und wo wir schon dabei sind ... wie hast du Rex überhaupt kontaktiert?«, wollte Gray wissen.

»Können wir unter vier Augen darüber reden?«, fragte sie und war sich durchaus bewusst, dass die anderen Männer ihrem Gespräch intensiv lauschten.

»Nein«, lautete seine Antwort. »Ich vertraue diesen

Männern mit meinem Leben. Und was noch wichtiger ist, ich vertraue ihnen mit *deinem* Leben. Wenn ich nicht hier wäre, würde ich von ihnen erwarten, dass sie alles tun, um dafür zu sorgen, dass du in Sicherheit bist, so wie ich es im umgekehrten Fall für sie auch tun würde. Und jetzt raus mit der Sprache.«

Allye hätte gern widersprochen. Hätte ihm gern gesagt, dass sie ihm nicht genug vertraute, um ihm all ihre Geheimnisse zu erzählen, aber das wäre eine Lüge gewesen. Sie hatte ihm bereits von ihrer Jugend erzählt. Darüber, wie schlimm ihre Mutter gewesen war. Er hatte ihr Leben bereits mehrmals gerettet. Sie hatte einfach keinen Grund, ihm nicht zu vertrauen. Und wenn er den anderen Männern vertraute, so musste sie das auch tun.

»Weißt du noch letzte Woche, in der Kajüte auf dem Boot, als du meine Handschellen aufgesperrt hast und ich noch einmal zurückgegangen bin?«

»Natürlich. Das fand ich damals schon dumm und ich bin immer noch der gleichen Meinung.«

»Du hast mich übrigens nie gefragt, *warum* ich zurückgegangen bin.«

Gray sah ihr fest in die Augen. »Und was war so wichtig, dass du dein Leben riskiert hast, um es zu holen?«, fragte er ruhig.

Allye griff in die Tasche ihrer Jeans und zog den USB-Stick heraus. Sie legte ihn auf den Tisch vor sich. »Das hier.«

Gray ließ den Blick zu dem kleinen Gerät schweifen und dann sah er ihr wieder in die Augen. »Und was befindet sich darauf?«

Sie zuckte mit den Achseln. »Ich weiß es nicht. Ich wollte ihn dir geben, bevor du gegangen bist, aber ich habe es vergessen. Dann war ich nicht sicher, ob die Daten darauf überhaupt so lange unter Wasser überlebt hatten. Aber ich tat, was ich konnte, und als ich den Stick in meinen Laptop steckte, funktionierte er. Aber es gibt nur eine Datei darauf. Und sie ist passwortgeschützt.«

»Lass ihn liegen, Meat«, befahl Gray, ohne sie jedoch aus den Augen zu lassen.

Allye zwinkerte, wandte den Kopf um und sah, wie Meat seine Hand zum USB-Stick wandern ließ. Er sah ein wenig aus wie ein kleiner Junge, den man auf frischer Tat mit der Hand in der Keksdose ertappt hatte.

»Komm schon, Gray. Du weißt doch, dass ich für diese Aufgabe der Richtige bin«, maulte Meat. »Rex hat sie wahrscheinlich hergeschickt, damit ich den USB-Stick in die Finger bekomme.«

Gray verdrehte die Augen und Allye hätte am liebsten laut aufgelacht. »Beschaffen wir erst mal möglichst viele Informationen, bevor du dich in deine Streberhöhle verkriechst und dich reinhackst«, erklärte Gray ihm. Dann wandte er sich wieder an Allye. »Er verdient vielleicht mit der Herstellung von Möbeln seinen Lebensunterhalt, aber Meat ist unser internes Computergenie. Er kann so ziemlich alles hacken. Er hat ein Händchen für alles Elektronische. Kommen wir zurück zu Rex. Wie wurde er in die Sache verwickelt? Hat er dich angerufen?«

Allye schüttelte den Kopf. »Nein, ich habe ihn angerufen.«

»Und woher hattest du seine Nummer?«

Sie senkte den Blick hinunter auf die Finger, die sie in ihrem Schoß verschränkt hatte. »Ich erinnere mich an die Nummer von neulich auf dem Boot, nachdem Black uns abgeholt hatte. Ich habe dir dein Handy gegeben und seine Nummer wurde auf dem Display angezeigt.«

»Und obwohl du sie nur einmal gesehen hast, erinnerst du dich daran?«, fragte Black.

»Ja. Ich habe ein gutes Zahlengedächtnis.«

»Also hast du angerufen und Rex erreicht«, murmelte Gray. »Ich bin mir sicher, dass er ziemlich überrascht war.«

»Anfangs war er alles andere als begeistert«, erzählte Allye ihm. »Aber als ich ihm sagte, warum ich ihn anrief, war er plötzlich ziemlich interessiert.«

»Das kann ich mir vorstellen«, bemerkte Ro von der anderen Seite des Tisches.

»Vielleicht ist gar nichts drauf«, sagte Allye. »Aber auf dem Boot hat der Typ eine Liste auf seinem Laptop durchsucht und über andere Frauen geredet und mir Details darüber erzählt, was mit ihnen passiert war, als würde er es auf dem Bildschirm lesen. Er wollte mir Angst einjagen, aber als wir endlich von dort flohen, dachte ich mir, dass die Daten auf diesem USB-Stick vielleicht dabei helfen könnten, sie zu finden. Und sie zu retten.«

»Wenn du sie nicht willst, ich würde sie nehmen«, knurrte Arrow.

»Kommt gar nicht infrage«, erklärte Gray seinem Freund und sah ihn wütend an, bevor er sich wieder an Allye wandte. »Also hast du Rex erzählt, dass du ihn hast, und er hat dich hier nach Colorado Springs gebracht, damit du ihm den Stick gibst?«

Sie nickte.

»Und er hat dir gesagt, du sollst herkommen?«

»Nicht ganz. Er hat jemanden zu meinem Hotel geschickt und derjenige hat mich hier abgesetzt.«

»Du wusstest vorher tatsächlich nichts über *The Pit*, bevor du hier angekommen bist?«, wollte Gray wissen.

»Nein. Es ist nur merkwürdig, dass ihr zur gleichen Zeit hier seid wie ich, oder nicht?«, fragte Allye.

»Nein«, meldete Ro sich zu Wort. »Wir treffen uns jede

Woche. Am selben Ort zur selben Zeit. Rex weiß das genauso gut wie die Stammkunden hier.«

»Rex hatte nicht vor, sich mit mir zu treffen, oder?«, fragte Allye.

»Nein, Kätzchen. Er hat dich zu uns geschickt«, versicherte Gray ihr leise. »Erinnerst du dich noch daran, wie ich dir erzählt habe, dass er mich und meine Freunde hier zu einem Vorstellungsgespräch eingeladen hat und dann nie aufgetaucht ist?«

Sie erinnerte sich an die Gespräche, die sie auf dem Meer miteinander geführt hatten. »Oh. Okay. Also ... dann muss ich mir wohl überlegen, wie ich jetzt am besten nach Kalifornien zurückkomme. Ich bin davon ausgegangen, dass ich Rex die Informationen zukommen lasse und er mir im Gegenzug die Details über meinen Heimflug gibt.«

»Bleib einfach. Auch wenn es nur für eine kurze Weile ist«, bat Gray.

»Ich kann nicht.«

»Wenigstens so lange, bis Meat sich Zugang zu dem USB-Stick verschafft hat und wir wissen, womit wir es zu tun haben.«

Allye biss sich auf die Lippe und wandte den Blick von Gray ab. Sie wollte bleiben. Das wollte sie wirklich. »Aber ich muss nächste Woche arbeiten. Wir führen bald ein neues Stück auf und ich muss bei den Proben dabei sein.«

»Bei den Proben?«, fragte Ball.

»Ich bin Tänzerin«, erklärte sie ihm.

»Ich wette, du bist wirklich beweglich, nicht wahr?«, fragte Arrow.

Sie runzelte die Stirn und warf ihm einen ironischen Blick zu. »Ja, das bin ich.«

»Mann, du bekommst wirklich immer die Guten ab«, erklärte Arrow Gray, lehnte sich auf dem Stuhl zurück, verschränkte die Arme vor der Brust und tat so, als würde er schmollen.

Gray warf seinem Freund noch einen bösen Blick zu, bevor er erneut Allye ansah. »Bleib«, bat er sie erneut. »Wenigstens heute Nacht. Dann sehen wir, was Meat herausgefunden hat, und wenn nötig, machen wir Pläne, damit du am Sonntagabend zurückfliegen kannst.«

Allye dachte darüber nach. Es war ja nicht so, als hätte sie für das Wochenende etwas geplant. Und solange sie am Montag rechtzeitig zu den Proben wieder zu Hause wäre, würde niemand wissen, dass sie überhaupt weg gewesen war. »Und wo soll ich übernachten?«

»Bei mir«, erwiderte Gray sofort.

Allye war nicht dumm. Sie war sich durchaus bewusst, welche Gefühle sie für Gray hegte, war sich aber nicht sicher, was er von *ihr* hielt. Und würde er sie bitten, bei ihm zu übernachten, wenn er sie nicht wenigstens ein kleines bisschen mochte? Was, wenn er sich ihr gegenüber einfach nur verantwortlich fühlte? So als würde er jetzt immer für ihre Sicherheit zuständig sein, weil er ihr einmal das Leben gerettet hatte? Und sie hatte ja nicht gerade viel Auswahl. Sie könnte sich zwar ein Hotel suchen, hatte aber nicht viel Geld zum Ausgeben übrig. Das Leben in San Francisco war teuer. Ihr Gehalt ging hauptsächlich für Miete und Lebensmittel drauf.

Gray drängte sie nicht. Erklärte ihr nicht, warum es besser wäre, wenn sie bei ihm übernachtete, sondern wartete einfach, dass sie ihre Entscheidung traf. Und dadurch wurde es nur noch schwieriger. Hätte er sie gedrängt, hätte sie gnädig nachgeben können.

Doch schließlich ließ sie alle Vorsicht fallen und traf eine Entscheidung. »Okay. Aber nur bis morgen. Ich muss wirklich nach Hause.«

Und damit streckte Meat die Hand aus und schnappte sich mit der Gewandtheit eines Taschendiebs den USB-Stick. Und bevor Allye auch nur daran denken konnte, zu protestieren oder sich auch nur zu bewegen, war er schon aufgesprungen und auf dem Weg zur Tür.

»Ich melde mich dann«, erklärte Meat, als er durch die Tür am anderen Ende der Kneipe verschwand.

Allye sah Gray ein wenig besorgt an.

»Er wird ihn hüten wie seinen Augapfel«, beruhigte er sie. »Er wird Rex die Informationen zukommen lassen und dann wird der ebenfalls sein Ding machen. Du hast die richtige Entscheidung getroffen, uns den USB-Stick zu bringen.«

»Ich habe ihn euch eigentlich nicht gebracht«, grummelte Allye. »Ich *dachte*, ich würde ihn Rex bringen.«

»Rex ist einer von uns und wir alle sind Rex«, bemerkte Ball philosophisch.

Allye verdrehte die Augen. Als sie damit fertig war, sah Gray sie lächelnd an.

»Was ist?«

»Unglaublich, dass ich das jetzt sage, aber ich habe den Eindruck, ich habe es vermisst, dass du die Augen verdrehst«, erklärte er und stand auf, bevor sie die Möglichkeit hatte, etwas zu entgegnen.

»Du sagst uns dann Bescheid, was los ist, oder?«, fragte Black und stand ebenfalls auf.

»Natürlich«, entgegnete Gray.

»Sollen wir uns morgen hier wieder treffen?«, fragte Ro.

»Entscheiden wir es kurzfristig. Vielleicht hat Rex andere Pläne mit uns, nachdem er die Informationen von dem USB-Stick erhalten hat«, erklärte Gray ihm.

»Bis später, ihr beiden«, sagte Ro. »Ich zahle auf dem Weg nach draußen unsere Rechnung bei Dave.«

»Vielen Dank«, erwiderte Gray.

Die anderen gingen, sodass Allye und Gray alleine am Tisch zurückblieben.

»Hast du Hunger?«, fragte Gray sie.

»Ein bisschen«, gab Allye zu.

»Komm. Wir machen auf dem Weg nach Hause bei einem Laden halt und holen ein paar Steaks.«

»Ich esse kein Fleisch«, erklärte sie ihm auf dem Weg zur Tür.

Gray blieb wie angewurzelt stehen. »Echt nicht?«

»Nein. Aber gegen ein bisschen gegrilltes Gemüse oder so was hätte ich nichts einzuwenden.«

Diesmal war es Gray, der die Augen verdrehte, doch er nahm ihre Hand und ging weiter auf die Tür zu. »Von mir aus.«

Allye kicherte. Sie machten kurz an der Theke halt, um sich von Dave zu verabschieden und ihren Rucksack zu holen, bevor sie das *The Pit* verließen und zu Grays schwarzem Zweitürer gingen.

»Was für ein Wagen ist das?«, fragte Allye, als er ihr die Beifahrertür aufhielt.

»Ein Audi S5«, erklärte er ihr.

Er ging um das Fahrzeug herum und setzte sich auf den Fahrersitz. Nun, da er in diesem kleinen Raum neben ihr saß, sah er sogar noch größer aus. »Ich habe noch nie etwas von diesem Wagen gehört, aber er ist sehr schön.«

Er lächelte sie an. »Ja, und was noch viel wichtiger ist, er hat einiges unter der Haube.«

Allye verdrehte die Augen, als er den Motor anließ und vom Parkplatz fuhr, offensichtlich in Richtung Lebensmittelladen.

»Was willst du damit sagen, sie ist nicht da?«, rief Nightingale aufgebracht in sein Handy. »Schließlich ist es deine Aufgabe, sie zu beobachten und immer zu wissen, wo sie ist.«

»Es tut mir leid, Sir. Nachdem ich Sie gestern Abend angerufen hatte, dachte ich, sie würde das Haus nicht mehr verlassen, also habe ich mir etwas zu essen geholt. Als ich zurückgekommen bin, waren die Lichter in ihrer Wohnung noch an, also bin ich davon ausgegangen, dass sie noch da war. Als sie dann ihre Wohnung nicht verlassen hat, um einkaufen zu gehen, wie sie es sonst immer samstags macht, habe ich so getan, als wäre ich jemand, der nach einer Freundin sucht, damit ich das überprüfen konnte. Sie ist nicht mehr da.«

Nightingale knirschte mit den Zähnen. »Finde sie, du Idiot! Ich will wissen, wo sie ist und mit wem sie zusammen ist, verstanden?«

»Ja, Sir. Ich melde mich bei Ihnen.«

Nightingale legte auf und begann, hin und her zu gehen. Allyson Mystic gehörte *ihm*. Sie hatte nicht das Recht, ohne sein Wissen einfach *irgendwo* hinzugehen. Je eher er sie hinter Schloss und Riegel hatte, umso besser.

Er versuchte, sich zu beruhigen, indem er über all die Dinge nachdachte, die er mit ihr anstellen würde und wie sie mit seinem Halsband und unter seiner Kontrolle aussehen würde, aber es half auch nichts.

»Wie *kann* sie es wagen«, murmelte er.

Als die Stunden vergingen und sein Handlanger immer noch nicht wusste, wo sie sich befand, wurde Nightingale immer wütender. Bis ihm klar wurde, dass er nur noch eine Option hatte.

»Du hast mich dazu gezwungen, Mystic. Das Ganze ist

deine Schuld!«, fluchte er. »Hättest du dich anständig benommen, hätte es nie dazu kommen müssen.«

Nightingale nahm sein Handy und rief einen seiner besten Männer an. »Ich habe einen Auftrag für dich. Ich brauche ein Mädchen.«

»Irgendein Mädchen?«, fragte der Mann.

»Nein, diesmal nicht. Diesmal brauche ich ein bestimmtes Mädchen. Sie heißt Jessie Callahan. Sie ist Tänzerin beim Tanztheater von San Francisco. Bring sie mir. Und zwar lebend.«

»Ja, Sir«, erklärte der Mann und legte auf.

Nightingale nickte sich zu. Ja, Mystic würde schnell nach Hause gelaufen kommen, wenn sie es herausfand. Das musste sie. Er rechnete fest damit. Und wenn sie das tat, würde Nightingale dafür sorgen, dass sie zu ihm gebracht wurde.

Nightingale ignorierte die Tatsache, dass er alle Vorsicht in den Wind schlug und dass die Sammlung, die ihm am Herzen lag, in Gefahr sein könnte, und lächelte. Er brauchte Mystic und ihre schönen, ungleichen Augen. Sie würde ihm gehören, komme was wolle.

KAPITEL ACHT

Allye saß in Grays Wohnzimmer. Sie war anscheinend von seinem Haus ziemlich beeindruckt, wenn man davon ausging, dass sie die Augen weit aufgerissen und »Heilige Scheiße« gesagt hatte. Das Haus war riesig. Es hatte vier Schlafzimmer und zwei riesige offene Wohnräume, einer im Erdgeschoss und einer im Keller. Er hatte auch eine Gourmetküche mit allem Drum und Dran. Gray hatte das Gefühl, sie hatte eine Wohnung oder ein Junggesellenhaus erwartet. Nicht dieses riesige Zuhause für eine ganze Familie.

Das Haus stand auf einem Hügel und hatte zwei riesige Fenster, die den Pikes Peak überblickten. Der Ausblick war atemberaubend und Allye konnte kaum den Blick davon abwenden.

»Das ist der wahre Grund, warum ich dieses Haus gekauft habe«, erklärte Gray und freute sich darüber, wie aufmerksam sie sein Haus betrachtete. »Ich weiß, dass es viel zu groß für mich alleine ist, aber in dem Moment, in dem ich die Aussicht gesehen habe, wusste ich, dass ich es haben musste.«

»Es ist wirklich außergewöhnlich«, erklärte sie immer noch voller Ehrfurcht. »Ich verstehe gut, warum du es unbedingt haben wolltest.«

»Nachdem ich die Navy verlassen und mich Rex' Team angeschlossen hatte, war ich etwas ruhelos. Rastlos. Ich wollte nicht ständig von Leuten umgeben sein und mein eigenes Reich haben. Und genau dieses Bedürfnis hat das Haus befriedigt. Es beruhigt mich, die Berge anzusehen und an all die Menschen zu denken, die vor mir da waren und genau den gleichen Felshaufen angeschaut haben.«

»Unter diesem Gesichtspunkt habe ich es noch nie betrachtet«, erklärte Allye leise. »Ich meine, natürlich habe ich mir die Golden Gate Brücke und Alcatraz angeschaut, aber ich habe mir nie wirklich großartig Gedanken darüber gemacht, wer sie erbaut hat oder wer dort lebte, als das Gefängnis tatsächlich noch benutzt wurde.«

Es herrschte eine Zeit lang Stille, jeder war in seine eigenen Gedanken versunken.

»Wie geht es dir wirklich?«, fragte Gray schließlich, ohne Allye aus den Augen zu lassen. Sie saß ihm direkt gegenüber und hatte die Beine hochgezogen. Sie hatte die Arme um ihre Knie gelegt und sah ein wenig verloren aus.

»Ganz gut.«

Gray schnaubte. »Speise mich nicht mit solchen Allgemeinsätzen ab, Kätzchen. Sag mir lieber, wie es dir *wirklich* geht. Hast du Angst? Ist dir jemand Verdächtiges aufgefallen? Kannst du nachts gut schlafen? Wie ist dein Appetit? Sprich mit mir.«

Sie seufzte, stützte ihr Kinn auf die Knie und sah ihn über den Wohnzimmertisch hinweg an. »Es geht mir gut. So merkwürdig das auch erscheinen mag. Ich glaube, dass meine Vergangenheit mir dabei geholfen hat, die Dinge, die mir geschehen sind, nicht überzubewerten.«

»Inwiefern?«

»Also, es ist nicht das erste Mal, dass mir etwas Schlimmes passiert. Natürlich bin ich damals nicht mitten im Meer oder so was gelandet, aber alleine im Kaufhaus zurückgelassen zu werden war auch nicht gerade lustig. Und dann herauszufinden, dass meine Mutter mich tatsächlich einfach sitzen gelassen hatte, war wirklich schlimm. Ich habe so viel Übung darin, dass mir schlimme Dinge passieren, dass man wahrscheinlich behaupten könnte, ich sei es schon gewöhnt.«

»Gewöhne dich auf *keinen Fall* daran«, entgegnete Gray etwas hitziger, als es das Gespräch wahrscheinlich erforderte. »Nur weil irgendein Arschloch beschlossen hat, dass du ihm gehören sollst, bedeutet das noch lange nicht, dass dir die ganze Zeit schlimme Dinge widerfahren werden.«

Bei seinen Worten verdrehte Allye die Augen, woraufhin Gray gern gelächelt hätte, doch momentan war er zu verärgert.

»Es ist nur ... es geht mir gut. Wodurch ich mich fast noch schlechter fühle. Ich meine, es wäre *normal*, wenn ich Albträume hätte. Ich *sollte* Schlafschwierigkeiten und Appetitlosigkeit haben. Aber das habe ich nun mal nicht. Es ist fast so, als wären diese zwei Tage nicht wirklich passiert.«

»Darf ich offen mit dir reden?«, fragte Gray.

Allye lächelte. »Weil du bis jetzt noch nicht offen mit mir warst?«

Er erwiderte das Lächeln nicht. »Es wird dich noch mit voller Wucht treffen. Und zwar, wenn du es am wenigsten erwartest. Eines Tages lebst du einfach so dein Leben und plötzlich, zack, fällt dir irgendwas auf, was dich daran erinnert, und dann wird das Folgen haben. Oder du wachst mitten in der Nacht auf und erinnerst dich. Und das ist in Ordnung. Ich habe gelernt, dass es nicht schlimm ist, wenn man Angst hat oder eine schlimme Reaktion auf das, was einem passiert ist.«

»Was ist *dir* denn passiert?«, wollte Allye wissen und traf mit ihrer Vermutung so genau ins Schwarze, dass es ihm fast Angst machte.

Gray seufzte. Er musste eine Entscheidung treffen. Sollte er sich Allye öffnen und sie ganz an sich heranlassen oder sollte er sie weiterhin abblocken?

Das Problem war nur, wenn er sich ihr öffnete und ihr von seinen Leichen im Keller berichtete, dann würde er sie für immer behalten wollen.

Er kannte sich – und er wollte sie ohnehin schon. Wenn sie seine Geschichte hörte und sie akzeptierte, wäre es fast unmöglich, sie wieder gehen zu lassen. Aber wenn er sich irgendeinen Blödsinn ausdachte, gab er sich selbst gegenüber zu, dass er sie nicht für die richtige Frau für ihn hielt.

Offensichtlich hatte er zu lange gebraucht, um seine Entscheidung zu treffen, denn Allye drehte den Kopf, legte ihre Wange wieder auf die Knie und brach den Blickkontakt ab. »Entschuldige, das war unhöflich. Bitte ignoriere meine Frage.«

Sein Körper bewegte sich wie von selbst und traf die Entscheidung praktisch für ihn. Gray stand auf und ging hinüber zur anderen Couch. Er setzte sich neben Allye und nahm sie einfach mutig in die Arme. Sie ließ es zu, ohne sich zu wehren, und schmiegte sich an seine Seite, wobei sie eine bequeme Position einnahm. Er hatte ihr den Arm um die Schulter gelegt und ihre Knie lagen an seinem Oberschenkel. Ihr Kopf lag auf seiner Brust und mit der Hand spielte sie an den Knöpfen seines Hemdes.

Es war eine ziemlich intime Umarmung für zwei Menschen, die sich bis jetzt noch überhaupt nicht berührt hatten. Aber es fühlte sich richtig an.

»Früher war ich mal ein verdammt guter SEAL. Ich begab mich dorthin, wo ich hingeschickt wurde, und hinterfragte meine Befehle nie. Ich dachte, ich würde die Welt verändern.« Er machte eine Pause und ihm wurde klar, dass es schwieriger werden würde, als er angenommen hatte, ihr seine Geschichte zu erzählen.

Allye tätschelte mit der Hand seinen Bauch, als würde sie ihn beruhigen wollen. Er zwang sich dazu weiterzusprechen. Wenn sie das nicht gut verkraftete, war es besser, es jetzt gleich zu wissen, als es erst herauszufinden, nachdem er sich in sie verliebt hatte.

Gray hielt die Gedanken an die Liebe auf, bevor sie in seinem Gehirn Wurzeln schlagen konnten, und sprach weiter.

»Wir waren in Kandahar, Afghanistan. Meinem Team wurde gesagt, dass sich Aufständische in einem bestimmten Gebäude auf einer Seite der Stadt versammelt hätten, die bekanntermaßen eine Brutstätte der Aktivitäten von Terroristen war. Wir gingen hinein und die Hölle brach los. Es war eine Falle und zwei meiner Freunde wurden sofort getötet, ihnen wurde einfach in den Kopf geschossen. Zwei weitere wurden tödlich verwundet und als wir versuchten, sie herauszuholen, starben sie in unseren Armen. Die anderen drei Teamkollegen und ich kauerten uns hin und versuchten, uns aus der Situation herauszukämpfen, aber es war sinnlos. Sie nahmen uns alle gefangen. Jones und Blue töteten sie auf der Stelle, weil sie Afroamerikaner waren. Die Arschlöcher, die uns gefangen nahmen, waren verdammt rassistisch. Dann haben sie Hick und mich gefoltert. Als sie dadurch keine Informationen bekamen, obwohl das, was sie verlangten, nicht gerade streng geheime Scheiße war, haben sie ...«

Grays Stimme versagte. Er *erinnerte* sich nicht mal gern

daran, was als Nächstes passiert war, und wollte schon gar nicht darüber reden.

»Ist schon in Ordnung«, flüsterte Allye. »Du musst es mir nicht erzählen.«

Und genau das war der Grund, warum er es tun wollte. Sie verlangte keine Antworten. Sie bestand nicht darauf, dass er ihr alles sagte, was er auf dem Herzen hatte. Er erinnerte sich daran, dass er es für friedlich gehalten hatte, in ihrer Nähe zu sein, als sie im Meer trieben. Tatsächlich mochte er den Klang ihrer Stimme. Es war beruhigend. Selbst wenn das, was sie sagte, nicht friedlich war, war es ihr Ton.

»Sie beschlossen, uns nicht weiter zu quälen ... und stattdessen mit unschuldigen Zivilisten weiterzumachen. Als Erstes brachten sie eine Frau herein, die alt genug war, meine Großmutter zu sein. Und als sie sie schlugen, spuckte sie uns an, als wären wir diejenigen, die ihr die Finger einen nach dem anderen brachen, und nicht ihre eigenen Landsmänner. Als wir ihnen dann immer noch nicht sagen wollten, wie viele Bomben und Munition Amerika in seinem Land gebunkert hatte – übrigens Zahlen, die keinerlei Bedeutung hatten, da sie sich täglich änderten –, brachten sie immer jüngere Frauen hinein, um uns zum Reden zu bringen. Als sie schließlich die zehnte Frau hereinschleppten und begannen, sie zu schlagen ... und sie zu missbrauchen und dabei lachten, begann ich schließlich zu reden. Ich sagte ihnen, was sie hören wollten. Doch trotzdem missbrauchten sie die Frau. Und lachten, während sie und ich beide schrien.«

Allye setzte sich daraufhin in Bewegung. Sie schob ihm ein Bein über den Schoß und setzte sich auf ihn.

Überrascht saß Gray einfach da und ließ sie gewähren. Sie steckte ihren Kopf in den Raum zwischen seinem Hals und seiner Schulter und schlang ihre Arme um ihn. Sie sagte kein Wort und der Moment war nicht im Geringsten sexuell.

Gray fühlte sich sofort getröstet. Und weniger allein. Er schlang langsam seine Arme um sie und sie rutschte näher zu ihm. Am Ende waren sie Brust an Brust, ihre Beine umschlossen seine Oberschenkel. Er konnte ihren warmen Atem an seinem Hals spüren, aber sie drängte ihn nicht weiterzusprechen. Sie hielt ihn einfach fest und bot ihm ihre Unterstützung an, auf die einzige Art, die ihr zur Verfügung stand.

»Mein Freund Hick befreite sich aus den Seilen, mit denen er an einer Stange in der Mitte des Raumes gefesselt war. Er stürzte sich auf den Mann, der auf der Frau lag. Ihm wurde in den Hinterkopf geschossen. Ich beobachtete die ganze Sache. Ich konnte weder meinem Kameraden noch diesen Frauen helfen. Als es vorbei war, grinsten mich die Männer nur an und gingen, wobei sie die blutende Frau mit sich zerrten, Hick aber tot am Boden liegen ließen. Ich verbrachte die nächsten drei Tage dort. Hick starrte mich mit seinen blinden Augen an. Ich wünschte, ich wäre derjenige gewesen, der sich befreit hätte, damit ich in diesem Moment nicht dort hätte sein müssen.«

»Wie konntest du dich befreien?«, wollte Allye wissen, ohne den Kopf zu heben.

»Ein zweites Team von SEALs fand mich nach dem dritten Tag. Die Aufständischen hatten das Gebiet evakuiert und mich dort zum Sterben zurückgelassen. Es stellte sich heraus, dass die hohen Tiere, die mein Team geschickt hatten, wussten, dass das Gebiet instabil war und dass es eine erhöhte Bedrohung für jegliches US-Personal gab. Sie sagten mir, sie hätten schon früher ein Team zu unserer Befreiung geschickt, aber die Air Force führte eine Operation auf der anderen Seite der Stadt durch und sie konnten es nicht riskieren, diese Mission zu gefährden, also schickten sie die anderen SEALs erst nach Abschluss der Mission, um uns zu holen.«

Allye hob daraufhin den Kopf. »Es tut mir so leid, Gray. Das ist wirklich schlimm.«

»Ja, es war schlimm«, stimmte Gray ihr zu. »Danach bin ich ein bisschen Amok gelaufen. Ich habe viele Menschen getötet. Ich kann nicht einmal behaupten, dass sie alle Terroristen waren. Aber das war mir egal. Was mich betraf, so waren sie alle der Feind.«

»Und daraufhin hast du aufgehört?«

»Ja. Die Navy schickte mich zur umfassenden psychologischen Betreuung in die Staaten zurück. Aber ich wollte nicht, dass ihre Scheißpsychiater mich durcheinanderbrachten. Die Regierung hatte es sich zu diesem Zeitpunkt schon genug bei mir verscherzt. Also habe ich meine Entlassungspapiere eingereicht und sie wurden bereitwillig unterschrieben.«

»Und dann hat Rex sich bei dir gemeldet«, stellte Allye fest.

»Ja, ich habe auch ihm lange Zeit nicht getraut«, sagte Gray zu ihr und blickte durch das Fenster auf den schönen Berggipfel in der Ferne. »Aber dem Rest der Jungs habe ich vertraut. Sie sind alle durch die Hölle gegangen, genau wie ich. Das Band, das uns verbindet, ist tief. Sie sind meine Brüder im wahrsten Sinne des Wortes, bis auf das Blut.«

»Ich bin froh, dass du sie hast«, erklärte Allye leise.

»Ich auch.« Er wandte den Blick wieder der Frau auf seinem Schoß zu. »Worauf ich hinauswill ... ich dachte, ich hätte das, was geschehen war, verarbeitet. Ich war für Rex schon auf Dutzenden von Einsätzen. Habe Menschen getötet. Abschaum, der es nicht verdient hatte zu leben. Aber eines

Tages war ich gerade dabei, einer Busladung voller Kinder dabei zu helfen, einem mexikanischen Drogenbaron zu entkommen, der sie entführt hatte, als eines dieser Arschlöcher sich ein kleines Mädchen schnappte. Sie hatte dunkles Haar und riesige, braune Augen und starrte mich an, genau wie die letzte Frau in Afghanistan es getan hatte. Sie flehte mich ohne Worte um Hilfe an. Und plötzlich«, er schnippte mit den Fingern, »fühlte ich mich wieder dorthin zurückversetzt.«

»Und was ist dann passiert?«, flüsterte Allye.

»Ro. Er ging hinter den Mistkerl und schoss ihm in den Kopf, bevor er selbst abdrücken konnte. Wahrscheinlich ist das kleine Mädchen fürs Leben gezeichnet, aber immerhin ist es noch am Leben und unverletzt. Es dauerte drei Tage, bis ich die Benommenheit abschütteln konnte, in die der Flashback mich versetzt hatte. Ich will damit nur sagen, dass die Dinge, die dir passiert sind, eines Tages plötzlich zurückkommen und dich verfolgen.«

»Okay, Gray, ich werde auf der Hut sein.«

»Bitte schäme dich nicht, wenn es passiert.«

»Schämst du dich?«, wollte sie wissen.

Gray dachte einen Moment lang über ihre Frage nach und sagte dann: »*Schämen* ist nicht das richtige Wort. Aber ich bin traurig. Vielleicht frustriert. Und völlig hilflos.«

Allye nickte.

»Wenn du Hilfe dabei brauchst, die Dinge zu verarbeiten, sag mir einfach Bescheid. Ich bin für dich da.«

»Okay«, flüsterte sie.

Er starrte ihr lange in die ungewöhnlichen Augen, bevor er herausplatzte: »Macht die Tatsache, dass ich getötet habe und wahrscheinlich erneut töten werde, dir etwas aus?«

»Nein.«

Ihre Antwort kam sofort und von Herzen, und Gray

musste bei den Gefühlen, die dieses eine Wort in ihm auslöste, hart schlucken. Er war sich jedoch nicht sicher, ob er ihr glaubte. Es konnte ihr doch nicht so leichtfallen, das zu akzeptieren. »Ich bin zwar Steuerberater, aber sobald Rex uns auf einen Einsatz schickt, bin ich dabei.«

»Gut.«

Er wollte sie am liebsten schütteln, sich davon überzeugen, dass sie ihn tatsächlich verstand. »Ich könnte nach Indien geschickt werden, um gegen die Menschen zu kämpfen, die Mädchen zwingen, Männer zu heiraten, die viermal so alt sind wie sie, oder um die halbe Welt, um bei der Rettung einer Bootsladung Flüchtlinge zu helfen.«

»Oder vielleicht sogar an die Küste von San Francisco, um einer einzelnen Frau, die entführt wurde und im Begriff war, eine Sexsklavin zu werden, zur Flucht und zur Rückkehr in ihr Leben zu verhelfen.«

»Genau.«

Allye richtete sich auf und umschloss sein Gesicht mit den Händen. Ihr Hände lagen warm auf seinen Wangen. »Die Welt braucht mehr Männer wie dich und deine Freunde. Ich wünschte, es gäbe mehr Menschen, die bereit wären, für das einzutreten, was richtig und gut ist, als Arschlöcher wie die beiden, die du auf dem Boot getötet hast. Ich habe kein Mitleid mit ihnen, denn sie haben ihre eigenen Entscheidungen getroffen und sind infolgedessen gestorben.«

Sie ließ den Blick zu seinen Lippen wandern, bevor sie ihm wieder in die Augen schaute – und das war die einzige Ermutigung, die Gray brauchte. Mit seinen Händen umklammerte er ihre Hüften so fest, dass er wahrscheinlich blaue Flecke auf ihrer zarten Haut hinterließ, aber er lockerte seinen Griff nicht. Gray ging langsam vor und gab ihr die Chance, sich zurückzuziehen, während er den Kopf senkte.

Aber sie zog sich nicht zurück. Es war typisch für Allye – so lernte er langsam –, sich das zu holen, was sie brauchte, also hob sie ihr Kinn an und kam ihm auf halbem Weg entgegen.

Ihre Lippen berührten sich und Gray zuckte zusammen, als hätte er gerade einen Stromschlag bekommen. Dann neigte er den Kopf und übernahm die Kontrolle. Oder zumindest versuchte er es. Allye ließ ihn nicht. Sie ließ sich nicht die Butter vom Brot nehmen, sondern küsste ihn zurück. Die leisen Geräusche, die tief aus ihrer Kehle kamen, heizten ihn an, ermutigten ihn, mehr zu nehmen, mehr von sich zu geben.

Ihre Zungen duellierten sich und tanzten miteinander, als hätten sie sich schon tausendmal geküsst. Gray konnte die Minze schmecken, die sie eine Stunde zuvor gegessen hatte. Zum ersten Mal wurde ihre Position auf seinem Schoß sexuell. Die Hitze zwischen ihren Schenkeln war so intensiv, dass sie ihn fast verbrannte. Sein Schwanz war hart, wuchs schnell und war bereit, in sie einzudringen. Eine Sekunde lang überlegte er, wie er ihr am besten die Hose ausziehen könnte, damit er sie sofort nehmen konnte, genau so.

Aber als sie sich schwer atmend zurückzog und Gray sah, wie ihr die Röte ihren Oberkörper hinauf in die Wangen stieg, beherrschte er sich. Er hatte nicht vor, sie so zu ficken. Zumindest nicht dieses Mal. Sie verdiente mehr, und zum ersten Mal in seinem Leben scherte er sich darum, was die Frau, mit der er zusammen war, verdiente.

In der Vergangenheit – der sehr weit zurückliegenden Vergangenheit, denn es war mehr als ein Jahr her, dass er das letzte Mal mit einer Frau geschlafen hatte – hatte er sich eigentlich nur dafür interessiert, seine eigenen Bedürfnisse zu befriedigen ... und Frauen gewählt, denen es genauso ging.

Aber Allye war anders. Er wusste es tief in seinem Inneren. Als sie sich die Lippen leckte und sich dann unsicher auf die Unterlippe biss, beruhigte Gray sie schnell.

»Danke.«

Sie sah verwirrt aus. »Wofür?«

»Dafür, dass du mir zugehört hast. Dass du mich nicht verurteilst. Dass du mich so akzeptierst, wie ich bin.«

»Das ist doch selbstverständlich«, lautete ihre Antwort. Und Gray erkannte, dass für sie das Zuhören, ohne zu verurteilen, zu ihrer Lebensweise gehörte. Sie war einfach, wer sie war. Bei der Art, wie sie aufgewachsen war, mit einer Mutter, der sie scheißegal war, und dann von Pflegefamilie zu Pflegefamilie weitergereicht wurde, war ihre Fähigkeit, einfühlsam und bodenständig zu sein, einfach ein verdammtes Wunder.

Und plötzlich war Gray der Gedanke, dass jemand sie in die Finger bekam, sie missbrauchte und sie zu jemand anderem machte, absolut unerträglich.

Er öffnete den Mund, um ihr zu sagen, dass er dafür sorgen würde, dass sie ihr Leben in Sicherheit verbringen könnte, wo und wie sie wollte, als sein Mobiltelefon klingelte.

Allye lächelte ihn schüchtern an und wollte von seinem Schoß rutschen.

Gray verstärkte den Griff seiner Hände, da er nicht dazu bereit war, sie schon gehen zu lassen.

»Du solltest besser rangehen. Vielleicht ist es Meat, der anruft, um dir zu erzählen, was er herausgefunden hat.«

Gray wusste, dass sie recht hatte, aber das bedeutete nicht, dass es ihm gefiel.

Er lehnte sich zu ihr und küsste ihre Stirn, bevor er ihr half, von ihm herunterzuklettern. Mit seinem noch halbharten Schwanz stand Gray auf und stolzierte zu der anderen Couch hinüber, wo er sein Telefon liegen gelassen hatte.

»Gray am Apparat.«

»Schalte mal den Fernseher ein. Kanal acht.«

Gray suchte sofort die Fernbedienung für den Fernseher und tat, was Rex angeordnet hatte. Er fragte nicht warum, sondern schaltete einfach den Fernseher ein und suchte nach dem richtigen Kanal.

Es lief das Ende einer Geschichte über eine andere Frau, die an diesem Nachmittag in San Francisco entführt worden war. Anscheinend war sie schreiend und um sich schlagend von der Straße gezerrt worden, und es gab mehrere Zeugen und sogar ein verschwommenes Handy-Video des Vorfalls. Als der Meteorologe kam und begann, über das Wetter der kommenden Woche zu sprechen, fragte Gray vorsichtig: »Warum sollte ich mir das ansehen?«

»Frag Allye.«

Gray war nicht überrascht, dass Rex wusste, dass sie bei ihm war. Er schien alles zu wissen. Ihm wurde flau im Magen und er wandte sich an Allye. Wie er befürchtete, saß sie am Rand der Couch, eine Hand vor Schreck vor den Mund geschlagen, die Augen vor Entsetzen weit aufgerissen.

»Kätzchen«, sagte er beruhigend.

»Das ist Jessie«, erklärte sie und ihre Worte kamen gedämpft hinter ihrer Hand hervor.

»Wer?«

»Jessie Callahan«, antwortete Rex vom Handy an seinem Ohr. »Sie ist neunzehn Jahre alt, eins achtundsiebzig groß, wiegt sechzig Kilo. Sie ist auch Tänzerin bei der Truppe, bei der Allye arbeitet.«

»Verdammt«, fluchte Gray, schaltete den Fernseher aus und ging hinüber, wo Allye saß, noch immer unter Schock. »Nightingale?«, fragte er Rex.

»Ich kenne noch nicht alle Einzelheiten, aber ja, davon gehe ich aus.«

»Und wie sieht der Plan aus?«

»Es gibt keinen Plan«, erwiderte Rex sofort.

Das gefiel Gray nicht. »Allye kennt sie.« Damit sagte er dem Mann ganz offensichtlich nichts Neues. »Wir können doch nicht einfach gar nichts tun.«

»Wenn es Nightingale ist, hat er es mit Absicht getan. Das ist der beste Beweis dafür, dass er hinter der Entführung von Allye stand. Er hat sie nicht für jemand anderen gekidnappt. Er wollte sie für sich *selbst*. Und jetzt ist er sauer, dass sie verschwunden ist. Er hat diese andere Frau entführt, um eine Botschaft zu senden. Er reagiert, ohne nachzudenken. Das kann gut für uns sein.«

Gray knirschte mit den Zähnen. Er wusste genau, wie Allye auf die Tatsache reagieren würde, dass er und sein Team nichts tun würden, um die andere Frau zu finden. Zum Teufel, er hatte ihr gerade erzählt, was *ihm* passiert war und wie *er* reagiert hatte, als die Terroristen Menschen gefoltert hatten, um eine Reaktion von ihm zu erhalten.

»Hat Meat schon herausgefunden, was auf dem USB-Stick ist?«, fragte er seinen Kontaktmann.

»Nein, aber er ist nahe dran.«

»Ruf mich an, sobald er Informationen hat«, befahl Gray.

»Du weißt doch, dass ich das mache. Pass gut auf Allye auf«, sagte Rex, bevor er auflegte.

Gray seufzte und legte ebenfalls auf. Er setzte sich

neben Allye und legte ihr eine Hand aufs Knie. »Was weißt du über sie?«

Sie starrte noch immer auf den Fernseher, obwohl der Bildschirm schwarz war. »Jessie ist um einiges jünger als ich. Sie ist seit etwa vier Monaten bei der Truppe. Sie ist eine wirklich gute Tänzerin, aber ziemlich neidisch. Sie wäre gern der Star, aber ihr gefällt nicht, dass sie sich erst hocharbeiten muss.«

»Seid ihr miteinander befreundet?«, wollte Gray wissen.

Allye schüttelte den Kopf. »Eigentlich nicht. Ich meine, wir gehen höflich miteinander um, aber damit hat es sich auch schon.« Sie sah ihn mit ihren großen, ausdrucksvollen Augen an. »Wurde sie von dem gleichen Typen entführt wie ich?«

Gray hätte gern gelogen. Er hätte so verdammt gern gelogen, konnte es aber nicht. Er konnte sie einfach nicht anlügen. »Wahrscheinlich.«

»Es ist, weil ich entkommen bin, nicht wahr?«

Gray nickte. Dann gab er ihr einen Moment Zeit, um über die Situation nachzudenken, und fragte anschließend: »Alles okay?«

Allye blickte hinab auf die Hände in ihrem Schoß, bevor sie antwortete: »Wenn ich Ja sage, bin ich ein schrecklicher Mensch, weil ich froh darüber bin, dass es sie erwischt hat und nicht mich. Und wenn ich Nein sage, bin ich eine Heuchlerin, weil ich Jessie nicht mal besonders gut leiden kann.«

Gray hob die Hände und zog ihren Kopf zu sich herum, sodass sie ihn ansehen musste. Er legte die Hände auf ihre Wangen, genau wie sie es vorher bei ihm getan hatte. »Nichts davon ist deine Schuld«, erklärte er ihr nachdrücklich.

Sie schüttelte den Kopf. »Genau genommen ist es das schon.«

»*Nein*, der Mann, der sie entführt hat, ist schuld daran. Punkt.«

»Was glaubst du, geschieht mit ihr?«

»Denk nicht darüber nach«, erwiderte er.

»Und wie soll das gehen?«, erwiderte sie besorgt.

Ihre Augen füllten sich mit Tränen, doch sie schob seine Hände von ihrem Gesicht und kniff sich mit Daumen und Zeigefinger in den Nasenrücken, um sie zurückzuhalten.

Gray lehnte sich zu ihr und sagte noch mal nachdrücklich: »Gib ihm keine Macht über dich. Die Terroristen, die Hick und mich festgehalten haben, haben das Gleiche getan, und ich bin in ihre Falle getappt. Was er tut, geht auf *seine* Kappe, nicht auf deine. Selbst wenn du in dieser Sekunde nach Kalifornien zurückfliegen und dich diesem Arschloch Nightingale ausliefern würdest, würde das nichts daran ändern, was er für sie geplant hat. Vergiss das nicht.«

Er sah, wie Allye tief durchatmete, dann die Augen öffnete und ihn anschaute. »Was kann ich denn dann tun? Wie kann ich dafür sorgen, dass es aufhört? Werde ich jemals wieder in Sicherheit sein? Oder wird er nach und nach jeden entführen und quälen, den ich kenne? Was soll ich nur tun, Gray?«

Die letzte Frage war so gequält, dass sie Gray fast das Herz zerriss.

Er bewegte sich langsam, um sie nicht zu erschrecken, und schlang seine Arme um ihre Schultern.

Er war sich nicht sicher, wie sie auf seinen Versuch, sie zu trösten, reagieren würde, und war erstaunt, als sie mit ihm verschmolz, als wären sie schon seit Jahren ein Paar.

»Vertrau mir«, sagte er. »Mehr nicht. Vertrau einfach mir, Rex und den übrigen Jungs. Wir regeln das für dich.«

Sie antwortete nicht verbal, aber das kleine Nicken, das er an seinem Brustkorb spürte, reichte aus. Tatsächlich bedeutete es ihm alles.

Vor eineinhalb Wochen war Allye Martin vielleicht noch eine Fremde gewesen, aber jetzt hatte er das Gefühl, dass sie gerade der wichtigste Mensch in seinem Leben geworden war. Wichtiger als sein Team. Wichtiger als seine Mutter und sein Bruder.

Es war ein seltsames Gefühl zu wissen, dass er alles tun würde, um jemanden zu beschützen. Es war mehr als das Gefühl, das er bei seinen Einsätzen hatte, bei denen er sein Bestes tat, um den unzähligen Frauen und Kindern, zu deren Rettung er geschickt worden war, Gerechtigkeit widerfahren zu lassen. Es war ein zutiefst richtiges Gefühl, das er nicht abschütteln konnte. Das er nicht abschütteln *wollte*.

KAPITEL NEUN

Allye lag in dieser Nacht in dem Doppelbett in Grays Gästezimmer und konnte nicht schlafen. Zum ersten Mal seit einer wirklich langen Zeit wusste sie nicht, wie ihre nächsten Schritte aussehen sollten.

Gleich nach der Highschool, als sie aufgrund ihres Alters aus dem Pflegefamiliensystem herausgewachsen war, war sie orientierungslos geworden und nicht in der Lage gewesen zu entscheiden, womit sie ihren Lebensunterhalt verdienen wollte. Das College kam nicht infrage. Sie hatte weder die Noten noch den Wunsch oder das Geld, um das College zu besuchen. Aber sie konnte auch keine anständige Arbeit mit nur ihrem Highschool-Abschluss bekommen, also hatte sie das wenige Geld, das sie besaß, benutzt und war in Richtung Westküste geflohen. Sie war in San Francisco gelandet und hatte sich glücklicherweise mit einigen netten Leuten angefreundet, die sie bei sich in ihrem kleinen Haus leben ließen, und von dort aus hatte sie schließlich das Tanztheater gefunden.

Sie hatte das Tanzen schon immer geliebt und Robin

hatte Mitleid mit ihr gehabt und ihr einen Job gegeben, während Allye weiterhin Tanzunterricht nahm. Sie hatte das Theater ein Jahr lang geputzt, bevor Robin sie schließlich auf Monatsbasis in die Truppe aufgenommen hatte. Allye hatte sich den Arsch aufgerissen, um Robin und sich selbst zu beweisen, dass sie es ernst damit meinte, Tänzerin zu werden. Erst vor zwei Jahren hatte sie sich endlich die Hauptrolle in einigen Vorstellungen verdient. Es hatte fast acht Jahre gedauert, aber sie hatte es geschafft.

Sie würde nie Millionärin werden, aber es reichte ihr zum Leben.

Aber jetzt ... wusste Allye nicht, was sie tun sollte. Die Rückkehr nach Kalifornien würde sicherlich bedeuten, dass, wer immer da draußen war, weiterhin versuchen würde, sie in die Finger zu bekommen. Aber was sollte sie tun, wenn sie *nicht* zurückkehrte? Wohin sollte sie gehen? Wo würde sie leben? Wie würde sie ihren Lebensunterhalt bestreiten?

Eine Stunde später schaffte sie es schließlich, in einen unruhigen Schlaf zu fallen ... nur um nicht allzu lange danach schreiend aufzuwachen.

Ihre Tür flog auf und Allye schrie erneut, als sie die Gestalt eines sehr großen Mannes sah, der über ihr aufragte.

»Verdammt, Kätzchen, ich bin es doch nur.«

Allye erkannte Grays Stimme sofort und breitete die Arme aus.

Gray nahm sie in den Arm und erst, als sie ihr Gesicht an seinen Hals presste, wurde ihr klar, dass sie keuchte.

»Pst. Es ist alles in Ordnung. Ich weiß, dass ich gesagt habe, dass es in Ordnung ist, sich zu erinnern und schlimm darauf zu reagieren, aber du musst es ja nicht sofort in deiner ersten Nacht hier in die Tat umsetzen wie ein Streber.«

Allye schnaubte lachend an ihn gedrückt, ließ ihn aber nicht los. Die Tatsache, dass er ihr sanft den Rücken streichelte, beruhigte sie eher, als dass sie sich bevormundet oder unter Druck gesetzt fühlte. Er sagte nichts mehr, sondern schaukelte sie nur leicht in seinen Armen hin und her.

Als sie das Gefühl hatte, sich wieder einigermaßen unter Kontrolle zu haben, wich sie von ihm ab und rieb sich mit der Hand das Gesicht.

»Möchtest du darüber reden?«

Sie seufzte, zögerte aber nicht. Gray hatte etwas an sich, das es ihr unmöglich machte, ihm Dinge vorzuenthalten. »Da war ein Typ. Er hatte Jessie und er tat ihr weh. Er sagte mir, wenn ich mit ihm gehe, würde er sie gehen lassen. Du warst auch da, aber du konntest mich nicht erreichen. Du warst hinter einer Glasscheibe oder so. Du hast darauf gehämmert, mir etwas zugerufen, den Kopf geschüttelt, aber ich konnte dich nicht hören. Als ich mich zu diesem gesichtslosen Kerl umdrehte – er hatte buchstäblich kein Gesicht –, nahm er ein Messer und schlitzte Jessie die Kehle von Ohr zu Ohr auf. Dann bin ich aufgewacht.«

»Verdammt, Kätzchen. Das war ja ein schrecklicher Traum.«

»Allerdings.« Nun, da Allye nicht mehr zu Tode erschreckt war und ihr Puls sich wieder beruhigt hatte, war sie völlig erschöpft.

»Bist du müde?«, fragte Gray.

»Ja«, murmelte sie.

»Kannst du wieder einschlafen?«

Sie starrte ihn einen Moment lang an, bevor sie herausplatzte: »Kann ich bei dir in deinem Zimmer schlafen?«

Gray antwortete nicht, sondern starrte sie nur mit einem schwer zu deutenden Blick an.

»Ach egal«, ruderte Allye schnell zurück und entzog sich seinem Griff. »Das war eine dumme Frage. Es geht mir gut. Ich bin mir sicher, dass ich jetzt sofort einschlafe und –«

»Sieh mich an, Kätzchen«, befahl Gray.

Sie hob den Blick und wartete darauf, dass er ihr sagte, dass sie sich albern benahm. Dass sie eine erwachsene Frau wäre und ganz wunderbar schlafen würde, wenn sie sich nur entspannte.

»Ich will dich in meinem Bett haben. Aber erst musst du mir eine Frage beantworten.« Er machte eine Pause, als würde er auf ihre Antwort warten.

»Okay.«

»Willst du in mein Bett, weil du Angst hast oder dir um Jessie Sorgen machst? Oder gibt es noch einen anderen Grund?«

Allye schluckte. War sie tapfer genug, um zuzugeben, dass sie Gray mochte? Dass sie sich nicht mehr so allein auf der Welt fühlte, wenn sie mit ihm zusammen war? Sie dachte lange über ihre Antwort nach. Er ließ ihr die Zeit, um nachzudenken und ihm zu antworten, wenn sie bereit dazu war.

»Ich bin neunundzwanzig Jahre alt«, sagte sie leise. »Und erwachsen genug, genau zu sagen, was ich möchte. Ich hatte noch nie Schwierigkeiten damit, einem Mann geradeheraus zu sagen, wenn ich mich zu ihm hingezogen fühle oder Interesse an ihm habe. Aber bei dir macht mir das eine Heidenangst, weil ich mir Sorgen darüber mache, dass du mich nur als jemanden siehst, den du gerettet hast. Dass du mich mitleidig ansiehst, wenn ich zugebe, wie ich mich wirklich fühle. Und am meisten Angst habe ich davor, dass du nicht das Gleiche fühlst.«

»Sag es mir«, sagte Gray gleichzeitig flehend und im Befehlston.

Allye fühlte sich, als stünde sie am Rand einer Klippe, blickte Gray jedoch in die Augen und sagte: »Ich fühle mich zu dir hingezogen. Allerdings weiß ich nicht, ob das Ganze etwas bringt, denn so wie es aussieht, arbeiten haufenweise Dinge gegen uns. Ich weiß nur, dass ich mich sicher fühle, wenn ich mit dir zusammen bin. Als könnte nichts und niemand mir etwas anhaben und ich fühle mich außerdem voller Energie. Aufgeregt. Und ich habe so was wie Schmetterlinge im Bauch. Bei dem Gedanken daran, dass ich morgen abreise und dich nie wiedersehe, könnte ich heulen. Und wie ich dir schon gesagt habe, heule ich normalerweise nie. Ich würde gern in deinem Bett schlafen, weil ich Angst habe, das stimmt. Und wenn ich bei dir bin, fühle ich mich sicher. Aber es steckt noch mehr dahinter. Viel mehr.«

Gray hatte einen intensiven Gesichtsausdruck, den Allye nicht entziffern konnte. Er stand auf und sie hatte eine Sekunde lang Angst, dass sie all die falschen Dinge gesagt hatte und er gehen würde. Aber als er sich vorbeugte und sie aufhob, als wöge sie nicht mehr als ein Kind, entspannte sie sich, schlang ihre Arme um seinen Hals und legte ihren Kopf an seine Schulter.

Er ging über den Flur zum großen Schlafzimmer und trug sie zu seinem Bett hinüber. Er legte sie hin und folgte ihr auf die Matratze. Allye rutschte schnell hinüber und machte ihm etwas Platz. Sie drehte sich auf die Seite, um sich ihm zuzuwenden, und seufzte zufrieden, als er sie an seine nackte Brust nahm und die Bettdecke hoch und über sie zog.

Gerade als sie dachte, er würde nichts sagen, sprach er.

Seine Worte rumpelten durch seine Brust und fanden ihren Weg in ihre eigene.

»Dich vorhin in diesem Gästezimmer allein zu lassen hätte mich fast umgebracht. Aber ich wollte nicht zu schnell vorgehen. Seit ich San Francisco verlassen habe, kann ich nicht aufhören, an dich zu denken. Ich habe noch nie an eine der Frauen gedacht, die ich zuvor gerettet habe, nachdem sie in Sicherheit waren. Aber dich konnte ich nicht aus dem Kopf bekommen. Jedes Mal wenn mein Telefon klingelte, dachte ich, Rex würde anrufen, um mir zu sagen, dass du wieder verschwunden bist. Und das machte mir eine Heidenangst.«

Allye hob den Kopf und blinzelte ihn an. »Wirklich?«

»Ja, wirklich. Und soll ich dir noch was sagen?«

»Was?«

»Nichts hätte mich davon abgehalten, dich erneut zu retten.«

Der Druck hinter ihren Augen wurde stärker und Allye presste ihren Kopf gegen seine Brust, um die Tränen in Schach zu halten. Was war nur mit ihr los? Sie weinte nie und doch war sie hier und hielt die Tränen wegen etwas zurück, das er gesagt hatte ... schon wieder.

Sie fühlte seine Lippen auf ihrem Kopf. »Und damit das klar ist: Ich will dich auch. Aber nicht heute Abend. Schlaf jetzt, Kätzchen. Hier bist du sicher. Kein Grund, schlecht zu träumen.«

Sie lächelte an seiner Brust. »Ich kann das, glaube ich, nicht kontrollieren.«

»Sicher kannst du das. Du musst nur wissen, dass du hier bei mir bist, das hält die Albträume fern.«

Es war ausgesprochen arrogant, das zu behaupten, trotzdem hatte Allye das Gefühl, dass er recht hatte. Nach einem Augenblick flüsterte sie: »Möchtest du vielleicht ...«

Sie hatte ihm gesagt, sie hätte noch nie ein Problem damit gehabt, nach dem zu verlangen, was sie wollte, aber aus irgendeinem Grund brachte sie es einfach nicht fertig zu fragen, ob Gray Sex mit ihr haben wollte.

Aber er schien zu wissen, was sie fragen wollte, ohne dass sie es aussprechen musste. »Ja, Kätzchen, das will ich. Aber nicht gleich jetzt. Ich bin müde und erschöpft. Ich möchte dich einfach nur im Arm halten.«

»Okay. Aber vielleicht später?«

Er lachte. »Ja, Allye. Später auf jeden Fall.«

Lächelnd und glücklicher und zufriedener, als sie sich seit Langem gefühlt hatte, schlief Allye in Grays Armen ein. Und erinnerte sich an keinen einzigen Traum.

Gray erinnerte sich nicht daran, eingeschlafen zu sein. In der einen Minute genoss er es, Allye in seinen Armen zu haben, und in der nächsten ... nichts.

Aber er wachte plötzlich auf, als er fühlte, dass sich jemand neben ihm bewegte. Für den Bruchteil einer Sekunde war er verwirrt, denn es war schon sehr lange her, dass jemand anderes als er in seinem Bett gelegen hatte, aber dann erinnerte er sich wieder. Allye.

Er lag auf dem Rücken und sie lag an seiner Seite. Ihre Hand streichelte langsam seine Brust. Er trug nur eine Jogginghose und sie hatte ihn sogar im Schlaf erregt. Die Hose war über seine Leistengegend gespannt. Sie hatte die Bettdecke nach unten geschoben und er sah, wie ihre langsamen Liebkosungen immer näher und näher an seinen immer größer werdenden Schwanz kamen.

»Was machst du da?«, fragte er verschlafen und ihn

überkam eine angenehme Trägheit, wie er sie schon lange nicht mehr gespürt hatte.

»Wonach fühlt es sich denn an?«, erwiderte sie und schob mit der Hand seine Jogginghose jedes Mal ein bisschen weiter nach unten.

Er hielt sie am Handgelenk auf, als er fühlte, wie sie mit den Fingern gegen seinen Schwanz streifte. Sie blickte ihn mit einem unschuldigen und zugleich lüsternen Blick an. Ihre nicht zusammenpassenden Augen funkelten und ihr Haar war ein zerzaustes Durcheinander. Die weiße Strähne sah noch bezaubernder aus, so unordentlich, wie sie war. Aber es war das verschmitzte Lächeln auf ihrem Gesicht, das seinen eigensinnigen Schwanz zum Zucken brachte. Er mochte, wie sie aussah. Sehr sogar.

»So wie es aussieht, bringst du dich gerade in Schwierigkeiten.«

Sie zog eine Augenbraue hoch, als würde sie sagen wollen: »Wer, ich?« Sie spielte mit seiner Brustwarze und er spürte, wie sie sich in der kühlen Morgenluft zusammenzog.

»Wenn du etwas möchtest, musst du mich nur darum bitten«, erklärte Gray ihr ernsthaft.

Ohne darüber nachdenken zu müssen, flüsterte sie: »Ich will dich.«

Noch bevor das letzte Wort ihre Lippen verlassen hatte, küsste Gray sie. Er dachte nicht daran, wie spät es war, oder daran, ob er duschen sollte, bevor er mit ihr schlief. Er konnte nur daran denken, Allye zu der Seinen zu machen.

Sie öffnete ihren Mund sofort für ihn und seine Zunge versank begierig in ihrem Mund. Während er sie lange und intensiv küsste, ließ er seine Hand über ihren Körper wandern. Sie trug ein übergroßes T-Shirt und eine Schlafhose, aber sie hätte genauso gut nackt sein können. Seine

Freude, die er empfand, weil er sie ungehindert berühren konnte, wo und wie er wollte, war immens.

Er ließ seine Hand unter ihr T-Shirt gleiten und fühlte, wie sie ihren Bauch einzog, als er seine Finger ihren Körper hinaufwandern ließ, aber er hörte nicht auf. Er näherte sich ihrer Brust und sie passte leicht in seine große Hand. Ihre harte Brustwarze stieß in seine Handfläche, als er sie drückte und streichelte. Er fühlte, wie sie ihre Hüften verlagerte, und Gray drehte sich so, dass sie auf dem Rücken neben ihm lag.

Er hob den Kopf, leckte seine Lippen und genoss ihren Geschmack darauf. »Jetzt kannst du es dir noch anders überlegen«, sagte er mit rauer Stimme.

»Ich werde es mir nicht anders überlegen«, entgegnete Allye und presste sich stärker in seine Berührung.

»Bestimmte Teile von mir sind ziemlich groß«, erklärte Gray ihr ernsthaft. »Und ich bin mir nicht sicher, dass ich sanft bleiben kann.« Er wollte sie warnen, ohne sie jedoch zu Tode zu erschrecken. Im Bett gefiel ihm eben, was ihm gefiel. Und zwar, die Kontrolle zu übernehmen. Sich das zu nehmen, was er wollte. Er sorgte immer dafür, dass seine Sexualpartnerinnen befriedigt waren, doch nichts erregte ihn mehr als harter, rauer Sex.

»Das halte ich aus. Ich will *dich*.«

»Das hoffe ich, verdammt noch mal«, murmelte er. »Wenn ich zu schnell bin oder dir irgendetwas nicht gefällt, was ich tue, sag mir Bescheid. Ich will dir auf keinen Fall wehtun oder dich zu etwas drängen, das du nicht tun willst.« Gray ließ Allye nicht aus den Augen, während er erneut ihre Brust drückte, diesmal ein bisschen stärker. Und anstatt Zweifel oder Schmerzen in ihrem Blick zu sehen, leuchteten sie vor Erregung auf.

Zu Grays Überraschung wollte sie auf ihm sitzen. Sie

saß rittlings auf seinen Hüften und rieb ihre Muschi an seinem steinharten Schwanz. »Ich will dich, Grayson Rogers. Egal auf welche Weise du mich nehmen willst.«

Ohne ein Wort zu sagen, schob Gray ihr T-Shirt hoch und über den Kopf und ließ sie nur ihre Schlafshorts anbehalten. Ihre kleinen Brüste waren von großen rosa Brustwarzenhöfen und langen, harten Brustwarzen gekrönt, die nach seiner Berührung lechzten.

Er setzte sich auf und umschloss ohne ein weiteres Wort eine ihrer Brustwarzen mit dem Mund. Er saugte. Hart. Allye wölbte den Rücken und er fühlte, wie sie ihre Fingernägel in seinen Hinterkopf bohrte, um ihn anzutreiben, nicht um ihn von ihrem Körper wegzustoßen.

Gray entfesselte die Lust, die sie absichtlich mit ihren nicht ganz so unschuldigen Liebkosungen hervorgerufen hatte, und ließ sich gehen. Er verschlang sie mit seinem Mund. Er leckte, biss und saugte an ihren Titten. Sie wand sich pausenlos an ihm und sein Schwanz fühlte sich an, als würde er jede Sekunde platzen. Sie fühlte sich winzig auf ihm an. Sie *war* winzig im Vergleich zu ihm. Er war einen guten halben Kopf größer als sie und er fühlte sich dadurch nur noch dominanter. Und das wiederum schürte sein Verlangen.

Er drehte sie ohne Anstrengung um und sie landete wieder auf dem Rücken neben ihm, aber er nahm seinen Mund nie von ihrer Brust. Gray schob ihre Shorts hinunter und sie half mit, indem sie ihre Hüften anhob und sie mit einer Hand bis zu den Knien und ganz herunter schob. Er betastete ihre Muschi, zufrieden, ihre feuchte Erregung zu spüren, die ihre Schamlippen und seine Handfläche bedeckte.

Er starrte ihr in die Augen, während er mit einem Finger in ihre feuchte Hitze eindrang. Sie war eng und es war nicht leicht, seinen Finger mühsam an ihren inneren Muskeln vorbeizuschieben, während er ihn in sie hinein und aus ihr heraus gleiten ließ.

»Du bist so verdammt eng«, sagte er. »Du wirst meinen Schwanz ordentlich zusammendrücken, wenn ich damit in dich eindringe.«

Es hatte ihm schon immer Spaß gemacht, beim Sex schmutzige Dinge zu sagen, und so wie es aussah, gefiel es ihr auch.

Allye ließ ihre Knie auseinanderfallen, sodass er mehr Platz hatte, und hob die Hüften ein wenig an, als er mit ihr spielte. »Es ist schon eine Weile her«, erklärte sie ihm, wobei sie die Augen zu Schlitzen verengt hatte und sich mit der Zunge über die Lippe fuhr.

»Wie lange?«, wollte er wissen. Er steckte einen zweiten Finger in ihre Muschi und sie stöhnte. Als sie ihm nicht antwortete, hielt er still und fragte sie erneut. »Wie lange ist es her, Kätzchen? Wie lange ist es her, seit du einen Schwanz in deinem wunderbaren Körper gespürt hast?«

»Drei Jahre oder so was«, keuchte sie. »Bitte, Gray. Mehr.«

Drei Jahre. Verdammt. Er beschloss, sie länger zu necken, einfach nur, weil es ihm Spaß machte, und fragte: »Warum?«

»Warum was?«, stöhnte sie.

Gray legte ihr eine Hand auf den unteren Bauch, um sie festzuhalten, während er ihre Muschi langsam mit seinen Fingern dehnte. Sie war frech und wand und bebte unter ihm. Ihr Körper verlangte, dass er ihr gab, was sie wollte. Aber es machte ihm Spaß, sie warten zu lassen. »Warum ist es so lange her?«, fragte er sie.

»Weil ich zu sehr mit dem Theater beschäftigt war. Ich hatte keine Zeit. Und ich wollte auch niemanden.«

Sie stieß die Worte unzusammenhängend und atemlos hervor.

»Aber du willst mich.«

Sie verdrehte die Augen und dadurch wurde Grays Schwanz nur noch steifer. Verdammt, es gefiel ihm wirklich, wenn sie das tat. Es war verrückt, aber dieser kleine Akt der Rebellion brachte ihn dazu, sie nur noch mehr zu wollen.

»Ja, Gray. Ich will dich. Ich denke, das ist mehr als offensichtlich. *Bitte.*«

Und damit war das Warten für Gray zu Ende. Sie war völlig durchweicht. Seine Finger waren von ihrem Saft benetzt. Und obwohl er einen großen Schwanz hatte und sie sehr eng war, wusste er, dass es kein Problem wäre, in sie einzudringen, es würde sich so anfühlen, als wäre er dafür gemacht worden.

Ohne ein Wort zu sagen, stand er auf und streifte sich die Jogginghose ab, wobei sein Schwanz am Gummiband hängenblieb und dann wieder nach oben sprang, als er ihn befreite. Er sah den Liebestropfen auf seiner fast violetten Eichel glänzen. Er griff in die Schublade am Nachtkästchen und beschäftigte sich kurz mit einer Schachtel Kondome, die dort lag. Er hatte sie letzte Woche gekauft. Nachdem er Allye in Kalifornien zurückgelassen hatte, war er unruhig. Er brauchte irgendetwas. Wollte irgendetwas. Und da dachte er sich, er würde sich vielleicht mal wieder mit Frauen treffen, und hatte sich nur für den Fall die Kondome gekauft.

Aber was er brauchte, war Allye. Nicht irgendwen anderes – *nur sie.*

Gray streifte das Kondom ohne großes Aufsehen über seinen Schwanz und kam dann wieder ins Bett. Allye hatte ihn beobachtet, wobei sie sich mit der rechten Hand sanft die Klitoris rieb und mit der linken Hand in eine Brustwarze kniff.

Ohne ein Wort zu sagen, griff Gray nach ihr und drehte sie auf den Bauch. Dann hob er ihre Hüften an und sie ging auf die Knie. Gray legte ihr eine Hand auf den Rücken und lächelte, als sie sich sofort auf die Ellbogen sinken ließ.

Sie streckte ihren Hintern hoch in die Luft, und er hatte in seinem ganzen Leben noch nie etwas so Wunderbares und Verführerisches gesehen. Eigentlich hatte er vorgehabt, sie auf der Stelle zu nehmen, doch als er sah, dass ihre Schamlippen vor Feuchtigkeit glänzten, wurde ihm klar, dass er sie erst schmecken wollte.

Gray setzte sich auf seine Fersen, legte seinen Mund auf ihre Muschi und leckte sie von ihrer Klitoris bis zu ihrem Hintereingang.

Sie stöhnte, drückte den Rücken durch und öffnete die Knie weiter, damit er leichteren Zugang hatte.

Ohne Vorwarnung begann er, sie zu lecken, als wäre sie seine Henkersmahlzeit. Sie schrie, als sein kratzender Eintagesbart an der Innenseite ihrer Schenkel scheuerte, und stöhnte, als er hart und schnell über ihre Klitoris leckte. Wäre er nicht so stark, wie er war, hätte er sie nicht ruhig halten können, als sie bockte und sich unter seinem Mund wand.

Um zu sehen, wie sie zum Orgasmus kam, legte Gray seine Hände auf die Innenseiten ihrer Oberschenkel und hob sie hoch, hob sie an seine Lippen und verschaffte sich besseren Zugang zu ihrer Klitoris. Sie schwebte in der Luft und stützte sich auf ihre Ellbogen, und er wusste, er hätte sie nicht in diese Position bringen können, wenn sie keine Tänzerin gewesen wäre. Sie war gelenkig und in Form, und er war noch nie so erregt gewesen.

Ohne Gnade liebkoste Gray so lange ihre kleine Lustknospe, bis jeder Muskel in ihrem Unterkörper angespannt war und sie kurz davor stand, zum Orgasmus zu kommen.

Gott, schmeckte sie gut. Gray hätte die ganze Nacht weitermachen und ihre Erregung in sich aufsaugen können, während er sie dazu zwang, immer wieder zu kommen, aber er brauchte mehr. Sein Schwanz war so hart, dass es wehtat, und er konnte sich nicht daran erinnern, jemals eine Frau mehr gewollt zu haben.

Er legte Allye ab, immer noch mitten in ihrem Orgasmus, und schob ihre Beine auseinander. Mit einem langen Stoß drang er in sie ein. Sie schrie noch einmal und versuchte kurz, sich von ihm wegzuziehen, aber er packte ihre Hüften und zog sie stattdessen näher an sich heran.

Das Gefühl ihrer inneren Muskeln um seinen Schwanz herum, die sich noch immer von ihrem Orgasmus zusammenzogen, war himmlisch. Gray hielt sich selbst still und erlebte mit ihr zusammen, wie ihr Orgasmus langsam abflaute. Als sie schließlich unter ihm liegen blieb, beugte er sich über ihren Rücken.

Sein großer Körper umschloss ihren Körper, wodurch er sich männlicher und kraftvoller fühlte, als er sich je gefühlt hatte. Er bewegte seine Hüften den Bruchteil eines Zentimeters weg und stieß dann wieder in sie hinein. Ihr Oberkörper war auf die Matratze gepresst, ihr Hintern in der Luft, und sie nahm alles, was er ihr gab.

Auch wenn er sich beim Sex nahm, was er wollte, würde er sie nie verletzen.

»Alles in Ordnung?«, murmelte er ihr ins Ohr, bevor er ihr Ohrläppchen zwischen die Zähne nahm und nicht so sanft hineinbiss.

»Ja. Oh ja.«

»Ich werde dich jetzt nehmen, Kätzchen. Bist du bereit?«

Sie nickte schnell.

»Bist du dir sicher?«

Erneut nickte sie, obwohl sie den Kopf auf die Matratze gepresst hatte.

Gray richtete sich auf, stemmte sich mit beiden Händen neben ihren Schultern auf die Matratze und begann, sich zu bewegen. Er wusste, dass er nicht lange durchhalten würde, da er schon kurz davor stand zu kommen. Zu sehen, wie erregt sie war, sie unter sich zu spüren, das war alles viel zu erregend. Zu gut.

Er bewegte die Hüften, sodass nur noch seine Eichel in ihr war, dann drang er mit einem Stoß wieder in sie ein. Und das tat er wieder und wieder. Es stieß seinen Schwanz in ihren Körper, als wäre es das letzte Mal, dass er jemals Sex haben würde. Jedes Mal wenn er ganz in ihr steckte, grunzte Gray vor Anstrengung.

Mein Gott, sie fühlte sich so unglaublich gut an. Er hatte so was noch nie zuvor erlebt.

Dann bewegte Allye sich unter ihm. Sie stützte sich auf die Ellbogen und er spürte, wie sie sich bei jedem seiner Stöße weiter nach hinten drückte. Sie nahm nicht nur, was er austeilte, sondern sie erwiderte enthusiastisch seine Stöße.

Bei jedem Stoß pendelten ihre Brüste hin und her und die animalische Art, wie sie einander liebten, sorgte nur dafür, dass Grays Schwanz noch härter wurde. Er griff unter sie, fand ihre Klitoris und begann, sie zu reiben, während er sie weiter stieß. Die Geräusche, die ihre aufeinander klatschenden Körper machten, waren laut und sinnlich und verstärkten nur seine Begierde.

»Gray, verdammt ... Oh mein Gott, Gray!«

Er lächelte über ihre Worte, denn er wusste, dass sie sich genauso im Verlangen verlor wie er.

Sein Orgasmus schlich sich an ihn heran. In der einen

Minute genoss er das Gefühl, sie unter sich zu haben, und in der nächsten kam er ohne Vorwarnung. Er drang so weit wie möglich in sie ein und fühlte, wie der Orgasmus aus seinen Hoden und aus seiner Schwanzspitze herausschoss. Wärme erfüllte das Kondom und er stöhnte; es fühlte sich an, als würde er nie aufhören zu kommen.

Als er fertig war, merkte er, dass Allye sich immer noch unter ihm wand. Sie war noch nicht wieder gekommen, stand aber offensichtlich kurz davor. Ohne ein Wort und ohne sich aus ihr herauszuziehen, machte Gray sich erneut über ihre Klitoris her. Er rieb sie gnadenlos, so schnell und hart er konnte.

»Zu viel«, stöhnte Allye und versuchte, sich seiner Berührung zu entziehen.

Doch das ließ er nicht zu. Er hielt sie an Ort und Stelle fest, seinen Schwanz noch immer in ihr, während er seine Finger ihr Ding machen ließ, dann beugte er sich vor und biss ihr erneut ins Ohrläppchen. »Komm noch einmal für mich zum Orgasmus, Kätzchen. An meinem Schwanz. Zeig mir, wie sehr dir meine Berührung gefällt.«

Und damit kam sie zum Orgasmus. Und erneut war das Gefühl, wie sich ihre inneren Muskeln um seinen Schwanz zusammenzogen, unbeschreiblich. Sie zitterte am ganzen Körper, wobei sich jeder ihrer Muskeln entspannte und wieder anspannte, während sie ihren Orgasmus genoss.

Als sie begann, sich zu entspannen, zog Gray vorsichtig seinen Schwanz aus ihr heraus und lächelte, als sie protestierte und stöhnte. Sie streckte die Beine aus und legte sich flach auf die Matratze. Gray wusste, dass er aufstehen und sich um das Kondom kümmern musste, doch er konnte den Blick einfach nicht von ihr abwenden.

Ihre Muschi war rot und geschwollen und er konnte den Beweis ihrer Befriedigung zwischen ihren Beinen sehen. Es war so verdammt sexy – und sie gehörte ganz ihm. Es kam überhaupt nicht infrage, dass er sie jetzt noch aufgeben würde. Nicht jetzt, da sie ihm alles gegeben hatte, wonach er sich bei einer Partnerin sehnte, und noch viel mehr.

Gray wusste, dass es nicht einfach sein würde. Sie würde alles zurücklassen müssen. Alles, was sie sich in San Francisco aufgebaut hatte, da er in Kalifornien nicht Teil der Mountain Mercenaries sein konnte, doch er würde alles in seiner Macht Stehende tun, dass sie es nicht bereute, zu ihm nach Colorado Springs gezogen zu sein.

Er streckte die Hand aus und ließ seinen Daumen zwischen ihren geschwollenen Schamlippen entlanggleiten, sodass ihre Säfte ihn benetzten. Dann hob er die Hand und steckte sie sich in den Mund. Ihr Geschmack explodierte auf seiner Zunge.

Er sah in ihr Gesicht. Da er erwartet hatte, dass sie nach dem Sex mit vor Erfüllung halb geschlossenen Augen daliegen würde, war er überrascht festzustellen, dass sie ihn beobachtete.

»Schmeckt's?«, fragte sie ihn.

Gray grinste und konnte nur nicken.

Allye streckte den Arm aus und griff nach seiner Hand, umschlang mit ihrer Zunge seinen Finger und behandelte ihn so, wie er sich vorstellte, dass sie ihm einen blasen würde.

Sie biss an seinem Daumenballen und blickte ihn dann mit einem frechen Lächeln an.

»Mein Gott«, stöhnte Gray. »Ich muss mich schnell säubern. Beweg dich nicht.«

Allye legte sich wieder auf die Matratze und legte ihre Wange auf ihre Hände. Ihre Beine waren leicht gespreizt und ihr Blick ruhte auf ihm.

Gray wandte sich vom Bett ab und ging zum Badezimmer. Er schmiss das Kondom weg und wusch sich mit einem Waschlappen. Dann wusch er den Waschlappen aus und ging nackt zurück in sein Schlafzimmer.

Er sah die Freude in Allyes Blick, während sie ihn beobachtete. Er war noch nie schüchtern gewesen, aber die Tatsache, dass *sie* ihn ansah – und zwar als wäre er ein Eis in der Waffel und sie hätte riesigen Hunger –, sorgte dafür, dass er am liebsten die ganze Zeit in ihrer Gegenwart nackt sein wollte.

Er setzte sich an den Rand des Bettes und legte ihr einen warmen Waschlappen zwischen die Beine. Sie lächelte und stöhnte ein wenig, öffnete die Beine aber ein wenig mehr, um ihm mehr Platz zu schaffen.

»Habe ich dir wehgetan?«, fragte er. »Ich war ein bisschen grob.«

»Es hat mir wahnsinnig gefallen. Und nein, du hast mir nicht wehgetan, zumindest nicht so, wie du denkst. Es war ein angenehmer Schmerz, falls das Sinn macht.«

Das tat es. Und es war außerdem noch ein weiterer Beweis dafür, dass sie wie für ihn gemacht war. Er wusch die letzten Spuren ihres Liebesaktes weg, dann warf Gray den Waschlappen in Richtung Badezimmer, wobei es ihm egal war, dass er nicht ganz auf dem Fliesenboden landete. Er nahm Allye in die Arme und zog die Decke, die sie bis zum Fußende des Bettes geschoben hatten, nach oben und über sie beide.

»Wie spät ist es?«, fragte Allye, nachdem sie ihm einen Arm über die Brust und ein Bein über den Oberschenkel gelegt hatte.

»Etwa halb vier. Es ist noch nicht Zeit aufzustehen.«

»Gut.« Sie schlief fast augenblicklich ein und ihr Körper entspannte sich neben ihm.

Gray lag noch lange wach und versuchte, sich ins

Gedächtnis einzuprägen, wie sich ihr Körper an seinem anfühlte. Es gefiel ihm, dass sie ihn im Schlaf für sich zu beanspruchen schien und ihn fest an sich gepresst hielt. Es war kaum zu glauben, dass er sie vor zwei Wochen noch nicht einmal gekannt hatte. Denn schon jetzt konnte er es sich nicht mehr vorstellen, ohne sie zu leben.

KAPITEL ZEHN

Die nächste Woche verging für Allye wie im Flug. Gray überzeugte sie, nicht nach San Francisco zurückzukehren, da Jessie immer noch vermisst wurde. Nach ihrem Traum und nachdem sie wirklich darüber nachgedacht hatte, entschied sie, dass ihre Sicherheit wichtiger wäre als jeder Job.

Sie hatte Robin angerufen und ihr erklärt, was vor sich ging, und glücklicherweise stimmte die Besitzerin des Tanztheaters zu, dass es das Beste wäre, wenn sie vorerst wegbleiben würde. Sie hatten lange über die Aufführung gesprochen und Allye versicherte ihrer Chefin und Freundin, dass sie ihre Schritte auch dann üben würde, wenn sie nicht in Kalifornien wäre. Sie versprach auch anzurufen, falls sie etwas brauchte.

Als sie auflegte, hatte sie ein ziemlich gutes Gefühl, was ihre Freundschaft zu der älteren Frau und die Sicherheit ihres Arbeitsplatzes anging. Allye wusste nicht, was in der Zukunft passieren würde, aber im Moment lebte sie von einem Tag auf den anderen.

Das Zusammenleben mit Gray war erstaunlich. Er hatte

nicht gelogen, er war nicht zärtlich, wenn es um Sex ging, aber da sie alles genoss, was er mit ihr machte, und er dafür sorgte, dass sie immer befriedigt wurde – er sorgte oft dafür, dass sie mehr als einmal kam –, war es nicht gerade schwierig. Es gefiel ihr sogar, wenn er sie hochhob und dorthin manövrierte, wo er sie haben wollte.

Eines Nachmittags, nachdem er von einer Besprechung mit dem Rest des Teams nach Hause gekommen war und er sie in der Küche gesehen hatte, wie sie ohne ein Wort das Abendessen zubereitete, hatte er sie zum Küchentisch hinübergezogen, sie nach unten gedrückt, ihr die Hose bis zu den Knöcheln geschoben und sie gefickt, bis sie wackelige Knie und keinen festen Knochen mehr im Leib hatte. Dann hatte er sie hochgehoben, zur Couch getragen, sie mit einer Decke zugedeckt, sie auf den Kopf geküsst und ihr gesagt, sie sollte ein Nickerchen machen, während er das Abendessen zu Ende zubereitete.

Dann war sie einmal unter der Dusche gewesen, und ohne zu fragen, hatte er sich zu ihr gesellt. Er hatte sie auf die Knie gezwungen und ihren Kopf gehalten, während er ihren Mund vögelte. Es hätte erniedrigend sein sollen, aber während des ganzen Vorgangs hatte er sie nie gezwungen, mehr von ihm zu schlucken, als ohne Probleme in ihren Mund passte. Er streichelte ihr Haar während der ganzen Zeit, in der sie ihm einen blies, und danach hielt er sie in seinen Armen und sah ihr zu, wie sie masturbierte, und wusch dann ihr Haar.

Er war eine Mischung aus rau und sanft, und je mehr Zeit Allye mit ihm verbrachte, desto mehr konnte sie ihn verstehen. Er hatte nicht viel Geduld für Schwachsinn und sagte, was ihm durch den Kopf ging. Aber er versuchte nie, sie dazu zu bringen, eine ihrer Entscheidungen so zu treffen, wie er es für richtig hielt. Und das wusste sie zu schätzen. Er war sich auch bewusst, dass sie kleiner und schwächer war als er, und er überschritt nie die Grenze. Er war rau, tat ihr aber nie weh, wenn sie miteinander schliefen.

Aber sie hatte keine Ahnung, ob das, was sie hatten, von Dauer sein könnte. Ja, Gray mochte es, dass sie bei ihm lebte. Welcher Typ würde das nicht? Er hatte die ganze Zeit uneingeschränkten Zugang zu hemmungslosem Sex, und sie hatte in der Küche so ziemlich alles übernommen, nur um sich selbst zu beschäftigen. Sie liebte es, vegetarische Gerichte für ihn zuzubereiten. Mahlzeiten, die er nie selbst zubereitet hatte, die er aber offensichtlich inzwischen mochte.

Tief im Inneren wollte Allye jedoch glauben, dass sie ihm mehr bedeutete und er nicht nur mit ihr schlief, weil sie gerade da war. Und wann immer sie ihn fragte, ob er mehr Informationen über Jessie hätte oder ob sie gefunden worden wäre, runzelte er die Stirn und bat sie, sich keine Sorgen zu machen.

Aber sie konnte nicht weiter in Ungewissheit leben. Ihr Job und ihr Leben befanden sich in Kalifornien. Sie konnte sich nicht für immer bei ihm verstecken, so sehr sie der Gedanke auch reizte.

Sie kochte gerade das Mittagessen, als sie hörte, wie sich die Tür zu Grays Haus öffnete. Sie drehte sich mit einem Lächeln um, um ihn zu begrüßen, aber ihr Lächeln erlosch, als sie den Ausdruck auf seinem Gesicht sah.

»Was ist passiert?«, fragte sie sofort.

Gray ging zu ihr hinüber und nahm ihr das Messer aus der Hand. Er legte es auf die Küchentheke und führte sie dann ins Wohnzimmer zur Couch. Er setzte sie hin und zog den Wohnzimmertisch direkt vor sie. Er setzte sich darauf, nahm ihre Beine zwischen seine, rutschte näher und ergriff ihre Hände.

Allye atmete tief durch. Das war schlecht. Sehr schlecht.

»Jessie wurde gefunden.«

Allye atmete erleichtert auf. »Oh, Gott sei Dank. Geht es ihr gut?«

Gray schüttelte langsam den Kopf. »Nein, Kätzchen. Sie ist tot.«

Allye blinzelte. Sie musste sich wohl verhört haben. »Was?«

»Sie ist tot«, wiederholte er. »Ein Tourist hat ihre Leiche im Golden Gate Park gefunden. Sie wurde gefoltert.«

Allye versuchte, ihre Hände zu befreien, denn sie wollte aufstehen und hin und her gehen. Irgendetwas tun. Aber Gray ließ sie nicht los.

Er sprach weiter. »Sie hatte Spuren von Fesseln an ihren Hand- und Fußgelenken, und es sieht aus, als hätte er sie ausgehungert. Wahrscheinlich hat er ihr während der ganzen Zeit, in der er sie hatte, nichts zu essen gegeben.«

»Oh mein Gott. Die arme Jessie! Wir waren zwar nicht gerade gut miteinander befreundet, aber das ist wirklich schlimm.«

Gray starrte sie mit durchdringendem Blick an.

»Was? Ist da noch mehr?«

»Allerdings«, bestätigte er. »Ihr Haar war braun mit einer weißen Strähne gefärbt und sie trug Kontaktlinsen, als sie gefunden wurde.«

»Eine blaue und eine braune«, flüsterte Allye.

Gray nickte und hielt ihre Hände noch fester. »Jemand hatte ihr mit dem Messer eine Nachricht auf den Körper geritzt.«

Allye schloss die Augen. Sie konnte kein weiteres Wort mehr ertragen. Doch Gray sprach weiter.

»Ihr wurden mit dem Messer die Worte *Komm zurück* in den Bauch geritzt. Die Ermittler sind davon überzeugt, dass er ihr das bei lebendigem Leib angetan hat.«

»Nein!«, schrie Allye, riss ihre Hände aus Grays Griff und drängte sich an ihm vorbei, als sie aufstand. »Nein, das ist eine Lüge! Das sagst du nur, um mir Angst zu machen.«

Sie lief zur Haustür, ohne zu wissen, wohin sie wollte oder was sie tat, aber Gray fing sie ab. Er schlang beide Arme um sie und zog sie an sich.

Allye kämpfte gegen ihn. Kämpfte, um ihrer Realität zu entfliehen. Kämpfte, um den Worten zu entkommen, die sie nicht hören wollte.

Ihre Bemühungen schienen Gray nicht einmal zu beunruhigen. Er hob sie hoch, sodass ihre Füße nicht den Boden berührten, und trug sie zurück zur Couch, während sie sich wand und um sich schlug. Er setzte sie hin und schob sie dann zur Seite, bis sie auf dem Rücken lag und er über ihr kauerte.

Allye schlug wirkungslos mit den Fäusten gegen seine Brust und versuchte, ihn von sich herunterzubekommen. »Verdammt, Gray – sag mir, dass er das nicht wirklich mit ihr gemacht hat!«

»Beruhige dich, Kätzchen«, entgegnete er, ergriff ihre Hände und hielt ihren Kopf auf dem Kissen fest.

Plötzlich verschwand jeder Kampfgeist aus ihr. Allye erschlaffte und sah traurig zu ihm hoch. »Er hat sie gefoltert, weil er *mich* will.«

Gray antwortete nicht, aber das war auch gar nicht nötig. Seine Augen und sein Gesichtsausdruck sprachen Bände.

»Wurde sie vergewaltigt?«

Gray zögerte, gab dann aber zu: »Ihr Unterkörper wies so viele Verletzungen auf, dass sich das nicht mit Sicherheit feststellen lässt.«

Allye schloss die Augen und wollte gar nicht wissen, welche Qualen Jessie durchgemacht hatte, die so schlimm waren, dass der Pathologe nicht einmal sagen konnte, ob sie vergewaltigt worden war. »Und was jetzt?«

»Du bleibst hier, wo du in Sicherheit bist. Rex hat schon mit den Ermittlungen begonnen.«

Sie riss die Augen auf. »Wie lange?«

»Er wird so lange ermitteln, bis er herausgefunden hat, wo Nightingale sich aufhält.«

»Nein, ich meine, wie lange muss ich noch hierbleiben?«

Daraufhin änderte sich sein Gesichtsausdruck. Allye wusste nicht, was er bedeutete.

»Solange es sein muss.«

Das war nicht gerade die Antwort, die sie sich erhofft hatte. Sie hatte angefangen, sich mit dem Gedanken anzufreunden, hier bei Gray zu bleiben. Für immer. Aber nicht, weil er sie beschützen musste – sondern weil er sie hier haben wollte. Bei sich.

Sie nickte. »Es geht mir wieder gut. Du kannst mich loslassen.«

Gray ließ langsam ihre Hände los und richtete sich auf. Sie strich sich die Haare aus dem Gesicht und ließ sich von ihm aufhelfen.

»Haben Rex und Meat schon herausgefunden, was es mit der Excel-Tabelle auf dem USB-Stick auf sich hat?« Sie hatten das Passwort des USB-Sticks, den sie Meat gegeben hatte, noch am gleichen Abend geknackt, aber die gesamte Excel-Tabelle war in einem Geheimcode verfasst, den sie nicht so einfach entziffern konnten. Anscheinend war der Mann, der geschickt worden war, um sie zu begleiten, nicht dumm gewesen.

»Sie konnten schon ein paar Sachen entziffern. Sie haben ein paar Namen und Orte herausgefunden, aber sie sind ziemlich vage und nicht konkret genug, sodass Rex uns dorthin schicken kann, um mehr herauszufinden.«

Allye atmete frustriert aus. »Also hat es gar nichts gebracht. Es war völlig umsonst, dass ich unser beider Leben aufs Spiel gesetzt habe, um ihn zu holen.«

»Das habe ich nicht gesagt«, entgegnete Gray, beugte sich zu ihr und gab ihr einen Kuss auf die Stirn. »Rex hat jetzt immerhin die Beweise dafür, dass mehrere Männer, die er verdächtigte, in den Handel mit Sexsklaven verstrickt zu sein, auch tatsächlich damit zu tun haben. Ihre Namen waren auf der Excel-Tabelle. Außerdem hat er ...«

Gray sprach weiter, doch Allye hörte ihm nicht mehr zu. Sie konnte nur an Jessie denken. Die Frau war nicht besonders nett gewesen und um ganz ehrlich zu sein, war sie Allye gehörig auf die Nerven gegangen, trotzdem hätte sie ihr nie den Tod gewünscht. Und ganz besonders nicht so, wie es anscheinend passiert war.

»Hörst du mir überhaupt zu?«

Allye erschrak, als Gray ihr eine Hand aufs Bein legte. Sie sah zu ihm hoch und schüttelte verlegen den Kopf.

»Ich habe gesagt, dass ich heute eine Überraschung für dich habe.«

»Wirklich?«

»Ja. Ich weiß, dass dich die ganze Situation unter Druck setzt und die Neuigkeiten, die du heute bekommen hast, haben dich zwar nicht völlig unvorbereitet getroffen, aber gut waren sie sicher nicht. Und ich weiß auch, dass du die meiste Zeit über hier festsitzt. Colorado Springs verfügt nicht gerade über die öffentlichen Verkehrsmittel, die du gewohnt bist, und du hast gesagt, dass du mein Auto nicht fahren möchtest. Also habe ich heute einen Termin für dich gemacht.«

Allye verdrehte innerlich die Augen. Sie war noch nie

die Art von Frau gewesen, die gern in ein Spa ging. Es kam ihr einfach wie Geldverschwendung vor. Besonders weil sie so gut wie nie etwas übrig hatte. Und sie konnte sich nicht vorstellen, welche andere Art von Termin Gray für sie vereinbart haben könnte.

»Toll«, sagte sie und versuchte, enthusiastisch zu klingen. Sie war sich nicht sicher, ob sie Lust hatte, überhaupt *irgendetwas* zu machen, jetzt, nachdem sie gehört hatte, was mit Jessie passiert war und welche Nachricht jemand auf ihrem Körper hinterlassen hatte. Aber Gray gab sich solche Mühe, nett zu ihr zu sein, also musste sie die Zähne zusammenbeißen und so tun, als würde es ihr gefallen, den ganzen Nachmittag lang verwöhnt und gepflegt zu werden.

Es war ihnen beiden klar, dass die Nachricht auf Jessies Körper für sie bestimmt gewesen war. Sie wussten, dass der Mann, der sie entführt hatte, wollte, dass sie zurück nach Hause kam, damit er sie erneut entführen konnte.

»Wenn es mir schlecht geht, hilft mir ein Training wirklich dabei, mich wieder zu konzentrieren und den Stress loszuwerden. Und ich gehe einfach davon aus, dass das bei dir auch so ist. Also komm schon«, sagte er, stand auf und streckte die Hand aus.

Allye seufzte und legte ihre Hand in seine. Er wollte sie also nicht in ein Spa bringen. Das war wenigstens etwas. Sie war auch nicht in der Stimmung, um Sport zu treiben, aber sie musste es tun. Sie hatte versucht, die Schritte der Tänze zu üben, die sie in Kalifornien aufführen sollte, sobald sie dorthin zurückkehrte, aber es war schwierig, wenn sie allein war und nicht in einem Tanzstudio mit den anderen Tänzerinnen. Und Faulheit war nicht der Weg, um ihre Hauptrolle am Theater zu behalten. Sie musste wieder anfangen zu üben. Und zwar im großen Stil. Gray hatte ihr auch ein paar Klamotten gekauft, aber sie vermisste ihre eigenen

Trainingssachen, ihre eigenen T-Shirts und Hosen. Offen gesagt, sie vermisste eine Menge Dinge in Bezug auf Kalifornien und ihr Leben dort.

Gray führte sie zur Tür der Garage und wandte sich zu ihr um. »Bleib mal kurz hier stehen, okay?«

»Warum?«

»Darum«, entgegnete er.

Allye verdrehte die Augen.

Er lächelte, gab ihr einen festen Kuss auf den Mund und ging dann schnell zurück zum Haus.

Während Allye darauf wartete, dass Gray zurückkehrte, nagte sie an ihrem Daumennagel herum. Sie machte sich große Sorgen darüber, was mit dem Tanztheater passierte. Sie fragte sich, ob Robin sich wirklich Gedanken über ihre Zukunft mit der Truppe machte. Wussten die anderen Tänzerinnen, dass Jessie ihretwegen entführt und gefoltert worden war? Sie machte sich auch Gedanken darüber, was ihr Entführer als Nächstes tun würde. Es war ihr einfach alles zu viel und Allye war den Tränen nahe, wie sie es schon seit Jahren nicht mehr gewesen war.

Als sie gerade beschlossen hatte, nach Gray zu suchen, um herauszufinden, was so lange dauerte, kam er zurück. Er hatte eine seiner Taschen fürs Fitnessstudio in der Hand und lächelte. Doch dann sah er sie an und sein Lächeln verschwand.

»Verdammt, Kätzchen, tu das nicht.«

»Was soll ich nicht tun?«

»Sieh nicht so verflucht traurig aus. Wir werden die Sache durchstehen.«

Allye lehnte sich zu ihm und legte ihre Stirn an seinen Oberkörper. Sie hielt sich an seinem T-Shirt fest und fragte: »Glaubst du wirklich?«

»Davon bin ich überzeugt. Es kann nicht sein, dass ich

dich gefunden habe, nur damit du mir wieder weggenommen wirst.«

Es war ausgesprochen süß, dass er das sagte, doch allerdings bewirkte das im Moment nur, dass Allye noch nervöser wurde. Ihre ganze Beziehung war ein Ding der Unmöglichkeit. Und die Tatsache, dass er solche netten Dinge sagte, brachte sie nur dazu, sich noch mehr danach zu sehnen, bei ihm zu bleiben, obwohl sie sich durchaus bewusst war, dass ihre Chancen zusammenzubleiben schlecht standen. Was, wenn sie herzog und die Beziehung ging in die Brüche? Dann hätte sie alles aufgegeben und er könnte einfach mit seinem Leben weitermachen, als hätte sie niemals irgendetwas für ihn geopfert.

»Hör auf, so sehr nachzudenken«, sagte er leise. »Du machst mich fertig.«

»Ich kann nicht anders«, murmelte sie an seine Brust gepresst.

»Komm schon, Kätzchen. Ich denke, was ich geplant habe, ist genau das, was du brauchst.«

Wie üblich öffnete er die Beifahrertür seines Audis und wartete, bis sie bequem saß, bevor er sie wieder zumachte. Er ging auf seine Seite und stellte die Tasche, die er dabeihatte, auf den Rücksitz. Dann stieg er ein, startete den Wagen und sie fuhren los.

Sie machten Small Talk, während er sie in Richtung Innenstadt von Colorado Springs fuhr. Allye mochte die kleine Stadt sehr. Sie war groß genug, um das meiste von dem zu haben, was sie brauchte, aber viel kleiner als San Francisco. Sie hatte eine gemütliche Atmosphäre.

Sie blinzelte, als Gray den Wagen anhielt. Er stieg aus, schnappte sich die Sporttasche und ging auf ihre Seite. Als sie ausstieg, konnte sie nicht anders, als das Gebäude vor ihren Augen schockiert anzustarren.

»Gray?«

»Ja?«

»Ist das ...«

Er lachte leise. »Ja, Kätzchen. Es ist ein Tanzstudio. Ich weiß, wie sehr dir das Tanzen fehlt, und ich gehe davon aus, dass es dir dabei hilft, mit dem Stress besser klarzukommen.«

Allye seufzte glücklich auf. Gray verstand sie. Das tat er wirklich.

»Ich habe meine Hausaufgaben gemacht und einen Termin mit der Besitzerin Barbara Ellis vereinbart. Sie hat mir versichert, dass du hier jederzeit so viel trainieren kannst, wie du möchtest. Meistens finden am Nachmittag Tanzkurse statt, aber morgens ist nicht viel los. Und sie hat gesagt, dass es hier heute Nachmittag ein leeres Studio gibt, da einer der Tanzkurse bei einem Wettbewerb ist.«

Allye konnte Gray nur anstarren. Sie war davon ausgegangen, dass er sie zu einer Aerobicstunde schleppen würde. Sie hätte es besser wissen müssen. Das hier war so viel besser.

Er reichte ihr die Sporttasche. »Ich habe dir ein paar Sachen gepackt. Ich war mir nicht sicher, was du normalerweise beim Training anhast, also habe ich etwas mehr eingepackt, nur für den Fall.«

Er überraschte sie immer wieder. Allye schlang ihm die Arme um den Hals und freute sich, als er die Umarmung sofort erwiderte.

Sanft strich er ihr über den Kopf und liebkoste ihre weiße Haarsträhne, als er sprach. »Ich mache mir Sorgen um dich. Ich weiß, dass dir gerade sehr viele Dinge dort herumschwirren«, und damit tippte er ihr auf die Schläfe, »aber ich werde mein Bestes geben, damit du dich sicher und frei fühlen kannst.«

Ihr fiel auf, dass er nicht sagte: *Damit du nach Hause zurückkehren kannst.*

»Sind zwei Stunden genug? Falls es zu viel ist, musst du es mir nur sagen«, erklärte er.

»Es ist perfekt.«

»Ich treffe mich mit den anderen Männern, während du tanzt. Falls du mich brauchst, ruf mich einfach an. Wir sind im *The Pit*, das hier ganz in der Nähe ist, okay?«

»Okay. Danke, Gray. Das ist wirklich toll.«

Und dann verblüffte er sie noch einmal. »Ich habe so viel wie möglich über die Tanzstudios hier in Colorado Springs recherchiert. Leider scheinen sie lediglich Kurse abzuhalten. Aber ich habe mit Cleo Parker Robinson gesprochen. Sie hat eine professionelle Tanztruppe in Denver, die das ganze Jahr über Vorstellungen gibt. Ich habe ihr deinen Namen genannt und sie hatte noch nie von dir gehört, aber als ich ihr erzählte, dass du im Tanztheater von San Francisco tanzt, hörte ich, wie sie auf eine Tastatur klickte und dich offensichtlich suchte. Sie informierte mich, dass dein Künstlername Allyson Mystic ist.« Er grinste. »Was sie online zu sehen bekam, schien sie ziemlich beeindruckt zu haben, denn sie sagte mir, du seist ihr immer willkommen. Ihr gefiel besonders, dass du ein großes Repertoire verschiedener Tanzstile beherrschst.«

»Das hat sie gesagt?«, fragte Allye mit großen Augen.

»Ja, Kätzchen. Ich weiß, dass es nicht fair von mir ist zu erwarten, dass du alle Opfer bringst. Aber ich würde alles dafür geben, damit unsere Beziehung funktioniert. Ich muss unbedingt hier in Colorado Springs bleiben, was dir gegenüber nicht gerade fair ist. Aber wenn ich jedes Tanzstudio im Umkreis von mehreren hundert Kilometern anrufen und damit angeben muss, wie toll du bist und was für ein großes Talent du hast, damit du den Job bekommst, den du liebst, werde ich das mit Freuden tun. Es ist zwar nicht gerade ideal, dass die Tanzgruppe in Denver ist, aber Cleo hat mir versichert, dass du größtenteils hier trainieren kannst und nur ein- oder zweimal in der Woche nach Denver fahren musst.«

Allye lächelte den hünenhaften Mann vor sich an. Sie hätte sich niemals vorstellen können, dass er so sensibel ist. Manchmal sah er sehr streng und sogar Furcht einflößend aus. Doch sie hatte auch seine verletzliche und zärtliche Seite gesehen. »Du bist großartig«, sagte sie leise. Dann sah sie sich um, um sich davon zu überzeugen, dass sie allein waren, stellte sich auf die Zehenspitzen, biss ihm ins Kinn und sagte: »Heute Abend bist du *so was* von fällig.«

Er grinste, ließ seine Hände zu ihrem Hintern gleiten und zog sie an sich. Sie konnte seinen steifen Schwanz an ihrem Bauch spüren. »Vielleicht hast du Muskelkater, nachdem du zwei Stunden lang getanzt hast.«

»Du kannst mir ja ein Bad einlassen«, sagte sie vieldeutig. »Und dann mit mir in die Wanne springen.«

»Das ist so ziemlich der einzige Ort in meinem ganzen Haus, an dem wir es noch nicht miteinander getrieben haben«, dachte Gray laut nach, wobei sie die Lust in seinen Augen aufblitzen sah.

»Vielen Dank«, sagte Allye voller Dankbarkeit. »Nicht nur dafür, dass du so wunderbar bist, sondern auch hierfür«, mit einem Kopfnicken zeigte sie in Richtung des Tanzstudios, »und dafür, dass ich mich bei dir in Sicherheit fühle. Und dass du eben einfach du bist.«

»Geh tanzen«, befahl Gray ihr. »Versuche, dir keine Sorgen zu machen. In zwei Stunden bin ich wieder da.«

Er beugte den Kopf und küsste sie. Es war ein langer, ehrlicher Kuss voller Lust, der für die Öffentlichkeit hier auf dem Bürgersteig völlig unpassend war. Aber das war Allye egal. Als schließlich jemand mit dem Wagen vorbeifuhr und aus dem offenen Fenster rief: »Habt ihr kein Zuhause?«, löste Gray sich schließlich von ihr. Allye verdrehte die Augen.

»Viel Spaß«, sagte er, als er rückwärts zu seinem Fahrzeug zurückging.

»Den werde ich haben. Sagst du mir später, worüber ihr geredet habt?«

»Natürlich. Und jetzt geh.«

Allye lächelte ihn an und drehte sich um, um das Tanz-studio zu betreten. Sie hätte an Jessie und San Francisco denken sollen und daran, was der Verrückte, der sie als Sexsklavin haben wollte, als Nächstes tun würde. Und doch konnte sie nur daran denken, wie sie sich in der Musik verlor. Es war schon immer etwas gewesen, das sie glücklich gemacht und wobei sie sich sicher gefühlt hatte.

»Also ist es eine Liste von Frauen, Männern, die sie gekauft haben, und Preisen, die sie dafür gezahlt haben?«, fragte Gray Meat.

Alle sechs Männer der Mountain Mercenaries saßen an ihrem Stammtisch im *The Pit*. Meat hatte endlich einen Durchbruch gehabt und den Geheimcode geknackt.

»Ja. Dort findet man auch die Wünsche der Käufer, einer wollte zum Beispiel eine blonde, blauäugige Jungfrau; ein anderer eine Frau unter eins sechzig und der nächste eine vollbusige Afroamerikanerin. Und nachdem sie als Kaufob-jekt festgelegt wurden, stehen die Namen der Frauen dahinter.«

Arrow überflog die Liste und pfiff. »Billig sind diese Frauen ja nicht gerade.«

»Nein«, stimmte Meat ihm zu. »Der günstigste Preis belief sich auf fünfundsiebzigtausend. Die Zwillinge? Zweihunderttausend.«

»Allerdings werden die Käufer nur mit ihren Initialen aufgelistet, was nicht gerade sehr hilfreich ist«, fügte Black hinzu.

»Verdammt noch mal«, fluchte Ro und schlug mit der Hand auf den Tisch. Das Geräusch hallte durch die ganze Billardhalle. »Das hört sich so an, als wäre diese Geschichte der Cadillac im Sexsklavenhandel.«

»Und deswegen müssen wir dem ganzen verdammten Ding auch einen Riegel vorschieben«, knurrte Ball. »Steckt Nightingale dahinter?«

Meat zuckte mit den Achseln. »In der Tabelle befindet sich kein Hinweis darauf. Und auch die Begleitperson, die Gray auf den Meeresboden befördert hat, hat nichts über Nightingale gesagt; anscheinend hat der Idiot einfach nur seine Bestellungen in dem Dokument festgehalten. Und sich wahrscheinlich spät abends davor einen runtergeholt.«

»Natürlich ist es Nightingale. Er muss es einfach sein«, erklärte Gray in leisem, tödlichem Ton.

»Rex ist auch davon überzeugt«, stimmte Meat zu. »Aber es gibt keine Beweise. Zumindest nicht in der Tabelle.«

Gray starrte auf die Zeile, in der Allyes Informationen standen.

Allyson Mystic, Tänzerin, einsfünfundsiebzig, weiße Haarsträhne, 100K, San Fran., D.B.

»Wer ist D.B.?«, wollte er wissen. Bis jetzt hatten alle Anzeichen auf Nightingale als ihren Käufer hingedeutet. Wenn er ein bekanntes Pseudonym hatte, konnten sie ihn vielleicht festnageln.

»Keine Ahnung. Rex hört sich um, aber er kennt niemanden in der Branche mit diesen Initialen. Es könnte jeder sein, der reich genug ist, um hundert Riesen für eine Frau lockerzumachen. Irgendein Geschäftsmann, der beschloss, dass er eine Geliebte neben seiner Ehefrau haben will. Ein Mafiaboss, der beim Handel mit Sexsklaven mitmischen will. Man weiß es nicht.«

Gray biss so fest die Zähne zusammen, dass er Gefahr lief, sich einen Backenzahn abzubrechen. »Und wie finden wir es heraus? Dieses Arschloch hat jemandem einen Haufen Geld bezahlt, um Allye zu entführen. Er wird jetzt nicht einfach so aufgeben.«

»Offensichtlich nicht«, bemerkte Meat, der noch immer die Tabelle betrachtete.

Gray konnte seinen Ärger nicht länger zurückhalten. Er stand so heftig auf, dass der Stuhl hinter ihm mit einem lauten Krachen auf den Boden fiel, und dann griff er über den Tisch nach Meat. Er hielt ihn am Hemd fest und drehte die Hand um, sodass Meat entweder aufstehen musste oder keine Luft mehr bekam. »Wir reden hier nicht über irgendeine x-beliebige Frau. Wir reden von *meiner* Frau. Er bringt Leute um, die sie kennt, um sie verrückt zu machen und sie dazu zu zwingen, nach Kalifornien zurückzukehren, damit er sie erneut entführen kann. Hör bitte auf, so lapidar damit umzugehen!«

Meat kniff die Augen zu Schlitzen zusammen und starrte Gray böse an. Er wehrte sich nicht in seinem Griff, sondern hielt einfach still und wartete darauf, dass sein Freund sich beruhigte.

»Lass ihn los«, befahl Arrow. »Meat zu Brei zu hauen bringt dir auch nichts.«

Gray zögerte eine Sekunde lang, dann ließ er ganz plötzlich Meats Hemd wieder los. Er begann, neben dem Tisch auf und ab zu gehen. »Er muss sie schon einmal gesehen haben. Sie nennt sich nur Allyson Mystic, wenn sie tanzt.

Vielleicht hat er eine ihrer Aufführungen besucht. Können wir jeden überprüfen, der eine Eintrittskarte per Kreditkarte bezahlt hat?«

»Das schon, aber es sind unheimlich viele Leute«, erklärte Meat, der Gray seinen Ausbruch anscheinend nicht übel nahm. »Ich wäre überrascht, wenn der Entführer so dumm wäre, ein Ticket mit einer Kreditkarte auf seinen eigenen Namen zu kaufen, aber ich werde der Sache nachgehen und dir Bescheid geben, wenn ich etwas herausfinde.«

»Um wen es sich auch handeln mag, er scheint von Allye besessen zu sein«, bemerkte Ro. »Indem er diese Jessie zwang, Kontaktlinsen zu tragen, und indem er ihr Haar braun und weiß färbte, schuf er den Gegenstand seiner Fantasie neu.«

»Oder er wollte Allye einfach nur unter Druck setzen«, warf Black ein.

»Wir könnten versuchen herauszufinden, wer mehrere ihrer Auftritte besucht hat, um das Ganze einzugrenzen«, endete Ro.

»Setz dich, Gray«, sagte Ball. »Mir wird noch ganz schwindelig.«

Gray seufzte und setzte sich.

»Da wir gerade dabei sind, wo steckt Allye eigentlich?«, fragte Black.

»Ich habe sie in einem Tanzstudio in der Innenstadt abgesetzt, damit sie etwas Dampf ablassen kann«, erklärte Gray seinen Freunden.

»Du meinst es mit ihr wirklich ernst, oder?«, fragte Ro.

»Ja, das tue ich. Sie ist ... ich kann es nicht beschreiben.«

»Zäh, mitfühlend, lustig, hübsch und unterhaltsam«, sagte Black.

Gray sah seinen Freund durch zusammengekniffene Augen an.

Black hielt abwehrend die Hände hoch. »Ganz ruhig, mein Freund. Ich habe sie nur kurz kennengelernt, verstehe aber, was du fühlst. Sie ist ganz anders als die meisten Frauen. Verdammt, die meisten Frauen, die ich kenne, wären ausgeflippt, wenn sie ganz alleine im Meer schwimmen müssen. Sie jedoch nicht. Aber so wie ich das mitbekommen habe und von dem, was du mir erzählt hast, hat sie sich einfach an die Situation angepasst. Das ist bemerkenswert.«

Gray nickte. »Das stimmt. Und selbst als ich ihr sagte, dass die Küste ziemlich weit entfernt ist, ist sie nicht in Panik geraten. Sie hat sich einfach hingelegt und darauf vertraut, dass ich sie in Sicherheit bringe.« Er sah seine Freunde einen nach dem anderen an. »Ich will, dass sie bei mir bleibt, aber ich will, dass sie *aus freien Stücken* bleiben will. Und nicht, weil sie keine andere Wahl hat. Helft mir dabei, das Problem zu lösen.«

»Das versuchen wir ja, Gray«, erklärte Meat.

»Dieser Typ wird es erneut versuchen«, stellte Arrow fest. »Wenn seine erste Nachricht nicht bei uns ankommt, wird er so lange weitermachen, bis er das bekommt, was er haben will. Nämlich Allye.«

»Kommt überhaupt nicht infrage«, erklärte Gray und ballte die Hände zu Fäusten.

»Es ist dein Job, an Allyes Seite zu bleiben«, erklärte Black. »Und wir tun alles, um mehr zu erfahren. Mal sehen, ob Rex damit einverstanden ist, wenn ein paar von uns nach San Francisco fliegen und wir uns mal umhören. Wir werden mit den anderen Tänzerinnen in Allyes Truppe sprechen und herausfinden, ob sie irgendetwas gesehen haben oder irgendetwas über Jessies Verschwinden wissen.

Er ist verdammt wütend, dass sie ihm entwischt ist, und er wird langsam verzweifelt. Wir werden ihn finden, Gray. Davon bin ich überzeugt.«

»Das hoffe ich«, erwiderte Gray leise. »Das hoffe ich wirklich.«

Er schüttelte jedem seiner Freunde die Hand und verließ *The Pit*, wobei er Dave auf seinem Weg nach draußen zunickte. Es war erst anderthalb Stunden her, dass er Allye verlassen hatte, aber nach all dem Gerede über vermisste Frauen und was mit ihnen geschehen könnte musste Gray sie sehen. Sich davon überzeugen, dass es ihr gut ging. Auch wenn die Chancen gering waren, dass Nightingale herausgefunden hatte, wo sie war, hätte er das Tanzstudio bewachen lassen sollen. Oder selbst auf sie aufpassen sollen.

Er fuhr schneller zurück zu dem kleinen Tanzstudio, als er es hätte tun sollen, und parkte. Er ging hinein, wobei eine Glocke über seinem Kopf klimperte und seine Ankunft ankündigte. Eine Gruppe junger Mädchen drehte sich um und starrte ihn an, als er eintrat. Eine ältere Frau, wahrscheinlich in ihren Sechzigern, begrüßte ihn. Es war nicht Barbara, denn er hatte die Besitzerin kennengelernt. Er nahm an, es war eine der Tanzlehrerinnen.

»Lassen Sie mich raten, Sie sind auch wegen Allyson Mystic hier?«

Gray blinzelte. Woher kannte sie Allyes Künstlernamen? Anscheinend sprachen sich diese Dinge ziemlich schnell herum. »Ja, das bin ich.«

»Sie ist hier heute ein richtiger Star. Man kennt sie vielleicht noch nicht im ganzen Land, aber wenn Barbara beeindruckt ist, sind wir *alle* beeindruckt. Unter den Tanzschülerinnen hat es sich herumgesprochen, und sie waren wahnsinnig aufgeregt und haben sich darin abgewechselt, eine professionelle Tänzerin zu beobachten. Wenn Sie selbst einmal nachsehen möchten, am Ende des Ganges links befindet sich ein Fenster.«

Gray nickte dankend und ging in die von ihr genannte Richtung.

Er wusste genau, von welchem Fenster sie sprach, denn um das Fenster herum waren vier Mädchen versammelt, die Allye mit großen Augen beim Tanzen zusahen.

Gray blieb ein paar Meter hinter ihnen stehen und, ohne ein Wort zu sagen, hing sein Blick an der Frau, die auf der anderen Seite des Fensters tanzte.

Sie war fantastisch.

Er hatte sie noch nie üben sehen, wenn sie bei ihm zu Hause war. Sie hatte erklärt, dass sie sich befangen fühlte, wenn er sie beobachtete, sodass er sie in Ruhe gelassen hatte, wenn sie zum Üben nach unten ging. Vom Verstand her wusste Gray, dass sie gut sein musste, um einen Vollzeitjob als Tänzerin zu haben, aber alles, was er über Tänzer zu wissen glaubte, verblasste, als er Allye beobachtete.

Sie hatte ihr Haar zu einem Pferdeschwanz auf dem Kopf hochgebunden, wobei die weiße Strähne bei ihrer Bewegung herausschaute. Er konnte die Musik von seinem Standort aus nicht hören, aber das brauchte er auch nicht. Sie war anmutig, wie sie sich beugte und wiegte. Ihre Arme schienen mit Fäden an ihrem Körper befestigt zu sein, so wie sie sie im Takt wiegte und geschmeidig bewegte. Die Muskeln in ihren Beinen spannten sich bei jeder Bewegung und jedem Sprung. Sie trug eine hautenge Hose, ihre Füße waren nackt bis auf einen Streifen Klebeband, der um ihre Fußballen gewickelt war und ihr Halt gab. Sie trug ein Trägerhemd, das sich an ihre Kurven schmiegte.

Die Musik musste sich beschleunigt haben, denn ihre Bewegungen wurden schneller, energischer. Sie begann eine Reihe von Drehungen, die Arme ausgestreckt, ein Knie gebeugt, ihr ganzes Gewicht auf einem Fuß. Ihr Kopf blieb an seinem Platz, während sie sich im Kreis drehte, nie langsamer wurde, nie einen Fehltritt machte. Es war schön und Ehrfurcht gebietend zugleich.

Die jungen Tänzerinnen und Tänzer, die zuschauten, mussten das auch gedacht haben, denn sie murmelten sich gegenseitig zu, wie erstaunlich »Miss Mystic« war und wie sie hofften, eines Tages genauso gut zu sein.

Allye hörte plötzlich auf, sich zu drehen, und fiel auf den Boden. Aber sie war nicht wirklich gefallen, sie war als Teil der Choreografie des Tanzes zusammengebrochen. Ihre Handflächen auf dem Boden, ein Fuß flach auf den Holzbrettern unter ihr, der andere nach hinten ausgestreckt, die Zehen gestreckt.

Gray konnte sehen, wie sich ihre Brust mit ihren heftigen Atemzügen auf und ab bewegte, aber es war die Glückseligkeit auf ihrem Gesicht, die ihn am meisten beeindruckte. Dies war es, was sie brauchte, um glücklich zu sein.

Er hatte es nicht bemerkt, aber sie war während der letzten Woche extrem gestresst gewesen und hatte es sehr effektiv vor ihm verborgen. Sie verbarg all ihre Emotionen sehr gut vor ihm und vor allen anderen.

Er erinnerte sich, dass sie behauptet hatte, sie würde nie weinen. Sie brauchte das. Sie musste tanzen, wie er jeden Tag Luft zum Atmen brauchte. Sie brauchte das, um sich vollständig zu fühlen.

In diesem Moment, als er Allye in ihrem Element beobachtete, erkannte Gray, dass er sie liebte.

Er würde alles tun, um dafür zu sorgen, dass sie in ihrem Leben immer tanzen konnte. Wenn es bedeutete, nach Denver zu ziehen, damit sie näher am Cleo Parker Robinson Tanztheater sein konnte, dann würde er das tun. Er wollte immer den Ausdruck der Glückseligkeit auf ihrem Gesicht sehen, den sie in diesem Moment trug.

Sie stand auf und lächelte jemanden auf der anderen Seite des Raumes an. Gray wischte sich die Hände an der Hose ab und ging zur Tür. Er öffnete sie langsam und war erfreut, als Allye sich zu ihm umdrehte und *ihm* ein strahlendes Lächeln schenkte.

»Sind schon zwei Stunden vergangen?«

»Fast. Wenn du noch länger bleiben möchtest, ist das völlig in Ordnung.«

Wenn überhaupt, wurde ihr Lächeln noch breiter. »Nein. Ist schon okay. Wie schon gesagt, ich werde ohnehin Muskelkater haben, aber wenn ich mich recht erinnere, hast du mir ein Bad versprochen.«

Gray wäre genau in jenem Moment fast damit rausgeplatzt. Ungeachtet der Frau, die die Stereoanlage bedient hatte. Fast hätte er Allye gesagt, dass er sie liebte. Doch er konnte sich beherrschen. Gerade so. »Das habe ich tatsächlich, Kätzchen.«

Er stand an der Tür und traute sich selbst nicht so recht, als sie ihre Habseligkeiten zusammensammelte. Sie warf sich ein T-Shirt über ihr Hemd und Gray war sowohl verärgert, dass er nicht mehr auf ihre Brüste starren konnte, als auch froh, dass sie sich bedeckt hatte, damit niemand anderes auf ihre Brüste starren konnte.

Sie hob ihre Tasche auf und Gray nahm sie ihr ab, als sie in seine Nähe kam. Sie hakte sich bei ihm unter und blieb an seiner Seite, als sie aus dem Raum zur Vordertür gingen. Sie wurden ein halbes Dutzend Mal von kleinen Mädchen angehalten, die Miss Mystic Hallo sagen wollten, und dann noch einmal von der Besitzerin der Tanzschule.

»Schön, dass Sie da waren, Allyson«, sagte sie. »Sie sind hier immer willkommen.«

»Vielen Dank, Mrs. Ellis. Und bitte nennen Sie mich Allye.« Sie sah zu Gray. »Wäre es in Ordnung, wenn du mich morgens immer hierherbringen würdest? Barbara hat mir erzählt, dass der erste Kurs erst um zehn Uhr losgeht und sie würde mich schon um acht Uhr reinlassen, damit ich trainieren kann.«

»Selbstverständlich«, erklärte Gray sofort. »Wie es am besten für dich ist.«

Sie strahlte ihn an, bevor sie sich wieder der Besitzerin zuwandte. »Ich weiß es wirklich sehr zu schätzen. Und es würde mir wirklich nichts ausmachen, ein Teil der Tanz-kurse zu betreuen als Gegenleistung dafür, dass ich Ihr Studio benutzen darf.«

Die andere Frau sah aus, als würde sie vor Glück plat-zen. »Das wäre wirklich wundervoll! Ganz wundervoll«, freute sie sich. »Ich sorge dafür, dass alle Bescheid wissen, dass Sie gelegentlich bei den verschiedenen Tanzkursen vorbeischauen. Sie fühlen sich sicher alle geschmeichelt, dass Sie da sind.«

Allye lächelte und musste sich noch bei ein paar Leuten verabschieden, bevor sie endlich die kleine Tanzschule verließen und sich auf den Heimweg machten.

»Die scheinen dich zu kennen«, bemerkte Gray, als sie im Wagen saßen. Er griff nach ihrer Hand, als er auf die Straße fuhr, und sie verschränkte ihre Finger mit seinen.

»Ja, die Tänzerszene ist tatsächlich kleiner, als man meint. Und ich tanze mittlerweile schon seit mehreren Jahren professionell. Das spricht sich rum.« Sie zuckte mit den Achseln. »Wie war dein Gespräch?«

Er wollte jetzt auf keinen Fall über Nightingale, die vermissten Frauen oder die Liste, die sie von dem sinkenden Schiff geholt hatte, sprechen. »Können wir später darüber reden?«, bat er sie.

»So schlimm, was?«, entgegnete sie und das Lächeln auf ihrem Gesicht erstarb.

Gray hob seine Hand an ihr Gesicht und strich ihr mit dem Handrücken über ihre immer noch erhitzten Wangen. »Ich möchte einfach nur nicht, dass du den entspannten und zufriedenen Gesichtsausdruck verlierst, den du gerade hast«, erklärte er ihr ehrlich.

»Okay«, sagte sie, wandte den Kopf und rieb ihre Wange an seiner Hand.

»Wenn wir nach Hause kommen, lasse ich dir ein Bad ein. Und hinterher mache ich uns was zu essen, okay?«

»Das hört sich großartig an«, erklärte Allye. »Ich glaube, mir hat noch nie jemand ein Bad eingelassen. Nicht mal als Kind. Als ich vier war, habe ich damit angefangen, mich zu duschen, da meine Mom immer behauptete, Bäder seien Wasserverschwendung.«

Gray biss die Zähne zusammen. Das schien er in letzter Zeit ziemlich häufig zu tun. Doch anstatt etwas Abwertendes über ihre Mutter und ihre Kindheit zu sagen, erklärte er ihr einfach: »Dann freue ich mich, dass ich der Erste sein darf.«

Eine Stunde später lag Allye völlig schlapp auf Gray. Er hatte genau das getan, was er versprochen hatte. Er hatte ihr ein Bad eingelassen. Aber nachdem er ihr hineingeholfen hatte, hielt sie sich an seiner Hand fest, zog an ihm und fragte: »Kommst du mit rein?«

Sie hatte noch nie gesehen, wie sich jemand so schnell seiner Klamotten entledigte. Innerhalb von fünf Sekunden war er bei ihr in der Wanne. Fast wären die Dinge außer Kontrolle geraten und er wäre tatsächlich in sie eingedrungen, bevor er geflucht und seinen Schwanz wieder herausgezogen hatte. Er war aus der Wanne gesprungen und ins Schlafzimmer gelaufen. Allye konnte nicht umhin zu kichern, weil er es so eilig hatte, und über die Tatsache, dass er tropfnass durchs ganze Haus lief, ohne dass es ihm etwas auszumachen schien.

Doch bei seiner Rückkehr hatte er ein Kondom über seinen Schwanz gestülpt und war direkt wieder zu ihr in die Wanne geklettert, bevor er so heftig in sie eingedrungen war, dass sie einfach vor Lust stöhnen musste.

Und jetzt saß sie auf ihm, das Gesicht in die Nische zwischen seiner Schulter und seinem Hals gekuschelt, und genoss das Gefühl, wie er sie langsam und gemächlich streichelte. Er hatte sich des Kondoms entledigt und sie konnte seinen immer noch halbsteifen Schwanz zwischen ihren Körpern spüren, aber im Moment waren sie beide völlig befriedigt.

»Danke, dass du mich heute zum Tanzen gebracht hast«, sagte sie leise.

»Ich habe dir am Schluss ein wenig zugeschaut«, erklärte er ihr. »Du bist wirklich fantastisch.«

Sie zuckte mit den Achseln. »Ich bin ganz gut. Es gibt viele Tänzer, die besser sind als ich.«

»Tu das nicht«, schalt er sie. »Du bist gut. Richtig gut. Ich bezweifle, dass Robin dir die Hauptrolle gegeben hätte, wenn das nicht der Fall wäre. Und ganz davon abgesehen konnten die kleinen Mädchen sich heute kaum noch einkriegen, als du mit ihnen gesprochen und sie für ihre Tanzleistung gelobt hast.«

»Es hat sich gut angefühlt«, erklärte sie ihm. »Ich hatte schon ganz vergessen, wie sehr ich es genieße, mit Kindern zusammen zu sein.«

»Hast du früher schon mal Unterricht gegeben?«

Sie nickte an ihn gepresst. Dampf stieg von der Badewanne auf und sie konnte Schweißperlen auf ihrer Stirn fühlen, die sowohl vom heißen Wasser als auch ihrer körperlichen Betätigung davor stammten.

»Ja. Teilzeit, als ich beim Tanztheater angefangen habe. Ich bekam nicht so viel Geld wie jetzt und es half mir, mein Einkommen aufzubessern. Es hat einfach etwas so Befreiendes, kleine Kinder zu unterrichten. Meistens haben sie noch nicht gelernt, kritisch mit ihrem Körper oder miteinander umzugehen. Selbst übergewichtige Kinder scheinen es nicht zu bemerken oder sich nicht darum zu kümmern. Und es gab diese eine Klasse, in der ein kleines Mädchen mit Down-Syndrom eingeschrieben war. Sie begann den Kurs immer mit dicken Umarmungen für alle und dieser kleine Akt der Fröhlichkeit zog sich durch den ganzen Kurs. Alle schienen glücklicher zu sein und hatten einfach mehr Spaß als die Teilnehmer aller meiner anderen Kurse. Niemanden interessierte es, dass die kleine Rory anders war als alle anderen. Es war ihnen egal, dass sie nicht so gut sprechen konnte. Ihr Enthusiasmus und ihre Freude am Herumspringen und Tanzen waren ansteckend. In dieser Unterrichtsstunde gab es mehr Gelächter als in jeder anderen. Ich würde gern wieder unterrichten. Vielleicht einen Kurs, der Kinder mit besonderen Bedürfnissen mit normalen Kindern integriert. Ich denke, das würde allen sehr guttun.«

»Das glaube ich auch«, erklärte Gray und küsste sie auf die Stirn.

So blieben sie liegen, die Körper aneinandergeschmiegt, und genossen die Intimität des Augenblicks.

»Erzählst du mir von deinem Treffen?«, fragte Allye schließlich.

Sie fühlte, wie Gray sich unter ihr verkrampfte, aber er

wich nicht aus. Er erzählte ihr von der Tabelle und was Meat herausgefunden hatte. Er erzählte ihr, wie viel der mysteriöse D.B. dafür bezahlt hatte, dass sie zu ihm gebracht wurde. Er erzählte ihr sogar, dass ein Teil des Teams nach San Francisco reisen würde, um mit ihren Freundinnen und Kollegen im Tanztheater zu sprechen.

Als er fertig war, sagte Allye leise: »Also bin ich nicht mehr sicher, bis ihr Jungs herausgefunden habt, wer dieser D.B. ist, und ihn aufgehalten habt?«

»Ich werde dafür sorgen, dass du in Sicherheit bist«, schwor Gray, wobei er sich vorbeugte, den Waschlappen nahm, ihn einseifte und zärtlich begann, ihr den Rücken zu waschen.

Allye seufzte. Das war keine richtige Antwort. Doch sie beschloss, dass sie im Moment nicht mehr ertragen konnte, und richtete sich auf. Sie zitterte, denn die Luft war viel kühler als das Wasser und Grays Körper. »Versprich mir, dass du mich auf dem Laufenden hältst. Bitte verschweige mir nichts. Ich bitte dich wirklich.«

Sie konnte sehen, dass ihm das nicht gefiel, doch sie vertraute ihm nur umso mehr, als er schließlich nickte und sagte: »Ich verspreche es dir.«

»Vielen Dank.«

»Was hältst du davon, wenn wir jetzt aus der Wanne steigen und uns etwas zu essen machen? Du hast heute ziemlich viele Kalorien verbraucht, würde ich sagen. Ich habe gestern Abend für mich ein Steak gekauft und ich mache dir gern ein paar Gemüsekebaps, wenn du möchtest.«

Sie lächelte. »Das hört sich toll an. Und da du mich jetzt jeden Morgen zum Tanzen bringst, muss ich dafür sorgen, dass du besonders früh im Bett bist, was?«

Er erwiderte ihr Grinsen. »Ich sorge dafür, dass du ordentlich zugedeckt bist.«

Sie verdrehte die Augen. »Darauf zähle ich.«

Sie lächelte ihn an und schnell duschten sie sich ab. Als sie fertig waren, legte Gray ihr eine Hand an den Nacken und zog sie zu sich heran. Er küsste sie, als würde er sie nie wieder küssen dürfen.

Aber jedes Mal, wenn sie sich küssten, war es so intensiv, als wäre es ihr letzter Kuss. Das liebte sie an ihm.

Allye erstarrte. Sie liebte ihn. Hatte sie sich Hals über Kopf in Gray verliebt?

Als sie zurückrutschte und ihm Platz zum Aufstehen machte, starrte sie seinen muskulösen Körper an und nickte sich selbst zu. Ja, sie *liebte* diesen Mann. Er setzte seine Kraft ein, um das Böse in der Welt zu bekämpfen. Er konnte absolut tödlich sein, und doch war er bisher nichts anderes als beschützend und sanft zu ihr gewesen. Nun, *sanft* war nicht das Wort, traf es nicht ganz, wenn sie sich liebten. *Intensiv* traf eher zu.

Er hielt ihr ein Handtuch hin und schlang seine Arme um sie, während er das Handtuch um ihren Körper wickelte und ihre Arme fesselte. Er küsste die Seite ihres Halses, sein Bart war rau und kratzte an ihrer von Hitze geröteten, empfindlichen Haut.

»Du riechst gut«, sagte er und atmete ihren Duft ein.

»Du auch«, erklärte sie ihm, beugte sich vor und schnüffelte an seinem Oberarm.

»Da wir in der gleichen Badewanne waren, riechen wir bestimmt beide gleich.«

Sie drehte sich in seinem Arm um, lächelte zu ihm hoch und sagte: »Das gefällt mir.«

»Mir auch«, stimmte er ihr zu. Dann löste er sich von ihr,

drehte sie um und schlug ihr auf den Hintern. »Und jetzt zieh dich an, Weib. Und hör auf, mich abzulenken.«

Lachend tat Allye, wie geheißen, und ging ins Schlafzimmer, um sich ein paar Klamotten zu holen.

Gage Nightingale, von denjenigen, die für ihn arbeiteten, auch »Der Boss« genannt, runzelte die Stirn und stand in einem Flur vor einem riesigen Fenster, hinter dem sich zwei seiner Frauen befanden.

Eine Geheimtür führte zu dem langen Gang. Ähnliche Fenster waren über den ganzen Korridor verteilt, sodass er in die Räume blicken konnte, in denen seine Haustiere lebten.

Er verschränkte seine Hände hinter dem Rücken, als er die Zwillinge anstarrte, die lustlos auf dem Boden ihres Käfigs lagen und ihn nicht einmal ansahen, als er die Glocke läutete, die in ihrem Gehege hing. Sobald sie die Glocke hörten, sollten sie aufstehen und nach vorne schauen, damit er sie genau betrachten konnte. Manchmal ging er hinein und nahm sie, ein anderes Mal zwang er sie, miteinander Sex zu haben, aber heute weigerten sie sich, sich zu bewegen.

Nightingale machte sich eine geistige Notiz, sie später zu bestrafen, und ging zum nächsten Fenster.

Die Zwergin, die er erworben hatte, tat, was ihr beigebracht worden war, kniete sich mit gespreizten Beinen nieder und starrte auf den Boden. Sie war noch nicht gefüttert worden, er konnte sehen, dass ihre Wasser- und Futternäpfe leer waren, und er musste den Zoowärter tadeln, weil er sie warten ließ, obwohl sie so brav war. Das Zurückhalten von Futter war nur für die ungezogenen

Haustiere, nicht für diejenigen, die taten, was ihnen befohlen wurde.

Die tätowierte Frau war nicht in ihrem Käfig, aber Nightingale wusste, dass das daran lag, dass sie heute weitere Tätowierungen bekommen hatte. Sie musste sediert werden, weil im Moment an ihrem Gesicht gearbeitet wurde. Das letzte Mal, als sie zum Tätowieren gebracht worden war, war sie aggressiv und weinerlich gewesen. Nichts mochte Nightingale weniger als eine schlotternde, weinende Frau.

Aber sobald ihr Gesicht tätowiert war, war sie zu fünfundneunzig Prozent vollständig. Er brauchte nur noch ihre Fußsohlen und Handflächen bearbeiten zu lassen, und sie würde die erste Frau sein, die zu hundert Prozent mit Tätowierungen bedeckt war. Sogar die Innenseiten ihrer Schamlippen und Lippen waren tätowiert worden. Und sie gehörte ihm. Es war ein berauschendes Gefühl. Er würde Bilder für das *Guinness-Buch der Rekorde* einreichen, sobald sie fertig war.

Seine Albino-Frau war im nächsten Käfig. Nightingale legte vor ihrem Gehege einen Schalter um, der das Scheinwerferlicht über dem Bereich, in dem sie angekettet war, einschaltete, und lächelte. Sie hatte sich als eine Wildkatze erwiesen. Sie hatte seine Versuche, sie zu dressieren, vehement abgelehnt. Bis er die Kopfkiste reingebracht hatte.

Einer der Ausbilder hatte zufällig ihre Schwäche entdeckt, nachdem sie ausgeflippt war, als eines Nachts eine Motte in ihr Zimmer gekommen und um die Glühbirne an der Decke herumgeflattert war.

Als sie sich also das nächste Mal geweigert hatte, das zu tun, was er wollte – nämlich nicht gegen ihn zu kämpfen, wenn er in ihren Käfig kam –, hatte er sie angekettet und ihr den Kasten über den Kopf gestülpt. Er war voller Motten.

Die Art und Weise, wie sie zitterte und schrie, während die Kreaturen um ihr Gesicht flatterten, über ihre Wangen strichen, in ihren Haaren hängenblieben und sogar in ihre Ohren krochen, brachte ihn hysterisch zum Lachen.

Er bewahrte die Kiste mit den völlig harmlosen Kreaturen in ihrem Käfig auf, um sie von unangemessenen Verhaltensweisen abzuschrecken. Bisher hatte es funktioniert. Nightingale zog ihr gedämpftes und fügsames, wenn nicht gar verängstigtes Verhalten ihrem unkontrollierbaren Verhalten vor. Es machte es ihm viel leichter, sie ans Bett zu schnallen, damit er mit ihr machen konnte, was er wollte. Er war zuvor noch nie mit einem Albino zusammen gewesen. Ihre Haut wurde so schön rosa, wenn er sie schlug, und die blauen Flecke, die er auf ihrer Haut hinterließ, waren deutlich zu sehen, so viel deutlicher als bei normalen Frauen ... Das gefiel ihm.

Nightingale lächelte. Er liebte es, einzigartige Dinge zu besitzen.

Das brachte ihn dazu, noch einmal über seine Mystic nachzudenken. Er war so sicher gewesen, dass sie in die Stadt zurückkehren würde, nachdem sie von der Warnung erfahren hatte, die er für sie hinterlassen hatte – ja, er war nun überzeugt, dass sie aus San Francisco, vielleicht sogar aus dem Staat, geflohen war, um zu verhindern, dass noch mehr ihrer Freundinnen getötet wurden. Dann würde er sie endlich in seine Sammlung aufnehmen können. Er hatte einen Käfig an seinem Bett für sie vorbereitet, wenn sie nicht in dem leeren Raum am Ende des langen Flurs untergebracht war. Alles war bereit, einschließlich ihrer speziellen Bühne.

Er konnte es kaum erwarten, morgens aufzuwachen und ihre schönen Augen zu sehen, die ihn voller Angst anstarrten. Nichts war so gut wie Angst, um ihm einen guten Start in den Tag zu bescheren. Er hatte versucht, die andere Frau – er erinnerte sich jetzt nicht einmal mehr an ihren Namen, nicht dass es wichtig gewesen wäre – wie *seine* Mystic aussehen zu lassen, aber es hatte nicht geklappt. Sie war zu groß. Sie war zu dünn. Und sie hatte nur geweint.

Sogar nachdem er ihr Haar gefärbt und eine schöne weiße Strähne hineingefärbt hatte, war es nicht mehr dasselbe. Die Kontaktlinsen hatten geholfen, aber er schauderte, wenn er sich daran erinnerte, wie sie geschrien und gezappelt hatte, als sie festgeschnallt wurde und ihre Augenlider entfernt wurden, damit sie ihre verschiedenfarbigen Augen nicht vor ihm verbergen konnte.

Nightingale schaute finster drein und stapfte bis ans Ende der Käfigreihe. Er klopfte an die Tür des Zoowärters und wartete ungeduldig darauf, dass er sie öffnete. Die Albino-Frau und die Zwergin brauchten Futter und die Zwillinge mussten getrennt werden. Er hatte zugestimmt, sie zusammenzuhalten, aber nur, solange sie sich benahmen. Und im Moment benahmen sie sich nicht.

Er wusste, dass seine Wut unverhältnismäßig heftig war. Normalerweise war er viel geduldiger mit seinen Haustieren. Es war alles Mystics Schuld. Wenn sie einfach nach Hause käme, würde er sich wieder konzentrieren können. Er könnte seine Haustiere besser trainieren. Es war an der Zeit, ihr eine weitere Botschaft zu schicken. Irgendwann würde sie den Wink verstehen. Wenn sie das nicht täte, würde er einfach weiter kommunizieren. Auf seine Art.

Der Mann, der sich um seine besonderen Haustiere kümmerte, öffnete schließlich die Tür, und Nightingale zerriss ihn schier in der Luft. Als er Feierabend machte, war er zuversichtlich, dass bei seinem nächsten Besuch mit seinen Haustieren alles in Ordnung sein würde.

KAPITEL ELF

Je länger Gray mit Allye in seinem Haus lebte und seinen Lebensraum teilte, desto unruhiger wurde er. Es war nicht sie an sich; es war das Gefühl des drohenden Untergangs. Irgendetwas würde schiefgehen. Entweder würde er etwas Falsches tun oder sie würde beschließen, zurück in ihr Leben zu gehen, oder der mysteriöse D.B. würde herausfinden, wohin Allye gegangen war, und ihr hierher folgen.

Es war, als würde sein Gefühl der Angst umso stärker, je perfekter die Dinge zwischen ihnen liefen.

Sie war jetzt seit drei Wochen in Colorado Springs. Drei der besten Wochen seines Lebens. Sie schien einfach nahtlos in sein Leben und seine Routine zu passen. Sie standen morgens auf und duschten, manchmal zusammen, manchmal getrennt. Er machte ihnen Frühstück, dann brachte er sie in die Stadt zum Tanzstudio. Sie verbrachte dort immer mehr Zeit und schickte ihm manchmal erst lange nach der Mittagspause eine SMS, dass er sie abholen sollte. Die Kinder und die Besitzerin verehrten sie. Barbara hatte sogar begonnen, sie für ihre Hilfe beim Tanzunterricht der Kinder zu bezahlen.

Sie waren einkaufen gegangen, um mehr Kleidung und andere Kleinigkeiten zu kaufen, die sie brauchte, um sich wohlzufühlen. Gray hatte alles bezahlen wollen, aber sie hatte es rundheraus abgelehnt und gesagt, dass sie im Moment viel Geld hätte, um sich auszustatten.

Während sie in der Tanzschule war, traf Gray sich mit den Jungs oder blieb zu Hause und recherchierte, um etwas zu finden, das zu dem schwer fassbaren Nightingale führen würde, und holte dann Allye ab, wenn sie ihm mitteilte, dass sie fertig war. Sie aßen zusammen zu Mittag, manchmal auswärts, manchmal gingen sie zu ihm nach Hause und aßen dort etwas. Dann erledigte er einige Arbeiten für seinen Job als Steuerberater in seinem Heimbüro, erstellte Tabellenkalkulationen und erledigte andere finanzielle Arbeiten für seine Kunden.

Abends verbrachten sie Zeit miteinander. Sie bereiteten gemeinsam das Abendessen zu, sahen fern oder liebten sich.

Er hatte gelernt, dass sie dickköpfig sein konnte – nicht nur, weil sie ihn nicht für neue Kleidung zahlen ließ – und nicht würdevoll nachgab, wenn sie etwas tun wollte und er nicht einverstanden war. Aber sie war auch in den meisten Dingen ziemlich unbekümmert. Es war ihr egal, ob seine Möbel ein Mischmasch aus teuren männlichen Möbeln und denen eines College-Studenten waren, sie schien nicht durchzudrehen, wenn der Boden nicht makellos war oder wenn er nicht abgestaubt hatte. Tatsächlich war sie sogar etwas unordentlich; er sammelte ihre Kleidung immer überall im großen Schlafzimmer ein.

Dann wiederum begann sie, sich über die kleinen Bartstoppeln zu beschweren, die er im Waschbecken zurückließ, wenn er sich morgens rasierte. Oder darüber, dass er sein Geschirr nie abspülte, sondern es einfach in der Spüle stehen ließ, um sich später darum zu kümmern. Sie behauptete, auf diese Weise wäre es schwieriger, es sauber zu bekommen, weil das Essen dann auf den Tellern getrocknet wäre, wenn sie sie in den Geschirrspüler stellten.

Aber am Ende schien das alles keinem von ihnen etwas auszumachen. Sie verbrachten jede Nacht in den Armen des anderen. In der ersten Woche ihres Zusammenlebens hatten sie jeden Tag miteinander geschlafen, mindestens einmal, manchmal sogar zweimal. Gray hatte nicht genug bekommen können und Allye schien gern zu nehmen, was immer er ihr gab. Sie beschwerte sich nie, wenn er in der Stimmung war, sich Zeit zu lassen und sanft zu sein, oder wenn er sie grob nahm.

Aber er hatte bereits begonnen, die Nächte zu schätzen, in denen er sie einfach nur im Arm halten durfte. Sie waren intim, wenn auch nicht leidenschaftlich. Es hatte sich in sein Gedächtnis eingeprägt, wie sie sich in den Raum zwischen seinem Hals und seiner Schulter kuschelte und ihre Nase aufwärmte. Und wie sie mit ihren Fingern über seine Brust fuhr und leicht mit seinen Brustwarzen spielte. Nicht, um ihn zu erregen, sondern einfach nur ... um ihn zu erforschen.

Mit jedem Tag, der verging, schien es jedoch, als käme die Gefahr, die über ihnen schwebte, immer näher und näher. Und Gray hatte das Gefühl, wenn es hart auf hart kam, würde er Allye verlieren. Irgendwie. Auf irgendeine Weise. Sie würde ihm durch die Finger schlüpfen. Und es machte ihm Angst, jeden Morgen aufzuwachen und sich zu fragen, ob heute der Tag wäre, an dem er sie verlieren würde.

Gestern Abend hatten sie auf der Couch geknutscht und nicht den Film geschaut, den Allye unbedingt sehen wollte, als sein Telefon klingelte.

Er hatte gesehen, dass es seine Mutter war, und war sofort rangegangen. Allye war nicht besonders empfänglich dafür gewesen, dass er seine Mutter nach Colorado einlud, damit sie sie kennenlernen konnte, und wollte nicht über ihre Gründe dagegen sprechen. Er hatte beschlossen, dass dieser Moment so gut wie jeder andere war, um sie einander vorzustellen, auch wenn sie nur telefonisch miteinander sprachen.

»Hey, Mom.«

»Hallo, mein Sohn. Wie geht es dir?«

»Gut. Kann ich dich auf Lautsprecher schalten?«

»Natürlich.«

Gray schaltete auf Lautsprecher um und nahm Allye in den Arm. Sie versuchte, sich gerade hinzusetzen, und er wusste, dass sie am liebsten das Zimmer verlassen hätte, doch das ließ er nicht zu. »Mom, ich möchte dir gern jemanden vorstellen. Allye, das ist meine Mom. Mom, das ist Allye Martin.«

»Oh, hallo Allye. Wie geht es dir?«

Allye blickte zu ihm auf, riss die Augen weit auf und murmelte voller Schreck »Hallo«. Dann kroch sie aus seinen Armen und ging nach oben ins große Schlafzimmer. Er ließ sie gehen, denn der Blick in ihren Augen war keine Verärgerung – es war reine Angst. Sie hatte Todesangst, mit seiner Mutter zu sprechen, und er hasste es. Er hatte ihr beschrieben, wie großartig seine Mutter wäre, und er hatte versucht, Allye davon zu überzeugen, dass seine Mutter sie lieben würde, aber er war offensichtlich nicht zu ihr durchgedrungen.

Er redete eine Weile mit seiner Mutter, vermied es, ihr alle Einzelheiten darüber zu erzählen, wie er Allye kennengelernt hatte, gab zu, dass sie *die Richtige* war, und redete ihr dann aus, sofort seine Hochzeit zu planen, und sagte zu ihr, sie sollte seinen Bruder grüßen, wenn sie das nächste Mal mit ihm sprach. Dann legte er auf und begann, Allye zu suchen.

»Allye?«, fragte er, als er die Tür aufmachte.

Sie lag im Bett, die Decke über sich gezogen, mit dem Rücken zu ihm. Sie waren schon früher zu dieser Zeit ins Bett gegangen, doch immer nur, weil sie miteinander Sex haben wollten, nicht um zu schlafen.

Gray setzte sich auf die Bettkante und strich ihr mit der Hand über den Kopf. »Alles in Ordnung, Kätzchen?«

Sie nickte.

»Was ist denn los?«

Sie wandte ihm den Kopf zu und sah ihn an, und er wäre fast zusammengezuckt, weil sie so traurig aussah.

»Was? Sprich mit mir, Allye.«

»Ich bin nicht sonderlich gut mit Moms«, sagte sie niedergeschlagen. »Sie mögen mich einfach nie.«

Und bei diesen Worten brach Gray das Herz. Er zog sein Hemd und seine Jeans aus und kroch zu ihr unter die Decke. Er schlang die Arme um sie, zog sie an seine Brust und hielt sie dort einfach fest. »Das kann ich nicht glauben.«

»Aber es stimmt. Mein erster Freund an der Highschool ... wir haben uns ganz prächtig verstanden. Eines Abends war ich bei ihm und als seine Mutter herausfand, dass ich bei einer Pflegefamilie wohnte, zeigte sie mir plötzlich die kalte Schulter. Der Junge wollte danach nicht mehr mit mir zusammen sein.«

»Selbst schuld«, murmelte Gray.

»Und dann war da die Mutter von dem Typen, mit dem ich ausging, als ich angefangen habe, für das Tanztheater von San Francisco zu arbeiten. Er hielt es für eine gute Idee, mit seinen Eltern zum Abendessen auszugehen. Seine Mutter warf einen Blick auf das billige Kleid, das ich trug, und ließ mich dann abblitzen. Ich glaube, *den* Typen habe ich noch zweimal wiedergesehen, bevor er Schluss gemacht hat.«

»Meine Mutter ist ganz anders«, erklärte Gray ihr.

»Irgendetwas stimmt mit meinen Genen nicht, was Mütter betrifft«, bemerkte Allye leise. »Meine eigene Mutter hat mich schon nicht gemocht oder gewollt, also tut es auch keine andere.«

Gray drehte sie auf den Rücken und zwang sie dazu, ihn anzusehen. »Nachdem du gegangen warst, hat meine Mutter mich über dich ausgefragt. Sie hat dich sogar gegoogelt, während wir uns noch unterhielten. Sie war total beeindruckt davon, wie hübsch du bist, und hatte sogar den Nerv, mich zu fragen, was du mit einem Typen wie mir willst.« Er lächelte, um sie wissen zu lassen, dass er nur Spaß machte. »Ich konnte ihr gerade noch so ausreden, alle ihre Freundinnen anzurufen und ihnen zu erzählen, dass ich heiraten würde.« Er strich ihr erneut sanft über den Kopf. »Ich behaupte ja nicht, dass ihr beste Freundinnen werdet, aber sie wird dich lieben.«

Allye schüttelte einfach nur den Kopf und seufzte. Dann arbeitete sie sich an seinem Körper herunter und begann, ihn zu verwöhnen. Er wusste, was sie tat, sie lenkte ihn ab, damit sie nicht mehr über seine Mutter sprechen musste, und er ließ sie gewähren. Aber er kannte die Mitglieder seiner Familie. Sie würden Allye annehmen, als wäre sie eine der ihren ... wenn sie es zulassen würde.

Es gab viele Dinge, die er über die Frau, die er liebte, nicht wusste. Dinge, die er unbedingt erfahren wollte. Aber im Gegenzug gab es Dinge, die sie nicht über *ihn* wusste. Er hatte ihr von seiner Zeit als SEAL erzählt und warum er die Armee verlassen hatte, aber sie wusste nicht, dass es ihn manchmal immer noch beschäftigte. Er hatte nicht mehr allzu oft Albträume, aber bestimmte Situationen warfen ihn manchmal genau dorthin zurück. Zu dem Moment, in dem er hilflos gewesen war und nichts anderes tun konnte als zuzusehen, wie seine Entführer den Frauen direkt vor seinen Augen wehtaten. Wenn es passierte, neigte er dazu, sich zurückzuziehen. Jede Art von Emotionen zu verdrängen, damit er nichts fühlen musste.

Würde sie es verstehen? Würde sie es persönlich nehmen? Er hatte keine Ahnung und auch nicht den Wunsch, es herauszufinden.

Das Klingeln seines Handys riss ihn aus seiner Träumerei. Allye war im Tanzstudio und er hielt sich allein im Haus auf. Er sollte für einen Kunden an den Steuern arbeiten, aber er konnte sich nicht konzentrieren. Das Gefühl des drohenden Untergangs war zu stark, um effektiv über Steuergesetze nachdenken zu können oder irgendeine Art von Berechnung durchzuführen.

»Gray.«

»Ich bin's, Rex.«

Gray wurde flau im Magen. »Was ist passiert?«

»Er hat noch eine erwischt.«

Gray wusste genau, wovon sein Kontaktmann sprach. »Wen?«

»Eine Frau namens Melany Brewer. Sie hat Allyes Hauptrolle übernommen, seit diese hier in Colorado Springs ist.«

»Verdammt«, fluchte Gray. »Verdammt, verdammt, *verdammt*. Damit wird sie nicht gut klarkommen.«

»Dann sag es ihr nicht.«

»Ich werde ihr nichts verheimlichen. Das habe ich ihr versprochen und sie hat sowieso das Recht, es zu erfahren. Haben wir schon Fortschritte beim Auffinden von diesem D.B. oder Nightingale gemacht?«

»Ja und nein«, erklärte Rex widerstrebend.

Erneut wurde es Gray flau im Magen. Er hatte das Gefühl, dass ihm nicht gefallen würde, was sein Kontaktmann als Nächstes sagen würde. »Was?«

»D.B. *ist* Nightingale.«

»Wie ist das möglich? Er heißt Gage. D.B. sind nicht mal seine Initialen.«

»Du weißt doch, dass Arrow und Black in Kalifornien sind. Sie haben einige Nachforschungen angestellt. Mit sehr vielen zwielichtigen Gestalten gesprochen. Und auf der Straße heißt es, dass es einen Mann gibt, der nur als ›Der Boss‹ bekannt ist und der Bestellungen für ganz spezielle Arten von Frauen annimmt.«

Gray stand abrupt auf und begann, auf und ab zu gehen. »Verdammt. Da ist er also. Der Beweis, dass der Leiter dieses berüchtigten und schwer zu fassenden Sexsklavenrings *tatsächlich* hinter meiner Frau her ist.«

»Sieht ganz so aus«, erklärte Rex, wobei seine Stimme ganz neutral klang.

»Das Ganze scheint dich ja nicht besonders zu beunruhigen«, fuhr Gray ihn an. »Tatsächlich klingt es aus deinem Mund fast so, als wäre es nur ein weiterer Tag im Leben der verdammten Mountain Mercenaries. Aber das ist es verflucht noch mal nicht. Diesmal geht es um das Leben *meiner* Frau, Rex. Und ich kann dir gleich sagen, dass Nightingale sie auf keinen Fall in die Finger bekommen wird. Ich nehme sie und verschwinde mit ihr, sodass er uns niemals finden kann, verstanden?«

»Beruhige dich, Gray«, erklärte Rex in neutralem Ton.

Gray seufzte und fuhr sich mit der Hand durchs Haar, wobei er abwesend feststellte, dass er mal wieder zum Friseur musste. »Gibt es *überhaupt* etwas, das dich nervös macht?«, fragte er. »Im Ernst, du bleibst immer so verdammt ruhig. Zeigst nie irgendwelche Emotionen. Gibt es überhaupt irgendetwas, das dir *wichtig* ist? Das sieht nämlich gar nicht so aus.«

»Ja, Gray. Es gibt viele Dinge, die mir wichtig sind. Zum Beispiel, dass Frauen einfach verschwinden und man nie wieder etwas von ihnen hört. Dass ihre Familien niemals herausfinden, was mit ihnen geschehen ist, ob sie tot sind oder noch leben. Das sind Dinge, die mir wichtig sind. Das und die Tatsache, Leuten wie Nightingale das Handwerk zu legen, damit es nicht auch noch anderen Familien passiert.«

Gray blinzelte überrascht. Er hatte noch nie gehört, dass sein Kontaktmann etwas so Persönliches erwähnt hatte. Sie hatten alle spekuliert, dass er wahrscheinlich die Erfahrung gemacht hatte, dass jemand, den er liebte, verschwunden oder auf irgendeine Weise in den Sexsklavenhandel verwickelt ist. Doch dafür hatten sie nie Beweise – bis jetzt.

Damit es nicht auch noch anderen Familien passiert.

Doch bevor er etwas sagen und sich zum Beispiel dafür entschuldigen konnte, so rücksichtslos gewesen zu sein, sprach Rex erneut.

»Sprich mit Allye. Erkläre ihr das mit Melany. Arrow und Black tun von Kalifornien aus, was sie können, um sie aufzuspüren. Wir versuchen auch herauszufinden, was es mit den Booten auf sich hatte. Ich meine, wenn er sowohl Jessie als auch Melany entführt hat und sie einfach zu ihm bringen ließ, warum hat er dann nicht dasselbe mit Allye gemacht? Warum sich überhaupt erst mit den verdammten Booten herumschlagen? War es nur ein ausgeklügelter Trick, um Leute abzuschütteln? Oder steckte ein tieferer Grund dahinter? Vielleicht wissen wir mehr, wenn wir Melany finden ... oder wenn ihre Leiche auftaucht. In der Zwischenzeit ruf an, wenn du mich brauchst.« Und damit beendete Rex das Gespräch.

Als Gray auf die Uhr schaute, sah er, dass es erst zehn war, aber er musste Allye unbedingt sehen. Er fragte sich das Gleiche in Bezug auf die Boote, aber das konnte warten. Mit Allye zu sprechen konnte nicht warten.

Er steckte sein Telefon ein und ging in die Garage.

Dreißig Minuten später lud er Allye in seinen Audi, wobei ihre Entschuldigung an Barbara und die kleinen Mädchen in seinem Kopf widerhallte. Sie war mitten in einer Tanzstunde gewesen, als er hereingeplatzt war und gesagt hatte, er müsste mit ihr reden.

Ohne sich zu beschweren, hatte sie sich verabschiedet und war mit ihm gegangen.

Kaum waren sie im Wagen, legte sie ihre Hand auf seinen Oberschenkel.

»Was ist denn los?«

»Das sage ich dir, wenn wir zu Hause sind«, erklärte Gray ihr.

Allye biss sich auf die Lippe, nickte aber. Sie behielt ihre Hand auf seinem Oberschenkel, doch Gray konnte sie einfach nicht berühren. Er wollte es, wollte sie trösten, aber er war zu nervös. Machte sich viel zu viele Sorgen darüber, dass sie durchdrehen würde, wenn sie hörte, was passiert war.

Den Rest der Fahrt verbrachten sie schweigend. Gray versuchte, sich immer wieder auszumalen, wie er es Allye beibringen sollte. Aber sie musste von Melany erfahren. Wahrscheinlich waren sie sogar Freundinnen gewesen. Als sie erfahren hatte, dass Jessie etwas zugestoßen war, war das schlimm gewesen, aber wenn sie erfuhr, was mit Melany passiert war, könnte das zu viel für sie sein.

Sie kamen zu Hause an und fuhren in die Garage. Kaum schloss sich das Garagentor hinter ihnen, wandte Allye sich ihm zu und verlangte: »Sag es mir.«

»Gehen wir rein und setzen uns hin«, erklärte Gray. »Möchtest du etwas trinken?«

»Nein«, sagte sie. »Ich will wissen, was passiert ist.«

Gray seufzte. Er legte seine Hand auf ihre Taille und spürte den leichten Schweißfilm von ihrem letzten Training. Sie trug Leggings und hatte ihr normales Trägerhemd unter einem T-Shirt an. Ausnahmsweise dachte er einmal nicht daran, wie sexy sie war, sondern wie verletzlich und klein sie neben seinen knapp zwei Metern wirkte.

Gray ermutigte sie, ins Wohnzimmer zu gehen und sich zu setzen.

Das tat sie, aber er konnte ihr ansehen, dass sie keine Geduld mehr hatte.

Sobald sie beide saßen, überbrachte er ihr die schlechte Nachricht. »Kennst du jemanden namens Melany Brewer?«

Allye machte große Augen und nickte.

»Sie ist verschwunden.«

Allye beugte sich vor und legte die Hände vors Gesicht. Sie blieb nach vorn gebeugt sitzen und fragte durch ihre Finger hindurch: »War es mein Entführer?«

»Wahrscheinlich.«

Sie richtete sich auf. »Was wird getan, um sie zu finden? Um sie zu retten?«

»Arrow und Black sind in San Francisco. Sie befragen ihre Nachbarn und die anderen Tänzer, um herauszufinden, was sie wissen. Rex nutzt auch seine Kontakte. Dieselben, die über deine Entführung Bescheid wussten.«

Ihre Augen trübten sich und man konnte ihr am Gesicht ansehen, dass ihr die traurige Wahrheit klar geworden war. »Sie wird wahrscheinlich auch tot auftauchen, nicht wahr?«

Gray versuchte, sie zu beruhigen. »Das wissen wir doch noch gar nicht.«

»Doch, das wird sie. Und das wissen wir beide ganz

genau.« Allye sprang auf und begann, nervös hin und her zu gehen. »Warum tut er das?«, fragte sie ein wenig hysterisch. »Warum ist er so von mir besessen? Das ergibt doch einfach keinen Sinn! Er kann mich nicht *besitzen*. Schließlich bin ich kein Gegenstand, den er einfach kaufen und wegsperren kann, oder mit dem er machen kann, was er will. Schließlich bin ich eine *Person*. Ein Mensch! Er hat nicht das Recht, meine Freundinnen zu verschleppen und ihnen wehzutun. Er hat nicht das Recht, Gott zu spielen! Du musst ihn aufhalten, Gray! Das musst du einfach. Sorge dafür, dass er aufhört – ich bitte dich, sorge um Himmels willen dafür, dass er aufhört!« Und damit sank sie zu Boden und begann, unkontrolliert zu zittern.

Es gefiel Gray kein bisschen, sie so zu sehen. Er beugte sich vor und hob sie in seine Arme, als wäre sie ein kleines Kind und keine erwachsene Frau. Er trug sie die Treppe hinauf in ihr gemeinsames Zimmer und setzte sie auf dem Bett ab, schmiegte sich an sie und versuchte alles, damit sie sich in Sicherheit fühlte.

Sie zitterte noch eine ganze Weile, weinte jedoch nicht. Ihre Gefühle äußerten sich in ihrem zitternden Körper und nicht durch Tränen. Dann verbrachte sie die nächsten zwanzig Minuten damit, Gray alles zu erzählen, was ihr über Melany einfiel. Ihren Lieblingstanz, was sie während der Proben gern aß, alles, was sie über ihre Familie wusste. Sie redete von ihren Eigenheiten und dass sie immer rosa Unterwäsche tragen musste, wenn sie eine Vorstellung hatte. Und dass sie jedes Mal auf dem Weg zur Bühne auf ein Stück Holz im Theater klopfte. Dass sie alleine lebte, sich aber jedes Mal von einem der männlichen Tänzer nach Hause bringen ließ.

Gray ließ sie reden. Ließ sie sich aussprechen und achtete dabei darauf, ob sie ihm vielleicht Informationen gab, die Rex dazu benutzen konnte, ihre Freundin zu finden.

Schließlich wurde sie schweigsam und seufzte. »Er wird nicht aufhören.«

»Das wird er, wenn wir ihn finden und töten.« Früher, bei seinen anderen Freundinnen, wäre Gray niemals so offen gewesen, aber er hatte während der letzten Wochen herausgefunden, dass es Allye tatsächlich nichts ausmachte, womit er seinen Lebensunterhalt verdiente. Vielleicht lag es an der Art, wie sie sich kennengelernt hatten, oder der Tatsache, dass er zwei Männer getötet hatte, als er sie vor einem Schicksal rettete, das schlimmer war als der Tod. Vielleicht waren es aber auch ihre Lebensumstände. Woran auch immer es liegen mochte, Gray wusste, dass er in ihrer Gegenwart immer er selbst sein konnte.

»Er will mich«, sagte sie leise.

»Und er wird dich nicht bekommen«, erwiderte Gray sofort.

»Aber was, wenn er nur dann aufhört?«, wollte sie wissen.

Gray nutzte seine Kraft und drehte sie in seinen Armen um. Er legte ihr einen Finger unter das Kinn und zwang sie dazu, zu ihm hochzublicken. »Nein, Kätzchen. Das kommt überhaupt nicht infrage.«

»Was kommt überhaupt nicht infrage?«, fragte sie und versuchte dabei, unschuldig zu klingen, doch er kannte sie mittlerweile gut genug, um zu wissen, dass ihre Frage keineswegs naiv war.

»Du wirst dich *nicht* als Köder stellen. Das werde ich nicht zulassen.«

»Aber wenn du bei mir bist, kann mir nichts passieren.«

»Nein«, erwiderte Gray und zog ihren Kopf an seine Brust, weil er es nicht mehr aushielt, ihr in die wunderschönen Augen zu blicken. »Das kommt einfach nicht infrage.«

Daraufhin sagte sie nichts mehr und irgendwann spürte er, wie sie sich in seinen Armen entspannte. Es spielte keine Rolle, dass noch nicht einmal Mittagszeit war. Sie war eingeschlafen, wahrscheinlich um den Schmerz darüber auszublenden, was mit ihren Freundinnen geschah.

Gray schlüpfte aus ihren Armen und gab ihr stattdessen ein Kissen, wartete darauf, dass Allye wieder fest einschlief, und verließ dann das Zimmer, um ins Büro zu gehen. Er musste ins Internet und alles tun, was nötig war, um Nightingale zu finden und dem ganzen Spuk ein für alle Mal ein Ende zu bereiten. Und zwar bevor Allye darauf bestand, den Köder zu spielen.

Nightingale grinste, als der von ihm mit zehntausend Dollar bezahlte Begleiter den Raum betrat und eine sich wehrende Frau auf dem Rücken ins Zimmer zerrte. Er bezahlte seinen Leuten immer viel mehr, als sie für die gleiche Arbeit bei jemand anderem bekamen. Er hatte nämlich festgestellt, dass seine Angestellten umso vorsichtiger und loyaler waren, je mehr er denen zahlte, die die Frauen entführten, und ebenso den Männern, die Zahlungen von den Käufern eintrieben und seine eigenen besonderen Haustiere begleiteten.

Der Service, den er anbot, war nicht billig. Es gab viele Risiken beim Menschenhandel, und je schwieriger die Frau zu bekommen war, desto höher war das Honorar. Aber er hatte kein Problem damit, guten Begleitern und Entführern gutes Geld zu zahlen.

Die Frau, die in den Raum geschleppt wurde, sah wirklich nicht wie seine Mystic aus, aber Nightingale wusste, dass er das ändern konnte. Er wies den Zoowärter an, die Augenbinde um ihren Kopf abzunehmen. Sie blinzelte, nachdem die Binde abgenommen worden war, und kniff die Augen zusammen, als schmerzte das Licht in ihren Augen. Sie war ungefähr so groß wie Mystic, aber ihr Haar war schwarz. Es wäre schwierig, ihre dunklen Augen aufzuhellen, aber das hatte er bereits bedacht.

»Willkommen, Melany«, sagte er freundlich.

Der Frau war mit einem Stück Panzerband der Mund zugeklebt worden, also war ihre Antwort nicht klar zu verstehen, allerdings war es *sonnenklar*, dass sie etwas Giftiges und ganz und gar nicht Freundliches antwortete.

Ihm wurde klar, dass er auf der Stelle damit beginnen musste, sie zu trainieren. Also ging Nightingale hinüber zu der Stelle, wo sie auf dem Rücken auf dem harten Boden lag, und vergrub seine Faust im Haar auf ihrem Kopf. Sie atmete schwer und ihre Pupillen waren vor Angst geweitet. Er zog sie an den Haaren und riss dann ihren Kopf so weit nach hinten, dass sie Schwierigkeiten hatte, durch die Nase zu atmen.

»Begrüßt man so seinen neuen Herrn?«, fragte er. »Warum versuchst du es nicht noch einmal, aber diesmal etwas netter, sonst muss ich dir zeigen, was passiert, wenn du mich herausforderst. Willkommen in deinem neuen Zuhause, Melany.«

Sie blickte ihn mit ihren dunklen, langweiligen Augen an und murmelte etwas hinter dem Klebeband.

Ohne Reue und ohne zu zögern, stieß Nightingale ihren Kopf wieder nach unten, ohne sich darum zu kümmern, dass er mit einem lauten dumpfen Schlag auf den Betonboden traf, und griff nach einem ihrer tretenden Füße. Sie trug keine Schuhe, wie er es befohlen hatte, und er griff in seine Gesäßtasche und zog einen kleinen Nussknacker heraus. Er platzierte ihren großen Zeh in der Mitte des Geräts und drückte zu.

Das Geräusch des brechenden Knochens war laut im Raum zu hören, aber ihr Schrei, der durch das Klebeband gedämpft wurde, war noch lauter.

Nightingale ließ ihren Fuß fallen, zufrieden, dass er seinen Standpunkt klargemacht hatte. Schließlich schützten die Tänzerinnen und Tänzer ihre Füße um jeden Preis. Er hockte sich noch einmal neben ihren Kopf.

»Willkommen in deinem neuen Zuhause, Melany«, wiederholte er.

Er grinste, als sein neues Haustier demütig »Vielen Dank« murmelte. Nightingale war angewidert von den Tränen, die aus ihren Augen flossen, und dem Rotz, der aus ihrer Nase tropfte, aber zumindest ihre Einstellung hatte sich gebessert. Seine Mystic würde sich niemals so erniedrigen, wie diese Hure es tat. Er stand auf, nickte dem Begleiter zu und gestikulierte, dass der Mann ihm folgen sollte.

Der Zoowärter trat vor, um die Kontrolle über das neue Haustier zu übernehmen. Er hatte seine Anweisungen, wie er den Neuzugang zu präparieren hatte. Er hatte etwas Bleichmittel für ihr rechtes Auge und etwas blauen Farbstoff, und auch ihre Haare mussten eine andere Farbe bekommen. Das Bleichmittel würde auch für die Strähne in ihrem Haar funktionieren, aber es müsste mit einer einfachen mattweißen Farbe nachbehandelt werden, damit sie so aussah, wie Nightingale sich das vorstellte.

Der Zoowärter griff nach dem Fuß des neuen Haustiers, dem mit dem gebrochenen Zeh, und begann, die Frau zu ihrem neuen Wohnquartier zu ziehen, als Nightingale und der Begleitmann den Raum verließen, ohne sich noch einmal umzusehen.

KAPITEL ZWÖLF

Die nächsten beiden Tage waren äußerst spannungsgeladen. Es hatte keine Nachricht von Arrow oder Black über Melanys Aufenthaltsort gegeben, und Rex hatte auch nicht angerufen, um ihnen Informationen über Nightingale zu übermitteln.

Allye hatte also zwei schrecklich lange Tage damit verbracht, sich Sorgen darüber zu machen, was mit ihrer Freundin geschah und was sie durchmachen musste. Und sie wusste tief in ihrem Innersten, dass es schlimm war. Es musste so sein. Nachdem Allye gehört hatte, was mit Jessie geschehen war, wusste sie, dass Melany wahrscheinlich dasselbe Schicksal erleiden würde.

Je mehr sie darüber nachdachte, desto schlechter ging es ihr. Das war ihre Schuld. Egal, was Gray ihr einzureden versuchte, es *war* ihre Schuld. Der Mann wollte *sie* und da er sie nicht zu fassen bekam, griff er systematisch ihre Freundinnen an. Und sie wusste ohne Zweifel, dass er nicht damit aufhören würde. Wer würde die Nächste sein? Molly? Die süße junge Tänzerin, die gerade angefangen hatte? Bethany? Das Mädchen, das nicht so gut war, aber so viel

Enthusiasmus hatte, dass Robin nicht anders konnte, als ihr in einigen der kleineren Produktionen kleine Rollen zu überlassen? Würde er hinter einigen der Kinder her sein, die sie unterrichtet hatte, bevor sie anfing, Vollzeit zu tanzen?

Es musste aufhören, und Allye wusste tief im Inneren, dass sie die Einzige war, die es beenden konnte. Wenn es Rex noch nicht gelungen war, diesen Nightingale zu finden, war es unwahrscheinlich, dass es ihm ohne Hilfe gelingen würde.

Das Problem war Gray. Er bestand darauf, dass sie genau dort blieb, wo sie war. Bei ihm. In Colorado Springs. Er hatte immer wieder gesagt, dass es nichts gäbe, was sie tun könnte, was er und sein Team nicht bereits täten.

Aber sie hatte da ihre Zweifel.

Es war später Nachmittag, zwei Tage, nachdem Melany entführt worden war, als es an der Tür klingelte. Allye konnte sich nicht von ihrem Platz auf der Couch wegbewegen. Der Fernseher war an, aber sie sah ihn nicht. Wie an den meisten Nachmittagen war Gray in sein Arbeitszimmer gegangen, aber sie hatte keine Ahnung, was er da drinnen tat.

Die Dinge zwischen ihnen waren ziemlich angespannt gewesen und sie hasste die Situation. Sie schliefen immer noch jede Nacht in den Armen des anderen, aber sie hatten nicht mehr miteinander geschlafen, seit sie von der zweiten Entführung erfahren hatten.

Sie sah zu, wie Gray auf die Haustür zuging und sie öffnete. Als sie Ro, Ball und Meat hereinkommen sah, erstarrte sie noch mehr.

»Oh, verdammt«, flüsterte sie, als die vier Männer schweigend auf sie zukamen.

Sie wusste instinktiv, dass Melany gefunden worden war. Und dass es keine guten Neuigkeiten gab.

»Spuckt es einfach aus«, bat sie leise, als die Männer sich um sie herum hinsetzten.

Gray setzte sich neben sie und nahm ihre Hand.

»Sie wurde an demselben Ort gefunden wie Jessie. Golden Gate Park.«

»Wurde sie gefoltert?«

Gray nickte.

Allye presste die Lippen aufeinander.

»Kontaktlinsen? Ihre Haare gefärbt?«

»Nein, diesmal gab es keine Kontaktlinsen. Stattdessen hat er anscheinend versucht, ihr rechtes Auge mit Bleichmittel aufzuhellen. Es hat nicht funktioniert. Stattdessen ist sie erblindet. Allerdings wurde ihr das Haar braun gefärbt. Und eine Strähne aufgebleicht.«

»Trug sie auch eine Nachricht, so wie Jessie?«

Gray zögerte zum ersten Mal und Allye bereitete sich auf das Schlimmste vor.

»Die Nachricht lautete: *Wie viele noch? Komm zurück.*«

Allye wurde plötzlich ganz kalt. Das war noch schlimmer als bei Jessie.

»Allerdings gibt es diesmal einen Zeugen, der gesehen hat, wie die Leiche abgelegt wurde«, erklärte Ball ihr, als würde sie sich dadurch besser fühlen.

»Und?«, wollte sie wissen. Allye war klar, dass ihre Stimme sich nüchtern und emotionslos anhörte, aber sie konnte momentan einfach keine Gefühle zulassen. Wenn sie das tat, würde sie durchdrehen.

»Und Black und Arrow arbeiten an den Hinweisen.«

Was bedeutete, dass sie nichts in der Hand hatten. Hätte sie weinen können, hätte sie es jetzt getan, doch es flossen keine Tränen. Sie war einfach nur unglaublich starr. »Und was jetzt?«

»Wir werden weiterhin alles tun, um ihn zu finden. Und du bleibst einfach weiter hier in Sicherheit.«

Allye hätte Gray am liebsten widersprochen. Hätte ihm am liebsten gesagt, dass es einfach nicht richtig war, dass andere ihretwegen gefoltert wurden und starben, doch das tat sie nicht. Stattdessen blieb sie einfach sitzen. »Danke für alles, was ihr macht, um mir zu helfen«, erklärte sie den anderen drei Männern. »Es bedeutet mir sehr viel.«

Sie blickte auf ihre Hände hinab, da sie nicht sehen wollte, wie sie auf diese Worte reagierten.

»Wir werden dieses Arschloch finden«, erklärte Ro und sein Akzent war aufgrund der aufgestauten Gefühle noch stärker.

Allye nickte.

»Er wird bezahlen für das, was er getan hat«, fügte Meat hinzu.

»Gut.«

»Wir haben die Sache im Griff«, erklärte Ball, als sie nicht weitersprach.

»Worüber denkst du nach, Kätzchen?«, fragte Gray, hob mit einem Finger ihr Kinn an und wandte ihren Kopf.

»Irgendwie bin ich hungrig. Hast du auch Hunger? Ich kann uns etwas machen.« Sie war kein bisschen hungrig, aber irgendetwas musste sie tun. Sie konnte nicht einfach nur dasitzen und sich Gedanken darüber machen, wer dem Verrückten, der sie haben wollte, als Nächstes in die Hände fiel.

»Ja, das wäre toll. Wie wär's mit Sandwiches?«, fragte Gray.

Allye nickte und stand auf. Sie ging um Gray herum und

spürte, wie er ihr die Hand auf die Hüfte legte, als sie an ihm vorbeiging.

»Verdammt noch mal«, sagte Ro, nachdem Allye das Zimmer verlassen hatte. »Was zum Teufel war das denn?«

Gray fuhr sich müde mit der Hand durchs Haar. »Das war Allye, die Probleme damit hat, dass eine weitere ihrer Freundinnen von diesem Arschloch umgebracht wurde. Hat Black irgendetwas von dem Zeugen in Erfahrung bringen können?«

»Nicht gerade viel. Er hat nur eine viertürige Limousine gesehen, die in einer der Seitenstraßen des Parks geparkt war, und ihm ist sie aufgefallen, weil buchstäblich keine anderen Fahrzeuge da waren. Und dabei ist dieser Ort um zwei Uhr morgens alles andere als sicher«, erklärte Ball.

»Und was hat dann der Zeuge dort gemacht?«, wollte Gray wissen.

Ball zuckte mit den Achseln. »Ich weiß es nicht. Und ehrlich gesagt ist es mir auch egal. Er hat nur behauptet, einen Mann, der ungefähr einen Meter achtzig groß war, gesehen zu haben, wie er eine große Tasche trug. Als der Mann dann später wieder in seinen Wagen stieg, bevor er davonfuhr, hatte er die Tasche nicht mehr bei sich.«

»Es könnte sich um die Leiche gehandelt haben«, bemerkte Ro.

»Hat er sich das Nummernschild gemerkt?«, wollte Gray wissen.

Ball schüttelte den Kopf. »Nicht dass ich wüsste.«

»Also bringt uns der Zeuge gar nichts«, seufzte Gray genervt. »Verdammt, warum können wir nicht auch mal Glück haben?«

»Wie dem auch sei«, erklärte Ball, »Rex sagte mir, er hätte hinzugefügt, dass sich eine Art Etikett am Spiegel des Autos befunden hätte. Er hat es nur bemerkt, weil die Straßenlaterne in der Nähe davon reflektierte.«

»Und worum handelte es sich dabei?«, wollte Gray wissen.

»Das konnte er mir nicht mit Gewissheit sagen, aber er glaubte, eine Art Pfotenabdruck darauf erkannt zu haben«, erklärte Ball der Gruppe.

»Ein Pfotenabdruck? Was hat das denn zu bedeuten?«, fragte Ro.

»Vielleicht ein Zoo? Haben die Zoos von San Francisco oder Oakland solche Eintrittskarten?«, wollte Gray wissen.

»Keine Ahnung, aber ich werde es herausfinden«, erklärte Meat mit Bestimmtheit.

»Vielleicht ist es so eine Art privater Tierpark oder so was«, fügte Ro hinzu.

Meat nickte und stand auf. »Sagt mir Bescheid, wenn euch noch etwas einfällt oder ihr von Rex hört, Ball. Ich fahre jetzt nach Hause und versuche, etwas Neues in Erfahrung zu bringen.«

»Okay, das machen wir«, erklärte Ball ihm. »Und damit ist es für mich jetzt auch an der Zeit aufzubrechen.«

»Möchtest du zum Mittagessen bleiben?«, fragte Gray Ro.

Der schüttelte jedoch den Kopf. »Eher nicht. Ich würde sagen, dass Allye und du etwas Zeit zum Reden braucht.«

Gray nickte. Er freute sich nicht gerade darüber, dass seine Freunde wieder gingen. Die Dinge zwischen ihm und Allye waren in letzter Zeit ein wenig merkwürdig gewesen. Aber natürlich wollte er alles tun, um sie zu trösten.

Er brachte seine Freunde zur Tür und machte diese hinter ihnen zu. Als er sich umdrehte, stand Allye vor ihm.

»Sind sie weg?«

»Ja, Kätzchen.«

»Wollten sie nicht zum Mittagessen bleiben?«

»Nein. Sie wollen lieber versuchen, weitere Informationen zu bekommen.«

»Oh.«

Sie sprach das Wort leise und unsicher aus.

»Komm mal her«, sagte Gray und hielt ihr die Hand hin. Sie ging sofort zu ihm, beachtete aber seine Hand gar nicht, sondern kuschelte sich direkt an ihn.

Gray seufzte erleichtert auf. Sie im Arm zu halten fühlte sich so richtig an. Er wusste nicht, was er ohne das tun sollte. Ohne *sie*. Er manövrierte sie wieder ins Wohnzimmer und auf die Couch.

Mehrere Minuten lang saßen sie einfach aneinandergekuschelt da, ohne zu sprechen. Dann zog Allye sich ein wenig zurück und sah ihm in die Augen. »Kannst du dafür sorgen, dass ich die Welt um mich herum vergesse?«, fragte sie leise.

Grays Schwanz wurde augenblicklich hart, doch er schüttelte den Kopf. »Ich glaube nicht ...«

»Bitte, Gray. Du bist der Einzige, der dafür sorgen kann, dass ich mich in Sicherheit fühle. Gerade habe ich das Gefühl, die Welt sei verrückt geworden, aber wenn du mit mir schläfst, tritt alles andere in den Hintergrund, und das Einzige, woran ich denken und das ich fühlen kann, bist du.«

Ihre Worte brachten ihn schier um. Aber er hatte genau dasselbe Gefühl, wenn sein Schwanz tief in ihr steckte. Er stand auf und nahm ihre Hand. Dann führte er sie ins Schlafzimmer und begann dort langsam, sie auszuziehen. Er behandelte sie so, als wäre sie zerbrechlich wie ein Stück

Glas. Er zog ihr den Pullover und den BH aus. Danach öffnete er den Reißverschluss ihrer Jeans und zog sie ihr hinunter. Dann legte er langsam die Hände unter den Gummizug ihrer Unterhose, bis sie schließlich ganz nackt vor ihm stand.

Sie revanchierte sich und schob sein T-Shirt hoch, bis er es freiwillig auszog. Sie öffnete die Knöpfe seiner Jeans und kniete sich vor ihn hin, während sie ihm die Hose langsam über die Hüften schob. Sein Schwanz wölbte sich gegen seine Unterhose und als sie an dem Gummizug zog, sprang er heraus und hätte sie fast ins Gesicht getroffen. Doch anstatt ihm die Unterhose ganz auszuziehen, ließ sie sie so, dass nur sein Schwanz herausschaute und seine Hoden noch in der Unterhose steckten.

Dann legte sie eine Hand um seinen Schwanz und fing an, ihm einen zu blasen.

***

Allye wollte keine Zärtlichkeit. Sie wollte nicht, dass Gray sie so behandelte, als wäre sie zerbrechlich. Sie wollte *ihren* Gray. Den rauen Gray, der sich nahm, was er wollte, und sich nicht um die Konsequenzen scherte. Aber sie wusste, dass sie ihn nicht bekommen würde, wenn sie nicht den ersten Schritt machte. Wenn sie ihn nicht zwingen würde, die letzte Stunde und das, was sie erfahren hatten, zu vergessen.

Sie wusste, dass sie ihn überrascht hatte, als sie seinen Schwanz in den Mund genommen hatte. Seine Hüften zuckten und sie würgte, als er tiefer in sie eindrang, als sie aushalten konnte, aber sie ließ ihn auch nicht wieder aus ihr herausgleiten. Mit ihrer Hand holte sie ihm einen runter, während sie seinen Schwanz gleichzeitig leckte und daran saugte. Sie spürte genau, in welchem Moment alles zu viel wurde.

Er hob sie mit den Händen unter den Achseln auf und warf sie praktisch auf das Bett. Er riss sich seine Unterwäsche vom Leib und griff nach der Schublade in seinem Nachttisch. Allye leckte sich die Lippen und spielte mit sich selbst, während er das Kondom über seinen Schwanz rollte.

»Willst du es auch?«, fragte er heiser.

»Ja, Gray, ich will es«, lautete ihre Antwort.

»Nimmst du es so, wie ich es dir gebe?«, fragte er warnend.

Sie nickte. Denn die Art, wie er es ihr gab, entsprach genau *ihren* Vorstellungen.

Er kroch auf die Matratze und drückte ihre Oberschenkel weiter auseinander. Er stieß ihre Hand von ihrer Klitoris weg und begann selbst, damit zu spielen.

»Gefällt es dir, mir einen zu blasen, Kätzchen?«

Allye konnte nur nicken, als er ihre Beine mit seinen Knien noch weiter spreizte. Sie spürte das Brennen an der Innenseite ihrer Oberschenkel, doch es gefiel ihr. Der körperliche Schmerz verdrängte die emotionalen Schmerzen, die sie immer noch spürte.

Dann fühlte sie, wie er mit den Fingern in sie eindrang und sich davon überzeugte, dass sie für ihn bereit war. Er mochte rauen Sex, aber er überzeugte sich immer davon, dass sie feucht und bereit war, bevor er sie nahm. Offensichtlich war er mit dem zufrieden, was er vorfand, denn ehe sie es sich versah, spürte sie seine Eichel am Eingang zu ihrer Muschi.

Und mit einem harten Stoß drang er plötzlich in sie ein. Allye stöhnte, warf den Kopf in den Nacken und machte die Augen zu. Das leichte Brennen, das folgte, ließ sie alles um sich herum vergessen, abgesehen von ihm.

»Nein. Sieh mich an, Kätzchen«, befahl Gray ihr.

Allye konnte nicht anders, als auf seinen Befehlston zu reagieren. Sie hob den Kopf und sah ihm in die Augen.

»Genau so, Kätzchen. Lass mich deine wunderschönen Augen sehen. Verdammt, du bist so wunderschön, weißt du das eigentlich?«

Sie konnte ihm nicht antworten, da er damit begonnen hatte, sie kraftvoll zu stoßen. Und mit jedem Stoß drang er vollständig in sie ein. Damit verscheuchte er auch die Dämonen, die versuchten, sie in den Abgrund zu ziehen.

Er streckte die Hand aus, griff nach einem Kissen und schob es ihr unter den Kopf, damit es leichter für sie war, ihm weiterhin in die Augen zu sehen. Er legte eine Hand neben ihre Schulter, beugte sich vor und durchbohrte sie mit dem Blick seiner durchdringenden Augen.

Mit jedem Stoß bewegte sich ihr Körper im Bett auf und ab, aber sie fühlte sich durch den intensiven Blick in Grays Augen geerdet. Er schob die Hand zwischen ihre beiden Körper und nahm ihre Klitoris zwischen Daumen und Zeigefinger. Jedes Mal wenn er in sie eindrang, drückte er seine Finger zusammen, und wenn er sich zurückzog, lockerte er seinen Griff um ihr äußerst empfindliches Nervenbündel.

Zusammen mit seinen unerbittlichen Stößen und seinem Angriff auf ihre Klitoris war sie innerhalb von Sekunden am Rande des Orgasmus.

»Wirst du für mich zum Orgasmus kommen, Kätzchen?«

»Mmmhmmm«, gelang es ihr hervorzurufen, da sie keine Worte mehr bilden konnte.

»Mach die Augen nicht zu«, befahl er ihr. »Sieh mich an, während ich dich zum Orgasmus bringe.«

Und damit drückte er seine Finger so fest zusammen, dass es wehgetan hätte, wenn sie nicht so erregt gewesen wäre, und er stieß sich so weit in sie hinein, dass Allye schwor, sie konnte ihn am Eingang zu ihrem Gebärmutterhals spüren ... und sie kam.

Ihre Augen schlossen sich zu Schlitzen, aber sie schloss sie nie ganz, sondern hielt den Blick auf den Mann gerichtet, dem ihr Herz gehörte.

Sobald ihre Atmung sich beruhigte, zog Gray sich zurück und setzte sich auf seine Fersen. Er griff nach ihr und drehte sie auf den Bauch. Dann packte er ihre Hüften und zwang sie rückwärts.

»Greif nach unten und steck meinen Schwanz wieder in dich hinein, Kätzchen.«

Sofort tat Allye, wie geheißen, und streichelte seinen Schwanz einmal ziemlich lange, bevor er sie mit tiefer, mahnender Stimme rügte: »Allye.« Sie positionierte seine Eichel direkt am Eingang zu ihrer Muschi und sofort drang er wieder in sie ein. Er zog sie auf seinen Schoß und sie stellte ihre Beine zu beiden Seiten seines Oberschenkels ab.

Sie konnte sich nicht bewegen und so wie sie auf ihm saß, konnte er das auch nicht. Doch sie wand sich, dass sie mehr wollte. Mehr brauchte.

Er legte ihr einen Arm um die Taille und mit der anderen Hand wanderte er zu dem Punkt, an dem ihre Körper miteinander verbunden waren. Sie konnte spüren, wie feucht sie schon war. Der Saft ihrer Erregung lief ihr über die Oberschenkel und ihm mittlerweile auch.

Er hielt sie eine Weile fest an sich gedrückt, streichelte ihre Klitoris, zwickte ihre Brustwarzen und arbeitete ganz generell daran, sie wieder wahnsinnig zu erregen. Sein Schwanz pulsierte tief in ihr und sie stöhnte.

Schließlich lehnte Gray sich zurück, entweder weil er sich selbst kaum noch beherrschen konnte oder vielleicht auch, weil er Mitleid mit ihr hatte. Sie setzte sich rückwärts auf ihn und blickte auf seine Füße, doch als sie sich umdrehen wollte, um ihn zu reiten, hielt er sie mit den Händen auf. »So, Kätzchen. Nimm mich genau so.«

Es war keine Stellung, die sie schon einmal versucht hatten, und sie war zuerst unsicher. Gray drückte sie auf den Rücken, bis sie sich nach vorne lehnte und sich auf seinen Schienbeinen abstützte. Er klatschte ihr einmal auf den Hintern, dann tat er es erneut, als sie erstarrte.

»Reite mich, Allye. Nimm mich hart ran. Sorge dafür, dass ich zum Orgasmus komme.«

Also tat sie, wie geheißen. Er ließ nicht oft zu, dass sie oben war, und als sie anfing, seinen Schwanz zu reiten, stellte sie fest, dass er in einem anderen Winkel in sie eindrang. Woran auch immer es lag, vielleicht an der Art, wie sie sich vorgebeugt hatte, oder an der Tatsache, dass sein Schwanz sie in ihrem Inneren jetzt anders traf, es fühlte sich unglaublich gut an.

Es dauerte nicht lange, bis sie ihn hektisch immer schneller ritt, während sie gleichzeitig versuchte, ihn tiefer in sich hineinzubringen. Sie wurde frustriert, weil sie wusste, dass sie kurz davor war zu kommen, aber dazu musste sie ihre Klitoris reiben. Aber sie konnte sich nicht berühren und gleichzeitig im Gleichgewicht bleiben.

Gray schien ihre missliche Lage zu verstehen und sagte: »Knie dich hin. Du berührst dich selbst und ich erledige den Rest.«

Da sie ihm vertraute, tat Allye, wie geheißen. Sie richtete sich auf und spreizte ihre Knie ein wenig weiter auseinander. So hatte er etwas mehr Platz, in sie hineinzustoßen, und was noch viel wichtiger war, sie hatte leichten Zugang zu dem kleinen Nervenbündel, das sich an der Stelle befand, wo ihre Oberschenkel endeten.

Gray hielt mit den Händen ihre Hüften fest und begann,

sie zu stoßen, fast genau so, wie er es tat, wenn er sie von hinten nahm. Ihre Brüste hüpften bei jedem Stoß und sie rieb wie verrückt ihre Klitoris. Sekunden später schrie sie auf, als ihr Orgasmus sie überrollte, und wäre auf Gray zusammengebrochen, wenn dieser sie nicht festgehalten hätte. Er stieß sie noch ein gutes Dutzend Mal weiter, bevor er sie an sich zog und zu stöhnen begann. Er hielt sie einen Moment lang fest, bevor er ihren Oberkörper wieder nach hinten brachte.

Allye lehnte sich an ihn, da sie wusste, dass er sie niemals fallen lassen würde. Sie änderte die Position und hob ihre Hüften, da sie ihm nicht den Schwanz brechen wollte, und stöhnte, als sein heißer Schwanz aus ihr herausglitt. Sobald sie auf der Seite lag und sie einander ansahen, griff Gray nach unten und drang erneut in sie ein. Er war zwar nicht ganz erigiert, trotzdem stöhnte sie zufrieden auf.

Ihre gesamte Leistengegend schien völlig durchweicht zu sein, aber sie war so entspannt und befriedigt, dass es ihr egal war.

»Verdammt, ich liebe dich«, sagte Gray leise mehr zu sich selbst als zu ihr.

Doch sie hatte es gehört.

Und nun, da sie es gehört hatte, war sie sich sicher, dass alles wieder gut werden würde. Mit Gray, der sie liebte, würde sie alles durchstehen können. Sie waren ein Team. Und kein Sexsklavenhändler/Entführer/Mörder würde sich je zwischen sie stellen können. Das kam überhaupt nicht infrage. Völlig undenkbar.

KAPITEL DREIZEHN

»Du kehrst auf keinen Fall nach San Francisco zurück«, erklärte Gray eine Woche später, die Arme vor der Brust verschränkt. »Kommt überhaupt nicht infrage. Das kannst du vergessen. Nur über meine Leiche.«

»Gray«, versuchte Allye, ihn zu beschwichtigen, aber er ließ sich nicht umstimmen.

»Ich habe *Nein* gesagt, Allye. Ich werde nicht zulassen, dass du dorthin zurückkehrst, nur um entführt und getötet zu werden wie deine Freundinnen!«

»Aber er hat Robin«, erklärte Allye leise. »Sie ist meine Mentorin. Meine Chefin. Meine Freundin. Ich weiß, dass ich in Sicherheit bin, solange du bei mir bist.«

»Nein«, erklärte Gray zum tausendsten Mal.

»Ich weiß, dass du dir Sorgen um mich machst, aber wenn wir mit den Jungs sprechen, werden sie sich etwas einfallen lassen, um dafür zu sorgen, dass ich in Sicherheit bin.«

»Erinnerst du dich noch daran, was mir passiert ist und was ich dir darüber erzählt habe, warum ich das SEAL-Team schließlich verlassen habe?«, erkundigte Gray sich in rauem Ton. Allye kannte diesen Gray nicht und er machte ihr Angst.

»Ja, Gray, aber ...«

»Wie ich dasitzen und dabei zusehen musste, wie diese Mistkerle direkt vor meinen Augen einer Frau schreckliche Dinge angetan haben?«

»Ja«, versuchte Allye es erneut. »Aber hier geht's nicht um ...«

»Sie wollten mich zu etwas zwingen, was ich nicht tun wollte. Dass ich ihnen etwas erzähle, was ich ihnen nicht erzählen wollte. Und sie taten anderen weh, um das zu erreichen. *Das* ist es, was hier passiert, Allye. Nightingale tut genau das Gleiche mit dir. Er versucht, *sie* zu benutzen, um an *dich* ranzukommen. Aber weißt du was? Damals, als ich in diesem verdammten Witz von einem Haus war, wusste ich die ganze Zeit, dass sie diese Frauen schlagen und vergewaltigen und mich sowieso töten werden, selbst wenn ich zerbreche und diesen Arschlöchern erzähle, was sie hören wollen. Sie wollten nur, dass ich leide. Und das ist es eben. Es ist dasselbe, was Nightingale tut. Er wird Robin *nicht* gehen lassen, wenn du nach San Francisco zurückkehrst. Er wird sie benutzen, um dich leiden zu lassen. Wahrscheinlich foltert er sie vor deinen Augen. Es hat also keinen Sinn, dass du zurückkehrst. Wenn du das tust, unterschreibst du dein Todesurteil.«

»Und wenn ich es nicht tue, unterschreibe ich Robins Todesurteil«, protestierte Allye.

An diesem Morgen hatten sie gleich als Erstes erfahren, dass Robin als vermisst gemeldet worden war. Ihre Chefin. Die Frau, die Allye gegenüber immer hilfsbereit, verständnisvoll und mitfühlend gewesen war. Sie hatte zugestimmt, dass es besser wäre, wenn Allye vorläufig in Colorado Springs bliebe. Und jetzt war sie verschwunden.

Rex hatte angerufen und angemerkt, dass es vielleicht tatsächlich das Beste wäre, dass Allye nach San Francisco zurückkehrte. Dann würde Nightingale Robin vielleicht nicht gleich umbringen.

Und seitdem diskutierten Allye und Gray miteinander.

Und mittlerweile war es schon später Vormittag ... Und mit jeder Minute, die ihr Gespräch dauerte, war er immer kälter geworden.

»Sie wird sowieso sterben«, presste er zwischen zusammengebissenen Zähnen hervor.

Seine Stimme war vollkommen mitleidlos und Allye hasste das. Sie hasste die brutalen Worte, die aus seinem Mund kamen.

»Ich dachte, wir hätten hier etwas Ernstes am Start«, erklärte Gray ihr und sah sie mit zu Schlitzen zusammengekniffenen Augen an.

»Das haben wir auch«, erklärte Allye mit Nachdruck.

»Und du bist bereit, das alles einfach so aufzugeben. Nur um zu jemandem zu gehen, der dich misshandeln, wie eine Sklavin behandeln und schließlich töten wird.«

Bei Grays Worten bekam Allye eine Gänsehaut.

»Nein.«

»Aber wenn du tatsächlich gehst, ist es genau das, was du tust. Damit ist unsere Beziehung dann weniger wert als dieses Arschloch. Du gibst mir damit zu verstehen, dass du lieber sterben würdest, als mir zu vertrauen.«

»Gray!«, sagte Allye scharf. »Du drehst mir das Wort im Mund um. Das will ich damit *ganz und gar nicht* sagen. Nur weil ich alles tun möchte, um zu verhindern, dass meine Freundinnen sterben, bedeutet das noch längst nicht, dass ich dich nicht liebe!« Die Worte platzten einfach so aus ihr heraus. Sie hatte eigentlich nicht vorgehabt, ihm in einem

Streitgespräch zu sagen, dass sie ihn liebte, doch nun, da sie es getan hatte, war sie froh.

Er schnaubte verächtlich. »Liebe? Liebe bedeutet nicht, dass man unbewaffnet zu einem Duell auftaucht. Liebe bedeutet nicht, dass man sich freiwillig in die Hände eines Verrückten begibt, der dich versklaven und wahrscheinlich auch töten will. Liebe bedeutet nicht, dass man in einem Moment sagt ›Ich liebe dich‹ und im nächsten Moment eben dieser Liebe den Rücken zuwendet.« Er legte seine Hände auf ihre Schultern. »Würdest du mich lieben, dann würdest du *hierbleiben*. Bei mir. In Sicherheit.«

Allye schluckte schwer. Sie hätte nie gedacht, dass Gray ein Egoist wäre. Nach allem, was er für sie getan hatte. Die Gefahr, in der er geschwebt hatte, als er auf das Boot gekommen war. Nachdem sie von all den anderen Einsätzen erfahren hatte, die er durchgezogen hatte. Nicht ein einziges Mal wäre sie auf die Idee gekommen, er wäre ein Egoist. Aber als sie hörte, wie leichtfertig er die Leben der anderen ... von Robin und ihren anderen Freundinnen ... abtat, brach ihr das Herz. Sie wusste, dass er schlimme Dinge durchgemacht hatte, aber es war keineswegs das Gleiche, was Nightingale tat. Der Unterschied bestand darin, dass Gray die Frauen nicht *gekannt* hatte, die vor seinen Augen gefoltert worden waren.

»Er wird einfach weiterhin Menschen entführen, foltern und töten, wenn ich nicht zurückkehre«, versuchte sie, ihn zu überzeugen. »Ich bitte dich – nein, ich *flehe* dich an, Gray. Wenn du auch nur ein Fünkchen Gefühle für mich hast, komm mit mir. Sorge dafür, dass ich in Sicherheit bin, während wir uns überlegen, wie wir diesem Typen eine Falle stellen können. Ich finde es keinesfalls toll, den Köder zu spielen, aber ich werde es tun, wenn dadurch weitere Morde verhindert werden können. Mit dir an meiner Seite kann ich das Ganze durchstehen, ohne vor Angst verrückt zu werden.«

»Ich kann nicht«, erklärte Gray niedergeschlagen und ließ die Hände sinken.

Er wich einen Schritt von ihr zurück und Allye brach das Herz.

»Ich kann nicht in die gleiche Situation gebracht werden, in der ich mich als SEAL befunden habe. Was glaubst du, wie ich mich fühlen würde, wenn ich hilflos mit ansehen müsste, wie du vor meinen Augen gefoltert wirst? Hast du darüber nachgedacht? Ich kann das nicht noch einmal durchmachen. Das werde ich auch nicht. Nicht einmal für dich. Für niemanden.«

»Aber es werden doch nicht nur du und ich sein. Die anderen Jungs werden ebenfalls dabei sein. Wir können zusammenarbeiten, um ihn aufzuhalten«, argumentierte Allye. Sie konnte die Sache nicht einfach so auf sich beruhen lassen. Sie konnte nicht zulassen, dass das das Ende ihrer Beziehung bedeutete.

»Das kannst du nicht garantieren«, erklärte Gray leise.

»Und du kannst nicht garantieren, dass ich morgen nicht von einem Auto angefahren werde oder dass ich nicht plötzlich einen Herzinfarkt bekomme. Das *Leben* ist nicht garantiert, Gray. Wir müssen das Leben leben, das uns geschenkt wird. Wenn ich nichts tun, hierbleiben und zulassen würde, dass immer mehr Menschen sterben, was für ein Leben wäre das?«

»Immerhin wärst du dann noch am Leben, um dein Leben zu führen«, antwortete er.

Allye starrte den Mann an, den sie von ganzem Herzen liebte. Er würde seine Meinung nicht ändern.

Sie hatte schreckliche Angst davor, nach Kalifornien zurückzukehren, aber mit ihm an ihrer Seite wäre sie stärker gewesen. Er hätte sie beschützt. Sie geführt. Ihr Ratschläge gegeben, was sie tun sollte und was nicht. Er war der Experte, nicht sie. Aber jetzt hatte er sie enttäuscht. Wenn es schwierig wurde, wollte er, dass sie sich versteckte und nur an sich selbst dachte. Sie konnte es nicht tun.

Er kannte sie nicht. Nicht wenn er tatsächlich dachte, es wäre für sie in Ordnung hierzubleiben, während andere litten.

Obwohl sie die Antwort kannte, die sie erhalten würde, versuchte sie es trotzdem noch einmal. »Bitte komm mit mir, Gray. Ich brauche dich an meiner Seite, wie du es fast von Anfang an gewesen bist. Hilf mir, die letzten zehn Kilometer zur Küste zu schwimmen. Ich kann es schaffen, wenn du bei mir bist. Ohne dich fressen mich die Haie.«

»Nein«, entgegnete er niedergeschlagen. »Ich will nichts mit der Tatsache zu tun haben, dass du dich diesem Arschloch auf dem Silbertablett präsentierst. Wenn du gehst, bist du auf dich allein gestellt. Und um ehrlich zu sein, dachte ich, du seist die Frau, mit der ich den Rest meines Lebens verbringe. Willst du wissen, warum ich so ein großes Haus habe? Weil ich Kinder haben will. Und zwar viele. Und zum ersten Mal in meinem Leben war ich davon überzeugt, die Frau dafür gefunden zu haben. Aber wenn du dazu bereit bist, unsere gemeinsame Zukunft, unsere Kinder aufzugeben, dann bist du nicht die Frau, die ich in dir gesehen habe.«

Sie starrten sich einen langen Moment an.

Allye spürte, wie ihr die Tränen von irgendwoher hochkamen. Von einem Ort, den sie so tief verdrängt hatte, dass sie nicht damit gerechnet hatte, dass er jemals wieder ans Licht kommen würde.

Tränen füllten ihre Augen und liefen über. Sie wandte den Blick nicht von Gray ab. Die Tränen flossen, als wäre in ihr ein Wasserhahn aufgedreht worden. Sie tropften von ihren Wangen auf den Boden und noch immer bewegte sich keiner von ihnen.

Sie machte sich nicht die Mühe, ihn noch einmal zu fragen. Ihn anzuflehen. Er hatte ihr das Herz gebrochen und es würde nie mehr dasselbe sein. Über Kinder zu sprechen war ein Tiefschlag. Er wusste, was sie darüber empfand. Sie hatten eines Abends darüber gesprochen. Dass sie Angst davor hatte, Kinder zu bekommen, weil sie nie ein gutes Vorbild als Mutter gehabt hatte.

Er hatte ihr versichert, dass sie eine wunderbare Mutter abgeben würde. Dass sie mit den Kindern im Tanz-studio fantastisch umging. Sie alle liebten sie. Er hatte sogar gesagt, dass ihre Erfahrungen beim Aufwachsen sie daran erinnern würden, wie sie es mit ihren eigenen Kindern *nicht* machen sollte, und dass sie eine bessere Mutter wäre.

Nun war der Traum, jemals Kinder zu haben, geplatzt und bei seinen Worten gestorben.

Er starrte sie mit teilnahmslosem Gesicht an, bevor er sich umdrehte und zur Garage ging.

Allye hörte, wie sein Wagen ansprang und das Gara-gentor sich schloss, als er losfuhr. Und immer noch kamen ihr die Tränen. Zwanzig Jahre aufgestauter Emotionen flossen aus ihren Augen. Selbst als sie sich umdrehte und nach ihrem Handy griff, flossen die Tränen.

Sie schrieb dem einzigen Menschen, von dem sie wusste, dass er ihr helfen würde, die Morde ein für alle Mal zu beenden. Rex.

Gray würde ihr vielleicht nicht helfen, aber sie wusste, dass Rex ihr helfen würde. Er wollte Nightingale noch mehr als der Rest des Teams finden und töten.

Ja, Rex und die anderen Jungs würden ihr helfen. Es

wäre scheiße, es ohne Grays Unterstützung durchzuziehen, aber sie konnte so oder so nicht gewinnen.

Sie konnte nicht bleiben, da sie wusste, dass sie damit unzählige Todesurteile unterschreiben würde. Das konnte sie nicht mit ihrem Gewissen vereinbaren. Aber sie wusste auch, dass Gray sie hassen würde, wenn sie ging. Sie wusste, dass er ihr nicht so leicht verzeihen würde. Selbst wenn sie überlebte, was auch immer in San Francisco auf sie wartete, würden sie und Gray nicht wieder zusammenkommen. Er hatte sich von ihr abgewandt und sie hatte sich ihm widersetzt. Sie waren fertig miteinander.

***

Gray fuhr eine ganze Weile ziellos herum, bevor er sich entschied, die kurvenreiche Straße hinauf zum Pikes Peak zu nehmen. Er war seit Jahren nicht mehr dort oben gewesen und heute schien ein idealer Tag dafür zu sein. Als er die gewundene Straße hochfuhr, dachte er an Allye.

Vielleicht war er mit ihr voreilig gewesen. Sicher, er hatte sich von Anfang an zu ihr hingezogen gefühlt, aber Begierde bildete eindeutig keine gute Beziehungsgrundlage.

Hatte sie ihn nicht verstanden, als er ihr erzählt hatte, was an jenem Tag vor so langer Zeit in Afghanistan geschehen war? Wie er sich gefühlt hatte? Hatte sie nicht verstanden, was es mit ihm gemacht hatte, hilflos zuzusehen, wie Frauen vor seinen Augen gefoltert und misshandelt wurden?

Indem er ihr die Rückkehr nach Kalifornien verweigerte, bewahrte er sie davor, die gleichen Qualen zu empfinden. Sie könnte jetzt verärgert sein, aber sie würde Vernunft annehmen. Das musste sie einfach.

Er parkte den Wagen und stieg aus, von Neuem erstaunt

darüber, wie dünn die Luft in viertausend Metern Höhe war. Er ging an dem kleinen Souvenirladen und dem Restaurant vorbei und steuerte auf die Felsen an der Seite zu. Er befand sich etwa drei Meter unterhalb des einzigen Gebäudes auf dem Berg und blickte hinunter auf die Stadt Colorado Springs.

Es war ein wunderschöner Tag. Große, weiße, flauschige Wolken schwebten träge vorbei und der Himmel war leuchtend blau. Es war die Art von Tag, die einen froh macht, am Leben zu sein. Gray wünschte sich fast, es wäre bewölkt und regnerisch; das hätte besser zu seiner Stimmung gepasst.

Er blickte auf die Uhr. Er war seit ein paar Stunden weg. Er wusste, dass er wahrscheinlich zurückkehren sollte, aber er konnte sich noch nicht dazu überwinden, nach Hause zu fahren. Er wollte sich nicht mit Allye streiten. Er wollte sie nur in Sicherheit wissen. Und nach Kalifornien zurückzukehren war definitiv *nicht* sicher.

Gray war so in Gedanken versunken, dass er den kleinen Jungen weder hörte noch sah, bis er direkt neben ihm saß.

»Hi«, sagte er.

»Hey«, erwiderte Gray.

»Was machst du hier?«

»Ich denke nach.«

»Hmmm. Ist es hier nicht toll?«, fragte der kleine Junge und zeigte mit dem Arm auf die Aussicht vor ihnen.

»Das ist es auf jeden Fall.«

»Ich wohne dort drüben«, sagte er und zeigte in Richtung Süden. »Wir sind vor zwei Jahren hergezogen. Davor haben wir in Georgia, Washington und Kalifornien gelebt. Dort gab es nie viel Schnee, aber hier schon. Als wir in Washington gelebt haben, bin ich immer gern Ski gefahren, aber die Fahrt dauerte immer ziemlich lange und es hat viel geregnet. *Richtig* viel. Bist du zum ersten Mal hier oben? Findest du es nicht merkwürdig, wie schwer es einem fällt zu atmen? Meine Mom sagt, das liegt daran, dass wir *so* hoch oben in der Luft sind. Ist dir auf dem Weg hierher schlecht geworden? Die Straße hat so viele Kurven, dass ich mich fast übergeben hätte, aber Mom hat gesagt, ich darf das Fenster aufmachen und frische Luft schnappen, und dann habe ich mich besser gefühlt. Wird dir im Auto auch immer schlecht? Meinem Bruder ständig. Deswegen ist er heute auch nicht hier. Er hätte sich auf jeden Fall übergeben, wenn er mit im Wagen gewesen wäre. Echt eklig!«

Das Geplauder des Jungen brachte Gray zum Lächeln und er nickte abwesend. Der Junge sprach einfach weiter, über seinen Lehrer, seine Schule, dass er es nicht fair fand, dass sein großer Bruder das größere Zimmer bekommen hatte, und dass seine Mutter mit ihm Eis essen gehen würde, nachdem sie Pikes Peak verlassen hatten.

»Und wo sind deine Eltern?«, fragte Gray, als der Junge Luft holte. Er hatte keinerlei Zweifel daran, dass der Kleine für immer weiter geplaudert hätte, aber er war dazu wirklich nicht in Stimmung. Und er fand, dass er lange genug höflich gewesen war.

»Meine Mom ist beim Einkaufen. Das macht sie gern. Mein Vater sagt immer, egal wo wir sind, sie findet einen Ort, an dem sie Geld ausgeben kann. Mein Vater ist in der Armee. Zurzeit ist er in Übersee und macht mutige Sachen.«

»Tatsächlich?«

»Ja. Er wollte nicht gehen. An dem Abend, bevor er gefahren ist, habe ich gehört, wie meine Mutter und er sich gestritten haben. Sie wollte auch nicht, dass er geht. Sie sagte, sie hätte Angst, dass er sterben und uns allein zurücklassen würde.«

»Was hat er darauf geantwortet?«, fragte Gray, den das Ganze jetzt plötzlich doch interessierte.

»Er hat gesagt, dass er auch irgendwie Angst hätte. Aber dass es im Großen und Ganzen wichtiger sei, dass er seinem Land dient. Dass er uns niemals allein zurücklassen möchte, aber dass er davon überzeugt ist, dass es uns trotzdem gut geht, falls ihm etwas passiert. Mom hat ihn gefragt, woher er das wüsste, und er hat geantwortet: ›Weil ich die wunderbarste Frau auf dem ganzen Planeten geheiratet habe. Und ich weiß, dass sie die richtige Entscheidung treffen wird, wenn es hart auf hart kommt.‹«

Gray erstarrte und schaute den kleinen Jungen an, der noch immer die Aussicht betrachtete. Er sprach weiter.

»Meine Mom weinte und Dad hat sie umarmt und gesagt, sie solle nicht weinen, dass sie nie weinte und ihre Tränen nicht für ihn verschwenden solle. Dann begannen sie, sich zu küssen, was total eklig war, also bin ich wieder in mein Zimmer gegangen. Wenn ich groß bin, will ich auch zur Armee gehen. Ich will meinem Land dienen, genau wie mein Vater.« Daraufhin sah er Gray an. »Warst du auch bei der Armee?«

Gray schüttelte den Kopf. »Marine«, krächzte er.

»Oh. Mein Dad behauptet, dass die Seeleute nicht so mutig sind wie Soldaten, weil sie auf ihren Booten bleiben, während der *echte* Kampf an Land ausgetragen wird.«

Gray hätte dem kleinen Jungen die Wahrheit sagen können, doch er dachte immer noch über seine vorherigen Worte nach.

Eine Frau rief den Jungen beim Namen und er stand auf. »Es war schön, Sie kennenzulernen, Mister.«

»Gleichfalls«, erwiderte Gray geistesabwesend und drehte sich nicht um, als der Junge über die Felsen zu seiner Mutter kletterte.

Er dachte an seine Auseinandersetzung mit Allye am Morgen zurück. Damals war es nicht durch seinen Zorn gedrungen, aber jetzt schon.

Sie hatte geweint. *Er* hatte sie zum Weinen gebracht.

Sie hatte keine einzige Träne vergossen, als sie mitten auf dem Meer waren. Sie hatte nicht geweint, als sie von Jessie oder Melany erfahren hatte. Sie hatte nicht einmal geweint, als sie erfahren hatte, dass Robin entführt worden war. Sie hatte ihm ganz offen gesagt, dass sie seit ihrer Kindheit nicht mehr geweint hatte. Dass sie gemerkt hatte, dass es nie etwas gebracht hatte und dass es niemanden interessierte.

Aber *er* hatte sie zum Weinen gebracht.

Er konnte sie immer noch sehen, wie sie vor ihm stand, mit Tränen, die ihr über die Wangen liefen und von ihrem Kinn tropften.

Gray rieb sich mit einer Hand über sein Gesicht und versuchte, das Bild aus seinem Gedächtnis zu verbannen, aber er konnte es nicht.

Wie konnte sie ihn bitten, sie nicht nur nach Kalifornien zurückkehren zu lassen, sondern mit ihr zu gehen? Er wäre nicht in der Lage weiterzuleben, wenn ihr etwas zustieße. Vor allem, da er wusste, was für ein sadistischer Mistkerl Nightingale war.

Wie konnte er das tun, obwohl er wusste, dass sie ihr Leben absichtlich in Gefahr brachte?

Aber wie sollte er es nicht tun?

Gray seufzte. Die Quintessenz war, dass dies nicht Afghanistan war. Sie gehörte nicht zu den namenlosen Frauen, die benutzt worden waren, um ihn zu brechen. Sie war Allye. Hart, klug, unverwüstlich. Und sie hatte es mehrere Male gesagt – wenn er mit ihr dort wäre, wären sie als Team stärker. So wie sie es im Meer gewesen waren.

Gray wusste, dass er das Schwerste tun musste, was er je in seinem Leben getan hatte – nämlich zuzusehen, wie die Frau, die er liebte, sich in Gefahr begab –, und stand auf. Er war nicht froh darüber, aber es war die richtige Entscheidung. Sie konnte sich ebenso wenig zurücklehnen und zulassen, dass ihre Freunde verletzt und getötet wurden, wie er.

Allye ging vielleicht in die Höhle des Löwen, aber er würde verdammt noch mal dafür sorgen, dass er bei ihr war. Er und der Rest des Teams würden sich etwas einfallen lassen, damit sie sie im Auge behalten könnten, egal wohin sie ging.

Wenn Nightingale sie in die Hände bekäme, was ehrlich gesagt ziemlich wahrscheinlich schien, könnten sie ihm folgen und zu ihr gelangen, bevor er ihr etwas antat. Was Allye, wie er wusste, von Anfang an vorgeschlagen hatte. Sie war nicht dumm. Ganz im Gegenteil.

Als er zurück zu seinem Wagen eilte, um die lange Fahrt zurück den Berg hinunter anzutreten, dachte Gray über ihren Streit aus einem anderen Blickwinkel nach. Was, wenn es einer der Jungs war, der vermisst wurde? Ro oder Black oder Ball? Würde sich der Rest des Teams zurücklehnen und nichts unternehmen, nur weil ihnen gedroht worden war, ihren Freund zu foltern, wenn sie etwas unternahmen? Würde er sich weigern mitzumachen, weil es ihn an diesen lange zurückliegenden Vorfall erinnern würde? Natürlich nicht. Er würde nicht zulassen, dass einer von ihnen starb, weil er in Sicherheit bleiben wollte.

Aber genau darum hatte er Allye gebeten. Und das war nicht fair.

Er nahm sein Handy in die Hand, um sie anzurufen, sich zu entschuldigen und ihr zu sagen, dass er seine Meinung geändert hätte, und sie würden sich unterhalten, wenn er nach Hause käme, aber er hatte keinen Empfang. Fluchend startete er seinen Audi und fuhr zum Ausgang. Er würde warten, bis er nach Hause kam. Dann würde er vor ihr zu Kreuze kriechen und sie um Verzeihung bitten.

Er hätte zur Besinnung kommen sollen, als er ihre Tränen gesehen hatte. Er hätte wissen müssen, dass sie so etwas nicht leichtfertig vorschlagen würde. Er hatte es vermasselt. Und zwar gewaltig. Und er musste es in Ordnung bringen. Er hoffte nur, dass Allye ihm vergeben würde.

Allye kaute an ihrer Lippe, als sie steif in ihrem Sitz im Privatjet saß. Sie hatte Rex eine SMS geschrieben, sobald Gray gegangen war, und innerhalb von zwanzig Minuten stand Ro an der Tür und war bereit, sie zum Flughafen zu bringen. Ball und Meat hatte sie dort getroffen, und sie waren abgeflogen, kaum dass die Flugzeugtür verriegelt war.

Sie hatte eine Todesangst davor, nach San Francisco zurückzufliegen, aber sie musste es tun.

»Gibt es etwas Neues von Robin?«, fragte sie Meat.

»Noch nicht.«

»Bist du dir sicher, dass du das tun willst, Süße?«, fragte Ro.

Allye nickte, sagte aber: »Nein. Aber Rex hat versprochen, dass ihr auf mich aufpasst, egal was ist.«

»Da hat er recht«, erklärte Ball. »Gray mag sich wie ein Idiot benehmen, aber wir werden dich nicht in die Höhle des Löwen führen und dich dann alleinlassen.«

»Es erinnert ihn zu sehr an das, was ihm zugestoßen ist«, erklärte Allye zu Grays Verteidigung, obwohl er ihr das Herz gebrochen hatte. »Ich mache ihm keinen Vorwurf daraus, dass er nicht mitkommen will.«

»Also, ich schon«, beschwerte Ro sich. »Verdammtes Arschloch.«

Meats Laptop gab ein Geräusch von sich, das bedeutete, dass er eine E-Mail bekommen hatte. Er las sie und sah dann zu ihr hoch. »Okay, es wird folgendermaßen ablaufen. Rex hat sich mit jemandem in Kalifornien in Verbindung gesetzt, der sich mit uns treffen wird, sobald wir landen. Er wird dir einen Peilsender unter die Haut setzen. Wir können dich also jederzeit finden, egal wo du bist.«

Allye starrte ihn verwirrt an. »So was wie der Chip bei einem Hund?«

Meat nickte. »Ja, so ungefähr.«

»Im Ernst?«, fragte Allye.

»Im Ernst. Rex hat darüber nachgedacht, dich mit einem externen Tracker auszustatten. Er hat einen Freund, der mehrere Frauen damit ausgestattet hat, nur für alle Fälle, aber sie hatten einige Probleme, weil sie abnehmbar sind. Falls Nightingale dich ganz auszieht und dir sogar deinen Schmuck abnimmt, dann wird es nicht funktionieren. Am besten ist es also, wenn du ein Ortungsgerät trägst, das nicht entfernt oder deaktiviert werden kann. Es sei denn, er schneidet ein Stück aus deiner Haut heraus oder so.«

Allye zuckte zusammen.

Ball lehnte sich vor und verpasste Meat einen Schlag auf den Hinterkopf.

»Au! Wofür war das denn?«, beschwerte Meat sich und rieb die schmerzende Stelle.

»Das war jetzt wirklich völlig unangebracht, ihr so was zu sagen«, erklärte Ball und zeigte mit einem Kopfnicken auf Allye.

»Ist schon okay«, erklärte sie schnell und schluckte den

schlechten Geschmack herunter, den sie plötzlich in ihrem Mund hatte. »Ich meine, schließlich ist es von Vorteil zu wissen, was passieren *könnte*, richtig?«

»Es wird nicht passieren, Süße«, sagte Ro beruhigend. »Wie sieht der Plan aus?«, fragte er Meat.

»Na ja, ich, Black und Arrow treffen sich zusammen mit dem Typen am Flugzeug mit uns. Der Chip befindet sich noch in der Testphase und er hat zugestimmt, dass wir ihn verwenden dürfen, solange er bei der Datenüberwachung helfen darf. Rex hielt es für das Beste, ihn an der Rückseite ihres Oberschenkels einzusetzen. Dort sollte er nicht auffallen und es ist kein Ort, an dem Nightingale suchen würde. Er ist mit einem GPS-Sender ausgestattet, sodass wir sie mit einem tragbaren Gerät verfolgen können. Ich glaube sogar, dass Rex versucht, uns welche zu besorgen. Überlegt es euch. Wenn etwas Ähnliches wie mit Allye und Gray passiert, könnten wir sie im Umkreis von Hunderten von Kilometern mitten im Meer orten.«

Als Meat weiterhin die Vorzüge des sich unter der Haut befindenden GPS-Ortungsgeräts pries, hörte Allye ihm nicht mehr zu. Sie blickte aus dem Fenster und versuchte, das Zittern ihrer Hände zu kontrollieren. Sie wusste noch nicht, was der Plan war, abgesehen davon, dass ihr ein mikrochip-ähnliches Ding eingepflanzt werden sollte, als wäre sie wirklich ein Tier, aber darüber konnte sie sich nicht beklagen. Sie fühlte sich dadurch besser, weil sie wusste, dass sie auf jeden Fall gefunden würde.

Sie wünschte sich nur, Gray wäre hier. Das Ganze wäre einfacher mit ihm an ihrer Seite. Er hätte wahrscheinlich eine Art Witz über den Peilsender gemacht und sie zum Lachen gebracht. Aber im Moment war ihr überhaupt nicht zum Lachen zumute.

Unerwartet floss ihr eine Träne aus dem Auge. Und dann noch eine. Ehe sie sich versah, weinte sie wieder einmal. Verdammt noch mal. Was zum Teufel war nur mit ihr los?

»Allye?«, rief Gray, als er endlich zwei Stunden später zu Hause eintraf. Es war nachmittags und das Haus war unheimlich still. »Allye?«, rief er erneut und schaltete das Licht ein. Sie war weder in der Küche noch im Wohnzimmer. Hastig lief er die Treppe zum oberen Stockwerk hoch, wobei er immer zwei Stufen auf einmal nahm. Er musste sie unbedingt finden. Er musste sich bei ihr entschuldigen und erklären, warum er so reagiert hatte.

Er öffnete leise die Tür des großen Schlafzimmers für den Fall, dass sie schlief ... und starrte auf das leere Bett.

Die Decke war an diesem Morgen noch von ihrem Liebesspiel zerwühlt und der Anblick tat ihm im Herzen weh.

Er starrte einen Moment lang auf das leere Zimmer und ging in das Gästezimmer, in dem sie in der ersten Nacht fast geschlafen hätte. Wenn sie wütend auf ihn war, würde sie wahrscheinlich dort schlafen.

Er öffnete die Tür und sah, dass auch dieses Zimmer leer war.

Er blinzelte und drehte sich im Kreis. Sie war nicht da. Wo zum Teufel war sie?

Gray ging zurück ins große Schlafzimmer und blickte sich im Raum um. Er war sich nicht sicher, was er suchte. Vielleicht einen Hinweis darauf, wo sie hingegangen sein könnte. Er sah in den Schrank – und fluchte lange und heftig, als er merkte, dass ihr Koffer weg war. Als er die

Schubladen der Kommode aufmachte, sah er, dass auch ihre Kleider nicht mehr da waren.

»Nein, nein, nein«, murmelte er vor sich hin, als er nach seinem Handy griff. Er wählte ihre Nummer und es meldete sich sofort die Mailbox. Er hinterließ ihr schnell eine Nachricht. »Kätzchen, ich bin es. Bitte ruf mich an, sobald du das hier hörst. Es tut mir leid. Ich war ein Esel. Lass es mich dir erklären. Ich liebe dich.«

Kaum hatte er wieder aufgelegt, rief Gray die Nummer seines Kontaktmanns an.

»Rex.«

»Rex, ich bin es, Gray. Allye ist verschwunden.«

»Sie ist nicht verschwunden«, erklärte Rex ruhig.

Ein Schauer lief Gray über den Rücken. »Was willst du damit sagen?«

»Sie hat mich schon vor Stunden angerufen. Mir gesagt, sie wolle nach Kalifornien zurückkehren, und sie hat mich um meine Hilfe gebeten. Ich habe sie gefragt, wo *du* steckst, und sie sagte mir, du seist fortgegangen. Dass du nicht vorhättest, sie zu begleiten.«

»Verdammt! Was hast du getan?«, fragte Gray vorwurfsvoll.

»Genau das, worum sie mich gebeten hat. Ich habe ihr geholfen.«

»Verdammt noch mal, Rex ... Und wo steckt sie jetzt?«

»San Francisco.«

»Wie konntest du ihr das antun?«, schrie Gray ihn an. »Du weißt doch genauso gut wie ich, dass Nightingale sie sich holen wird, bevor der Tag zu Ende ist!«

»Das weiß ich.«

Gray knirschte mit den Zähnen, weil sein Kontaktmann so ruhig blieb. »Ist dir das etwa völlig egal?«

»Natürlich nicht«, fuhr Rex ihn an. »Genauso wenig wie

die beiden Frauen, die er schon getötet hat. Und die Hunderte, die er sicher schon in der Vergangenheit entführt und getötet hat oder es in Zukunft tun wird, wenn er nicht aufgehalten wird.«

»Allye gehört *mir*. Dazu hattest du nicht das Recht«, erklärte Gray, der mittlerweile stinkwütend war.

»Und genau da liegst du falsch. Ich hatte jedes Recht dazu – weil *du* nämlich nicht für sie da warst. Und davon mal ganz abgesehen, gehört Allye niemandem. Sie ist eine intelligente Frau, die sich um ihre Freunde Gedanken macht. Und sie ist verdammt tapfer. Sie hat eine Heidenangst, aber sie zieht es trotzdem durch. Und weißt du warum?« Er wartete nicht darauf, dass Gray antwortete. »Weil sie mir und deinen Freunden vertraut und weil sie weiß, dass wir alles in unserer Macht Stehende tun werden, damit sie in Sicherheit ist. Sie ist nicht dumm. Sie weiß natürlich, dass sie wahrscheinlich entführt wird, aber sie zählt auf uns, dass wir kommen und sie holen, falls das passiert.«

Gray taten die Worte in tiefster Seele weh. Er ließ sich auf die Bettkante fallen und als er das tat, stieg Allyes Duft ihm von der Decke aus entgegen.

»Ich weiß, warum du so reagiert hast«, fuhr Rex fort und senkte die Stimme ein wenig.

»Sie hat es dir gesagt?«

»Nein. Diese Frau würde *niemals* ein böses Wort über dich verlieren, ganz egal, wie sehr du sie verletzt hast. Dazu liebt sie dich viel zu sehr. Sie hat nur gesagt, dass sie verstehen könnte, warum du nicht mit ihr nach San Francisco zurückkehren konntest, weil dir in der Vergangenheit etwas Schlimmes zugestoßen ist. Aber ich weiß über Afghanistan Bescheid, also kann ich mir durchaus vorstellen, worum es bei deiner Diskussion mit Allye ging. Gray –

das hier ist nicht dieselbe Situation. Nicht einmal annähernd.«

Das war ihm klar. Er war am Gipfel des Pikes Peak zu demselben Schluss gekommen. »Das weiß ich, Rex. Und ich bin nach Hause zurückgekehrt, um es Allye zu sagen.«

»Sie braucht dich«, erklärte Rex leise. »Sie ist zwar unheimlich tapfer, trotzdem hat sie große Angst. Wenn du an ihrer Seite wärst, würde ihr das sehr dabei helfen, klarer zu denken.«

Gray seufzte. »Und wie sieht der Plan aus?«

Und mit diesen sechs Worten hatte Gray sich der Sache verschrieben. Er konnte genauso wenig zu Hause rumsitzen und darauf warten herauszufinden, was in Kalifornien passierte, wie Allye das konnte. Er musste dorthin gelangen. Sofort. Er musste Teil der ganzen Aktion sein, denn falls Allye etwas zustoßen sollte, würde er alles Erdenkliche tun, um sie sicher zurück nach Hause nach Colorado zu bringen.

Nightingale lächelte die ältere Frau vor ihm an. Sie war nicht sein eigentliches Ziel – er bevorzugte die jüngeren, schöneren Frauen –, aber sie war ihm praktisch direkt in die Arme gelaufen.

Sie zitterte vor Angst und er genoss jede Sekunde ihres Leidens. Er streckte die Hand aus und riss ihr das um Kopf und Augen gewickelte Tuch ab; er wollte, dass sie sah, wer ihr neuer Herr war. Er wollte in ihren Augen sehen, wie sie erkannte, dass sie nach *seinem* Gutdünken leben oder sterben würde.

Zuvor hatte er die Begleitperson mit einem Handwedeln entlassen. Dass seine Begleitpersonen sich als Taxifahrer ausgaben, war ein Geniestreich gewesen. Sobald die Frauen in den eigens dafür umgebauten Taxis saßen, gab es kein Entkommen mehr. Es war viel weniger riskant, als sie von der Straße zu holen, wie sie es vorher immer getan hatten. Auf die Idee war er eines Abends gekommen, als er sich eine dieser Krimisendungen ansah. Es war erstaunlich, was man beim Fernsehen alles lernen konnte.

Er ging mit einem ernsten Gesichtsausdruck um seine neueste Errungenschaft herum. Eigentlich hatte er gerade großen Spaß, aber seine Haustiere schienen ihm besser zu gehorchen, wenn er gemein aussah und nicht lächelte.

»Wo ist Mystic?«

»Wer?«, fragte die Frau mit zitternder Stimme. Er hatte sie mit Handschellen in einem der leeren Käfige gefesselt – einer der Zwillinge hatte es gestern Abend nicht geschafft, die Bestrafung zu überleben, also hatte er jetzt einen Käfig frei. Die Frau war an allen vieren gefesselt, die Hände an einem Balken über ihrem Kopf und die Knöchel an Ketten, die zu zwei gegenüberliegenden Wänden führten.

Er hatte sie nicht ausgezogen ... noch nicht. Das hob er sich für später auf. Ihm gefiel es, wenn die Angst seiner Haustiere beständig wuchs, je länger sie mit ihm zusammen waren.

»Allyson Mystic.« Nightingale betonte jedes Wort, als wäre sie ein bisschen begriffsstutzig.

»I-ich weiß es nicht. Sie hat sich Urlaub genommen, ist verreist und bis jetzt nicht zurückgekommen.«

Nightingale trat ganz nahe an sie heran und legte ihr eine Hand um den Hals, wobei er ihr Kinn anhob.

»Ich will sie«, sagte er nüchtern. »Und wenn ich sie nicht bekomme, wirst *du* dafür bezahlen. Je mehr du mir also über sie erzählen kannst, umso leichter wird deine Zeit hier werden, verstanden?«

Er liebte es zu beobachten, wie sich ihre Pupillen vor

Angst weiteten. Er konnte es kaum erwarten zu sehen, wie Mystics Pupillen dasselbe taten. Ein blaues und ein braunes Auge, wobei die Iris fast verschwand, wenn sich ihre Pupillen weiteten. Er würde sich nicht die Mühe machen, diese Frau wie seine Mystic aussehen zu lassen, denn sie war viel zu alt, um als sie durchzugehen, selbst im Dunkeln. Aber er konnte trotzdem Spaß haben. Sie war auch eine Tänzerin; vielleicht würde er mal prüfen, wie flexibel sie war. Er würde mit dem Spagat beginnen. Jede Tänzerin, die ihr Geld wert war, konnte Spagat, nicht wahr?

Nightingale ließ ihren Hals los und ging hinüber, wo die Kette an ihrem rechten Knöchel an der Wand befestigt war. Daran befand sich eine Handkurbel und er lächelte vor sich hin, während er sie langsam drehte.

Er wurde ernst und drehte sich zu seinem neuen Haustier um. »Kannst du Spagat?«

»W-was?«, fragte sie und ihre Augen wirkten in ihrem faltigen Gesicht riesengroß.

»Spagat. Wie beweglich bist du?« Er drehte erneut an der Kurbel und ihr Bein grätschte ein Stück weiter. Nightingale konnte genau den Moment erkennen, in dem ihr klar wurde, was er tat. Alles Blut wich aus ihrem Gesicht, sodass es jetzt ein hübsches Weiß angenommen hatte.

»Tun Sie das bitte nicht! Ich werde alles tun, was Sie von mir verlangen.«

»Das Einzige, was ich will, ist Mystic.«

»Ich weiß nicht, wo sie ist«, erklärte die Frau weinend, als er erneut die Kurbel eine ganze Umdrehung bewegte.

»Dann wirst du heute wohl Spagat machen, nicht wahr?«, bemerkte Nightingale. »Je mehr du mir über das erzählen kannst, was mich interessiert, umso leichter machst du es dir.«

Daraufhin begann die Frau zu weinen und versuchte,

ihre Hüften so zu drehen, dass sie in die Richtung blickte, in die ihr Bein gezogen wurde, aber egal, wie sie sich bewegte, nichts konnte verhindern, dass ihr Bein unerbittlich gedehnt wurde.

Nightingale liebte diesen Teil. Er liebte es, ihre Schmerzensschreie zu hören. Er liebte es zu wissen, dass er für alles, was mit ihnen geschah, verantwortlich war. Er drehte wieder an der Kurbel und konnte sich das Lächeln nicht verkneifen, als sie schrie. Sie war noch nicht einmal nahe daran, den Spagat zu machen. Was für ein Spaß!

»Sir?«, ertönte eine Stimme aus dem Lautsprecher in der Ecke.

Nightingale runzelte verärgert die Stirn. Er mochte es nicht, unterbrochen zu werden. »Was ist?«, rief er aufgebracht.

»Sie hatten darum gebeten, informiert zu werden, wenn sie gesichtet wird.«

Plötzlich war er nicht mehr verärgert. »Und wurde sie das?«

»Ja, Sir. Sie hat gerade das Theater betreten.«

Nightingale sicherte die Kette und ließ die Frau mit weit auseinander gespreizten Beinen stehen, was sicherlich nicht bequem war. Gut. Sie durfte schon mal darüber nachdenken, was auf sie zukam. Er ging auf sie zu, lehnte sich zu ihr hin und schlug ihr auf die Wange. »Heute ist dein Glückstag. So wie es aussieht, ist Mystic nach Hause zurückgekehrt. Bald hast du Gesellschaft.«

»Und dann lassen Sie mich gehen?«, fragte die Frau hoffnungsvoll.

Nightingale lachte. »Dich gehen lassen? Oh nein, du bist mir hier viel nützlicher. Ich weiß, meine Mystic ist eine zarte Seele. Sie wird nicht sehen wollen, wie du verletzt wirst. Aber das wirst du, wenn sie meinen Befehlen nicht gehorcht. Wenn dir etwas zustößt, dann wisse, dass deine kostbare Haupttänzerin daran schuld ist.«

Die Frau fing wieder an zu weinen, bettelte darum, gerade stehen zu dürfen, bettelte darum, freigelassen zu werden, aber Nightingale hörte sie schon gar nicht mehr. Er wollte sie nicht. Sie war ihm egal. Er hatte bessere, wichtigere Dinge zu tun. Er musste sein einzigartiges Haustier nach Hause bringen. Und das war etwas, das er selbst tun musste. Sie war zu wertvoll, um sie jemand anderem anzuvertrauen.

Die Hände aneinanderreibend verließ Nightingale den riesigen unterirdischen Bunker und ging die Treppe hinauf.

Er schloss die harmlos aussehende Tür hinter sich und wusste, dass niemand jemals vermuten würde, dass unter dem San Rafael Zoo für exotische Tiere seine größten Schätze versteckt waren.

KAPITEL VIERZEHN

Allye wusste, dass ihre Atmung zu schnell war, aber sie konnte nicht anders. Sie ging schneller als sonst den Bürgersteig entlang in Richtung des Tanztheaters von San Francisco. Sie war direkt vom Flughafen gekommen und Ball hatte sie so nahe an das Theater herangefahren, wie er konnte. Er hatte sie jedoch wegen des Verkehrs einen Block entfernt absetzen müssen und jedes Mal, wenn Allye an einem Mann vorbeikam, fragte sie sich, ob es sich um Nightingale handelte.

Ihr Haar war zu einem Pferdeschwanz zurückgebunden und sie trug eine Jeans und eine passende Bluse. Sie trug ihre Handtasche und fummelte beim Gehen am Gurt herum.

Sie wusste, dass die Jungs da draußen waren und sie beobachteten. Meat war in der Wohnung neben ihrer und überwachte sie an seinem Computer. Ausgerechnet Rex' Kontaktperson, die übrigens Tierarzt war – die Ironie der Sache war ihr nicht entgangen –, war zum Flugzeug und an Bord gekommen und hatte ihr den Sender in die Rückseite ihres Oberschenkels eingesetzt.

Es hatte nicht allzu sehr wehgetan, nur wie eine normale Spritze. Aber sie hatte mit eigenen Augen den kleinen Punkt auf der Karte gesehen, der angezeigt hatte, dass der Sender funktionierte. Ihr Oberschenkel juckte, aber sie versuchte, nicht darauf zu achten.

Sie war auf dem Weg ins Theater und würde die anderen Tänzer und Tänzerinnen zum ersten Mal seit Beginn der Entführungsserie wiedersehen. Sie wusste nicht, wie sie dort empfangen werden würde. Sie wusste nicht, ob sie wussten, dass die Entführungen mit ihr zu tun hatten – ob sie ihr die Schuld dafür gaben und sie dafür hassten oder ob sie sich freuen würden, sie zu sehen.

Sie holte tief Luft und öffnete die Tür. Sie ging durch die Eingangshalle und durch die Tür auf der Seite, auf der stand »Unbefugten ist der Zutritt verboten«. Sie ging an den Türen der Umkleidekabine vorbei und direkt zum Gemeinschaftsraum. Sie nahm sich einen Moment Zeit, um sich zu sammeln, bevor sie den Raum betrat.

Sofort wurde sie von allen Seiten umarmt und alle redeten durcheinander.

»Oh mein Gott, Süße, willkommen zurück!«

»Wir sind so froh, dass du wieder da bist.«

»Weißt du schon von Jessie und den anderen?«

»Unglaublich, dass jetzt auch noch Robin verschwunden ist.«

Sie umarmte alle und beantwortete dann ihre Fragen über ihre Abwesenheit, so gut sie konnte, wobei sie die Tatsache ausließ, dass ihre Freundinnen entführt und getötet worden waren, weil jemand von ihr besessen war.

Stunden später, nachdem sie mit allen gesprochen hatte, war es an der Zeit zu gehen. Sie hatten den Nachmittag damit verbracht, über die Geschehnisse zu reden. Es war eine Art riesiges Beratungsgespräch, aber am Schluss fühlte

Allye sich keineswegs besser. Alle waren sich durch die Geschehnisse irgendwie nähergekommen, was sie mit Genugtuung feststellte. Niemand ging irgendwo alleine hin. Sie kamen zu zweit zur Arbeit und gingen auch zu zweit wieder.

Allye wusste, dass Ball und Arrow und die anderen auf sie aufpassten, aber sie fühlte sich trotzdem noch sicherer, als sie mit einem jungen Tänzer namens Boyd hinausging, als es Zeit war zu gehen. Er wohnte ein paar Blocks von ihr entfernt und teilte gern ein Taxi mit ihr.

Allye war noch nicht in ihrer Wohnung gewesen, aber sie freute sich tatsächlich darauf. Es war zwar nichts Besonderes, aber es war ihr Zuhause. Sie hatte sich an das riesige Haus von Gray gewöhnt und ihre Einzimmerwohnung würde sich wahrscheinlich ein wenig beengt anfühlen, aber sie musste sich eben wieder daran gewöhnen.

Sie hatte sich noch nicht entschieden, ob sie Gray verzeihen konnte. Sie hatte gedacht, ihn zu kennen, aber jetzt war sie sich nicht mehr so sicher. Er hatte ihr wehgetan. Sehr weh sogar. Aber obwohl sie wütend auf ihn war, wünschte sie sich immer noch, er wäre bei ihr. Die widersprüchlichen Gefühle verwirrten sie nur noch mehr und sie schwor sich, jetzt nicht mehr daran zu denken. Sie würde eine Entscheidung treffen, nachdem Nightingale tot war. Sie wusste ohne Zweifel, dass er so enden würde. Und sie war froh darüber.

»Es ist wirklich schön, dass du wieder da bist«, erklärte Boyd, als sie das Theater verließen und sich von den anderen Tänzern verabschiedeten. Einige gingen zu den öffentlichen Verkehrsmitteln, andere gingen zu Fuß nach Hause. Sie und Boyd gingen auf das einsame Taxi zu, das am Straßenrand stand.

»Danke«, erklärte Allye ihm.

Boyd beugte sich vor, als der Fahrer das Fenster herunterkurbelte und sagte: »Franklin und Washington in Nob Hill, bitte.«

»Gern«, erwiderte der Fahrer. »Kein Problem.«

Allye machte sich nicht die Mühe, ihn anzusehen, abgesehen davon, dass sie bemerkte, dass er ein paar Jahrzehnte älter war als sie. Er hatte unscheinbares schwarzes Haar und eine leichte Wampe. Sie dachte, das käme wahrscheinlich daher, dass er den ganzen Tag im Taxi saß. Wenn man im Auto saß, konnte man sich kaum bewegen.

Sie rutschte rüber und Boyd stieg neben ihr in den Wagen.

»Hattet ihr einen langen Tag?«, fragte der Fahrer.

»Ja«, entgegnete Boyd, »aber es war ein guter Tag. Meine Freundin hier war lange weg und ist heute erst zurückgekehrt.«

»Willkommen zu Hause«, erwiderte der Fahrer und sah sie im Rückspiegel an.

Das Taxi hatte zwischen dem Rücksitz und dem Vordersitz eine Trennwand aus Kunststoff, wahrscheinlich um den Fahrer vor Verrückten zu schützen, die er beförderte. Es gab eine kleine Schiebetür, die gerade offen war, sodass sie sich problemlos miteinander unterhalten konnten.

»Danke«, sagte Allye.

»Und wo bist du gewesen?«

»In Colorado«, antwortete Boyd für sie. Er war immer ausgesprochen freundlich und ganz besonders beliebt bei den Gästen des Theaters, weil er immer fröhlich und glücklich war. »Sie hat einen *Maaaaaann* kennengelernt«, neckte er Allye.

Sie verdrehte die Augen. »Halt den Mund, Boyd.«

Er lachte.

»Einen Mann, was? Ist es in die Brüche gegangen?«, fragte der Fahrer.

Allye rutschte unbehaglich auf ihrem Sitz hin und her. Sie sprach gewöhnlich nie mit Fremden über sich selbst und der Schmerz über ihre Auseinandersetzung mit Gray war noch zu frisch. Sie zuckte mit den Achseln.

»Ja, sein ganzes Leben aus der Bahn zu werfen, nur um mit jemandem zusammen zu sein, ist einfach keine gute Idee. Das funktioniert fast nie.«

Allye presste die Lippen zusammen, weil sie nicht weiter darüber sprechen wollte.

»Aber du bist ein hübsches kleines Ding, deswegen bin ich mir sicher, dass du schon bald einen neuen Freund haben wirst. Vielleicht wollt ihr ja mal miteinander ausgehen«, schlug der Taxifahrer vor und warf ihnen einen schnellen Blick im Rückspiegel zu.

»Wir? Wohl eher nicht, sie hat das falsche Geschlecht«, neckte Boyd. »Meine Partner sollten etwas männlicher sein.«

Allye lächelte Boyd an und versuchte, nicht auf den Fahrer zu achten. Sie konnte spüren, dass er sie im Rückspiegel ansah, und Boyd plauderte über Belanglosigkeiten. Und schon bald darauf parkten sie vor Boyds Wohnhaus.

»Ich hole dich morgen früh ab, dann können wir zusammen zur Arbeit fahren«, erklärte Boyd ihr. »So um acht?«

Allye nickte. »Perfekt. Danke, Boyd. Ich weiß es wirklich zu schätzen.«

»Kein Problem«, erwiderte er. Er zog ein paar Scheine aus der Tasche und gab sie ihr, um für seinen Anteil an den Fahrtkosten zu bezahlen. Dann beugte er sich zu ihr und gab ihr ein Luftküsschen auf die Wange. »Bis morgen, Süße.«

Er machte die Taxitür hinter sich zu und Allye beobachtete, wie er den Code für die Tür seines Gebäudes eingab und hineinging.

»Wohin jetzt?«

Allye zuckte überrascht zusammen und lachte dann über sich selbst, weil sie so nervös war. »Ich wohne nur ein paar Straßen weiter, auf der anderen Seite des Lafayette Parks. Ecke Webster und California.«

»Lehn dich einfach zurück und entspann dich, meine hübsche Mystic. Gleich bist du zu Hause.«

Sie nickte und lehnte sich zurück, ließ den Kopf gegen die Nackenstütze sinken und schloss die Augen. Sie war erschöpft. Ihr schien es, als würde der Streit mit Gray schon ewig zurückliegen und nicht, als wäre er erst an diesem Morgen gewesen.

Sie fühlte, wie sich das Fahrzeug in Bewegung setzte, und seufzte. Sie hatte keine Ahnung, was sie nach all den Wochen in ihrer Wohnung an Vorräten hatte, aber sie würde schon etwas Brauchbares finden.

Allye dachte darüber nach, was sie zum Abendessen wollte, als sie ein seltsames Geräusch hörte. Sie öffnete die Augen und hob den Kopf. Sie stellte fest, dass der Fahrer die Plastiktrennwand zwischen den Sitzen geschlossen hatte.

Er sah sie wieder im Spiegel an ... aber diesmal war etwas in seinen Augen, das ihr nicht gefiel.

Plötzlich wurde ihr klar, dass er sie »Mystic« genannt hatte.

Woher kannte er ihren Künstlernamen? Sie hatte ihn nicht genannt und auch Boyd hatte ihn nicht erwähnt. In dem Moment stiegen Rauchschwaden aus dem Boden.

Sie hustete und griff sofort nach der Türklinke und zerrte daran. Die Tür öffnete sich nicht und sie fuhren auf der Straße weiter, als wäre nichts passiert.

Allye hämmerte gegen die Kunststofftrennwand und versuchte, sie zu öffnen, aber der Griff der kleinen Tür befand sich auf der anderen Seite. Der ganze hintere Bereich des Wagens war jetzt mit Nebel gefüllt und sie hielt sich ihr T-Shirt über Nase und Mund, aber es war sinnlos. Ihr wurde schwindelig und übel.

Als sie die Gebäude erkannte, an denen sie vorbeirasten, wusste sie, dass sie nicht mehr auf ihr Wohngebäude zusteuerten. Sie waren in die falsche Richtung unterwegs.

Das war es. Sie hatte zwar gewusst, dass es unvermeidlich war, dass Nightingale sie wieder in seine Gewalt bringen würde, aber dummerweise hatte sie nicht erwartet, dass er es so bald tun würde.

Sie versuchte, das Fenster herunterzukurbeln, aber es war ebenfalls verriegelt. Durch den dichten Rauch, der nun den Rücksitz einhüllte, konnte sie kaum mehr sehen, aber sie schaute in den Spiegel und bemerkte, dass der Mann sie wieder einmal beobachtete. In seinem Ausdruck war leicht ein Gefühl der Zufriedenheit zu lesen.

»Lass es einfach geschehen, mein Haustier. Wehre dich nicht gegen mich. Das war eine ganz schöne Hetzjagd, auf die du mich da geschickt hast, doch jetzt gehörst du mir. Ganz allein mir«, sagte er und sein Blick flitzte zwischen der Straße vor ihm und dem Rückspiegel hin und her.

Voller Entsetzen wurde Allye klar, dass der Taxifahrer nicht nur eine Begleitperson war.

Er war es *höchstpersönlich*. Nightingale. Diesmal war er selbst gekommen, um sie zu holen.

Dunkelheit drang von allen Seiten auf sie ein und sie ließ sich in das Sitzpolster fallen, hustete und versuchte noch immer, sich gegen die Droge zu wehren, unter die er sie setzte. Aber es war völlig umsonst.

Ihr letzter Gedanke, bevor sie das Bewusstsein verlor,

war die Hoffnung, dass Rex' Männer sie wirklich beobachteten, denn sie steckte ziemlich tief in Schwierigkeiten.

KAPITEL FÜNFZEHN

Gray ging vor dem Internationalen Flughafen von San Francisco hin und her. Er hatte einen Verkehrsflug nehmen müssen, da das Flugzeug und der Pilot, die Rex normalerweise benutzte, bereits mit dem Rest des Teams und Allye abgereist waren. Arrow sollte ihn eigentlich abholen, aber er wartete jetzt schon seit einer Stunde und er war immer noch nicht aufgetaucht.

Er wollte Allye unbedingt sehen, jetzt, wo er in Kalifornien war, und sich entschuldigen, und er nahm Arrow übel, dass er ihn warten ließ. Schlimmer noch, niemand antwortete auf seine SMS oder Anrufe – und das beunruhigte ihn. Und zwar sehr. Vor allem, weil Meat *immer* abnahm. Der Mann klebte an seinem Handy, als handelte es sich um ein weiteres Körperteil. Dass er nicht antwortete, bedeutete für ihn, dass etwas ernsthaft falsch gelaufen war.

Und er hatte die böse Vorahnung, dass es mit Allye zu tun hatte.

Nach weiteren fünfzehn Minuten des Wartens klingelte schließlich sein Telefon. Es war Ro.

»Ro, Gott sei Dank. Wo steckt ihr denn?«

»Er hat sie in seiner Gewalt«, erklärte Ro, ohne lange um den heißen Brei herumzureden. »Wir sind ihnen gefolgt, doch dann ging plötzlich alles gewaltig in die Hose.«

»*Wie bitte?*«, schrie Gray wütend. »Wie zum Teufel konntet ihr zulassen, dass er sie in die Finger bekommt? Ich dachte, ihr alle würdet sie beobachten?«

»Und das haben wir auch«, erklärte Ro mit Nachdruck. »Arrow saß in einem Taxi hinter dem, in das sie mit einem anderen Tänzer eingestiegen war. Aber anscheinend war sein Fahrer ein Pedant, weil er an jeder verdammten Ampel hielt, und Arrow fiel zu weit hinter Allyes Taxi zurück, um sie im Auge zu behalten. Black war vor ihrer Wohnung und gab sich als Obdachloser aus, aber natürlich kam das Taxi dort nie an. Und Ball folgte in einem Mietwagen, aber jemand überfuhr eine rote Ampel und streifte ihn.«

»Und du, Ro? Wo zum Teufel warst du?«

»Ich habe vor dem Theater gewartet. Ich hätte sie eigentlich mit der Straßenbahn zu ihrer Wohnung zurückbegleiten sollen, aber in letzter Minute schickte sie mir eine SMS und sagte mir, dass sie mit einem ihrer Kollegen fahren würde, damit niemand bemerkt, dass sie einen Leibwächter hat.«

»Verdammt!«, fluchte Gray und fuhr sich nervös mit der Hand über den Kopf. »Hat sie etwa *alles* getan, um entführt zu werden?«

»Ehrlich gesagt? Nein«, antwortete Ro, als wäre Grays Frage nicht rein rhetorisch gewesen. »Bevor sie in das Taxi einstieg, hat sie mir in die Augen gesehen, als würde sie mich fragen, ob es mir recht war. Ich wollte vor dem Theater keine Szene machen ... aber jetzt ist offensichtlich, dass ich sie aus diesem Taxi zerren und selbst nach Hause hätte bringen sollen.«

»Rex hat mir gesagt, ihr habt ihr einen Peilsender

verpasst, stimmt das?«, fragte Gray. »Warum seid ihr Jungs nicht schon dort und kümmert euch um dieses verdammte Arschloch, um sie schnellstmöglich zurückzuholen?«

»Das verdammte Signal ist einfach verschwunden«, sagte Ro. »In der einen Sekunde war es da und plötzlich war es verschwunden.«

»*Verdammt!*«, entgegnete Gray und trat vor Frust gegen die Wand des Gebäudes, neben dem er stand. Rex hatte ihm erklärt, dass Allye an der Rückseite ihres Oberschenkels ein Peilsender eingesetzt worden war. Er war nicht gerade glücklich darüber, dass an ihr herumexperimentiert wurde, andererseits war er natürlich froh darüber, dass das Team die Möglichkeit hatte, jede ihrer Bewegungen zu verfolgen. Er wusste so gut wie alle anderen, dass einfache Überwachung nicht genug war. Schon gar nicht bei jemandem wie Nightingale, der sehr gut darin geworden war, sich im Verborgenen zu halten. »Erkläre es mir von Anfang an. Was genau ist passiert? Wie ist es Nightingale gelungen, sie in die Hände zu bekommen, wenn sie in einem Taxi saß?«

»Sie ging wie geplant ins Theater und verließ es mit einem der anderen Tänzer, wie ich dir schon gesagt habe. Sie nahmen das Taxi und nachdem der andere Tänzer ein paar Straßen von ihrer Wohnung entfernt ausgestiegen war, hielt das Taxi nicht an ihrer Wohnung. Meat dachte zuerst, sie würde vielleicht etwas essen gehen, aber als das Fahrzeug über die Golden Gate Brücke in Richtung Sausalito fuhr, war ihm klar, dass etwas nicht stimmte.«

»Wo bist du?«, fragte Gray unwirsch und ging ins Gebäude zurück zum Autoverleihschalter. Er würde nicht länger warten, dass jemand kam, um ihn zu holen. Außerdem hatten sie alle bereits so viel zu tun. Er bevorzugte es, dass sie weiterhin nach Allye suchten, anstatt ihre Energie darauf zu verschwenden, ihn abzuholen.

»Meat hält sich immer noch bei Allyes Wohnung auf und versucht, das Signal wieder zu aktivieren. Die anderen haben sich um die Stelle herum versammelt, wo wir das Signal zuletzt empfangen haben.«

»Schick mir bitte die Koordinaten. Ich komme so schnell wie möglich.«

»Verstanden.«

»Ro?«, sagte Gray schnell, bevor sein Freund auflegen konnte.

»Ja?«

»Danke, dass ihr für sie da seid.«

»Uns war allen klar, dass du früher oder später auftauchen würdest«, sagte Ro ohne einen Hauch von Zweifel in der Stimme. »Du liebst sie, sie liebt dich. Und nichts kann zwischen euch kommen.«

»Darauf zähle ich«, sagte Gray. »Schicke mir die Koordinaten. Ich komme so schnell wie möglich.«

»Fahr vorsichtig. Wenn du einen Unfall hast, kannst du ihr nicht mehr helfen.«

»Mache ich.« Gray beendete das Gespräch und grüßte die Mitarbeiterin hinter dem Schalter. Während sie damit beschäftigt war, seinen Mietvertrag vorzubereiten, wippte Gray ungeduldig mit dem Fuß, nicht in der Lage, ruhig zu bleiben. Er durfte nicht daran denken, was mit Allye geschah. Nicht jetzt. Er musste sich zusammenreißen. Sie würde es schaffen. Sie musste es schaffen. Jedes andere Ergebnis war inakzeptabel.

Allye wurde langsam wach. Sie war einen Moment lang verwirrt und schüttelte den Kopf, um ihn zu klären. Sie begann, sich zu strecken, fühlte sich eingeengt und war überrascht, als sie ihre Beine nicht vollständig strecken konnte.

Die Erinnerungen kamen wieder hoch und sie riss die Augen auf und sah sich alarmiert um.

Sie war in einem großen Käfig, genau wie der Mann auf dem Boot gesagt hatte, als sie zu ihrem neuen »Herrn« gebracht werden sollte. Das schien eine Ewigkeit her zu sein.

Sie trug ihr Höschen und ihren BH, aber der Rest ihrer Kleidung war ihr weggenommen worden. Ihr Haar war offen und hing um ihren Kopf herum, ihr Haargummi war weg. Der Käfig befand sich in einem kleinen Raum ohne Fenster. Es gab einen Betonboden und auch die Wände sahen aus, als wären sie aus Beton. Es war kühl und sie bekam eine Gänsehaut.

Allye ging auf die Knie und testete die Stärke der Gitterstäbe um sie herum. Solide. An der Käfigtür befand sich ein Vorhängeschloss, sodass sie nicht auf diesem Weg entkommen konnte. Allye setzte sich auf ihren Hintern, umarmte ihre Knie und versuchte, nicht in Panik zu geraten.

»Sie werden kommen«, sagte sie sich leise. »Sie wissen, wo du bist. Sie werden dich holen.«

Die Worte halfen ihr dabei, sich zu beruhigen, auch wenn sie nur fieberhaft daran glauben wollte, dass sie wahr wären.

Sie wusste nicht, wie lange sie alleine gewesen war, doch als die Tür zum Raum plötzlich aufsprang, fuhr sie vor Schreck zusammen.

Zwei Männer kamen herein. Sie trugen olivgrüne Einteiler und hatten Baseballkappen auf.

»Bitte helft mir«, bat sie die Männer, als sie auf sie zukamen. »Ich werde hier gegen meinen Willen festgehalten.«

Die Männer beachteten sie gar nicht, sondern hockten

sich zu beiden Seiten ihres Käfigs hin. Sie sahen einander an und einer sagte: »Auf drei. Eins, zwei, *drei*.«

Allye kreischte überrascht auf, als die Männer den Käfig, in dem sie sich befand, hochhoben und begannen, sie aus dem Raum zu tragen.

»Hey, habt ihr mich nicht gehört? Ich wurde entführt! Macht den Käfig auf und lasst mich raus!«

Wieder benahmen sie sich, als hätte sie nichts gesagt. Sie hielt sich an den Gitterstäben des Käfigs fest und sah sich hektisch um, während sie versuchte herauszufinden, wo sie sich befand und was hier los war.

Die Männer trugen sie in ein Zimmer mit einem riesigen Fenster in einer Wand und stellten den Käfig grob ab. Allyes Zähne schlugen von der Wucht des Aufpralls aufeinander, mit der der Käfig auf dem Boden landete. Die Männer wandten sich zum Gehen.

»Hey, im Ernst. Ihr könnt mich doch nicht einfach hierlassen! *Helft mir*. Verdammt noch mal, helft mir!«

Ein Mann ging, doch der zweite drehte sich um, bevor er das Zimmer verließ. Er sah ihr in die Augen und sagte: »Tut mir leid, Haustier. Von uns brauchst du keine Hilfe zu erwarten. Du gehörst jetzt D.B. Wenn ich du wäre, würde ich genau machen, was er sagt.« Und dann ging auch er.

Allye schrie frustriert auf, der Schall hallte in dem kleineren Raum wider. Sie zog noch einmal verzweifelt an den Gitterstäben, aber auch diesmal rührten sie sich nicht.

In diesem Moment wünschte sie sich, sie hätte auf Gray gehört. Sie wünschte sich, wieder in seinem Haus zu sein. Ihn zu wecken, indem sie seinen Schwanz in den Mund nahm, wohl wissend, dass er grob werden und sie genau so nehmen würde, wie er es wollte ... und genau so, wie sie es gernhatte.

Sie wünschte sich, in seinen Armen zu liegen. Es warm

zu haben und in Sicherheit zu sein. Aber nein, sie hatte ja die Heldin spielen müssen, und so war sie hier gelandet. Sie hatte sich die Suppe eingebrockt und jetzt musste sie sie auch auslöffeln.

Die Tür öffnete sich noch einmal und Allye zuckte zusammen. Der Taxifahrer kam herein, obwohl er jetzt überhaupt nicht mehr so aussah wie zuvor. Er trug einen makellosen grauen Anzug mit einer roten Krawatte. Sein Haar war gekämmt und er sah tadellos aus. Aber der Gesichtsausdruck war einer, an den sie sich recht gut erinnerte. Kalt und hart.

Er ging hinüber zu dem Käfig, in dem sie sich befand, und hockte sich daneben.

»Du bist wach«, sagte er.

Allye verdrehte die Augen. Sie konnte einfach nicht anders. »Und du bist der Meister der Untertreibung«, scherzte sie.

Er kniff die Augen zu Schlitzen zusammen. »Ist das eine Art, mit deinem Herrn zu reden, Mystic?«

»Du bist nicht mein Herr«, protestierte sie.

Der Mann schüttelte den Kopf. »Ich hatte gehofft, dass du dich kooperativer zeigst.«

»Lass mich gehen!«, forderte sie, obwohl sie genau wusste, dass er es nicht tun würde, aber sie musste es trotzdem sagen.

»Nein. Du kannst es dir genauso gut gemütlich machen, denn du bist jetzt bis auf Weiteres hier zu Hause.«

»Das kannst du nicht machen! Ich habe ein Leben, Freunde. Du kannst mich nicht einfach entführen, mich einsperren und mir sagen, dass dies mein neues Zuhause ist.«

»Aber genau das habe ich gerade getan«, sagte er nüchtern.

»Ich verstehe das nicht«, sagte Allye, die unbedingt Antworten haben wollte. »Wenn du mich sowieso jederzeit in einem *Taxi* entführen konntest, warum war ich dann auf diesem blöden Boot? Warum hast du dir solche Mühe gemacht?«

Nightingale grinste. »Schließlich habe ich einen Ruf, den ich wahren muss. Ich bin *Der Boss*. Der Mann, der die Fäden zieht. Und ich erlaube nur den besten Angestellten – ich meine die loyalen Diener – zu wissen, welche der Haustiere mir gehören. Wo ich sie untergebracht habe und wie mein Unternehmen läuft. In deinem Fall musste ich allerdings leider erfahren, dass ich die Dinge selbst in die Hand nehmen muss, wenn ich möchte, dass sie richtig erledigt werden. Für dich habe ich eine *Ausnahme* gemacht, Mystic. Du solltest dich geehrt fühlen, dass ich dich selbst entführt und diesmal nicht meine Handlanger geschickt habe.«

»Was willst du von mir?«, fragte Allye mit bebender Stimme.

»Ich will *dich*, Mystic. Und jetzt habe ich dich. Du gehörst mir und du kannst denjenigen vergessen, mit dem du dich in Colorado eingelassen hast. Du wirst ihn nie wiedersehen – und ich werde dich dafür bestrafen müssen, dass du es *gewagt* hast, auch nur zu denken, du könntest mit einem anderen Mann als mir zusammen sein.«

Dann stand er auf und ging wieder zur Tür.

»Hey«, rief sie, »du kannst mich doch nicht einfach hierlassen! Ich muss mal auf die Toilette. Und Durst habe ich auch.«

An der Tür drehte er sich noch einmal um und zuckte mit den Achseln. »Nahrung und Wasser gibt es nur für Haustiere, die sich benehmen. Du, Mystic, hast keins von beidem verdient. Und was die Toilette angeht: Wenn du es dir verdient hast, werde ich dich aus dem Käfig lassen. Bis dahin kannst du in die Ecke deines Käfigs machen wie die anderen ungezogenen Tiere.«

Allye folgte mit den Augen seinem Kopfnicken und sah, dass da ein paar Zeitungen auf dem Boden lagen. Entsetzt starrte sie ihn an.

Er lachte leise. »Mein Gott, wie sehr ich diesen Ausdruck in deinen wunderbaren Augen liebe. Hat dir schon mal jemand gesagt, wie einzigartig du bist? Deswegen musste ich dich unbedingt haben, weißt du. Mit einem braunen Auge und einem blauen Auge und deinem Haar ... du bist wirklich ein Sammlerstück. Und jetzt gehörst du *mir*. Ich frage mich ... ist die Farbe deiner Augen genetisch bedingt?«

Sie starrte ihn an und hatte plötzlich einen Kloß im Hals, sodass sie kein Wort herausbringen konnte.

»Ich würde darauf wetten, dass sie vererblich sind. Ich habe ein paar Nachforschungen angestellt. Aber wir werden es ja sehen, wenn wir unser erstes Kind bekommen, nicht wahr? Und jetzt benimm dich. Ich komme später mit einer besonderen Überraschung für dich zurück.«

Und damit machte der Mann, den Allye nur als Nightingale kannte, die Tür hinter sich zu, als er ging, und das Klicken des Schlosses hallte laut durch den nackten Raum.

»*Neeeeeiiiin!*«, heulte Allye, setzte sich auf ihren Hintern und trat, so fest sie konnte, gegen die Gitterstäbe. Doch das bewirkte nur, dass ihr daraufhin die Füße wehtaten.

Interessanterweise waren die Tränen, die zuvor so schnell geflossen waren, plötzlich versiegt. Sie hatte größere Angst als jemals zuvor in ihrem Leben, doch die Tränen wollten nicht kommen. Sie dachte reumütig daran, dass nur Gray sie zum Weinen bringen konnte. Der Glückliche.

Sie rollte sich in einer Ecke ihres Käfigs zusammen und

wiegte sich hin und her. »Wo steckt ihr nur, Jungs? Ich bin hier. Kommt und holt mich.«

»Hier endet das Signal«, sagte Black und betrachtete durch sein Fernglas den Eingang des San Rafael Zoos für exotische Tiere. Einige wenige Menschen waren immer noch unterwegs, obwohl es dunkel wurde und die Einrichtung in Kürze schließen würde.

Der Park beherbergte mindestens hundert verschiedene Wildtiere. Löwen, Tiger, Flusspferde, Giraffen ... die Liste ging endlos weiter.

Ball, Black, Ro, Gray und Arrow überwachten das Gelände von einem etwa einen Kilometer entfernten Bergrücken aus. Sie lagen alle auf dem Bauch, getarnt von den Bäumen, die sie umgaben, und erkundeten die letzte Stelle, an der der Sender in Allyes Körper ein Signal abgegeben hatte.

»Ist dieser Ort nicht ein bisschen zu öffentlich, um hier entführte Frauen zu verstecken?«, fragte Ball. »Ich meine, da sind doch überall Leute mit Kameras.«

»Sieh mal«, erklärte Gray und zeigte auf einen Kleinlaster, der durch einen Hintereingang hineinfuhr, der nur für Angestellte vorgesehen war. »Schau dir den Anhänger am Spiegel an.«

»Verdammt noch mal«, fluchte Arrow leise. »Darauf befindet sich ein Pfotenabdruck, nicht wahr? Genau wie der, den der Augenzeuge in jener Nacht, in der Melany gefunden wurde, an dem Wagen gesehen hat.«

»Sie ist hier«, erklärte Gray im Brustton der Überzeugung. »Ich kann es spüren.«

»Aber wieso überträgt der Sender dann nicht?«, fragte

Ro. »Meat hat behauptet, das Signal sei ziemlich stark und dass es nicht viel gibt, das es nicht durchdringen kann.«

Gray nahm das Fernglas runter und drehte sich zu Ro um. »Nicht viele Dinge, aber manche Dinge könnten es also aufhalten. Was denn zum Beispiel?«

Die anderen setzten ebenfalls ihre Ferngläser ab und lauschten dem Gespräch.

»Elektromagnetische Wellen, Berge, große Objekte – verschiedene Dinge. Aber das sollte alles nur vorübergehend sein. Sie würden das Signal nicht komplett unterdrücken, so wie es jetzt der Fall ist«, erwiderte Black.

»Was, wenn sie irgendwo unter der Erde ist?«, fragte Gray langsam, hob das Fernglas wieder vor seine Augen und betrachtete erneut das Gelände vor sich.

»Ja, das wäre eine Möglichkeit. Besonders wenn es sich um einen Bunker oder so was handelt«, fügte Ro hinzu.

»Nightingale hätte problemlos einen Bunker unter diesem Tierpark anlegen lassen können. Und die Besucher hätten keine Ahnung, was sich unter ihren Füßen befindet«, erklärte Ball.

»Ich war schon einmal an einem Ort wie diesem«, erklärte Arrow. »Und dort gab es tatsächlich Tunnel und solche Dinge unter der Erde, damit die Tierpfleger problemlos von einem Käfig zum anderen gelangen konnten, ohne die Tiere zu stören oder selbst in Gefahr zu geraten.«

»Dort drüben«, sagte Gray und alle anderen Männer schauten wieder durch ihre Ferngläser, um nachzusehen, worauf Gray zeigte. »Seht ihr das Tor dort drüben? Dort müssen wir rein. Nachdem der Zoo geschlossen wurde. So wie es aussieht, führt dort eine Rampe nach unten. Seht ihr es? Beobachtet den Kleinlaster.«

Sie beobachteten alle, wie das Fahrzeug mit dem Logo

des San Rafael Zoos für exotische Tiere durch das elektrische Tor fuhr und die Rampe hinunter verschwand.

Gray kroch rückwärts, bis er sich auf der anderen Seite des Bergrückens befand, und stand dann auf. »Ruf sofort Meat an und sag ihm Bescheid.«

»Vielleicht sollten wir warten, bis –«

Gray ließ Ball nicht zu Ende reden. »Nein. Dieser Psychopath hat Allye. Ich werde keine Sekunde länger warten als absolut nötig. Wir wissen nicht, was er ihr bereits angetan hat oder was er ihr antun wird, wenn wir warten.«

Ball hielt abwehrend die Hände hoch.

»Immer mit der Ruhe, Gray«, sagte Black leise. »Ball ist nicht derjenige, auf den du sauer bist.«

Gray atmete tief durch und nickte. »Ich weiß, aber ich kenne dieses Spielchen. Nightingale wird ihre Chefin dazu benutzen, um Allye dazu zu bringen, das zu tun, was er von ihr verlangt.«

»Allye ist nicht dumm. Sie weiß, dass wir nach ihr suchen. Sie wird nichts Dummes tun.«

Gray hoffte, dass das tatsächlich der Fall war. Er wusste, wie sensibel und gutmütig Allye war. Sie würde sich selbst in Gefahr bringen, um anderen zu helfen. Verdammt, sie hatte es bereits getan. Er war sich nur nicht sicher, wie weit Nightingale mit ihr gehen würde.

Die Männer stiegen in die beiden Wagen, mit denen sie zum Beobachtungspunkt gefahren waren. Gray hörte kaum zu, als die anderen den Angriff planten. Er musste daran denken, wie er Allye das letzte Mal gesehen hatte, ihre Wangen von Tränen überströmt. Tränen, die sie laut eigener Aussage niemals vergoss. Es waren Tränen, die sie nur seinetwegen geweint hatte.

KAPITEL SECHZEHN

Allye schwieg, als Nightingale Stunden später den Raum betrat. Sie war steif und fror, weil sie so lange in einer Position gesessen hatte, und sie musste dringend pinkeln. Er schloss ruhig die Tür zu ihrem Käfig auf und Allye machte keine hektischen Bewegungen. Sie wartete ab, um zu sehen, was er von ihr wollte.

»Raus«, befahl er und schnipste mit den Fingern.

Allye hasste ihn mehr, als sie in ihrem ganzen Leben jemanden gehasst hatte, selbst ihre eigene Mutter, und kroch langsam aus dem Käfig. Sobald sie nahe genug war, legte Nightingale ihr ein breites Lederhalsband an. Er zog sie an dem Leder hoch und schnallte es fest. Zu fest.

Sie vergaß ganz, dass sie pinkeln musste, und war mehr um ihre Atmung besorgt. Sie würgte und griff mit den Händen nach dem Lederstreifen.

Er schlug auf sie ein. »Nimm die Hände runter.«

»Zu eng«, ächzte sie.

Er schnallte das Halsband noch enger und starrte sie mitleidslos an, während sie verzweifelt nach Luft schnappte. Und als sie gerade dachte, sie würde das Bewusstsein verlieren, lockerte er es wieder.

»Du hast von jetzt an nichts mehr zu sagen. Überhaupt nichts. Wenn ich das Halsband enger stellen möchte, mache ich es enger. Wenn ich dir sage, du sollst essen, dann isst du. Wenn ich dir sage, du sollst trinken, dann trinkst du. Du *gehörst* mir, Mystic. Und ich kann mit dir machen, was ich will.«

Sie erwiderte daraufhin nichts, sondern starrte ihn nur an und hoffte, er könnte die Wut in ihrem Herzen an ihrem Blick ablesen.

Allye war sich nicht sicher gewesen, wie er auf ihren Trotz reagieren würde – aber sie hatte nicht damit gerechnet, dass er lachte.

»Mein Gott, ich könnte den ganzen verdammten Tag in diese wunderbaren Augen blicken. Und jetzt gehören sie mir ... mir allein.« Er verschloss das Halsband, holte dann ein kleines Vorhängeschloss heraus und schloss es mit einem Klick ab, um sicherzustellen, dass sie das Lederband nicht von sich aus entfernen oder lockern konnte. Dann befestigte er eine Leine an dem Ring an der Vorderseite des Halsbandes, griff nach oben und befühlte die Strähne mit den weißen Haaren an der Seite ihres Kopfes.

»So wunderschön und einzigartig«, erklärte er und streichelte ihr Haar. »Nachdem ich dich das erste Mal tanzen gesehen hatte, habe ich kurz überlegt, ob ich dich für mich allein haben wollte. Aber dann sah ich dich in dem BDSM-Klub, in den ich ständig gehe. Du warst wie ein frischer Wind. Du hast die Annäherungsversuche aller Männer abgelehnt, und da wusste ich, dass ich dich haben musste.«

Allye keuchte. Sie konnte sich nicht mehr daran erinnern, an jenem Abend, an dem sie mit einer der anderen Tänzerinnen in diesen Klub gegangen war, dort Nightingale gesehen zu haben. Da war es wieder, das verdammte Karma, das sie auf dem Kieker hatte. Wäre sie in jener Nacht nicht dorthin mitgegangen, wäre dann überhaupt etwas von all dem hier passiert?

Nightingale streichelte noch einmal mit der Hand ihr Haar und Allye wollte vor ihm zurückschrecken, doch da er sie an der Leine festhielt, wusste sie, dass sie nicht weit kommen würde. Also beschloss sie, dass es wahrscheinlich besser wäre, sich zahm zu geben, und tat nichts.

»So ist es brav, kleines Haustier. Die Dinge werden um einiges glatter über die Bühne gehen, wenn du tust, was ich sage.« Und damit zerrte er so fest an der Leine, dass sie vor Schmerz aufschrie und auf alle viere auf den harten Betonboden fiel.

Der Schmerz in ihren Knien brachte Tränen in ihre Augen, doch Allye hatte keine Zeit, sich zu erholen, denn Nightingale ging, noch immer die Leine in der Hand, aus dem Raum. Ihr blieb nichts übrig, als wie ein Tier hinter ihm her zu kriechen. Wenn sie es nicht getan hätte, hätte er sie gezogen. Und sie hatte keinerlei Zweifel daran, dass er sie *tatsächlich* einfach gezogen hätte, wenn sie nicht mitspielte.

Allye, die mit jedem Zentimeter, den sie kriechen musste, Rache schwor, versuchte, sich umzusehen, als sie den Raum verließen. Sie gingen einen Gang hinunter, der etwa so breit war wie sie groß, mit einer Reihe von deckenhohen Fenstern, die gleichmäßig auf ihrer rechten Seite verteilt waren – und sie starrte entsetzt hinein, als sie an ihnen vorbeikamen.

Hinter jedem Fenster befand sich ein Raum, der mit ihrem eigenen identisch war. In einem davon befand sich eine Liliputanerin, die sich in einer Ecke zusammenkauerte und sie mit leblosem Blick anstarrte. In einem anderen befand sich eine Person, die Allye für eine Frau hielt, die aber auf jedem Zentimeter ihres Körpers Tätowierungen hatte. Als Nightingale vorbeikam, sprang die Frau von dort, wo sie lag, auf, griff das Fenster an und krallte sich daran fest, als wäre sie wirklich eine wilde Kreatur. Das Weiß ihrer Augen schien besonders hell zu sein im Kontrast zu der schwarzen Tinte, die ihr ganzes Gesicht, einschließlich ihrer Augenlider, bedeckte.

Nightingale lachte nur und zog Allye immer weiter mit sich.

Hinter dem nächsten Fenster stand eine schöne blonde Frau, aber sie weinte hysterisch.

Das Arschloch vor ihr knurrte beim Anblick ihrer Tränen. Er drehte sich um und erklärte kurz: »Sie ist traurig, weil ich ihre Zwillingsschwester töten lassen musste.« Er zuckte mit den Achseln. »Sie zusammen zu halten hat einfach nicht geklappt. Und diese ist einfach etwas zahmer. Sie gefällt mir besser. Aber wenn sie nicht aufhört zu heulen, gebe ich ihr einen Grund dazu, verdammt noch mal.«

Allye schloss kurz die Augen, während sie hinter dem Wahnsinnigen her kroch, der die Leine hielt. Sie wollte nichts anderes mehr sehen. Sie konnte sich nicht vorstellen, welche Schrecken jede dieser Frauen durchgemacht hatte, und sie wollte definitiv nicht daran denken, was er für *sie* auf Lager haben könnte.

Der Mann hielt am nächsten Fenster an und Allye sah eine weitere nackte Frau. Sie war unglaublich blass und ihr Haar war wunderschön weiß. Sie trug ein Halsband, ähnlich dem von Allye, und befand sich in einem Käfig. »Das ist mein Albino«, erklärte Nightingale im Gesprächs-ton. »Ihr beide gehört zu meinen Lieblingstieren. Ihr seid so selten und interessant. Sie ist schwanger«, erklärte er Allye.

»Ich kann es kaum erwarten herauszufinden, ob ihr Baby ebenfalls ein Albino ist wie sie selbst. Es wäre toll, eins meiner Haustiere von Anfang an zu trainieren.«

»Und was, wenn es ein Junge wird?«, fragte Allye leise.

Nightingale zuckte mit den Achseln. »Dann werfe ich ihn als kleinen Imbiss den Tigern zum Fraß vor. Für einen Jungen habe ich keine Verwendung.«

Allye hatte das Gefühl, sich übergeben zu müssen. Sie hatte nur diese vier Frauen gesehen, wusste aber, dass Nightingale mehrere hundert von ihnen verkauft haben musste. Vielleicht an Leute genau wie ihn selbst, die diese armen Frauen in Käfigen hielten. Sie misshandelten. Sie wie Tiere behandelten.

Er zerrte sie weiter und hörte dabei nicht auf zu reden. »Allerdings finde ich nicht, dass du dich zu sehr mit ihnen beschäftigen solltest, Mystic. Du solltest dir lieber über dich selbst Gedanken machen. Wenn du genau das tust, was ich von dir verlange, ist alles in Ordnung. Andernfalls ...« Er zuckte mit den Achseln und beendete den Satz nicht.

Stattdessen ging er weiter, bis er an einem Raum am anderen Ende des Ganges ankam. »Bist du bereit, kleines Haustier?« Doch er wartete gar nicht erst ihre Antwort ab, sondern stieß die Tür auf und betrat einen großen Raum, der an ein Auditorium erinnerte.

Allye war dankbar dafür, dass sie jetzt mit den Knien über einen dicken roten Teppich kroch und nicht mehr über den rauen Betonboden. Zu beiden Seiten des Ganges befanden sich Stühle und vor ihnen etwas, das aussah wie eine Bühne aus Holz. Sie kroch weiter hinter ihrem Entführer her, bis dieser vor der Bühne haltmachte. Die Bühne war nur ungefähr dreißig Zentimeter höher als der Boden.

»Rauf mit dir«, befahl er und Allye richtete sich

vorsichtig vor ihm auf. Ihre Knie waren rot und wund und weil ihr Halsband so eng war, hatte sie Schwierigkeiten zu atmen, doch sie sagte kein Wort. Sie wartete einfach ab. Entgegen aller Hoffnung ging sie davon aus, dass jede Minute, in der sie ertrug, was dieser Verrückte für sie geplant hatte, sie ihrer Rettung näher brachte.

»Ich habe diese Bühne nur für dich anfertigen lassen. Als ich das erste Mal gesehen habe, wie du tanzt, war ich fasziniert. Und nachdem ich gesehen habe, wie du in diesem BDSM-Klub jeden Mann hast abblitzen lassen, war mir klar, dass ich dich besitzen musste. Ich wollte, dass du nur für mich tanzt. Ich erinnere mich noch an das erste Mal, an dem ich dich auf der Bühne gesehen habe. Die Nummer hieß ›Die Schwester der Braut‹. Weißt du das noch?«

Allye nickte. Die Nummer gehörte nicht zu ihren Lieblingsstücken, da sie ziemlich oft das Kostüm wechseln musste und die Tanzeinlagen ziemlich schnell waren, doch sie wusste noch, wie es ging.

»Gut, kleines Haustier.« Er löste die Leine von ihrem Halsband und legte seine Hände um ihre Taille.

Allye zuckte bei seiner klammen Berührung zusammen. Sie hasste es, ihn in ihrer Nähe zu haben, und ganz besonders hasste sie es, von ihm angefasst zu werden.

Er hob sie hoch, als wöge sie nicht mehr als ein Kind. Er war vielleicht schon etwas älter und übergewichtig, doch das schien ihm überhaupt nichts auszumachen. Er war unglaublich stark. Er stellte sie auf den Rand der Bühne. Die Oberfläche war sehr rau, nicht glatt, wie eine Bühne es eigentlich sein sollte. Als sie hinabsah, stellte sie fest, dass es sich um unbehandeltes Holz handelte.

»Ich werde Splitter in die Füße bekommen«, sagte sie leise. »Das Holz ist so rau.«

»Ich weiß. So hast du gleich beim ersten Tanz die Motivation, es ausgesprochen gut zu machen«, erklärte Nightingale und lehnte sich zu ihr. »Wenn du es nämlich nicht perfekt machst, wirst du weiter tanzen. Mir ist es egal, ob deine Füße blutige Stummel sind. Du wirst einfach weiter tanzen, bis ich zufrieden bin, verstanden?«

Allye wollte mit dem Gesicht vor ihm zurückweichen, doch er hielt sie mit der Hand an den Haaren fest und zog ihren Kopf in den Nacken. Es war ungemütlich und sie fühlte sich dadurch ausgesprochen verletzlich. Dann leckte er ihren Hals vom Schlüsselbein bis zum Ohr ab und flüsterte: »Tanze, mein kleines Haustier. Und gib dir besser Mühe.«

Er ließ ihr Haar los und trat einen Schritt zurück. Dann nickte er jemandem zu seiner Rechten zu.

Allye keuchte, als einer der Männer, die zuvor ihren Käfig bewegt hatten, ins Licht trat. Er hielt Robin fest. Sie war nackt – und trug einen solchen Ausdruck des Schmerzes in ihren Augen, dass Allye entsetzt zurückschreckte.

»Mystic, ich denke, du kennst unseren Ehrengast«, bemerkte Nightingale. »Sie hat mir Gesellschaft geleistet, bis du hier eingetroffen bist. Sie kann zwar tanzen, aber sie ist eben nicht du.«

Allye wich langsam vor dem Monster zurück, das sie entführt hatte. Sie blickte hinter der Bühne nach rechts und sah dort nur eine Betonwand. Ein Blick zur anderen Seite ergab dasselbe. Es gab keinen Backstagebereich und nirgendwo, wohin sie hätte fliehen können. Der einzige Ausweg war die Tür auf der Rückseite des Raumes.

Nightingale ging hinüber zu Robin, fasste Allyes Mentorin und Freundin beim Haar und zerrte sie mitten in den Raum direkt vor die Bühne. Der Mann, der sie festgehalten hatte, schlüpfte den Gang entlang und aus der Tür, sodass die drei alleine in dem behelfsmäßigen Zuschauerraum zurückblieben.

»Jedes Mal wenn du einen Fehler machst, wird sie dafür bezahlen«, sagte Nightingale mit so nüchterner Stimme, dass es angsteinflößend war.

»Tu ihr nichts«, bat Allye ihn.

»Dann solltest du besser nicht ungehorsam sein, kleines Haustier«, erwiderte er, zog ein Messer und hielt es Robin an die Kehle.

Allye blieb fast das Herz stehen. Sie schaute Robin in die Augen, und die Verzweiflung und das Entsetzen, das sie dort sah, hätten sie fast in die Knie gezwungen.

Doch dann passierte etwas Merkwürdiges. Je länger sie der älteren Frau in die Augen starrte, desto klarer sah sie die unglaubliche Entschlossenheit in Robins Blick. Es war fast so, als hätten sie einander auf diese Art Stärke vermittelt.

Robin lebte noch immer. Das Monster hatte sie noch nicht umgebracht. Vielleicht konnte Allye sie noch immer retten.

Und zum ersten Mal verstand Allye wirklich, was Gray empfunden haben musste, als er gefangen genommen worden war. Sie war hilflos und konnte nichts anderes tun als genau das, was Nightingale von ihr verlangte.

Sie wusste, dass es völlig irrelevant war, ob sie perfekt tanzte oder Fehler machte, er würde ihnen trotzdem beiden wehtun. Aber wenn sie nur noch eine weitere Minute durchhalten konnte. Und dann noch eine. Und dann noch eine ... Black, Ro, Arrow und die anderen würden kommen. An diesem Gedanken musste sie sich festhalten.

Allye versuchte also, tief durchzuatmen, was ihr nicht gelang, weil ihr Halsband zu eng war, und tat dann, wie geheißen. Sie tanzte.

Gray ließ Arrow die Führung übernehmen. Er wollte das nicht selbst tun, denn das hätte bedeutet, dass er sich darauf hätte konzentrieren müssen, jeden auszuschalten, der ihm in die Quere kam, und das Einzige, worüber er sich Sorgen machen wollte, war Allye. Arrow und die anderen würden jeden überwältigen, der versuchte, sie aufzuhalten, und er würde sich um Allye kümmern. So hätte es von dem Moment an sein sollen, in dem sie ihn darauf angesprochen hatte, dass sie nach Kalifornien zurückkehren wollte, aber er war ein Dickkopf und ein Idiot gewesen.

Bis jetzt waren sie auf keinerlei Widerstand gestoßen. Meat hatte sich irgendwie in das Sicherheitssystem rund um den Zoo gehackt und den Alarm abgeschaltet. Sie brauchten nur das Schloss am hinteren Zaun aufzubrechen und schon waren sie drinnen.

Überall waren Tiergeräusche zu hören, aber Gray nahm sie kaum wahr. Niemand wusste, was sie erwartete, als sie durch die Türen brachen, aber sie waren auf alles vorbereitet. Sie hatten genügend Rettungseinsätze absolviert, um zu wissen, dass das, was sie vorfanden, entweder wirklich gut oder absolut schrecklich sein würde.

Gray wettete auf Letzteres.

Die fünf Männer schlüpften in einen dunklen Flur, als wären sie nichts als Schatten. Die Stimme von Meat in ihren Ohren hielt sie über die eigenen Sicherheitsmonitore des Geländes über alles auf dem Laufenden, was in dem Zoo um sie herum vor sich ging, und er hielt Ausschau nach jedem, der von hinten kommen könnte.

Es war nicht ein einziger Schritt zu hören, als die Söldner den Gang hinunter in Richtung der Musik gingen, die durch eine Tür am Ende des Ganges schallte.

Als sie an einem Fenster vorbeikamen, hielt Arrow inne und starrte hinein. An der Decke brannte ein kleines Licht und das Team konnte eine zierliche Frau auf der anderen Seite des Glases sehen. Gray dachte, sie wäre tot, bis sie blinzelte. Ihr Mund öffnete sich und sie sagte etwas, aber das Glas war so dick, dass niemand sie hören konnte. Entweder das oder sie gab keinen Laut von sich.

Ihr winziger Finger hob sich und sie zeigte in die Richtung, in die sie gegangen waren. Ball legte seinen Finger auf die Lippen und sie nickte.

Gray fürchtete sich davor zu sehen, was sich im Nebenraum befand, als sie sich dem Fenster näherten. Es war eine weitere Frau. Sie lief wütend hin und her. In der Sekunde, in der sie sie sah, stürzte sie sich auf das Glas und riss den Mund auf, als würde sie schreien.

»Verdammt noch mal«, fluchte Ro fast tonlos und machte instinktiv einen Schritt zurück. Sie alle sahen, dass nicht nur jeder Zentimeter ihrer Haut tätowiert war, sondern auch ihre Zunge und die Innenseite ihrer Lippen.

Die Truppe ging weiter und warf kaum einen Blick in die letzten beiden Räume. Sie hatten genug gesehen. Nightingale war erledigt und sie würden diese Frauen befreien, und wenn es das Letzte war, was sie taten.

Als sie zu der Tür am anderen Ende des Ganges kamen, wurde die Musik lauter.

Black legte Gray die Hand auf die Schulter. »Hast du dich im Griff?«, fragte er. »Bist du auf alles vorbereitet, was dich hinter dieser Tür erwarten könnte?«

»Allye ist hinter dieser Tür«, entgegnete Gray fast tonlos. »Ich würde es selbst mit dem Teufel aufnehmen, um sie zu retten.«

»Und das ist vielleicht genau das, was du auch tun musst«, warf Ball ein, bevor er Ro zunickte.

Anstatt wie die Höllenhunde durch die Tür zu stürmen, griff Ro nach dem Türknauf und drehte ihn lautlos, dann öffnete er die Tür. Sie ging nach innen auf und Gray lächelte.

Sie hatten bei einem ihrer allerersten gemeinsamen Einsätze gelernt, dass es manchmal effektiver war, sich dorthin zu schleichen, wo man hinwollte, und immer zu prüfen, ob die Tür unverschlossen war, bevor man sie aufbrach.

Während Ro langsam gegen die Tür drückte in der Hoffnung, dass sie nicht quietschen würde, betraten Gray und die anderen Mountain Mercenaries den Raum und bereiteten sich darauf vor, den berüchtigtesten Sexhändler, dem sie je begegnet waren, zur Strecke zu bringen.

»Höher!«, blaffte Nightingale, als eine Pirouette, die Allye gerade gemacht hatte, seinen Erwartungen nicht gerecht wurde.

»Ich gebe mein Bestes«, protestierte sie, atmete schwer und verzog das Gesicht, als sich ein weiterer Splitter in ihren Fußballen bohrte.

Ohne etwas zu sagen, platzierte Nightingale die Spitze des Messers, das er in der Hand hielt, auf Robins Arm und zog es nach unten, sodass es eine rote Spur des Blutes hinterließ.

»Keine Widerworte, Haustier«, erklärte Nightingale, »sonst bringst du sie um.«

Sie wollte ihn anschreien, dass *sie* nicht diejenige war, die Robin umbrachte, die übrigens ausgesprochen bleich und schwach aussah, wie sie vor ihm kniete, sondern *er*. Doch stattdessen hielt Allye den Mund, nahm wieder ihre

Position auf der Bühne ein und machte dort weiter, wo sie aufgehört hatte.

Sie tanzte jetzt schon seit geraumer Zeit – sie wusste nicht wie lange –, doch anscheinend machte sie es nicht richtig. Wahrscheinlich weil ihre Füße von dem harten Boden bluteten, und jedes Mal, wenn sie stolperte, tat Nightingale Robin etwas zuleide.

Allye befand sich mitten in einer Drehung, als sie dachte, im hinteren Teil des abgedunkelten Raumes etwas gesehen zu haben. Sie tanzte im Scheinwerferlicht und der Rest des Zimmers war dunkel. Sie hielt den Atem an und tanzte weiter, betete aber, dass das, was sie bemerkt hatte, die Rettung für sie und Robin war.

Allye hatte sich so sehr auf den hinteren Teil des Raumes konzentriert, dass sie während ihrer Drehung vergessen hatte, sich einen Fixpunkt zu suchen. Deswegen war ihr schwindelig, als sie aufhörte, sich zu drehen, sodass sie stolperte und auf die Knie fiel.

Nightingale wurde richtig wütend. »Nein, Haustier, nein! Meine Mystic fällt nicht hin! Das ist dumm! So verdammt *dumm!*«

Allye sah, wie er erneut nach Robin griff, und sie hatte die Nase voll. Sie war mit seinen Spielchen fertig. Sie hatte keine Lust mehr darauf, der Grund dafür zu sein, dass er ihrer Freundin und Mentorin wehtat. Sie konnte einfach nicht mehr.

»Ich bin fertig!«, sagte sie mit Nachdruck. »Es reicht.«

Nightingale schaute sie mit solcher Bosheit und Freude über ihre Ablehnung an, dass sie erschauderte. »Tatsächlich? Also hast du nichts dagegen, wenn ich sie jetzt direkt vor deinen Augen töte?«

Allye öffnete den Mund, um etwas zu erwidern, doch Robin kam ihr zuvor.

»Dann mach schon, Arschloch«, sagte sie undeutlich. »Du wirst mich sowieso töten. Also mach schon.«

»Der Einzige, der hier heute stirbt, bist *du*, Nightingale.«

Die tiefe Stimme mit dem britischen Akzent kam aus der Dunkelheit und Allye hatte in ihrem ganzen Leben noch nie etwas so Wunderbares gehört.

Ohne nachzudenken, lief sie dem Klang der Stimme entgegen.

Bevor sie jedoch mehr als drei Schritte gegangen war, sprang Nightingale auf die Bühne und schnappte sich ihren Arm. Sie kreischte und versuchte, sich aus seinem Griff zu befreien, jedoch ohne Erfolg. Nightingale riss sie zu sich hin und schlang einen Arm um ihre Brust. Er drückte das Messer gegen ihren Kiefer über dem Lederhalsband und zog sie beide auf die Bühne.

Drei schwarze Gestalten rückten näher an die Bühne heran und umringten sie, während eine vierte Robin beim Aufstehen half und sie zurück zur Tür zog.

»Wer seid ihr? Wie seid ihr hier hereingekommen?«, rief Nightingale und wich zurück, wobei er Allye praktisch mit sich zerrte.

»Wer wir sind, spielt keine Rolle. Es spielt nur eine Rolle, dass du sie loslässt.«

Allye wusste nicht, wer das gesagt hatte, doch es machte keinen Unterschied. Sie waren hier. Sie hatten sie gefunden.

Von der Seite sprang jemand auf die Bühne und hielt die Hände hoch, als er sich näherte, um zu zeigen, dass er unbewaffnet war.

»Lass sie los.«

Allye stockte der Atem.

Gray. Das war Gray. Er war *hier*!

Hektisch versuchte sie, sich nach ihm umzudrehen,

doch er stand mit dem Rücken gegen das Scheinwerferlicht, sodass sie nur seinen Umriss sah.

»Einen Schritt näher und sie stirbt«, erklärte Nightingale und drehte sich ganz um, um sich dieser neuen Gefahr zu stellen, wobei er Druck auf das blutige Messer ausübte, das er an ihre Kehle hielt.

Sie versuchte, nicht zu reagieren, konnte aber nichts für das kleine Wimmern, als die Spitze sich in ihre Haut grub. Es war entsetzlich schmerzhaft. Das war genau das, wovor Gray versucht hatte, sie zu warnen. Dass er es nicht ertragen würde, wenn sie benutzt würde, um ihn dazu zu zwingen, etwas gegen seinen Willen zu tun. Genau wie damals, als er in Afghanistan war.

Aber nein. Dies war nicht der Nahe Osten und sie war kein hilfloses Opfer. Gray war nicht gefesselt und er hatte seine knallharten Freunde im Rücken. Sie alle zusammen konnten den Mann, der sie als Geisel hielt, sicher überlisten. Oder etwa nicht?

Sie konnte Grays Gesicht nicht sehen. Sie konnte nicht sagen, ob er ihr irgendwelche Signale sandte oder nicht, also musste *sie* diejenige sein, die ihm ein Signal sandte. Aber was? Nightingale hielt sie zu fest, als dass sie in sich zusammensacken konnte in der Hoffnung, er würde sie fallen lassen. Das Messer, das er ihr an den Hals hielt, war extrem scharf, und er würde sie schwer verletzen können, wenn Gray sich auf ihn stürzte.

Was konnte sie also tun?

»Herr?«, sagte sie leise, wobei das Wort sich in seiner Obszönität fast wie ein Schrei anhörte.

»Was hast du gesagt?«, fragte er und der Griff seines Armes um ihre Brust verstärkte sich.

»Herr«, wiederholte Allye, »du tust mir weh. Wenn du mir wehtust, kann ich nicht tanzen.«

Er lockerte seinen Griff ein klein wenig. »Du gehörst mir«, erklärte Nightingale. »Ich habe dich gekauft ... du gehörst *mir*.«

»Dir ganz allein«, erklärte Allye und sah dabei fest Gray an. »Ich gehöre dir und du kannst mit mir machen, was du willst.«

»Es waren deine Augen, die mir aufgefallen sind. Da wusste ich, dass ich dich besitzen musste«, erklärte Nightingale. »Und dein Haar ist so wunderschön, mit dieser weißen Strähne ... Ich will Kinder haben, die Augen wie die deinen haben und eine weiße Strähne in ihrem Haar.«

»Das will ich auch«, erklärte Allye und sah dabei die ganze Zeit über in Grays Richtung.

»Wirst du für mich tanzen, Mystic? Ich wollte einfach nur die Schönheit sammeln. Und du bist der schönste Gegenstand in meiner Sammlung.«

»Ja, Herr«, erklärte Allye ihm pflichtbewusst. »Ich werde für dich tanzen. Ich bleibe hier und werde alles tun, was du von mir verlangst.«

»Du lügst!«, knurrte er, verstärkte den Griff um sie und hob das Messer zu ihrem Gesicht. Mit dem flachen Ende fuhr er über ihre Wange und machte mit der Messerspitze kurz unter ihrem Auge halt. »Vielleicht schneide ich dir einfach die Augen heraus und bewahre sie in einem Einmachglas auf. So kann ich sie mir ansehen, wann immer ich möchte, ohne dass ich damit rechnen muss, dass du mir widersprichst oder mich betrügst. Frauen lügen *immer*. Erst versprechen sie dir etwas und dann verweigern sie es dir.«

»Ich lüge nicht«, erklärte Allye, wohl wissend, dass sie diesen Mann ziemlich unterschätzt hatte.

»Doch, das *tust* du ... aber das ist okay«, entgegnete Nightingale. »Denn ich werde dich ficken und dich lange genug am Leben halten, bis du dein Junges wirfst. Dann werde ich deine Leiche ausstopfen, damit ich mir jederzeit deine Augen ansehen kann.«

Allye machte den Mund auf, um zu antworten – doch dazu hatte sie nicht mehr die Gelegenheit.

In der Sekunde, in der Nightingale sich Gray zuwandte – wahrscheinlich, um ihn noch mehr zu verspotten – und das Messer von ihrem Gesicht entfernte, wurde er von ihr weggerissen. Er lag auf dem Boden mit Black and Arrow auf ihm, bevor sie ein Wort sagen konnte. Sie waren von hinten gekommen, während er sich darauf konzentriert hatte, sie zu bedrohen und darauf zu achten, dass Gray auf Abstand blieb.

Dann war Gray da. Er schlang seine Arme um sie, hob sie auf, sodass ihre Füße nicht mehr die rauen Holzbretter berührten, und sprang von der Bühne, Allye noch immer in seinen Armen. Er ging den Gang entlang, bis sie Robin erreichten. Ohne ein Wort zu sagen, setzte er Allye auf den Boden. Er schaute auf das Vorhängeschloss an dem Halsband um ihre Kehle und seine Kiefermuskeln arbeiteten. Er fuhr mit dem Daumen über den kleinen Kratzer an ihrem Kiefer von dem Messer, mit dem Nightingale sie bedroht hatte, und nickte Ro zu, der ihm zum Mittelgang gefolgt war.

Er schritt wieder den Gang hinunter zu seinen Teamkameraden – und zu Nightingale, der lautstark protestierte und sich wehrte.

»Seht nicht hin, wenn ihr nicht zusehen wollt, wie er stirbt«, erklärte Ro Allye und Robin in einem Tonfall, als würde er etwas über das Wetter sagen.

Doch das konnte Allye nicht. Sie wollte den Mann sterben sehen. Es war ihr wichtig.

Sie konnte nicht hören, was die Männer sagten, aber es war offensichtlich, dass Black, Arrow und Gray auf jede erdenkliche Weise Informationen von ihm zu bekommen versuchten. Sie drehten ihn auf den Rücken und hielten ihm das Messer, mit dem er Robin und Allye verletzt hatte, an den Hals.

Allye schaute schließlich weg, als Nightingale schrie und seine Füße auf das raue Holz der Bühne schlugen.

Sie hoffte, dass der schreckliche Mann, der so vielen Menschen wehgetan hatte, wahnsinnig leiden würde.

Wie zur Bestätigung ertönte Nightingales nächster Schrei, und er war grell und gequält.

Sie war im Begriff, sich umzusehen, als Ro leise sagte: »Noch nicht, Süße.«

Also hielt Allye den Blick auf Robin gerichtet. Langsam stellte sie sich neben ihre Freundin und nahm ihre Hand, die sie fest drückte, weil sie einfach zu glücklich war, dass die Frau immer noch lebte nach allem, was sie durchgemacht hatte. Sie war erleichtert, dass Robin immer noch die Kraft hatte, ihren Händedruck zu erwidern.

Nightingale schrie erneut, wobei der Schrei diesmal etwas blubbernd klang, trotzdem drehte Allye sich nicht zur Bühne um. Sie hörte ihn noch ein letztes Mal um sein Leben betteln, dann grunzte er.

Und das war es dann.

»Ist es vorbei?«

»Es ist vorbei«, bestätigte Ro.

»Geratet ihr Jungs dafür jetzt in Schwierigkeiten?«

Der große Brite sah zu ihr hinab und lächelte sie an. »In Schwierigkeiten? Wohl kaum. Wir bekommen eher eine Medaille verliehen.«

Und plötzlich war Gray wieder da. Er hatte die Lippen zu einer dünnen, harten Linie zusammengepresst und sagte kein Wort, als er sich zu ihr lehnte und sie erneut hochhob.

Ro hob Robin in seine Arme und so verließen sie den großen, düsteren Raum.

Als sie gingen, blickte Allye über Grays Schulter. Das Rampenlicht leuchtete noch immer auf die Bühne. Der Leichnam von Nightingale lag mitten auf den Holzbrettern, sein Blut sickerte durch die Bretter unter ihm. Seine Beine waren gespreizt, die Arme an seinen Seiten, und er starrte ins Leere.

Allye schloss die Augen und fühlte nur Erleichterung. Es war vorbei. Ja, es gab noch andere Männer, die ausfindig gemacht werden mussten, und es gab immer noch Hunderte von vermissten Frauen, deren Verkauf Nightingale in die Wege geleitet hatte, aber ihr Leben konnte sich wieder normalisieren. Warum sie darüber nicht glücklich war, wusste Allye nicht.

Doch, sie wusste es. Gray. Sie hatte keine Ahnung, wo sie standen und was er wollte.

Sie legte ihren Kopf an Grays Schulter und seufzte. Sie würde später darüber nachdenken. Viel später.

KAPITEL SIEBZEHN

Allye lag im Krankenhausbett, war nervös und konnte es kaum erwarten, nach Hause zu kommen. Sie waren am Abend zuvor weit nach Mitternacht aus dem Bunker unter dem San Rafael Zoo für exotische Tiere in ein Meer aus Blaulichtern getreten. Rex hatte sich mit der örtlichen Polizei in Verbindung gesetzt, und die Beamten waren in Schwärmen herbeigekommen.

Die Männer, die Nightingale bei seiner Folter geholfen hatten, waren in Gewahrsam, und die Frauen, die er als Geiseln gehalten hatte, wurden ins Krankenhaus gebracht.

Ball, Black und Arrow hatten es geschafft, sich davonzuschleichen, ohne von der Polizei befragt zu werden, aber da Ro und Gray Robin und sie selbst nach oben getragen hatten, waren sie festgenommen worden.

Gray hatte sie sogar auf die Stirn geküsst, bevor er den Sanitätern im Krankenwagen zunickte, dass sie die Türen schließen sollten. Sie wollte protestieren. Sie wollte sagen, dass sie ohne ihn nirgendwo hingehen würde, aber sie wusste immer noch nicht, wie er empfand. Er war da, ja, aber er hatte nicht mehr als zwei Worte mit ihr gewechselt, seit er sie gerettet hatte.

Er war in Colorado so wütend auf sie gewesen. Und sie hatte sich aus seinem Haus geschlichen, als wäre sie im Unrecht. Vielleicht hatte er einfach nur ein Gefühl der Verantwortung für sie empfunden. Und jetzt, wo er sie erneut gerettet hatte, war er mit ihr fertig.

Der Gedanke ließ die lästigen Tränen noch einmal in ihren Augen aufsteigen, aber Allye hielt sie mit reiner Willenskraft zurück.

Mehrere Ärzte hatten an ihr herumgedoktert und sie untersucht. Sie hatten ihr die Splitter aus den Füßen gezogen, ihr eine Infusion gegeben, weil sie dehydriert war, und sie über Nacht zur Beobachtung dabehalten. Nun war es später Vormittag und sie hatten sie noch nicht entlassen. Sie wusste nicht, worauf sie warteten, und dachte darüber nach, aufzustehen und einfach hinauszugehen, als sie auf dem Flur vor ihrem Zimmer Tumult hörte.

Eine Frau stritt mit jemandem darüber, dass sie die Verlobte ihres Sohnes besuchen würde, und niemand und nichts würde sie davon abhalten.

Allye grinste. Sie konnte sich vorstellen, wie eine kleine alte Dame einem Arzt mit dem Finger drohte und ihm die Hölle heißmachte.

Sie grinste immer noch, als sich die Tür zu ihrem Zimmer öffnete und eine Frau, die sie noch nie zuvor gesehen hatte, dastand. Eine Krankenschwester war direkt hinter ihr.

»Es tut mir so leid, Miss Martin. Diese Frau behauptet, mit Ihrem Verlobten verwandt zu sein, und lässt sich nicht abwimmeln. Sagen Sie mir einfach Bescheid und ich rufe den Sicherheitsdienst und lasse sie hinauswerfen.«

Allye starrte die Frau in der Türöffnung an. Sie war

groß; nach Allyes Einschätzung musste sie fast einen Meter fünfundachtzig groß sein. Sie war schlank und trug einen knielangen Rock, eine Designerbluse und zwölf Zentimeter hohe Jimmy-Choo-Schuhe. Sie trug eine Louis-Vuitton-Tasche, die groß genug war, sodass genügend Kleidung für Allye für eine ganze Woche hineinpasste.

»Hallo, Allye«, sagte die Frau und trat mit einem breiten Grinsen ins Zimmer.

»Miss Martin, soll ich den Sicherheitsdienst rufen?«, fragte die Krankenschwester nervös.

Allye blickte von der Frau zu der Krankenschwester und schüttelte den Kopf. »Nein, ist schon in Ordnung.«

»Drücken Sie einfach die Ruftaste, wenn Sie mich brauchen«, erklärte die Krankenschwester.

Bevor sie ging, fragte Allye noch schnell: »Wollten Sie sich nicht um meine Entlassungspapiere kümmern ... haben Sie den Arzt schon gefunden?«

»Oh, stimmt ja. Mal sehen, was ich tun kann«, murmelte die Krankenschwester, als sie das Zimmer verließ und Allye allein mit der unbekannten Frau zurückließ.

Die Frau stellte ihre Tasche auf dem Boden ab und trat näher ans Bett heran. Sie trug das silbergraue Haar in einer komplizierten Hochsteckfrisur und ihre braunen Augen glänzten, als sie sie anlächelte. Ihr Make-up war perfekt und um ehrlich zu sein, kam sie Allye wie ein Model vor. Aber sie war schon um die sechzig, also war sie wahrscheinlich kein Model.

Sie blieb in der Nähe des Bettes stehen, kam aber nicht nahe genug, als dass Allye sich in irgendeiner Art bedroht fühlte.

»Ich heiße Pene Rogers, meine Liebe«, erklärte die Frau. »Und mein Sohn hat mir nur Gutes über dich erzählt. Ich bin so froh, dich endlich kennenzulernen. Es tut mir nur leid, dass es unter diesen Umständen ist.«

Allye starrte die Frau an. *Das* war Grays Mutter? Sie hatte sich jemanden komplett anderes vorgestellt. Nicht diese ... wunderschöne, stylische Göttin. Das machte Allye nur umso nervöser.

»Äh ... hi. Wissen Sie, wo Ihr Sohn ist?«

Sie winkte nonchalant ab. »Oh, er kümmert sich um irgendetwas. Mach dir keine Gedanken. Er wird schon bald hier auftauchen.«

Genau das befürchtete Allye. »Und was machen Sie hier?«

»Gray hat mich gestern Abend angerufen und mir gesagt, er würde mich benötigen. Er hat mir eine Nachricht hinterlassen, dass du hier bist, also bin ich vom Flughafen direkt zum Krankenhaus gekommen.«

Allye war verwirrt. Gestern Abend hatte sie sich noch in den Klauen von Nightingale befunden. Woher hatte Gray gewusst, dass er sie finden würde? Oder dass es ihr gut ging?

Pene tätschelte ihre Hand. »Denk nicht zu sehr darüber nach. Grayson scheint immer den Ausgang der Dinge zu kennen, bevor sie überhaupt passiert sind. Hat er dir erzählt, dass ich einen Autounfall hatte und ziemlich heftig verwundet worden war? Damals befand er sich auf einem Einsatz in Übersee und trotzdem rief er das Rote Kreuz an, bevor ich mich überhaupt bei ihm melden konnte. Es ging mir gut, aber er wusste, dass ich verletzt worden war.«

Allye starrte Grays Mutter an und wusste nicht, was sie sagen sollte.

Doch das schien sie weder zu bemerken, noch schien es ihr etwas auszumachen. Stattdessen zog sie sich einen Stuhl ans Bett und begann ein ziemlich einseitiges Gespräch, als wäre es das Normalste auf der Welt.

»Ich habe das Gefühl, dich schon zu kennen. Ich habe dich im Internet gegoogelt, weißt du. Du kannst wunderbar tanzen. Ich habe auch all deine Interviews gelesen. Ich denke, du hast eine Menge Arbeit vor dir, wenn du willst, dass Grayson Vegetarier wird, aber es ist gut für ihn, sich gesünder zu ernähren. Er isst ohnehin schon zu viel rotes Fleisch. Aber ehrlich gesagt ist es kein Wunder, dass mein Sohn dich so sehr liebt. Du bist liebenswert, schön und talentiert.«

»Äh ... ich glaube, da liegen Sie falsch«, erklärte Allye ihr. »Wir haben uns gestritten. Ich bin mir nicht mal mehr sicher, ob wir noch zusammen sind.«

Pene sah sie lange an und lächelte dann. »Da ist etwas, das du über Grayson wissen musst. Er ist ein Hitzkopf. Sein Vater, Gott habe ihn selig, war genauso. Grayson regt sich über Nichtigkeiten auf und wenn er dann Zeit hatte, darüber nachzudenken, sieht er es ein. Du musst ihm einfach nur Zeit und den Raum lassen, darüber nachzudenken. Ich habe ihm immer und immer wieder gesagt, dass er irgendwann den Preis dafür zahlen muss, wenn er das nicht in den Griff bekommt. Ich will ihm nur ungern erklären: ›Ich habe es dir gleich gesagt‹, aber wenn dem nun mal so ist.«

Allye musste lächeln.

Pene lehnte sich zu ihr, stützte ihre Ellbogen auf die Matratze und senkte die Stimme, als würde sie ihr ein Geheimnis anvertrauen. »Wahrscheinlich sollte ich das nicht sagen, weil ich ja seine Mutter bin und so, aber verdammt, wenn sein Vater und ich uns gestritten hatten und der Mann sich beruhigt hatte und nach Hause gekommen war, damit wir in Ruhe darüber reden konnten ... dann war der Versöhnungssex wirklich unglaublich.«

Allye wurde knallrot. Dann fragte sie vorsichtig: »Ihr

Mann ist gestorben?« Sie glaubte, sich daran erinnern zu können, dass Gray ihr irgendetwas in die Richtung erzählt hatte, als sie damals auf dem Meer trieben, doch sie war sich nicht mehr sicher.

»Leider ja. Und er fehlt mir jede einzelne Minute meines Lebens, doch mit ihm hatte ich auch die zwanzig besten Jahre meines Lebens. Und das würde ich für nichts in der Welt tauschen. Er hat immer gesagt: ›Pene, mein Schatz, du hast nur ein Leben und du musst jeden Tag so leben, als wäre er dein letzter.‹ Und genau das haben wir gemeinsam getan. Er war Lokomotivführer und es war ein schrecklicher Unfall. Ein Fahrzeug steckte auf den Gleisen fest, und anstatt aus dem Kontrollraum zu entkommen, weg von dem Aufprall, wie er es gelernt hatte, tat mein Mann alles, um den Zug abzubremsen, bevor er auf den Wagen prallte.«

»Was ist passiert?«, fragte Allye, der die wunderschöne Frau, die vor ihr saß, unglaublich leidtat.

»Beim Aufprall fing der Wagen Feuer und es breitete sich auch in die Fahrerkabine aus. Er konnte nicht mehr entkommen.«

Allye konnte einfach nicht anders. Sie streckte die Hand aus, legte sie auf Penes und drückte sie sanft. »Es tut mir so leid.«

Pene nickte. »Vielen Dank, meine Liebe. Um ehrlich zu sein, war es wirklich schlimm. Aber Grayson und sein Bruder waren für mich da. Und ich habe daraus gelernt, dass man so viel wie möglich lieben muss, solange man die Gelegenheit dazu hat. Von ganzem Herzen lieben und nichts zurückhalten. Dass man jedes Opfer bringen muss, damit die Beziehung funktioniert. Denn wie schon gesagt, wir leben nur einmal. Also machen wir es richtig.«

Allye schossen die Tränen in die Augen. Nun, da der

Damm gebrochen war, schien es kein Halten für ihre Tränen mehr zu geben.

»Oh je, weine doch nicht, meine Liebe! Grayson reißt mir den Kopf ab, wenn er hereinkommt und sieht, dass du weinst, ganz besonders weil du nie weinst.«

»Das hat er Ihnen erzählt?«, fragte Allye, die versuchte, die Tränen zurückzuhalten, indem sie das Thema wechselte.

»Oh ja. Er hat mir alles Mögliche über dich erzählt.«

»Ich wusste gar nicht, dass Sie so oft mit ihm reden.«

»Er ist mein Sohn. Wenn er es zulassen würde, würde ich jeden Tag mit ihm sprechen. Aber ich versuche, mich zu beherrschen.« Die ältere Frau zwinkerte ihr zu.

Allye konnte das nicht verstehen. Ihre eigene Mutter hatte nie mit ihr gesprochen, außer sie musste es. Selbst die Pflegeeltern, die sie gehabt hatte, behandelten ihre eigenen Kinder nicht so. Es war eher so, dass die Eltern froh waren zu sehen, dass ihre Kinder das Nest verließen, wenn sie achtzehn waren, damit sie ihr eigenes Leben weiterleben konnten.

»Du wirst schon sehen, wenn du deine eigenen Kinder hast«, erklärte Pene und tätschelte wissend Allyes Hand.

Grays Mutter blieb bei ihr und plauderte darüber, wie Gray als Kind gewesen war, was sie jetzt mit ihrem Wohltätigkeitsverein machte und sogar ein wenig über Grays jüngeren Bruder Jackson.

Allye verlor jedes Zeitgefühl, fasziniert von Pene und wie offen und freundlich sie war. Aber bald nickte sie zu allem, was Pene sagte, weil sie extrem müde war und nicht mehr genau aufpasste.

»Ich hoffe, dass du einen meiner Square-Dance-Kurse besuchst, wenn du zu einem Besuch nach Florida kommst. Wir sind nicht so gut wie du, aber ich habe allen meinen

Freundinnen von dir erzählt, und sie brennen darauf, dich kennenzulernen. Vielleicht kannst du mit deiner Tanzgruppe reden und den Mitgliedern sagen, dass eine Reise nach Florida für eine Aufführung eine gute Idee ist. Nein, ich weiß! Ich werde nach Denver kommen. Ausflug für Mädels! Das wird ein Riesenspaß und –«

»Mom, siehst du nicht, dass sie erschöpft ist? Gib es auf.«

Und bei diesen Worten war Allye plötzlich wieder hellwach.

Gray stand an den Türrahmen gelehnt da, die Arme über der Brust verschränkt. Als er bemerkte, dass sie ihn ansah, drückte er sich ab und schlenderte durch das Zimmer. Er gab seiner Mutter einen Kuss auf die Wange und wandte sich dann an sie.

»Wie fühlst du dich, Kätzchen?«

Als sie hörte, wie er ihren Namen mit dieser tiefen, sexy Stimme aussprach, kamen ihr schon wieder die Tränen.

»Weine nicht. Bitte, weine nicht«, sagte er mit gequälter Stimme.

Er setzte sich auf die Bettkante, zog sie in seine Arme und vergrub sein Gesicht in ihrem Haar.

Sie bemerkte kaum, wie Grays Mutter sich leise aus dem Zimmer stahl und sie allein ließ.

»Es tut mir leid«, sagte er, ohne den Kopf zu heben. »Ich war ein Idiot. Ich hätte auf dich hören sollen. Und ich hatte sowieso schon entschieden, dass du recht hast und dass du dich natürlich nicht verstecken solltest, wenn Leute verletzt und getötet werden, und ich war bereits auf dem Heimweg. Und nur damit du's weißt, ich würde genauso handeln.«

»Ich hätte auch nicht einfach so abhauen dürfen, ohne noch mal mit dir zu reden«, erwiderte Allye. »Ich war verletzt und habe nicht nachgedacht.«

Gray lehnte sich ein wenig zurück. »So wie es aussieht,

müssen wir beide noch viel über den anderen lernen, was?« Sanft rieb er ihr mit den Daumen die vereinzelten Tränen von den Wangen. »Es gefällt mir überhaupt nicht, dass ich dich zum Weinen gebracht habe, obwohl du nie weinst.«

Sie schenkte ihm ein kleines Lächeln und hielt sich an seinen Handgelenken fest. »Ich glaube, es ist gut für mich.«

Er verdrehte die Augen, woraufhin ihr Lächeln nur noch breiter wurde.

»Bringst du mich nach Hause?«, flüsterte sie.

»Zu deiner Wohnung?«, fragte er.

Allye schüttelte den Kopf. »Nein, nach Hause. Nach Colorado. Mir fehlt dein Haus.«

»*Unser* Haus. Und nichts täte ich lieber, als dich nach Hause zu bringen.« Dann machte er eine Pause, als würde er darüber nachdenken, ob er etwas fragen sollte. Sie sah die Sekunde, in der er beschloss, seine Frage zu stellen. »Wirst du etwas hier vermissen? Das Tanztheater? Deine Freunde?«

Sofort schüttelte Allye den Kopf. »Ich kann auch in Colorado tanzen. Und meine Freunde bleiben meine Freunde. Hoffentlich finde ich auch ein paar neue.«

»Das wirst du«, versprach er ihr. »Wie solltest du das auch nicht? Du bist großartig.«

Sie lächelte zu ihm hoch. »Wie geht es Robin? Kann ich sie besuchen, bevor wir gehen?«

»Soweit ich weiß, geht es ihr gut. Sie hat ein paar gezerrte Muskeln – und bevor du fragst, nein, du willst nicht wissen, wie sie die bekommen hat – und sie musste auch mit ziemlich vielen Stichen genäht werden, aber ihr Ehemann ist hier und er hat mir vorhin gesagt, dass sie in ein paar Tagen entlassen wird.«

»Da bin ich froh.«

»Du hast dich dort wirklich großartig geschlagen«,

erklärte Gray. »Es gefiel mir überhaupt nicht, dass du in Gefahr warst, aber du hast dich toll verhalten und es ist dir gelungen, ihn zu verwirren und abzulenken, während die anderen sich an ihn herangeschlichen haben.«

Allye nickte traurig und sagte dann leise: »Ich bin froh, dass er tot ist. Hast du die Frauen in den anderen Zimmern gesehen?«

»Ja. Sie sind auch hier im Krankenhaus, aber ich habe gehört, dass sie die Frau mit den Tätowierungen in die psychiatrische Abteilung stecken mussten. Nightingale hat ihr zu sehr zugesetzt.«

»Er hat gelitten, richtig?«, fragte Allye, nachdem sie sich mit einem Blick versichert hatte, dass die Tür noch immer geschlossen war.

»Ja, Kätzchen. Dafür haben wir gesorgt.«

»Gut.«

»Ich liebe dich«, erklärte Gray einen Augenblick später. »So sehr, dass du es nicht glauben würdest. Als ich dich kennengelernt habe, dachte ich, dass du mir ein wenig zu frech wärst. Aber nachdem Black uns aus dem Meer gefischt hatte, wusste ich bereits, dass du die Richtige für mich bist, glaube ich. Besonnen, gelassen unter Druck und jemand, den ich im Notfall unbedingt an meiner Seite haben möchte.«

»Wirklich?«

»Wirklich. Ich war höllisch schockiert, als du im *The Pit* aufgetaucht bist, aber auch erleichtert. Ich wusste, dass mir eine zweite Chance gegeben wurde. Mein Vater hat mir immer gesagt, ich solle das Leben, das einem gegeben wird, voll auskosten, ohne Reue. Nun, ich bereute es, dass ich dich gehen ließ, ohne nach deiner Telefonnummer zu fragen, als ich dich dort am Strand verlassen habe. Und dann warst du plötzlich da. In Colorado. Es war ein Zeichen, und ich wollte dich nicht wieder gehen lassen.«

»Ich bin froh, dass du mich nicht wieder hast gehen lassen. Ich kann nicht versprechen, dass ich immer die beste Freundin sein werde, die man haben kann, da ich noch nie zuvor wirklich geliebt worden bin. Aber ich versuche, auf das einzugehen, was du mir sagst, das verspreche ich, und ich werde nie wieder einfach abhauen, ohne vorher noch mal mit dir zu reden.«

Gray schüttelte den Kopf. »Nein, Kätzchen. *Ich* werde mein Bestes geben, dir zuzuhören und nicht gleich auszuflippen.«

»Deine Mutter hat gesagt, das hättest du von deinem Vater geerbt.«

»Das stimmt wahrscheinlich«, sagte er verlegen.

»Und ich gebe dir Zeit und Raum, wenn du ihn brauchst«, erklärte Allye. »Du darfst ruhig in Ruhe darüber nachdenken, Gray. Ich werde versuchen, dich nicht zu bedrängen, eine Entscheidung zu treffen, wenn es um etwas Großes und Wichtiges geht.«

»Da wir gerade von etwas Großem und Wichtigem sprechen«, erklärte Gray, strich ihr übers Haar und stand dann auf.

Allye keuchte, als er auf dem Boden des Krankenhauses vor ihr auf die Knie ging. Sie starrte ihn mit offenem Mund und weit aufgerissenen Augen an.

»Allye Martin, ich liebe dich. So sehr, dass ich mir nicht vorstellen kann, den Rest meines Lebens ohne dich zu verbringen. Möchtest du mich heiraten? Den Rest unseres gemeinsamen Lebens neben mir schlafen? Zusammen mit mir Kinder haben, die wir bedingungslos lieben und denen wir so sehr auf die Nerven gehen werden, dass sie froh sein werden, das Haus zu verlassen, sobald sie die Highschool abgeschlossen haben, die uns dann aber so sehr vermissen werden, dass sie am nächsten Abend zum Essen nach Hause kommen? Wirst du meine Stimmungsschwankungen und meinen Job mit seinen seltsamen Arbeitszeiten ertragen? Versprichst du mir, egal was ich sage oder tue, dass du mich nie verlässt und mich für immer lieben wirst? Ich kann ohne dich nicht leben, Kätzchen. Ich habe dich einmal aufgegeben und dich auf die schlimmste Weise im Stich gelassen. Ich werde es nicht wieder tun.«

Diesmal waren Allyes Tränen Tränen des Glücks. »Ja, Gray. Natürlich werde ich dich heiraten. Ich liebe dich so sehr.«

Dann warf sie sich in seine Arme und er hielt sie fest, als wollte er sie nie wieder loslassen.

Als Allye zufällig hochschaute, sah sie, dass Grays Mutter durch das Fensterchen in das kleine Krankenhauszimmer blickte. Sie weinte ebenfalls und als sie bemerkte, dass Allye sie gesehen hatte, hob sie ihre Daumen hoch und lächelte ihr zu.

Allye schloss die Augen und überließ sich ganz Gray. Wie es ihr gelungen war, von jemandem, der fast auf einem Boot mitten im Meer ertrunken wäre, zum glücklichsten Menschen der Welt zu werden, wusste sie nicht. Aber wie Pene Rogers schon sagte, man sollte das Leben genießen, als wäre jeder Tag der letzte. Und genau das würde sie tun.

»Allye!«, rief Gray. »Komm schon! Wir kommen zu spät!«

»Reg dich nicht auf!«, rief sie die Treppe runter. »Ich komme.«

Gray grinste und begann wieder, hin und her zu gehen. Es war ein Nachmittag der Vorführungen im Barbara Ellis Tanzstudio in Colorado Springs geplant, wo Allye unterrichtete, seit sie aus Kalifornien zurückgekehrt waren. Sie hatte die Entscheidung getroffen, dass sie selbst nicht mehr tanzen wollte, zumindest nicht bei einem professionellen Tanztheater. Diese Entscheidung beruhte zum Teil darauf, dass sie dafür mindestens zweimal pro Woche nach Denver fahren musste, da es in Colorado Springs kein professionelles Theater gab. Und sie sagte, dass sie sich auch dafür entschieden hatte, weil es ihr Spaß gemacht hatte, die Klasse mit der kleinen Rory, dem Mädchen mit Down-Syndrom, zu unterrichten und dass sie das jetzt als beruflichen Weg einschlagen wollte.

Barbara hatte Allye gern als Mitarbeiterin eingestellt. Heute Nachmittag war die erste Vorführung, seit sie begonnen hatte, Vollzeit zu unterrichten, und die Klasse für

Kinder mit Behinderungen gab ihr Debüt. Es gab acht Jungen und Mädchen in der Klasse – drei mit Down-Syndrom, zwei im Rollstuhl, eine, die eine Gehhilfe benutzte, und ein Schwesternpaar mit Krampfanfällen.

Gray glaubte, dass er noch nervöser war als Allye. Er hörte sie auf der Treppe, drehte sich um und erstarrte.

Er konnte nicht glauben, dass eine so schöne Frau wie Allye mit *ihm* zusammen war.

Sie trug ein ziemlich schlichtes Kleid. Es war schwarz, mit hohem Kragen und langen Ärmeln, aber die Ausschnitte ließen ihre Schultern frei. Es war körperbetont und geschmeidig und schimmerte durch den glänzenden Stoff. Und in den hohen Schuhen war sie etwas größer als sonst.

Sie drehte sich unten auf der Treppe ein wenig und fragte: »Sehe ich einigermaßen okay aus?«

»Einigermaßen okay?«, fragte Gray und ging langsam auf sie zu.

»Ja. Das Kleid ist neu und eine meiner Kolleginnen hat mir dabei geholfen, es auszusuchen, aber vielleicht ist es ein bisschen zu viel. Schließlich ist es ja nur eine Nachmittagsaufführung und –«

Gray ließ sie nicht ausreden. Stattdessen legte er ihr eine Hand in den Nacken und zog sie heftig an sich, sodass sie ein kleines Keuchen ausstieß, als sie an seiner Brust auftraf. Dann legten sich seine Lippen auf ihre und er küsste sie, als würde er nie genug von ihr bekommen können.

Sie stieß ihn nicht weg. Tatsächlich legte sie eine Hand in seinen Nacken und grub ihre Fingernägel in seine Haut, während sie ihn festhielt und den Kuss erwiderte. Sie legten die Köpfe erst auf die eine, dann auf die andere Seite und ihre Atmung wurde immer heftiger.

Gray zog sich zurück, als er etwa eine Sekunde davon

entfernt war, sie umzudrehen, ihr den Rock hochzuschieben und sie direkt hier auf der Treppe zu nehmen.

Und er konnte sehen, dass ihr durchaus klar war, was sie ihm antat. Ihre Augen funkelten vor Lust und ihre Wangen waren vor Erregung gerötet. Sie leckte sich langsam über die Lippen und er hätte fast beschlossen, dass es ihm egal war, ob sie zu spät kamen.

»So wie es aussieht, sehe ich okay aus«, neckte sie ihn.

»Ich könnte dich auf der Stelle vernaschen«, erwiderte er. »Und ich bin schon völlig ausgehungert.«

Sie verdrehte die Augen und Gray spürte, wie sein steifer Schwanz noch härter wurde. Verdammt, er konnte von ihrer frechen Art einfach nicht genug bekommen. Die Tatsache, dass er sie fast verloren hätte, traf ihn immer zu den merkwürdigsten Zeitpunkten wie ein Schlag, und dies war einer davon.

»Mach das nicht«, sagte sie, lehnte sich vor und küsste ihn sanft. »Ich bin hier und es geht mir gut.«

»Ich liebe dich«, erklärte er ihr.

»Ich liebe dich auch«, erwiderte sie sofort. »Aber wir müssen jetzt wirklich los. Die Kinder flippen aus, wenn ich zu spät komme.«

»Nein, das tun sie nicht«, entgegnete Gray. »Sie werden dich wie immer begrüßen, mit Umarmungen.«

»Das stimmt«, gab Allye zu. Sie legte ihm eine Hand auf die Wange. »Womit habe ich dich überhaupt verdient?«

»Das wollte ich auch gerade sagen«, erwiderte Gray.

Sie lächelten einander an und schließlich brach er die Umarmung ab, drehte sie um und gab ihr einen kleinen Schubs in Richtung Garage, bevor er ihr einen Klaps auf den Hintern erteilte. »Auf geht's, Kätzchen, deine kleinen Schergen warten schon.«

Kichernd ging sie zur Garage voran.

Stunden später, nachdem Allyes Kinder mit besonderen Bedürfnissen allen anderen die Show gestohlen hatten, indem sie die enthusiastischste Gruppe von Kindern waren, die je getanzt hatte, obwohl sie definitiv nicht die am besten koordinierte waren; und nachdem Barbara Ellis bekannt gegeben hatte, dass der Name der Schule in Barbara Ellis und Allyson Mystic Tanzstudio geändert wurde; und nachdem seine Mutter sie damit überrascht hatte, dass sie mit zwei ihrer Freundinnen zur Aufführung erschienen war; und nachdem Ro, Ball, Black, Meat und Arrow sie *ebenfalls* überrascht hatten, indem sie mit genügend Blumen für jedes kleine Mädchen und jeden Jungen auftauchten und Allye dabei zum Weinen gebracht hatten; und nachdem Allye alle Eltern begrüßt hatte, die gekommen waren, um sich die Aufführungen anzusehen, fuhr Gray schließlich in die Garage ihres Hauses zurück.

Er drückte den Knopf, um das Garagentor zu schließen, und stellte den Motor ab.

»Bleib hier«, befahl er und stieg aus.

Allye blieb sitzen, ein kleines Lächeln auf ihrem Gesicht, als sie ihm zuliebe nachgab.

Gray pirschte sich um den Wagen herum zur Beifahrerseite und öffnete die Tür. Das Erste, was er sah, war das Oberlicht, das von dem Verlobungsring an ihrem Finger glitzerte. Er wollte ihr zwar einen großen und auffälligen Ring schenken, aber er widersetzte sich der Tradition und ließ sie stattdessen aussuchen, was ihr gefiel. Er wollte ihr auf keinen Fall etwas kaufen, das ihr nicht gefiel. Aber er hatte es so arrangiert, dass die Verkäufer bei den Juwelieren nichts über die Preise sagten. Gray hatte gewollt, dass Allye genau das wählte, was sie haben wollte, egal wie teuer.

Sie hatte am Ende einen Ring bekommen, den Gray nie für sie ausgesucht hätte, aber von dem er wusste, dass er perfekt war. Ihre Augen hatten aufgeleuchtet, als sie ihn zum ersten Mal gesehen hatte, und er wusste, dass er Himmel und Hölle bewegen würde, um diese Art von Erstaunen und Freude in ihren Augen jeden Tag für den Rest ihres Lebens zu sehen.

Er war aus Platin, mit zwei kleinen, quadratischen Diamanten auf jeder Seite eines größeren Steins im Smaragdschliff. Insgesamt waren es nur etwa zwei Karat. Er hätte sich für einen vier- oder fünfkarätigen Ring entschieden, den niemand für etwas anderes als das halten konnte, was er war, nämlich eine Manifestation seines Besitzanspruchs, aber ihm gefiel, was sie für sich selbst entworfen hatte, einfach weil *sie* es so sehr liebte.

Gray half Allye aus dem Wagen und schloss dann die Tür hinter ihr. Er drängte sie mit dem Rücken zum Fahrzeug, ließ seine Hände zu ihren Hüften wandern und begann, ihr Kleid hochzuziehen. »Ich konnte heute den gesamten Tag an nichts anderes denken.«

Sie lächelte ihn an und spielte mit den Knöpfen an seinem weißen Hemd, während er ihr langsam das Kleid über die Hüften schob. »Tatsächlich?«

»Tatsächlich«, erklärte er ihr, machte einen kleinen Schritt zur Seite und wirbelte sie dann so herum, dass sie mit dem Kopf in Richtung der noch warmen Kühlerhaube stand. Er drückte gegen ihren Rücken und sie beugte sich bereitwillig vor, wobei sie ihre Beine spreizte, ohne dass er es ihr sagen musste.

Er ließ seine Hand zwischen ihre Beine gleiten und stellte fest, dass sie bereits feucht und bereit für ihn war. »Du bist schon so unheimlich feucht, Kätzchen.«

»Ich habe die ganze Zeit auf dem Heimweg davon

geträumt. Davon, dass du es mir in diesem Kleid besorgst, ohne es vorher auszuziehen.«

»Ach wirklich, hm?«, fragte Gray, während er grob mit dem Finger in sie stieß, um sich davon zu überzeugen, dass sie feucht genug war, sodass er in sie eindringen konnte, um ihr keine Schmerzen zu bereiten.

»Allerdings.«

»Und woran hast du noch gedacht?«, fragte er, während er mit der freien Hand an den Reißverschluss und Knopf seiner Hose fasste.

»An uns in der Dusche. Im –« Sie sprach nicht weiter, als Gray ihr Höschen beiseiteschob und ohne Vorwarnung in sie eindrang.

»Und das hier?«, fragte er. »Hast du daran gedacht?«

»Ja ... oh Gott ja.« Allye beugte sich weiter vor, bot sich ihm dar, wobei sie dank der hohen Schuhe genau die richtige Höhe hatte, sodass er in sie stoßen konnte, ohne in die Knie gehen zu müssen.

Gray wusste, dass er sich verrückt benahm, aber als er sah, wie wunderbar sie mit all den Kindern bei der Aufführung umging, liebte er sie umso mehr. Und das brachte ihn dazu, ihr zeigen zu wollen, wie viel sie ihm wirklich bedeutete. Er hatte sich den ganzen Nachmittag beherrscht. Er hatte sie nicht für einen Quickie in einen der leeren Schulungsräume entführt. Er brauchte das hier. Brauchte sie.

Ihre Körper klatschten zusammen, als er in sie stieß, ihr Kleid über ihren Rücken geworfen, und er hielt es mit einer Hand fest, während er mit der anderen ihre Hüfte festhielt. Er hatte seine Hose und seine Boxershorts nur so weit nach unten geschoben, wie es nötig war, um seinen Schwanz heraus und in sie hinein zu bekommen.

Gray schaute hinunter, wo ihre Körper miteinander verbunden waren, und er fühlte, wie er ein wenig abspritzte, als er sah, wie sein nackter Schwanz von ihren Säften glänzte. Er trug kein Kondom und er machte sich nicht einmal Gedanken darüber. Wenn er sie schwängerte, dann war es eben so. Er wollte sie heiraten, sobald sie bereit war, und mit oder ohne Kind, sie gehörte ihm.

»Bitte«, stöhnte Allye und sie suchte mit den Händen nach Halt auf der Kühlerhaube.

»Willst du zum Orgasmus kommen, Kätzchen?«, fragte er, ohne langsamer zu werden.

»Ja.«

»Dann bring dich selbst zum Orgasmus«, befahl er.

Sofort ließ sie eine ihrer Hände zwischen ihren Beinen verschwinden und Gray konnte ihre Finger an seinem Schwanz spüren, jedes Mal, wenn er ihn herauszog. Sie beschwerte sich nicht darüber, dass er kein Kondom übergezogen hatte, sondern benutzte ihre gemeinsamen Säfte dazu, ihre Finger anzufeuchten, bevor sie sie auf ihre Lustknospe legte. Er stieß erneut in sie, während sie ihm ihren Hintern weiter entgegenstreckte und sich selbst voller Eifer innerhalb von Sekunden zum Orgasmus brachte.

»Gray, ich ...«

»Ja, Kätzchen. Lass dich gehen. Ich halte dich fest.«

Und das tat sie. Ihre Beine zitterten und sie presste ihren Körper gegen seinen Schwanz, als er sie beim Orgasmus etwas langsamer stieß. Gerade als sie fertig war, fühlte Gray, wie sein eigener Orgasmus aus seinen Hoden und aus seinem Schwanz schoss.

Das Gefühl, tief in ihr zu kommen, war etwas, das er noch nie zuvor erlebt hatte. Er hatte nicht gedacht, dass sich Sex ohne Kondom so anders anfühlen würde, aber er hatte sich geirrt. So sehr geirrt. Die Wärme um seinen Schwanz herum verzehnfachte sich und er konnte sich bereits vorstellen, wie sich die Millionen von Spermien, die aus seinem Schwanz kamen, ihren Weg in ihrem Kanal hinauf zu ihrer Gebärmutter suchten.

Er lächelte und verlagerte sein Gewicht, sodass er sich noch fester an ihren Hintern presste, denn er wollte nicht, dass auch nur ein Tropfen entkam, bevor er eine Chance hatte, sein Ding zu machen.

Allye seufzte unter ihm und bewegte sich. Gray wusste, dass er sich ebenfalls bewegen musste, aber er wollte es nicht wirklich. Gray machte sich eine geistige Notiz, sie so schnell wie möglich wieder zu ficken, das nächste Mal in einem Bett, sodass er einschlafen konnte, während sein Schwanz noch in ihr steckte, und zog seinen Schwanz aus ihrem Körper.

Er sah fasziniert zu, wie sein Ejakulat sofort aus ihrem Körper zu tropfen begann.

»Gray?«, fragte sie und drehte den Kopf, um ihn anzusehen. »Ich muss jetzt ins Haus und mich säubern.«

Da Gray wusste, dass sie recht hatte, zog er Unterwäsche und Hose hoch, knöpfte sie aber nicht zu. Dann drehte er Allye um, ohne ihr Kleid herunterzuziehen, und hob sie auf. Er trug sie ins Haus und die Treppe hinauf.

Er stellte sie im Badezimmer auf die Füße und kniete sich hin, um ihre hohen Schuhe auszuziehen. Er fühlte ihre Finger in seinem Haar, während er sich auf die komplizierten Verschlüsse konzentrierte. Einige Leute mochten denken, dass es nicht männlich war, so etwas für sie zu tun, aber für ihn war es eines der vielen männlichen Dinge, die er täglich für sie tat. Und er wollte es tun. Er wollte sie glücklich machen. Wollte, dass sie sich wohlfühlte. Wollte dafür sorgen, dass sie niemals hungrig oder durstig war. Es war ihm eine Ehre und er hätte gern den Rest seines Lebens damit verbracht, ihr am Ende eines jeden Tages die Schuhe auszuziehen.

»Dusche?«, fragte er sie, als er aufstand und sie herumdrehte, um ihr das Kleid zu öffnen.

»Badewanne, würde ich sagen«, erwiderte sie.

Er fuhr ihr mit der Hand über die Wirbelsäule, schob ihr das Kleid über die Hüften und es fiel zu Boden. Als er nach unten blickte, sah Gray die kleine Narbe auf der Rückseite ihres Beins, wo der Arzt den Peilsender entfernt hatte. Er hatte ihn drin lassen wollen, aber Allye hatte sich geweigert und gesagt, dass sie sich nie wieder in eine Situation wie diejenige bringen würde, in der sie sich in Kalifornien befunden hatte, und daher wäre der Peilsender nicht notwendig.

Gray wollte dagegen protestieren, dass sie mit seinem Job als Mountain Mercenary immer in Gefahr sein könnte, wenn sich jemand an ihm oder Rex rächen wollte, aber letztendlich wollte er sie nicht verärgern. Meat arbeitete ohnehin an der Verbesserung des Designs, sodass es nicht so schmerzhaft zu entfernen und effektiver war, egal wo sich der Träger befand ... zum Beispiel unterirdisch in einem Betonbunker.

Er küsste ihre Schulter und beugte sich vor, um das Wasser in der Wanne aufzudrehen. »Lass dir ruhig Zeit, Kätzchen. Ich fange schon mal mit dem Kochen an. Hört sich eine vegetarische Lasagne gut an?«

Daraufhin drehte sich Allye zu ihm um und legte ihre Arme um seinen Hals. »Perfekt. Ich liebe dich, Gray. Danke, dass du heute mitgekommen bist. Das bedeutet mir sehr viel.«

»Gern geschehen. Wenn es dir wichtig ist, ist es mir auch wichtig.«

»Treffen wir uns morgen mit deiner Mutter?«

Er legte die Nase kraus. »Sie kommt morgen so um elf

vorbei. Und sie hat angedroht, ihre Freundinnen mitzubringen. Ist das in Ordnung?«

»Natürlich. Ich liebe deine Mom.«

Gray konnte auch nichts gegen das dämliche Grinsen tun, das sich auf seinem Gesicht ausbreitete. Für eine Frau, die einmal gesagt hatte, dass keine Mutter sie je gemocht hätte, wurde ihr jetzt sicher das Gegenteil bewiesen. Und das erinnerte ihn an etwas. »Sollen wir noch mal über das Karma sprechen?«, fragte er sie.

Sie verdrehte die Augen. »Nein.«

»Bist du sicher? Ich meine, ich könnte dir alle möglichen Beispiele dafür geben, was Karma bei dir bewirkt hat.«

»Verschwinde«, befahl sie ihm, drehte ihn zur Tür um und gab ihm einen kleinen Schubs.

Gray ging, doch bevor er durch die Tür verschwand, drehte er sich noch einmal um. »Ich liebe dich, Kätzchen.«

Ihre Züge wurden weich. »Ich liebe dich auch. Und jetzt hau schon ab.«

Und das tat er.

Ronan Cross, bei seinen Freunden als Ro bekannt, konzentrierte sich auf die Aufhängung des Ford-Pritschenwagens der neuesten Generation, an dem er gerade arbeitete, als er das Wunderbarste roch, was er je in seinem Leben gerochen hatte.

Er war an den Geruch von Öl, Schweiß und Benzin gewöhnt, wenn er bei der Arbeit in seiner kleinen Autowerkstatt war. Aber der Geruch von Flieder war so fehl am Platz wie ein Teller Speck in einem vegetarischen Erholungszentrum.

Er kletterte unter dem Pritschenwagen hervor und

starrte die in der Halle stehende Frau an, die nervös und unsicher aussah. Sie war groß für eine Frau, vielleicht fünfzehn Zentimeter kleiner als er mit seinen ein Meter neunzig. Aber sie hatte die Art von Kurven, für die Ro eine Vorliebe hatte. Marilyn Monroe-Kurven, so nannte er sie gern. Breite Hüften, große Brüste, eine Taille, an der er sich festhalten konnte, und Beine, die ihn wahrscheinlich ersticken würden, wenn er jemals zwischen sie geraten sollte.

Sie trug einen kurzen Rock, in dem sie sich unbehaglich fühlte, nach der Art und Weise zu urteilen, wie sie immer wieder am Saum zerrte. Ihre Bluse war tief ausgeschnitten und überhaupt nicht der richtige Stil für ihren Körpertyp. Sie war eine Nummer zu klein und die Knöpfe standen stark unter Spannung, sodass auf der Vorderseite ihres Oberteils durch kleine Lücken die Haut schimmerte.

Ihr Haar war schwarz und fiel ihr über die Schultern. Es war absolut glatt, als hätte sie es gebügelt. Die Haare sahen fast so aus, als hätten sie blaue Strähnen, wenn sie sich im Sonnenlicht bewegte, und ihre Augen hatten einen seltsamen Lilaton. Sie musste Kontaktlinsen tragen, damit sie diese Farbe hatten, aber Ro war das egal. Ihr Make-up war dick, ihr Lippenstift dunkel.

Es war schon so lange her, dass er den Wunsch hatte, eine Frau mit nach Hause zu nehmen, dass er überrascht war, als er sofort daran dachte, wie diese geschminkten Lippen um seinen Schwanz aussehen würden.

Er war unhöflich, sie so anzustarren, aber Ro schaffte es nicht, sich aus der seltsamen Trance zu befreien, in der er sich befand, sobald er die Lotion oder das Parfüm roch, das sie trug.

Schließlich brach sie das angespannte Schweigen, indem sie fragte: »Darf ich mal dein Telefon benutzen?«

Ro blinzelte. Er konnte sich nicht daran erinnern, wann

das letzte Mal jemand darum gebeten hatte, sein Telefon benutzen zu dürfen. Fast jeder hatte heutzutage ein Handy.

Und je mehr er darüber nachdachte, desto mulmiger wurde ihm. Er blickte an der Frau vorbei auf den Bereich vor seinem Geschäft und sah kein Fahrzeug.

Ro ging langsam, damit er sie nicht erschreckte, an der Frau vorbei und sah sich um. Seine Werkstatt lag abseits der üblichen Wege und am Ende seiner Einfahrt gab es nur ein kleines Schild, das darauf hinwies, dass dort überhaupt ein Geschäft war. Es gab kein Anzeichen für ein Fahrzeug und er hatte keine Ahnung, wie die Frau ihn gefunden hatte, geschweige denn, wie sie ohne Auto dorthin gekommen war.

»Wo ist dein Wagen, Schätzchen?«, fragte er.

Sie blinzelte, sah überrascht aus und platzte dann heraus: »Du bist Engländer.«

»Das war ich, ja«, erklärte er. »Jetzt bin ich Amerikaner. Was ist mit deinem Wagen?«

»Oh. Äh ... I-ich habe keinen«, stammelte sie.

»Und wie bist du dann hergekommen?«, fragte Ro und machte einen Schritt auf sie zu, wobei ihm nicht entging, dass sie einen Schritt vor ihm zurückwich. Sie vermied seinen Blick und er wusste, dass sie ihn gleich anlügen würde.

»Eine Freundin hat mich herausgelassen, aber es ist die falsche Adresse. Leider habe ich aus Versehen meine Handtasche im Wagen gelassen und jetzt muss ich sie anrufen, damit sie mich wieder abholt.«

Ro sah sie lange an. Es stimmte, dass sie keine Tasche dabeihatte, und die Schuhe, die sie trug, eigneten sich auch nicht dafür, lange Strecken damit zurückzulegen. Aber sie log trotzdem, was ihre Freundin betraf. Das wusste er einfach.

Hätte er sie so irgendwo auf den Straßen im Stadtzentrum von Colorado Springs gesehen, hätte er sie sofort für eine Prostituierte gehalten. Aber sie befanden sich nicht im Stadtzentrum. Sie stand mitten in seiner Werkstatt im nirgendwo, trat nervös von einem Fuß auf den anderen und sah ihm nicht in die Augen. Sie war keine Hure. Darauf hätte er sein Leben verwettet.

»Ich habe ein Telefon, das du benutzen kannst«, sagte er leise, da er sie nicht verschrecken wollte.

»Vielen Dank«, sagte sie und atmete erleichtert auf. Einen Moment lang sah es so aus, als würde sie in Tränen ausbrechen, doch dann wandte sie den Kopf ab und sah sich in seinem Laden um.

Ro schnappte sich einen Lappen aus dem Regal und versuchte, sich das Schmieröl von den Händen zu reiben. Er griff in seine Gesäßtasche und nahm sein Handy heraus. Es war von der Hitze seines Körpers aufgewärmt. Er entsperrte es und hielt es der Frau vor sich hin.

»Hier, bitte.«

»Vielen Dank.« Sie nahm das Telefon, als wüsste sie nicht, was sie als Nächstes tun sollte.

»Mach schon, Süße. Ich habe es für dich entsperrt. Drück einfach auf das kleine Telefonsymbol und ruf an, wen du möchtest.«

Sie nickte, blickte hinab auf das Telefon in ihrer Hand und schien dann eine Entscheidung zu treffen. Dann wählte sie langsam eine Nummer und blickte auf den Boden, während sie darauf wartete, dass jemand abhob.

Ro wusste, dass es höflicher wäre, auf Abstand zu gehen. Doch er war zu neugierig und konnte nicht gehen, ohne zu wissen, was mit ihr los war, denn irgendetwas schien hier ganz und gar nicht zu stimmen. Leute tauchten nicht einfach zufällig bei seiner Werkstatt auf.

»Hi, Abbie? Ich bin es, Chloe. Ich brauche jemanden, der mich abholt.« Es folgte eine Pause, während sie der Person am anderen Ende der Leitung zuhörte. »Ich weiß.« Eine weitere Pause. »Das war auch nicht meine Absicht. Kommst du mich jetzt holen oder was?« Eine längere Pause, als würde die mysteriöse Abbie ihr ordentlich die Meinung sagen. »Ich *weiß*«, wiederholte sie ein wenig genervt. »Holst du mich jetzt oder nicht?«

Sie blickte hoch zu Ro und sagte: »Ich bräuchte die Adresse.«

Ro gab sie ihr gern und sah dabei zu, wie sie sie dieser Abbie gegenüber wiederholte und sich dann bei ihr bedankte, bevor sie auflegte.

Sie schenkte ihm ein schwaches Lächeln und hielt ihm sein Telefon hin. Er nahm es und sorgte dabei dafür, dass seine Finger ihre berührten, als er danach griff. Sie wurde ganz rot, wodurch ihr Gesicht unglaublich süß aussah und ihre Aufmachung nur umso unangebrachter erschien.

»Möchtest du etwas trinken, während du wartest?«, fragte er.

»Oh nein, danke. Ich möchte dir keine Mühe machen. Ich werde einfach dort draußen warten«, sagte sie und zeigte mit dem Daumen in Richtung der offenen Schiebetür.

»Es würde mir keine Mühe machen«, erklärte Ro nachdrücklich.

»Geh doch einfach wieder an die Arbeit ... oder was du gemacht hast. Es geht mir gut. Danke, dass ich dein Handy benutzen durfte.« Und daraufhin drehte sie sich um, um zu gehen.

Ro hätte sie gehen lassen können, wenn das alles gewesen wäre. Er hätte sich vielleicht einfach nur gewundert und sich gefragt, was mit der hübschen Frau los war, die zufällig aus dem Nichts in seiner Autowerkstatt aufgetaucht war.

Doch als sie sich umdrehte und er den großen blauen Fleck auf ihrem Rücken sah, besiegelte das ihrer beider Schicksal.

Die Bluse, die sie trug, war weiß und durchsichtig. Er konnte den Umriss des schwarzen BHs, den sie darunter trug, erkennen – und den riesigen blauen Fleck auf ihrem Rücken ebenfalls.

Er hatte sich bereits in Bewegung gesetzt, bevor sein Gehirn überhaupt ganz verarbeitet hatte, was er da sah. Er legte ihr eine Hand auf den Oberarm und hielt sie damit auf. »Du bist verletzt«, sagte er in leisem, wütendem Ton.

Überrascht sah sie zu ihm hoch. Als sie seinen Blick bemerkte, versuchte sie, ihren Arm aus seinem Griff zu winden. »Es geht mir gut.«

»Zeig es mir.«

»Was?«

»Zeig es mir«, wiederholte Ro.

»Ich glaube nicht –«

»Ich werde dir nicht wehtun«, sagte er ruhig. »Ich will mich nur versichern, dass du keinen Arzt brauchst.«

»Tue ich nicht«, erklärte sie mit Nachdruck. Sie hatte den Versuch aufgegeben, sich loszureißen, und stand stattdessen stocksteif da.

»Bitte. Ich werde dich nicht anrühren, ich will nur sehen, wie schwer du verletzt bist.«

Die Frau runzelte die Stirn. »Du wirst das Thema nicht fallen lassen, richtig?«

»Nein.«

»Und warum nicht?«

»Weil ich das Gefühl habe, dass du dir die Verletzung

nicht zugezogen hast, weil du gestolpert bist. Zeig sie mir, und dann lasse ich das Thema fallen.«

Er hätte nicht gedacht, dass sie es tatsächlich tun würde, doch nachdem sie einander ein kurzes Duell mit Blicken geliefert hatten, hob sie schließlich trotzig ihre Bluse am Rücken genügend an, sodass er den blauen Fleck auf ihrer rechten Seite sehen konnte.

Er befand sich auf Höhe ihrer Nieren. Und er musste mal wahnsinnig wehgetan haben, wahrscheinlich schmerzte er *immer noch*, und Ro wusste genau, dass es nur eine Sache gab, die einen blauen Fleck in dieser Größe und Form hinterließ. Eine Faust.

Sie ließ die Bluse wieder sinken, doch er ließ ihren Arm nicht los. »Wie heißt du?«, fragte er mit stählerner Stimme.

»Warum willst du das wissen?«, entgegnete sie und versuchte erneut, ihn dazu zu bringen, sie loszulassen. Mit der anderen Hand versuchte sie, seine Finger von ihrem Arm zu lösen. »Du tust mir weh. Lass mich los.«

»Ich tue dir nicht weh«, entgegnete Ro, der wusste, dass sein Griff zwar fest war, aber nicht fest genug, um ihr Schmerzen zuzufügen. Wenn er dieser Frau helfen wollte, musste er ihren Namen erfahren. »Wie heißt du?«

»Sag du mir doch erst mal, wie du heißt«, erwiderte sie frech.

»Ronan Cross. Du kannst mich Ro nennen. Und jetzt bist du dran.«

Sie starrte ihn einen Moment lang an und sagte dann leise: »Chloe Harris.«

Aus irgendeinem Grund kam ihm der Name bekannt vor, aber er brauchte einen Moment, bis der Groschen fiel. »Verdammt. Sag mir jetzt bloß nicht, du bist mit Leon Harris verheiratet.«

Leon Harris war einer der Anführer des örtlichen

Zweigs der Mafiaorganisation La Cosa Nostra, die ihren Hauptsitz in Denver hatte. Rex wusste natürlich über die Organisation Bescheid, hatte aber eigentlich nichts mit ihr zu tun, weil sie sich hauptsächlich mit Fälschung, Insiderhandel, Erpressung und anderen korrupten Praktiken befasste – und nicht mit Verbrechen gegen Frauen. Die Gruppe setzte sich aus mehreren einflussreichen Familien im Gebiet von Denver und einigen Familien der Unterklasse zusammen. Sie alle arbeiteten zusammen und hielten sich gegenseitig den Rücken frei.

Sie gehörten nicht zur eigentlichen Mafia, wie es in den Gangsterfilmen der alten Schule romantisch dargestellt wurde. Aber sie waren genauso gefährlich. Kürzlich hatten sie sich verzweigt und ein paar alte und miteinander verbundene Familien in Colorado Springs eingeladen, sich ihren Reihen anzuschließen. Die Familie Harris war eine von ihnen.

Ro erinnerte sich daran, den Patriarchen Leon Harris einmal im Fernsehen gesehen zu haben. Er hatte Haare so schwarz wie die Nacht und war groß. Chloe erinnerte ihn unheimlich an dieses Arschloch.

»Ich bin nicht mit Leon Harris verheiratet«, erklärte Chloe pflichtschuldig.

»Gott sei Dank, verdammt noch mal«, sagte Ro und atmete erleichtert auf.

»Er ist mein Bruder«, erklärte sie leise.

Ro starrte sie einfach nur an. »Hat er dir das angetan?«, fragte er und zeigte auf den blauen Fleck auf ihrem Rücken.

»Hör mal, das geht dich nichts an«, erwiderte sie und versuchte erneut, sich aus seinem Griff zu befreien.

Ro ließ sie los. Schließlich ging sie vorläufig nirgendwohin. Die mysteriöse Abbie war noch nicht aufgetaucht und sie konnte ja nicht wirklich abhauen, wenn es nirgendwo gab, wo sie hinkonnte.

»Rede mit mir«, knurrte Ro.

Chloe verschränkte die Arme vor der Brust, woraufhin sich die Spalten in ihrer Bluse etwas schlossen, und schüttelte den Kopf. »Ich kenne dich doch gar nicht. Ich wollte nur dein Handy benutzen.«

»Süße, und ich will nur, dass du in Sicherheit, glücklich und gesund bist. Und wenn ich mir den blauen Fleck da so anschaue und die Tatsache bedenke, dass du hier in meiner Werkstatt stehst, und zwar ohne Auto, dann trifft momentan keines dieser drei Dinge auf dich zu.«

Sie lieferten sich erneut ein Duell mit Blicken, wobei Ro sie ebenfalls mit verschränkten Armen anstarrte und sie seinen Blick genauso erwiderte. Schließlich leckte sie sich die Lippen und wandte den Blick nervös ab.

»Ich werde dir nicht wehtun«, versicherte Ro ihr. »Meine Mutter würde mir ordentlich in den Hintern treten, sollte ich jemals einer Frau wehtun.«

»Es geht mir gut. Ich ziehe bald aus.«

»Mein Gott«, stellte Ro bestürzt fest, »du lebst in einem Haus mit ihm?«

»Er ist mein Bruder«, entgegnete Chloe. »Also, ja, tue ich.«

Ro griff in seine Gesäßtasche. Die Kette, die an einer Gürtelschlaufe befestigt war, rasselte, als er seine Brieftasche hervorholte. Er zog eine Visitenkarte heraus. Darauf befanden sich sein Logo und der Schriftzug *Ro's Auto Body*. Er hielt ihr die Karte hin.

Sie betrachtete sie, als handelte es sich um eine Schlange, die nach ihr schnappen würde, wenn sie danach griff.

Ro machte einen Schritt auf sie zu, nahm ihre Hand,

legte ihr die Karte auf die Handfläche und schloss ihre Finger darüber. »Das ist meine Visitenkarte. Wenn du irgendetwas brauchst, *ganz egal was*, ruf mich an. Ich helfe dir, egal wie spät es ist, verstanden?«

»Warum?«, flüsterte sie, ohne auf die Karte zu sehen.

»Weil du es brauchst. Und außerdem riechst du besser als alle anderen, die ich jemals in meinem Leben kennengelernt habe.«

Sie blinzelte und lächelte dann. »Du bietest mir deine Hilfe an, weil ich so gut rieche?«

»Sieh dich doch mal hier um, Schätzchen. Glaubst du, dass hier irgendetwas gut riecht? Das ist nämlich nicht der Fall. Und deswegen, ja, wenn eine frische Brise in meine Werkstatt geweht kommt und so gut riecht und aussieht wie du, und einen verdammten blauen Fleck auf ihrem Rücken hat, von dem ich weiß, dass ein Mann dafür verantwortlich ist? Selbstverständlich biete ich dann meine Hilfe an.«

»Oh, also gut … Danke.«

»Danke mir nicht, außer du hast tatsächlich vor, sie auch zu benutzen«, entgegnete Ro und deutete mit einem Kopfnicken auf die Visitenkarte.

»Ich werde deine Hilfe wahrscheinlich nicht benötigen, aber falls irgendetwas ist, rufe ich an.«

Ro wusste, dass sie ihm vorläufig nicht mehr zugestehen würde.

Er sah, wie ein Wagen in seine Einfahrt fuhr und auf sie zukam. Es war ein Mercedes. Das neueste Modell, wenn er sich nicht irrte. Die Frau am Steuer sah ihn und Chloe böse an, als sie haltmachte. Sie machte sich nicht die Mühe auszusteigen.

»Das ist Abbie. Ich muss jetzt los«, sagte sie und ging rückwärts von ihm weg.

Er sah, dass sie seine Visitenkarte in eine kleine Tasche

vorne auf ihrer Bluse steckte, während ihr Rücken noch der Frau zugewandt war, die gekommen war, um sie abzuholen.

»Danke«, sagte sie leise, drehte sich dann um und ging auf den Mercedes zu.

Ro blickte unverwandt die Fahrerin an, die seinen Blick erwiderte. In der Sekunde, in der Chloe in den Wagen stieg, wandte die Frau sich ihr zu und begann, ihr Vorwürfe zu machen. Ro konnte sehen, dass sie Chloe anschrie. Er erkannte es an der Art, wie sie auf ihn zeigte und die Augenbrauen vorwurfsvoll oder wütend hochgezogen hatte.

Die Frau schüttelte empört den Kopf, schaute dann hinter sich und fuhr langsam rückwärts aus seiner Einfahrt heraus, anstatt sich die Zeit zu nehmen umzudrehen.

Ro prägte sich das Nummernschild des Mercedes ein, dann richtete er den Blick auf Chloe. Sie sah ihn nicht an. Ihr Kopf war gesenkt und sie starrte auf ihren Schoß, als Abbie mit dem Wagen vom Haus und von der Werkstatt wegfuhr.

Er wusste immer noch nicht, wie Chloe in seiner Werkstatt gelandet war, aber er würde es herausfinden. Ro machte sich eine geistige Notiz, Rex so bald wie möglich anzurufen, und ging ein paar Schritte, bis er am äußeren Rand des Gebäudes stand.

Er stand noch immer dort, lange nachdem der Mercedes aus dem Blickfeld verschwunden war.

Chloe war ein Rätsel. Sie schien etwa in seinem Alter zu sein, Mitte dreißig. Er wusste, dass Leon Harris gerade dreißig geworden war, weil er eine große Party in der Innenstadt veranstaltet und ein paar örtliche Heimkinder eingeladen hatte. Es war alles nur Show, aber es hatte die Aufmerksamkeit der Medien auf sich gezogen und sie hatten einen kurzen Beitrag darüber in den Lokalnachrichten gebracht.

Warum lebte Chloe bei ihrem jüngeren Bruder? Warum ließ sie sich von jemandem verprügeln? Und warum trug sie Kleidung, die für eine jüngere, dünnere ... *aufreizendere* Frau gemacht war? Alles Fragen, auf die Ro keine Antworten hatte ... noch nicht.

Er erinnerte sich daran, wie sie seine Karte in ihre Tasche gesteckt hatte. Fern von neugierigen Blicken? Das hoffte er. Komme, was da wolle, sie würde wieder von ihm hören.

Ro drehte sich wieder zu dem Pritschenwagen um und atmete tief ein, denn er konnte immer noch den leichten Fliederduft in der Luft wahrnehmen. Oh ja, Chloe Harris hatte ihn ganz sicher nicht zum letzten Mal gesehen.

Buch 2 in Die Mountain Mercenaries, *Die Befreiung von Chloe*, erscheint in Kürze!

DANKSAGUNG

Dies ist der Ort in jedem Buch, an dem ein Autor oder eine Autorin all den Menschen dankt, die ihm oder ihr bei dieser Geschichte geholfen haben.

Ich könnte buchstäblich nie allen danken, die mir geholfen haben. Von meinen erstaunlichen Lektoren bis hin zu meinem Ehemann, der sich die ganze Zeit mit meinem Herumgetippe auf dem Laptop abfinden muss. Von meinen Freundinnen, die mir beim Brainstorming helfen, bis zu meinen Hunden, denen es egal ist, was ich mache, solange sie auf der Couch neben mir schlafen können.

Aber ich wäre nachlässig, wenn ich mich nicht bei *Ihnen*, liebe Leserinnen und Leser, bedanken würde, dass Sie dieses Buch in die Hand genommen und meine Zeilen gelesen haben. Es gibt sicher bessere Bücher, da bin ich mir sicher. Aber ich hoffe, dass ich Ihnen mit der Lektüre dieser Geschichte, die meiner Fantasie entsprungen ist, ein paar Stunden Unterhaltung geboten habe. Und außerdem ist es immer besser, etwas zu lesen, als Dinge zu machen, wie den Müll rauszubringen oder das Haus aufzuräumen, richtig?

Die Hochzeit von Emily
Die Rettung von Kassie
Die Rettung von Bryn
Die Rettung von Casey
Die Rettung von Wendy
Die Rettung von Sadie
Die Rettung von Mary
Die Rettung von Macie

SEALs of Protection:
Schutz für Caroline
Schutz für Alabama
Schutz für Fiona
Die Hochzeit von Caroline
Schutz für Summer
Schutz für Cheyenne
Schutz für Jessyka
Schutz für Julie
Schutz für Melody
Schutz für die Zukunft
Schutz für Kiera
Schutz für Alabamas Kinder
Schutz für Dakota

Die SEALs von Hawaii:
Die Suche nach Elodie (April 2021)
Die Suche nach Lexie
Die Suche nach Kenna
Die Suche nach Monica
Die Suche nach Carly
Die Suche nach Ashlyn
Die Suche nach Jodelle

Hier ist außerdem eine Liste mit Susans englischen Büchern:

Mountain Mercenaries Series

Defending Allye
Defending Chloe
Defending Morgan
Defending Harlow
Defending Everly
Defending Zara
Defending Raven

Ace Security Series

Claiming Grace
Claiming Alexis
Claiming Bailey
Claiming Felicity
Claiming Sarah

Delta Force Heroes Series

Rescuing Rayne
Rescuing Aimee (novella)
Rescuing Emily
Rescuing Harley
Marrying Emily (novella)
Rescuing Kassie
Rescuing Bryn
Rescuing Casey
Rescuing Sadie (novella)
Rescuing Wendy
Rescuing Mary
Rescuing Macie (novella)

Delta Team Two Series

Shielding Gillian
Shielding Kinley
Shielding Aspen
Shielding Jayme (novella)
Shielding Riley
Shielding Devyn (May 2021)
Shielding Ember (Sep 2021)
Shielding Sierra (Jan 2022)

SEAL of Protection Series

Protecting Caroline
Protecting Alabama
Protecting Fiona
Marrying Caroline (novella)
Protecting Summer
Protecting Cheyenne
Protecting Jessyka
Protecting Julie (novella)
Protecting Melody
Protecting the Future
Protecting Kiera (novella)
Protecting Alabama's Kids (novella)
Protecting Dakota

SEAL of Protection: Legacy Series

Securing Caite
Securing Brenae (novella)
Securing Sidney
Securing Piper
Securing Zoey
Securing Avery
Securing Kalee

Securing Jane (Feb 2021)

<u>SEAL Team Hawaii Series</u>
Finding Elodie (Apr 2021)
Finding Lexie (Aug 2021)
Finding Kenna (Oct 2021)
Finding Monica (TBA)
Finding Carly (TBA)
Finding Ashlyn (TBA)
Finding Jodelle (TBA)

<u>Badge of Honor: Texas Heroes Series</u>
Justice for Mackenzie
Justice for Mickie
Justice for Corrie
Justice for Laine (novella)
Shelter for Elizabeth
Justice for Boone
Shelter for Adeline
Shelter for Sophie
Justice for Erin
Justice for Milena
Shelter for Blythe
Justice for Hope
Shelter for Quinn
Shelter for Koren
Shelter for Penelope

<u>Silverstone Series</u>
Trusting Skylar
Trusting Taylor (Mar 2021)
Trusting Molly (July 2021)
Trusting Cassidy (Dec 2021)

Susan Stoker ist die New York Times, USA Today und Wall Street Journal Bestsellerautorin der Buchreihen »Badge of Honor: Texas Heroes«, »SEAL of Protection«, »Die Delta Force Heroes« und einigen mehr. Stoker ist mit einem pensionierten Unteroffizier der US-Armee verheiratet und hat in ihrem Leben schon überall in den Vereinigten Staaten gelebt – von Missouri über Kalifornien bis hin zu Colorado. Zurzeit nennt sie die Region unter dem großen Himmel von Tennessee ihr Zuhause. Sie glaubt ganz und gar an Happy Ends und hat großen Spaß daran, Geschichten zu schreiben, in denen Romantik zu Liebe wird.

Besuchen Sie Susan im Netz!
www.stokeraces.com
facebook.com/authorsusanstoker
twitter.com/Susan_Stoker
bookbub.com/authors/susan-stoker